Familienkonstellationen haben es in sich. Die junge Torunn kann ein Lied davon singen. Ihren leiblichen Vater Tor, Schweinezüchter aus Leidenschaft und Sturkopf sondergleichen, lernt sie erst am Sterbebett ihrer Großmutter kennen. Ebenso ihre grundverschiedenen Onkel Margido und Erlend, der eine Bestattungsunternehmer, der andere Schaufensterdekorateur und schwul. Und als ob das nicht schon genug Veränderung in ihrem Leben ist, soll sie nun auch noch den heruntergekommenen Familienhof Neshov übernehmen ...

ANNE B. RAGDE wurde 1957 in Hardanger geboren und lebt heute in Trondheim. Sie ist eine der beliebtesten und erfolgreichsten Autorinnen Norwegens und wurde mehrfach ausgezeichnet. Mit ihrer Serie »Das Lügenhaus«, »Einsiedlerkrebse« und »Hitzewelle« gelang ihr einer der größten norwegischen Bucherfolge aller Zeiten. Die Neshov-Familie eroberte auch in Deutschland die Herzen der Leserinnen und Leser. Nachdem Anne B. Ragde zunächst angekündigt hatte, die Lügenhaus-Serie nicht fortzusetzen, erhielt ihr Verlag 2016 plötzlich ein Manuskript zum vierten Teil. Anne B. Ragde hatte heimlich an der Familiensaga weitergeschrieben.

DIE LÜGENHAUS-SERIE VON ANNE RAGDE BEI BTB
Das Lügenhaus. Roman (71570)
Einsiedlerkrebse. Roman (71572)
Hitzewelle. Roman (71571)
Sonntags in Trondheim. Roman (btb-HC 75737)

Anne B. Ragde

Hitzewelle

Roman

Aus dem Norwegischen
von Gabriele Haefs

btb

Die norwegische Originalausgabe erschien 2007 unter dem
Titel »Ligge i grønne enger« bei Forlaget Oktober as, Oslo.

Penguin Random House Verlagsgruppe FSC® N001967

3. Auflage der Neuausgabe September 2017
Copyright © der Originalausgabe 2007
by Forlaget Oktober as, Oslo
Copyright © der deutschsprachigen Ausgabe 2011
by btb Verlag in der Penguin Random House Verlagsgruppe GmbH,
Neumarkter Str. 28, 81673 München
produktsicherheit@penguinrandomhouse.de
(Vorstehende Angaben sind zugleich
Pflichtinformationen nach GPSR)

Umschlaggestaltung: semper smile, München
Umschlagmotiv: © plainpicture/Stephen Shepherd; plainpicture/
Magnum, the plainpicture edit/Gueorgui Pinkhassov;
Shutterstock/Aleksey Stemmer
Druck und Bindung: GGP Media GmbH, Pößneck
SL · Herstellung: sc
Printed in Germany
ISBN 978-3-442-71571-8

www.btb-verlag.de
www.facebook.com/penguinbuecher

Für Bingo, meinen Freund in der Not.

Die gesamte Trilogie über die Familie Neshov widme ich Stein Ketil.

Sie stand mitten auf dem Hofplatz, als er angefahren kam. Mit hängenden Armen stand sie dort und sah, wie er an der üblichen Stelle hielt, zwischen Scheune und Holzschuppen. Schon während er ausstieg, rief er: »Sorry, hab mich ein bisschen verspätet. Gestern Abend war wirklich nett!«

Sie lauschte seinen Worten, sah die Umrisse seines Körpers, seine Bewegungen in dem schmutzig grauen Morgenlicht. Aber vor allem sah sie, dass er auf sie zukam, und das war gut so, denn sie fiel, es ging um Sekunden.

»Kai…«

»Bin unterwegs!«, rief er.

»Kai Roger.«

Plötzlich hatte er in ihrer Stimme etwas gehört, vielleicht ein Schluchzen, die Art, wie sie atmete, er wusste es nicht, aber er erstarrte für einen kurzen Moment, dann war er bei ihr, mit einem Sprung.

»Was ist los?«

»Mein Vater. Er… ich habe ihn in den Mittelgang gezogen und in einen Koben geschlossen, weg von Siri.«

»Aber was hat…«

»Er hat es selbst getan. Seine Tabletten lagen da. Die Tabletten, die er für sein Bein bekommen hatte. Und einige

Bierflaschen, glaube ich. Ich konnte nicht richtig... Er ist jedenfalls tot. Und Siri hat... Ich weiß nicht... Seine Nase und einige Finger...«

Er nahm sie in den Arm. »Ach herrje!, Torunn.«

Sie spürte das Gewicht seiner Arme, schloss die Augen und dachte daran, wie schwer die Knöchel ihres Vaters in ihren Händen gewesen waren, wie der eine Stiefel auf den Boden geglitten war, als sie ihn an den Füßen gezogen hatte – und Siris erregter Blick, das um ihre Schnauze erstarrte Blut, das Geschrei der übrigen Schweine.

»Es ist meine Schuld«, sagte sie.

»Torunn!«

»Er hat sich selbst aufgegeben. Und das ist meine Schuld.«

Kai Roger löste seine Umarmung, festigte aber gleichzeitig seinen Griff um ihre Schultern und schob sie von sich fort.

»Sieh mich an.«

»Nein.«

»Dann hör mir wenigstens zu. Ich gehe jetzt in den Stall und bringe ihn in die Waschküche.«

Weinte sie? Torunn wusste es selbst nicht. Sie stand da und versuchte festzustellen, ob sie ihre eigenen Tränen spürte, aber sie spürte nichts. Eigene Tränen haben einen ganz besonderen Geruch. Doch sie konnte nur Bilder wahrnehmen – dunkles Blut vor baumelnden Riesenohren, der verschlissene Kragen seines Flanellhemdes, aus dem kleine zottige Fäden heraushingen, seine graue, von einer Wollsocke bedeckte Ferse, die auf uringetränktes Stroh fiel, als der Stiefel von seinem Fuß glitt, an dem sie gezogen hatte, seine blutunterlaufenen Augenhöhlen, sein Nasenrücken... und dort das Loch.

»Lauf in die Küche und ruf Margido an, ich kümmere mich um den Stall.«

»Das kann ich nicht.«

»Du musst. Du rufst Margido an, und ich übernehme den Stall.«

»Du übernimmst den Stall?«, fragte sie. Den Stall übernehmen. Das klang seltsam.

»Ja, jemand muss den Stall übernehmen. Egal wie. Die Schweine müssen gefüttert werden, die kapieren doch nichts. Sie müssen auf jeden Fall versorgt werden.«

»Ich kann das nicht«, flüsterte sie.

Wieder legte er seine Arme um sie, zog sie bestimmt zu sich heran und hauchte in ihre Haare.

»Ich kann das nicht.«

»Doch«, sagte er. »Und ich helfe dir dabei. Ich helfe dir, Torunn.«

Über seine Schulter hinweg sah sie zum Küchenfenster hinüber, dem Küchenfenster auf Neshov. Hier stand sie nun, und er war tot.

»Geh jetzt ins Haus. Ruf an. Und koch Kaffee. Den werde ich danach brauchen, wir werden beide danach einen brauchen.«

»Siri muss geschlachtet werden. Noch heute«, sagte sie.

»Es ist nicht die Schuld der Sau. Schweine, die...«

»Sie wird geschlachtet. UND ES IST MEINE SCHULD!«

Kai Roger schob sie mit ausgestreckten Armen von sich weg und packte sie abermals kräftig an den Schultern.

»So darfst du nicht denken.«

»ABER ES IST SO!«

Torunn fühlte, wie einfach alles in ihr zusammenbrach, sie verspürte ein so gewaltiges Weinen, dass sie glaubte, sich übergeben zu müssen, ein Weinen, das zu einem unendlich langen Atemholen und danach zu einem dünnen Heulen wurde. Sie legte den Kopf in den Nacken, seine Hände hielten sie, aber nur für einige Sekunden, dann sank sie zu Boden, und neben ihr ging Kai Roger in die Hocke. Sie konnte nicht mit Heulen aufhören, sie hörte, dass sie wie ein kleines

Tier klang, sie horchte auf sich selbst und auf Kai Rogers Stimme, die von weit her kam, aber sie hörte nicht, was er sagte, erst, als er ihr Gesicht packte und brüllte:

»SIEH MICH AN, TORUNN!«

Sie hielt inne und nahm den Geruch ihrer Tränen wahr.

»Sieh mich an, meine liebe Torunn.«

»Nein.«

»Es war nicht deine Schuld.«

»Doch. Ich will, dass sie geschlachtet wird.«

»Na gut. Steh jetzt auf. Geh ins Haus und setz Kaffee auf. Ich beeile mich und kümmere mich um den Rest. Dann komme ich zu dir.«

Sie blieb lange mit der Türklinke in der Hand stehen, ehe sie sie herunterdrückte. Die Klinke war kalt. Es gab sie schon immer hier, so kam es ihr vor. Jedenfalls schon lange Zeit vor ihr. Die Hand des Vaters hatte jeden Tag auf dieser Klinke gelegen, jeden Tag. Sie selbst war doch eigentlich nur zu Besuch hier.

Erster Teil

Sie fand einen freien Parkplatz am oberen Ende der Søndregate, bog ein, drehte den Motor ab, blieb sitzen und starrte vor sich hin. Ein alter Mann betrat ihr Blickfeld. Er trug seinen Mantel offen und schob seinen Gehwagen beschwerlich und ruckartig über den Bürgersteig. Er bewegte sich an der Fensterfront einer Bank vorbei, in der ein riesiges Reklameplakat hing. Es zeigte einen Mann und eine Frau vor einem uralten Wohnwagen hinter einem winzigen, verrosteten Auto. Der Mann und die Frau starrten verzweifelt und hilflos in die Kamera. Und unter dem Bild stand: »Warum auf die Lottomillionen warten? Wir geben Ihnen den Kickstart!«

Der Mann hinter seinem Gehwagen atmete angestrengt und hektisch durch den Mund, er warf nicht einmal einen Blick auf die Werbung im Fenster. Er hatte genug mit jedem neuen Schritt zu tun, während seine Schuhe, die wie Pantoffeln aussahen, über den verstaubten Bürgersteig schlurften.

Sie legte die Unterarme auf das Lenkrad, schmiegte ihre Stirn darauf und schloss die Augen. Bestimmt roch sie nach Schweinedreck, sie hatte während der gesamten vergangenen Woche die Felder gedüngt. Obwohl sie frisch geduscht war, würde ihre Mutter bestimmt dazu einen Kommentar abgeben. Der Stallgeruch überdeckte einfach alle anderen Gerüche. Sie setzte sich wieder aufrecht hin, streckte die Hände aus und musterte ihre Fingernägel, die abgenutzt und an den Rändern um die Nagelhaut leicht grau waren. Sie rieb ihre Handflächen gegeneinander, betrachtete die Lebenslinien, Schicksalslinien und Herzlinien oder wie sie nun alle hießen – diese Linien, von denen manche glaubten, dass sie etwas über Persönlichkeit und Zukunft verrieten. Ihre Linien waren ein wenig braun, sicher würde das in spirituellen Kreisen als schlechtes Zeichen gedeutet werden. Inzwischen brachte sie es kaum mehr über sich, Arbeitshandschuhe zu tragen, außer sie lagen genau vor ihrer Nase, wenn sie sie brauchte.

Sie legte die Unterarme wieder auf das Lenkrad, schmiegte erneut ihre Stirn daran, schloss die Augen und horchte auf die vorbeifahrenden Wagen. Bestimmt war der alte Mann jetzt verschwunden, aber ihr fehlte die Kraft, die Augen zu öffnen, um ihm nachzusehen. Sicherlich wohnte er allein, wechselte höchstens einmal pro Woche seine Unterhose und aß jeden Tag als Hauptmahlzeit altes Brot mit Makrele in Tomate, während er seine Tochter belog, wenn sie ihn aus einem in einem anderen Landesteil gelegenen Ort anrief, indem er versicherte, dass er sich mindestens viermal pro Woche eine ordentliche Mahlzeit mit Kartoffeln kochte.

Der Wagen hinter ihr startete den Motor, und mit geschlossenen Augen lauschte sie mehrfachem Schalten, vor und zurück, ehe die Umdrehungszahl hochging und das Geräusch des Autos verschwand. Nur wenige Sekunden später wiederholte sich dieses Geräusch, aber es lag daran, dass ein neues Auto in die jetzt frei gewordene Parklücke manövriert wurde. Sie hätte sich umdrehen und sich diesen Menschen ansehen können. In dem Auto gleich hinter ihr saß jemand, ein Mensch mit einem Leben, das garantiert ganz anders war als ihr eigenes, mit Sicherheit saß da kein Mensch, der den Tag damit begann, auf nüchternen Magen um sieben Uhr zu hungrig heulenden Schweinen in den Stall zu gehen. Oder vielleicht doch? Was wusste sie schon. Es war ja auch möglich, dass die gesamte Søndre gate just an diesem Tag von Autos voller Bauern bevölkert war. Aus Fosen und Skaun und Byneset und Ranheim. Sie hörte eine Autotür ins Schloss fallen. Es klang wie ein Deckel, der plötzlich und hart um eine offene Dose geschlossen wird.

»Hallo! Hallo!«

»Ja?«

Sie fuhr zusammen und richtete sich auf. Hinter dem Wagenfenster sah sie ein Gesicht. Eine Frau mit einer seltsamen Uniformmütze. Ihr rechter Zeigefinger war gekrümmt, ragte in die Luft, um an die Scheibe zu klopfen. Jetzt ließ sie den Arm sinken. Torunn kurbelte das Fenster herab, ihre Augen brannten, als hätte jemand Salz hineingestreut. Sie musste ihre Lider fast mit Gewalt öffnen und konnte das Gesicht der Frau nur mit Mühe scharf sehen.

Die Frau schnupperte ins Wageninnere.

»Entschuldigung, aber sind Sie hier eingeschlafen?«

»Ja, offenbar.«

»Es geht mich ja nichts an, aber …«

»Ich habe nichts getrunken, wenn Sie das meinen.«

»Sie müssen die Parkgebühr bezahlen. Das wollte ich nur sagen.«

»Ich bin eingeschlafen, noch bevor ich das erledigen konnte.«

»Ach so. Aber dann müssen Sie das jetzt nachholen. Danach können Sie gerne weiterschlafen, wenn Sie wollen.«

»Ich will nicht schlafen. Ich bin im *Palmen* mit meiner Mutter verabredet.«

»Dann bezahlen Sie einfach. Die nächste Parkuhr steht dort drüben. Wenn Sie kein Kleingeld haben, kein Problem, man kann auch mit Karte bezahlen.«

Sie entdeckte ihre Mutter sofort. Und im Luftzug der Schwingtür nahm sie deutlich den Gestank nach Schweinedreck wahr, den sie verströmte. Sie sah ihre Mutter an einem der kleinen Tische, und für einige wenige Sekunden konnte sie sie beobachten, dann schaute ihre Mutter auf, und ihre Blicke trafen sich. Die Mutter passte mit ihrem eleganten weißen Rollkragenpullover, den goldenen Ohrringen, der sorgfältig arrangierten Frisur, einer Handtasche aus patiniertem weinrotem Leder, die am Stuhlbein lehnte, perfekt in diese Hotelbar. Sie legte gerade das Teesieb in eine weiße Porzellanschale. In den wenigen Sekunden, in denen sie geglaubt hatte, nicht gesehen zu werden, hatte sie müde gewirkt.

»Mutter. Hallo.«

»Da bist du ja! Aber… wie siehst du denn aus, Torunn?«

»Wie ich aussehe? Naja, ich…«

»Komm, lass dich umarmen. Und reg dich nicht auf, ich weiß ja, dass Kleidung dir nie wichtig war. Ach, meine Torunn, du hast mir so gefehlt.«

Sie ließ sich von der Mutter umarmen, erwiderte die Umarmung pflichtschuldig und sog dabei den Geruch von Geld, von Genug-Zeit-fürs-Bad und von tiefer Fürsorge für das eigene Aussehen ein. Als sie einander losließen, sah sie, wie die Mutter die Nasenlöcher blähte und die Nasenflügel auf und nieder zuckten wie bei einem Kaninchen. Aber sie sagte nichts, sie setzte sich nur wieder hin, zupfte den Pullover um ihre Taille zurecht, platzierte den weiten Rollkragen symmetrisch am Schlüsselbein und lächelte überschwänglich und mütterlich.

»Warum bist du eigentlich hier? Am Telefon hast du gesagt, dass du mich sprechen willst?«

»Jetzt holen wir uns erst einmal etwas vom Lunchbüfett, und danach reden wir, meine Liebe.«

»Ich hab keinen großen Hunger.«

»Unsinn. Sieh dir doch nur die belegten Brote an. Ich möchte Tatar mit jeder Menge Kapern und gehackten Zwiebeln und Rote Bete. Gott sei Dank, dass man wieder rohe Eidotter essen kann, meine Güte, ich hatte dieses Gerede über Salmonellen ja so satt. Aber jetzt hört man keinen Mucks mehr, die Gefahr scheint also vorüber zu sein. Was möchtest du trinken, dann bestelle ich das zuerst?«

»Kann ich einen Tee haben?«

»Gut, und dann holen wir uns etwas zu essen. Hättest du nicht doch vielleicht ein Hemd finden können, das nicht gar so ausgewaschen ist? Hm?«

Sie nahm sich ein Brötchen von der erstbesten Platte und zu dicken Scheiben zusammengepresstes Roastbeef, das sie auf einen Berg aus Remoulade legte. Die Mutter stand noch immer am Büfett und organisierte den Inhalt ihres Tellers mit raschen, präzisen Bewegungen. Ein Mann setzte sich an den Flügel und spielte muntere Barmusik.

Die Bar war halb gefüllt, fast nur Frauen, die schon ein wenig in die Jahre gekommen waren, alle überdurchschnittlich sorgfältig zurechtgemacht. Ein Mann saß allein an einem Tisch vor einem Stapel Zeitungen. Er kam ihr bekannt vor, er sah aus wie einer der beiden Künstler, die denselben Vornamen hatten. Aber sie war sich nicht sicher, sie hielt sich auch nicht mehr auf dem Laufenden darüber, was in der Welt geschah, sie kaufte sich keine Zeitungen, die sagten ihr nichts mehr, alles, was dort stand, war so weit weg von ihrem eigenen Alltag, und sie konnte sich nicht lange genug konzentrieren, um noch irgendein Interesse dafür zu entwickeln. Und deshalb kannte sie natürlich keine Namen von berühmten Künstlern. Ihr Großvater klagte jeden Tag darüber, dass die Zeitung *Nationen* nicht mehr im Briefkasten lag. Aber noch nicht einmal mehr damit mochte sie sich

beschäftigen. Von der *Nationen* waren zwei Fensterbrief-
umschläge gekommen. Der erste hatte sicher die Rechnung
enthalten, der zweite die Nachricht, dass die Zustellung sofort eingestellt werden würde, wenn sie die Rechnung nicht
unverzüglich bezahlten.

»Es ist ja so schön, hier zu sein«, sagte die Mutter enthusiastisch, als sie sich an den Tisch setzte und die Serviette
auf ihrem Schoß ausbreitete. »Ich habe noch nie im *Britannia* gewohnt oder im *Palmen* gegessen, ich habe nur
darüber gelesen und Bilder gesehen. Das hier ist Trond-
heims Antwort auf Oslos *Grand Hotel*, weißt du? Wenche
Foss liebt das *Palmen*, und dahinten sitzt Håkon Bleken.
Da wo jetzt das Büfett steht, gab es früher einen Goldfischteich in der Mitte, aber die Leute haben ihre Zigaret-
tenkippen ins Wasser geworfen, daher mussten sie die
Goldfische wegschaffen. Wie gemein. Zigaretten in einen
Goldfischteich werfen, in Oslo wäre so etwas nie passiert.
Iss jetzt, Torunn. Du hast abgenommen, das steht dir nicht.
Sag mal, schminkst du dich überhaupt nicht mehr? Hast
du nicht früher wenigstens ein bisschen Wimperntusche
benutzt?«

»Ich geh schnell eine rauchen. Mein Tee ist ja noch nicht
gekommen.«

»Aber... Willst du vor dem Essen rauchen? Ist es jetzt
schon so schlimm? Ja, ja...«

Als sie hinaustrat und ihre Zigarettenpackung öffnete, beobachtete sie, wie ein hysterisch weinendes Kind über den
Bürgersteig gezerrt wurde. Bei jedem Schritt zog es die Mutter heftig am Arm, in der anderen Hand trug sie ausgebeulte
Plastiktüten. Überall waren Autos und Menschen, sommer-
lich gekleidete Menschen bei dem warmen Maiwetter. Vor
dem Blumenladen war der Bürgersteig gefüllt mit elegan-

ten Gestecken und einem langen Tisch mit Talglichtern und Servietten in passenden Farben. Torunn zog den Rauch tief in die Lunge und musste sich an die Wand lehnen, als ihr plötzlich schwindlig wurde. Was hatte sie an diesem Tag eigentlich gegessen? Viel jedenfalls nicht. Sie könnte ja einfach zum Wagen gehen, den Motor anlassen und zurück nach Neshov fahren, nachsehen, wie weit Kai Roger beim Eggen gekommen war. Bis zum Sonntag mussten sie den Dünger in die Erde gebracht haben, weil in der Kirche von Byneset Konfirmation stattfinden sollte, und da durfte der Gestank nach Schweinedreck nicht alles überlagern. Die Mutter hatte am Vorabend angerufen und Torunn gebeten, sie zum Mittagessen zu treffen. Kai Roger hatte nichts einzuwenden gehabt. Aber wie hätte er das auch haben können. Es war ja nicht sein Hof. Nicht seine Verantwortung. Doch im Moment gab es sehr viel zu tun. Sie mussten an diesem Tag auch noch die Schlachtschweine kennzeichnen, in zwei Wochen würden sie abgeholt werden.

»Dein Tee ist da. Und das Tatar war einfach köstlich.«

»Was machst du eigentlich in Trondheim, Mutter?«

»Ich bin hergekommen, um mit dir zu reden.«

»Wir hätten doch telefonieren können.«

Die Mutter legte den Kopf schräg und deutete ein Lächeln an, ein Lächeln, das Torunn kannte, das herablassende, selbstmitleidige Lächeln, das sagte: Hier sei sie es, sie ganz allein, die über Fragen und Antworten gleichermaßen verfügte.

»Unsere Telefongespräche waren in letzter Zeit ja nicht gerade inhaltsreich, Torunn. Immer findest du eine Entschuldigung, um aufzulegen, ehe wir uns ordentlich ausgesprochen haben, immer musst du etwas erledigen, das wahnsinnig eilig ist. Ich habe schon verstanden, dass du mich auf Armlänge von dir abhalten willst. Deshalb habe ich beschlossen herzukommen, um mit dir unter vier Augen zu sprechen.«

»Du kommst von Oslo nach Trondheim, nur, um mit mir zu sprechen?«

»Ja, du bist mein einziges Kind, meine Liebe. Wenn es wichtig ist, fliege ich natürlich jederzeit zu dir, um dich zu treffen.«

»Die Beerdigung war dir nicht so wichtig. Da bist du nicht gekommen.«

»Da hatte ich ja auch gedacht, ich würde dich bald wieder in Oslo sehen, das kannst du dir doch denken. Und so wenig Kontakt, wie du mit deinem Vater hattest, da kannst du doch nicht so unendlich getrauert haben, als er gestorben ist? Ich will ja nicht gefühllos sein, aber wirklich!«

»Er ist nicht gestorben. Er hat Selbstmord begangen.«

»Iss jetzt. Du musst etwas essen, Torunn.«

»Und es war meine Schuld.«

»Was sagst du da? So einen Unsinn habe ich in meinem ganzen Leben noch nicht gehört!«

Die Mutter schenkte für beide Tee ein und schnaubte. Ihr Ohrgehänge schien recht schwer zu sein, die Löcher in den Ohrläppchen zogen sich nach unten wie dünne Risse.

»Er hat nicht daran geglaubt, dass ich den Hof übernehmen würde. Deshalb hat er sich umgebracht. Dann habe doch alles keinen Zweck, hat er gesagt.«

»Aber Torunn!« Die Mutter beugte sich zu ihr vor und flüsterte mit gedämpfter Stimme. Ein kleines Stück Tatar fiel aus ihrem Mund und landete auf der Tischdecke.

»Natürlich wirst du überhaupt nichts übernehmen. Es ist nicht deine Verantwortung. Und jetzt muss dieser Wahnsinn bald ein Ende haben. Das muss ich dir jetzt wirklich klarmachen. Er ist vor sechs Wochen gestorben, und noch immer läufst du auf diesem alten Dreckshof herum. Ich habe mit Margido gesprochen ...«

»Was hast du? Worüber denn?« Sie ließ sich, so weit sie konnte, in den Sessel zurücksinken.

»Darüber ... Ja, warum du überhaupt dort bist. Auch er wundert sich. Aber er hat dir geholfen, wenn ich mich recht erinnere.«

»Auf welche Weise hat Margido mir denn geholfen? Ich habe ihn nicht gerade oft gesehen, seit mein Vater ...«

»Er hat dir geholfen, diesen Betriebshelfer zu finden, wenn ich das richtig verstanden habe. Er hat mit den richtigen Stellen gesprochen, damit du ihn behalten kannst, bis du weißt, was du willst.«

»Davon hat Kai Roger mir gar nichts gesagt.«

»Nein, die wollen dich sicher allesamt verschonen. Was für ein Bärendienst. Aber ich habe Margido klar und deutlich gesagt, was du willst.«

»Und was will ich, Mutter?«

»Diese Schweine schlachten oder verkaufen und dann zu deinem Leben nach Oslo heimkehren.«

»Und was hat Margido dazu gesagt?«

»Dass er das von dir selbst hören will. Und das muss wirklich bald passieren.«

»Es wohnen noch andere Leute dort. Mein Großvater. Allein kommt er nicht zurecht.«

»Er ist nicht dein Großvater. Er ist dein Onkel, genau wie Margido. Und seit wann ist eine Nichte für einen Onkel von achtzig Jahren verantwortlich, den sie erst mit sechsunddreißig kennengelernt hat, wenn ich fragen darf?«

»Er tut mir leid.«

»Ich hole mir noch ein Stück Kuchen zum Nachtisch, währenddessen kannst du dir das alles ein wenig überlegen.«

Sie schnitt ein Stück von ihrem Roastbeefbrot ab und steckte es in den Mund, konzentrierte sich darauf, langsam auf beiden Seiten des Mundes zu kauen und so wenig wie möglich nachzudenken, um nicht hier inmitten der herausgeputzten Damen und berühmten Künstler loszuheulen. Sie musste sich an Zorn und Verärgerung festhalten, das lieferte den besten Schutz. Der weiße Pullover der Mutter wurde zu einem beweglichen Fleck am Rande ihres Blickfeldes, sie gab drei Löffel Zucker in ihren Tee, merkte, wie die Tasse zitterte, als sie sie an den Mund hob.

»Du bist in Oslo zu Hause«, sagte die Mutter, noch ehe sie sich wieder gesetzt hatte. Ein umständlich verziertes Stück Kuchen lag vor ihr auf einem großen weißen Teller. Der Tatarteller war bereits abgetragen worden.

»Ich brauche dich. Du bist mein einziges Kind. Ich brauche dich mehr als so ein alter Mann auf Byneset.«

»Er tut mir leid. Und du brauchst mir nicht leidzutun, Mutter.«

»Gunnar wird Vater«, sagte die Mutter leise und ließ ihre Kuchengabel müde über den Tellerrand kratzen.

»Na und? Das ist doch schön für ihn. Musst du mir deshalb leidtun?«

»Sei jetzt nicht sarkastisch. Natürlich ist das für mich eine ungeheure Belastung. Wir waren immerhin dreiunddreißig Jahre verheiratet, hast du das vergessen?«

»Aber jetzt seid ihr das nicht mehr. Und das Haus ist verkauft ...«

»Nein, ach, bitte erinnere mich nicht daran. Sonst muss ich nur weinen. Gott, wie mir dieses Haus fehlt ... Weißt du, ich schaffe es unter keinen Umständen nach Røa, ich bringe es einfach nicht über mich, auch nur eine einzige vertraute Straße, einen vertrauten Laden zu sehen.«

»Ich dachte, du fühltst dich wohl in deiner neuen Wohnung.«

»Ja, das tue ich auch. Aber achtzig Quadratmeter im drit-
ten Stock in Sandvika sind nicht genau dasselbe wie eine
Villa in Røa. Ich wollte es nicht riskieren, all mein Geld in
die Wohnung zu stecken, von irgendetwas muss ich doch
leben. Ich lebe mich ja auch so langsam ein, aber eine Villa
auf Røa ist es eben nicht.«

»Achtzig Quadratmeter mit Fahrstuhl und Dachterrasse.
Eigentlich gar nicht so schlecht.«

Die Mutter ließ sich im Sessel zurücksinken, seufzte tief
und dramatisch und schaute zugleich zu dem Künstler hinüber, um festzustellen, ob er sie ansah.

»Weißt du, Torunn, ich habe keine Lust, mit dir zu streiten.
Ich bin nicht den ganzen Weg nach Trondheim gekommen,
nur um mich mit dir zu streiten.«

»Ich habe dich ja auch nicht gebeten.«

»Und was ist mit deinem ganzen alten Kram auf dem
Dachboden? Ich musste einen Kellerverschlag von einer
der Wohnungen mieten, die noch nicht fertiggestellt sind,
und da steht jetzt alles. Dort kann es nicht bis in alle Ewigkeit bleiben, bestimmt ziehen da bald auch Leute ein. Ich
hab ja nicht einmal den Schlüssel zu deiner Wohnung. Sag
mal, hast du denn keine Pflanzen, die Wasser brauchen?
Irgendetwas, das im Kühlschrank verkommt? Einfach alles
stehen und liegen lassen, das geht doch nicht. Deine Post
lässt du dir doch wohl nachschicken?«

Torunn nickte. Die Mutter seufzte noch einmal, danach
lächelte sie wie ein krankes Kind und sagte: »Ich bestelle
eine Flasche Wein für uns, ja? Was sagst du dazu? Hm...?
Meine Liebe?«

»Ich bin mit dem Auto da. Das weißt du sehr gut, Mutter.«

»Aber ich wollte doch... Ich habe schon ein Zimmer für
dich gebucht. Hier im *Britannia*. Ein schönes Zimmer mit
einer riesigen Badewanne. Als kleine Überraschung, als klei-

nes Geschenk. Klingt das nicht wunderbar? Ich dachte, wir könnten zusammen zu Abend essen und ...«

Torunn ließ ihr Besteck auf die Tischdecke fallen und knüllte mit wütenden Bewegungen die Stoffserviette zusammen.

»Das kann ich natürlich nicht. Herrgott, wie ist es möglich? Ich habe die Verantwortung für die Tiere, die dort leben, hast du das wirklich vergessen?«

»Nicht so laut, die Leute starren schon. Du hast doch den Betriebshelfer, Torunn. Ich dachte, es sei der Sinn der Sache, dass er dir im Betrieb hilft?«

»Aber nicht so von einer Sekunde auf die andere. Soll ich ihn bitten, auch für meinen Großvater zu kochen, nachdem er den ganzen Tag geeggt hat? Du hast doch keine Ahnung, wovon du redest. Und jetzt muss ich los. Danke für die Einladung.«

»Du bleibst sitzen«, sagte die Mutter hart, dann fing sie an, in ihre Serviette zu weinen. Der Barmusiker spielte eine neue Melodie, die langsam und vage romantisch war.

»Können wir es uns nicht wenigstens ein bisschen nett machen, eine Zeit lang über etwas anderes reden?«, fragte die Mutter, zog eine Papierserviette aus der Handtasche und putzte sich vorsichtig die Nase. Torunn hätte gern laut gelacht, obwohl sie nicht einmal die Kraft zu lächeln hatte. Nie im Leben würde die Mutter in der Öffentlichkeit ihre Nase mit einer Tischserviette putzen, man hatte doch Manieren, auch wenn man eigentlich aus einem Dorf bei Tromsø stammte und der Stammbaum von Bauern und Fischern geradezu überquoll.

»Wie geht es denn denen in Kopenhagen, meine Liebe?«

»Ich bin die Anerbin, Mutter. Einen Hof verkauft man nicht so ohne weiteres. Neshov ist konzessionspflichtig.«

»Meine Güte! Diese ... diese Bauernwörter, mit denen du um dich wirfst ... Natürlich verkauft man ihn, wenn die Anerbin ihn nicht haben will.«

»Aber das weiß ich doch noch nicht! Es war meine Schuld, dass mein Vater sich das Leben genommen hat, und ich habe das Gefühl, ihm etwas schuldig zu sein. Und seinen Schweinen.«

»Um Himmels willen, Torunn, wie kann man Schweinen denn irgendetwas schuldig sein?«

Die Mutter lachte jetzt laut und unnatürlich. Torunn wartete, bis sie fertig war, dann sagte sie: »Er hat sie geliebt. Sie waren sein ganzes Leben. Ich liebe sie auch.«

Die Mutter hatte die Papierserviette zu einem kleinen Ball zusammengeknüllt, jetzt senkte sie den Kopf und starrte den Ball schweigend an. Torunn dachte daran, wie lange es her sein musste, dass sie so etwas zu ihrer Mutter gesagt hatte, dass sie sie liebte, und jetzt saß sie hier und sprach über ihre Gefühle für Schweine. In dem künstlichen Blond der Mutter entdeckte sie einige wenige Millimeter grauen Haarwuchs.

»Mutter«, sagte sie und streckte die Hand über den Tisch aus, aber die Mutter bemerkte es nicht. Torunn zog ihre Hand rasch wieder zurück und sagte: »Erlend und Krumme geht es übrigens gut. Jytte und Lizzi sind jetzt schon in der neunten Woche, und alles verläuft normal. Erlend schickt mir eine SMS nach der anderen.«

»Du willst es offenbar nicht verstehen, Torunn.«

»Erlend hat Anfang Juni Countdown für den Ultraschall.«

Torunn bohrte ihre Gabel in die Remouladensoße und betrachtete die fein gehackten Stücke Gewürzgurke, die in der gelben Masse umherglitten. Blutiges Wasser sickerte aus dem Roastbeef in das Weißbrot und dann weiter auf den weißen Teller. Das Weißbrot war jetzt rosa und sah aus wie Schaumgummi.

»Nun denn, wenn wir schon über die beiden reden müssen, dann möchte ich nur sagen, dass ich das ja ungeheuer witzig finde, das kannst du dir überhaupt nicht vorstellen. Alle meine Freundinnen finden das auch. Auf so eine Idee zu kommen! Und dann mit zwei Frauen gleichzeitig«, sagte die Mutter und schnitt mit der Gabel ein großes Stück Kuchen ab, eine kleine Schokoladenrose wurde genau in der Mitte zerteilt. Torunn wollte Erlends und Krummes großartigen Plan, Neshov zu renovieren, den Silo auszubauen und aus Neshov ein Ferienziel zu machen, mit keinem Wort erwähnen. Diese Pläne setzten nämlich voraus, dass Torunn dort wohnen blieb, und damit würde sie momentan nur Öl ins Feuer gießen.

»Hab jetzt Lust auf Kaffee zum Kuchen. Und auf ein Glas Cognac. Die haben hier doch sicher Bache XO. Bist du dir sicher, dass du keinen Cognac willst, meine Liebe? Oder Wein?«

Torunn kam der Gedanke, wie gut es eigentlich gewesen war, dass die Mutter nicht zur Beerdigung gekommen war, denn dann hätte sie alles über Erlends Pläne erfahren und eins und eins zusammengezählt. In einem Telefongespräch hatte Krumme das Thema kurz berührt und Torunn offen gefragt, ob sie die Idee gut finde. Er wusste, dass für sie damit eine Entscheidung verbunden war, erfasste offenbar auch die Reichweite der Sache mit der Wohn- und Betriebspflicht, während Erlend hingegen davon ausging, dass sie selbstverständlich bleiben würde.

Ausgerechnet Erlend, der vor Tors Tod nicht hatte begreifen können und wollen, dass Torunn dort freiwillig bleiben mochte. Wieder und wieder hatte sie ihm erklärt, ihren Vater nicht im Stich lassen zu können, wenn er sie brauchte. Jetzt, wo sie nicht einmal einen Vater als Begründung anführen konnte, hatte er sich einfach quergestellt, weil er plötzlich das Potential des Hofes erkannt hatte. Darin lag ein Egoismus, den sie nicht ignorieren konnte, sosehr sie ihren frisch erworbenen Onkel auch mochte.

»Ein ganzer Bauernhof gratis in den Schoß, kleine Nichte, und dazu dänische Millionen auf einem silbernen Tablett. *Holy shit*, das wird ja so wunderbar. Freu dich nur, bald lernst du Neufeldt kennen, den Architekten. Wir kommen gemeinsam mit ihm nach Trondheim, mit ihm und seinem Zeichenblock, er muss nur vorher noch ein Luxushotel in Thailand fertigmachen, so ein Hotel mit mindestens zwanzig Sternen, aber danach hat er frei und kann sich ganz und gar auf einen verfallenen norwegischen Bauernhof konzentrieren. Totales Kontrastprogramm! Aber Krumme kennt ihn, und er hat sofort Ja gesagt. Er wird natürlich auch fett bezahlt, meine Fresse, klar … Und wir reden hier von einem Stundenlohn, du, für den Preis könnte man eine ganze englische Fußballmannschaft anheuern. Aber *who gives a shit about football*, nicht wahr? Na ja, Elton John vielleicht … Er hat sich doch eine Mannschaft gekauft. Und David Beckham ist einfach zum Fressen, natürlich nur, solange er nicht den Mund aufmacht und man kapiert, dass er garantiert ein Kastrat ist. Wie die beiden Kinder gezeugt haben, stellt meine Phantasie wirklich auf eine harte Probe. Die kleine Frau Bosch … so nenne ich die Beckham, nach meiner elektrischen Zahnbürste, die hat genau dieselben Formen …«

»Torunn? Jetzt warst du aber weit weg, meine Liebe. Müde?«

»Ziemlich. Muss morgens früh raus, weißt du. Viel harte körperliche Arbeit.«

»Ach herrje. Das kann doch nicht gesund sein.«

»Doch, ich glaube sogar, es besteht allgemeine medizinische Einigkeit darüber, dass körperliche Arbeit gesund ist.«

»Komm mir bitte nicht so, nicht in diesem Ton. Ich will nur dein Bestes, und das weißt du sehr gut.«

Sie ließ den Teller mit dem Roastbeefbrot abräumen, ehe die Mutter sich dazu äußern konnte, wie wenig sie gegessen hatte. Kaffee und Cognac wurden serviert, ihre Mutter leerte das halbe Cognacglas auf einen Zug.

»Wann fährst du wieder nach Hause?«

»Morgen. Ich wollte noch ein wenig shoppen, wenn ich schon mal hier bin. Kennst du ein paar gute Geschäfte?«

Ich bin doch fast nie in der Stadt. Ich finde es immer noch ganz schön seltsam vor dir, so eine weite Reise zu machen, nur um mit mir zu reden.«

»Damit du zur Vernunft kommst, meine Liebe. Aber eigentlich bin ich jetzt nur noch mehr besorgt, um ganz ehrlich zu sein«, sagte sie, seufzte theatralisch und warf erneut einen Blick in die Richtung, wo der Künstler saß. Torunn folgte ihrem Blick, der Maler saß nicht mehr da. Sie verspürte ein winzig kleines Aufflackern von Zärtlichkeit für ihre Mutter.

»Willst du nicht mit mir auf den Hof rauskommen? Die Apfelbäume blühen. Und von der phantastischen Aussicht hast du mir doch selbst erzählt.«

»Seid ihr nicht gerade mit Düngen beschäftigt?«

»Doch.«

»Nein, danke, dann lieber nicht. Ich bin zwar nicht gerade arm, seit wir das Haus verkauft haben, aber eine ganze Garderobe wegzuschmeißen, wäre ja wohl ein wenig übertrieben. Diesen Geruch kriegt man doch nie wieder weg. Meinst du, dass ich den hier etwa nicht quer über den Tisch rieche? Und deine Hände, Torunn – wie sehen die denn aus! Ich nehme an, dass sie sauber sind. Eigentlich. Hände werden ja so, wenn man... Aber wie kommst du finanziell zurecht? Du bist nicht mehr krankgeschrieben, oder?«

»Nein. Unbezahlter Urlaub.«

»Der Alte auf dem Hof hat doch sicher eine Rente?«

»Ja. Und mein Vater hatte über den Bauernverband auch eine Art Lebensversicherung. Davon zehren wir gerade.«

»Herrgott, jetzt musst du aber bald zur Vernunft kommen.«

»Ich muss jetzt los.«

Sie erhob sich.

»Dann sehe ich dich gar nicht mehr? Aber Torunn... denk an das schöne Zimmer, in dem du dich entspannen könntest. Nur eine Nacht?«

»Nein, danke. Und danke für das Essen.«

»Kannst du nicht wenigstens nachher wieder in die Stadt kommen und hier mit mir zu Abend essen? Das ist doch das Mindeste...«

»Ich esse gegen drei Uhr, und abends bin ich im Stall, und gegen halb zehn gehe ich schlafen.«

»Jetzt übertreibst du. Jetzt übertreibst du, um gemein zu sein. Norwegische Bauern leben nicht so. Natürlich können die sich mal ein Essen in der Stadt gönnen.«

»Ich bin keine norwegische Bäuerin. Ich bin ich. Und solche Dinge müssen geplant werden. Außerdem haben wir im Moment schrecklich viel zu tun. Ich kann nicht... Und jetzt muss ich wirklich gehen.«

Sie ließ sich von ihrer Mutter umarmen. Als sie ihre Hände auf den weichen Wollpullover legte, hatte sie sofort Angst, Flecken zu hinterlassen. Sie spürte, wie der Rücken ihrer Mutter zu zittern anfing, als nehme er Anlauf zu neuem Weinen.

»Nicht, Mutter. Nicht weinen. Ich finde schon eine Lösung. Beruhig dich. Ich bin erwachsen, ich werde damit fertig.«

»Es war jedenfalls nicht deine Schuld, mein Schatz. Du musst mir versprechen, dass du das einsiehst«, flüsterte die Mutter und drückte sie noch immer an sich.

Torunn nickte.

»Mach's gut, Mutter. Und gute Heimreise. Grüß deine Freundinnen von mir.«

Sie musste sich dazu zwingen, auf dem Weg zur Drehtür in einem normalen Tempo zu gehen. Dann rannte sie durch die Hotelrezeption, blieb aber auf dem Bürgersteig draußen abrupt stehen, um kein Aufsehen zu erregen. Sie zündete sich eine Zigarette an und musste das Feuerzeug mit beiden Händen halten. Sie zog ihr Hady hervor und rief Kai Roger an. Er meldete sich beim ersten Klingeln.

»Ich mache mich jetzt auf den Heimweg. Wie geht es dir?«

Seine Stimme klang wie immer, alles war normal, drinnen saß ihre Mutter, hier draußen stand sie. Er machte gerade Kaffeepause, mit dem Eggen lief alles nach Plan. Er hatte auf einem der weiter unten liegenden Felder einige Unebenheiten entdeckt, dort würden sie Schotter auslegen müssen. Und dann war ihm eingefallen, dass sie ein neues Stempelkissen gebrauchen könnten, um die Schweine zu kennzeichnen, das alte war so abgenutzt, dass die Zahlen undeutlich wurden. Er fragte, ob sie beim Schlachthof Eidsmo vorbeifahren und ein neues besorgen könnte.

»Natürlich. Benötigen wir auch noch etwas anderes, wo ich schon einmal in der Stadt bin?«

»Du brauchst dich jedenfalls nicht zu beeilen. Es ist doch schön, ein paar Stunden für sich zu haben, weg vom Hof. Weißt du jetzt, warum deine Mutter nach Trondheim gekommen ist? Kommt sie mit auf den Hof?«

»Nein, sie ist mit Freundinnen verabredet, die sie auf irgendeiner Reise kennengelernt hat. Und dann wollte sie ein bisschen shoppen. Sie hat gemerkt, wie ich rieche, und da hatte sie keine Lust auf einen Hofaufenthalt…«

»Da ist sie aber ganz anders als ihre Tochter.«

»Das kannst du laut sagen. Aber im *Palmen* ist es schon toll. Übrigens, ich hatte keine Ahnung, dass du mit Margido dafür gesorgt hast, dass du bei uns bleiben kannst. Dass es da Probleme gegeben hat, meine ich … Ich hatte nur … einfach gar nicht daran gedacht.«

»Das brauchst du auch nicht. Es gibt allerlei Übergangsordnungen in Verbindung mit Todesfällen und solchen Dingen.«

Übergangsordnungen.

Übergang? Wozu denn? Sie hatte keinen Strafzettel bekommen, obwohl sie ihre Parkdauer bereits um zehn Minuten überschritten hatte. Sie fing an zu weinen, noch bevor sie an Ilen vorbeigefahren war, und sie hörte erst wieder auf, als das Bynesland sich vor ihr öffnete, hinter Rye, frühlingsgrün und leuchtend mit Feldern in verschiedenen Brauntönen, scharf abgezeichnet, je nachdem, wie weit jeder Hof mit Düngen und Pflügen und Saat vorangekommen war. Noch immer nahm sie die kostbaren Düfte der Mutter wahr, vermischt mit einem schwachen Cognacgeruch, den ihre Mutter ausgeströmt hatte, als sie ihr zuflüsterte, es sei nicht ihre Schuld.

Natürlich war es ihre Schuld. Der Vater hatte nicht wissen können, dass sie durchaus mit dem Gedanken gespielt hatte, irgendwann den Hof zu übernehmen. Aber er hatte sofort eine Antwort verlangt, und die hatte sie ihm nicht geben können, an dem Freitag, an dem er am Ende im Koben bei Siri, seiner Lieblingssau, eingeschlafen war, mit Bier, Aquavit und sechsundneunzig Paralgin forte im Bauch.

Rotz tropfte ihr aus der Nase, sie wischte ihn mit ihrem Hemdsärmel ab.

Der Vater musste das doch begriffen haben. Er hatte es zahllose Male selbst gesagt, ganz stolz sogar, dass Schweine eigentlich Raubtiere seien, wie um zu beweisen, dass er sie beherrschte, dass es eine Frage gegenseitigen Respekts war. Er musste gewusst haben, dass sie ihn in genau diesem Zustand finden würde. Hatte er das als eine Art Strafe sehen wollen? Sie schniefte hart und laut, sie wollte Kai Roger nicht mit roten Augen gegenübertreten, denn dann würde sie ihm noch mehr leidtun. Sie würde beim Supermarkt in Spongdal vorbeifahren und einkaufen, würde voller Tatendrang erscheinen, so als ob sie alles im Griff hätte. Essen. Neue Spülbürste. Deo und Seife. Milch. Sie hatten fast keine Milch mehr. Sie könnte fragen, ob Kai Roger mit ihnen essen wollte. Pfannkuchen vielleicht, mit Blaubeeren und Speck.

Erst, als sie vor dem Laden hielt, fiel ihr das Stempelkissen ein. Die bloße Vorstellung, jetzt den ganzen Weg zum Schlachthof nach Melhus fahren zu müssen… Wenn sie doch nur rechtzeitig daran gedacht hätte und über Heimdal gefahren wäre, statt wie eine Idiotin im Auto zu sitzen und zu heulen. Sie ließ den Motor wieder an. Warum war sie nur die ganze Zeit so verdammt müde? Sie ging abends um halb zehn schlafen und stand um Viertel vor sieben auf. Sie schlief immer sofort ein, das machte mehr als neun Stunden Schlaf. Reichte das denn nicht? Und warum zum Teufel war sie überhaupt hier oben mitten in Norwegen, wenn ihr Leben siebenunddreißig Jahre lang an einem ganz anderen Ort stattgefunden hatte? Sie waren Schweine, die Tiere. Nicht ihnen war sie etwas schuldig, eigentlich nicht. Plötzlich sah sie die Hand des Großvaters vor sich, die zitternd das Vergrößerungsglas über den Fotos in seinen Kriegsbüchern hin und her bewegte, den spitzen Knick in seinem Rücken unter der abgenutzten Jacke, die Bartstoppeln auf den Wangen, die sich im Takt der Kiefer bewegten, als rede er in Gedanken, sage Dinge auf, die er nicht mit ihr teilen wollte. Hilflos in seiner Armseligkeit. Natürlich konnte sie ihn nicht verlassen. Sie schloss die Augen. Stempelkissen. Das hatte sie versprochen.

Sie klopfte eine Zigarette aus der Packung auf dem Beifahrersitz, kurbelte das Fenster herunter und gab sich Feuer. Blaugraue Wolken lagen über Skaun. Gut. Sie wollte Regen und halbdunkle Tage. Diese heißen Sonnentage und die ganze Blüherei gingen ihr auf die Nerven. Sie hatte es satt, im Supermarkt in der Schlange zu stehen und sich enthusiastisch über die Hitze äußern zu müssen, so zu tun, als sei es von entscheidender Bedeutung, dass die Birken zum Nationalfeiertag am 17. Mai grün gekleidet waren.

Sie ließ den Motor an und verließ den Parkplatz vor dem Supermarkt in Richtung Melhus.

Er riss ein Stück Papier aus dem Behälter am Waschbecken, drehte es zu einer Spitze zusammen und trocknete gründlich das Loch ab, in dem er das weiße Kreuz festschraubte. Wenn sich dort über längere Zeit Wasser ansammelte, würde er Rost auf dem Autodach haben. Als er sicher war, dass alles ganz trocken war, stopfte er ein weiteres Stück Papier ins Loch und zog eine Rolle Klebeband aus der Tasche. Mit den Zähnen biss er etwas hellbraunes Paketklebeband ab und zog es über das Papierstück. Es könnte Regen geben, man konnte nie wissen, auch wenn die Sonne schien. Die Welt war unvorhersagbar.

Er liebte dieses Auto. Und er pflegte es sorgfältig. Er erinnerte sich daran, wie er diese Autowerkstatt entdeckt hatte, kurz nachdem sie eröffnet wurde. Bis dahin hatte er selbst die Reifen gewechselt und die unbenutzten stets im Sarglager in Fossegrenda aufbewahrt. Es hatte ihm jeden Frühling und Herbst vor dem Reifenwechsel gegraut, es war Schwerstarbeit bei diesen großen Autos, und es erschien ihm als eine Niederlage, diese Arbeit anderen zu überlassen. Bis er den Neffen des Inhabers begraben hatte, Stein-Ove, der ihm – während sie darauf warteten, dass die Kirche sich füllte – in einem verzweifelten Versuch von nichtssagendem Smalltalk alle Details über die Sonderangebote vorgetragen hatte, die sie für Autobesitzer vorbereitet hatten. Seither war er dort Stammkunde. Nicht nur für Reifenwechsel und Reifenaufbewahrung, sondern auch, wenn der Chevrolet gründlich poliert werden musste. Ein Chevrolet Caprice 84-Modell – noch immer und hoffentlich noch bis weit in die Zukunft hinein Gold wert.

Ein Leichenwagen musste bei jedem Wetter sauber sein und glänzen. Auch Taxis mussten sauber sein, immerhin fuhren sie Touren, für die die Kundschaft bezahlte. Aber bei richtig schlechtem Dreckswetter würde kein Fahrgast auch nur die Augenbraue heben, wenn er an den Seitentüren ein paar Dreckspritzer entdeckte. Ein Leichenwagen dagegen, der mit dem Verstorbenen unendlich langsam über die Kieswege vor einer Kapelle oder einer Kirche fahren musste, während die Trauernden ihn nicht aus den Augen ließen, durfte an keiner Stelle einen Schmutzflecken aufweisen. Er hatte oft genug vor Kirchen gehalten und festgestellt, dass der Wagen auf der Hinfahrt schmutzig geworden war, und er hatte zu Sprühflasche und weichem Flanell gegriffen und vorsichtig an den Rändern unter den Türen den Lack gesäubert. Gründliches Polieren war deshalb wichtig, weil der Schmutz sich dann leichter löste.

Das Beste an dieser Werkstatt war, dass sie Waschstraßen mit Selbstbedienung hatten, er verabscheute Waschautomaten, die die Wagen fast vergewaltigten. Wasser und Seife, darum ging es, nicht darum, dass riesige Bürsten loslegten und das Auto unter ihnen rücksichtslos in die Mangel nahmen. So wenig Berührung wie möglich, dann wurde es am saubersten. Das hatten sie hier, wo sogar die Waschautomaten die schonendsten in der ganzen Stadt waren, begriffen.

Das Handy klingelte. Er schob die Hand unter die durchsichtige Wegwerfschürze aus Kunststoff, die er sich umgebunden hatte, um seine Kleider vor dem schmutzigen Wasser zu schützen. Er hatte sie im Kreuz und im Nacken gebunden, die Angestellten hier lachten immer über ihn, wenn er sich so anzog. Sie begriffen sehr gut, dass diese Schürze eigentlich dazu diente, ihn beim Zurechtmachen von Toten zu schützen. Aber jetzt hatten so viele »Six Feet Under« gesehen, jedenfalls die, die hier arbeiteten und von seinem Beruf wussten, dass ihnen die Arbeit an einem Leichnam ebenso vertraut zu sein schien wie Ingrid Espelid Hovigs Fernsehküche. Ständig wollten sie mit ihm darüber diskutieren, obwohl er stets erklärt hatte, in einem Bestattungsunternehmen in Norwegen zu arbeiten, sei – im Vergleich zu den USA –, wie sich auf einem anderen Planeten zu befinden.

»Margido Neshov.«

Es war Frau Marstad aus dem Büro. Sie wollte wissen, ob er sich an diesem Tag mit ihrem Neffen zusammensetzen könne. Es gehe um diese Homepage für das Internet.

»Heute? Ich wasche gerade die Wagen. Mit dem CX habe ich nicht einmal angefangen, ich bin noch mit dem Caprice beschäftigt. Und sie müssen auch noch von innen gereinigt werden.«

Das könne er doch den Angestellten der Werkstatt überlassen, das sei schließlich der Sinn der Sache.

»Sicherlich, aber sie haben hier Selbstbedienungs-Waschhallen, und da lege ich einfach lieber selbst Hand an. Dann weiß ich, dass es richtig gemacht wird.«

Aber es eile mit der Homepage, die werde ja nur immer weiter aufgeschoben. Und an diesem Tag habe ihr Neffe eben Zeit. Er brauche lediglich ein bisschen Input, dann werde er einen Vorschlag machen.

»Kannst nicht du ihm diesen… Input geben?«

Das könne sie durchaus.

»Du kennst dich doch mit Computern aus.«

Es gehe hier aber nicht um Computer, sondern um Inhalte. Könne er die Sache nicht einfach wie eine Broschüre behandeln? Nur, dass die Seiten eben auf dem Bildschirm stünden?

Es ärgerte ihn wahnsinnig, dass sie mit ihm sprach wie mit einem Kind. Er schaute sich doch bei der Arbeit immer wieder im Internet die Websites der Konkurrenz an, er wusste, worum es dabei ging. Frau Marstad redete nun schon seit einer Ewigkeit darüber, natürlich aus gutem Grund. Sie waren das einzige Bestattungsunternehmen der Stadt, das keine Homepage hatte. Er wusste auch genau, was ihn zurückhielt, nämlich die Angst zu expandieren und mehr Aufträge zu erhalten als er, Frau Marstad und Frau Gabrielsen ausführen könnten. Dann würden sie neue Leute einstellen müssen, und diese Vorstellung war ihm zuwider. Sie hatten in der Mittagspause darüber gesprochen, er hatte den anderen einfach nur nach dem Munde geredet. Entweder sie nahmen jemanden, der als Lehrling anfing, oder einen festen Blumendekorateur; das würde die Damen für andere Aufgaben freistellen. Die einzige Möglichkeit, die ihm nicht unangenehm erschien, war, einen jungen Menschen aus einem der großen Familienunternehmen bekommen zu können. Er wusste, dass der jüngste Sohn von Lasse Bovin bei *Bovins* mitarbeitete, aber eigentlich waren sie dort voll belegt, immerhin gab es noch drei ältere Brüder. Frau Gabrielsen hatte das erzählt, sie hielt sich auf dem Laufenden über die Branche und deutete immer wieder an, dass sie noch jemanden einstellen müssten. Aber wie sollten sie hier vorgehen? Einfach den alten Bovin anrufen, um die Möglichkeiten zu sondieren? Sich erkundigen, was der Junge für ein Bursche sei?

»Na gut. Wenn wir vier Uhr sagen? Dann kriegt dein Neffe seinen Input.«

Er heiße Ola, was Margido sehr gut wisse, erinnerte sie

ihn. Und vier Uhr ginge sicher in Ordnung, Ola habe derzeit nicht viel zu tun, er bekomme nur kleine Freelancejobs.

»Dann ist das abgemacht. Und du kümmerst dich um die Programme für morgen?«

Natürlich werde sie das tun, warum er frage.

»Ich dachte nur...«

Jetzt solle er die Wagen waschen, damit sie für den nächsten Tag schön sauber seien. Der Caprice werde ja gleich zweimal zum Einsatz kommen, das dürfe er nicht vergessen.

Da hatte sie es ihm gegeben. Er wusste genau, dass er die Damen ärgerte, wenn er immer wieder an Selbstverständlichkeiten erinnerte. Sie übersahen nie auch nur ein einziges Detail, aber dennoch rutschten sie ihm immer wieder heraus, diese kleinen Ermahnungen. Und jetzt würde vielleicht noch ein Mensch Teil dieser engen Dreierbeziehung werden, dessen Aufgaben er diskret und unsichtbar überwachen müsste – zusätzlich zu seinen eigenen.

Mit großer Erleichterung steckte er das Handy in die Tasche zurück, nahm sich Wischleder und Silikonlappen und ließ die Hände über die eleganten Linien des Caprice fahren, die blanken Felgen, die Verchromungen, die glänzende Motorhaube, die seine eigene Silhouette widerspiegelte. Jetzt fehlte es nur noch, dass die Damen ernsthaft wegen eines neuen Wagens herumquengelten, zusätzlich zu Internet und neuen Angestellten. Und es ärgerte ihn, dass sie so gute Argumente hatten: die Aufträge, die ihnen entgingen, wenn jemand bei einem Auslandsaufenthalt gestorben war und mit dem Flugzeug nach Værnes gebracht wurde. Die Fluggesellschaften verlangten einen Zinksarg in einem Holzsarg, und dazu noch weitere Verpackung. Ein Sarg konnte damit über hundert Kilo schwer und zweieinhalb Meter lang werden, und das konnten weder der Caprice noch der Citroën CX transportieren. Er brauchte einen spezialkonstruierten

Mercedes. Aber der würde sicher über eine Million kosten. Es würde ganz schön viele tote Mittelmeertouristen brauchen, um das zu amortisieren, sagte er dann immer, auch wenn man für Leichenwagen keinen Einfuhrzoll bezahlen musste und nach drei Jahren vom Staat einen Teil der Kaufsumme zurückbekam. Es war aber schon ein wenig peinlich, Nein sagen zu müssen, wenn jemand wegen einer Heimholung aus dem Ausland anfragte, nur, weil der Fuhrpark nicht gut genug bestückt war.

Er hatte eben den Caprice herausgefahren und den Citroën in die Waschhalle gebracht, als Torunn anrief. Er fühlte sich nie wohl in seiner Haut, wenn er im Display sah, dass sie die Anruferin war. Er hatte Angst, dem Alten oder ihr selbst könne etwas passiert sein. Oder... Er wusste es nicht so recht. Die Lage war ziemlich unklar. Unmittelbar vor Tors Tod hatte er mit dem Gedanken gespielt, sein Sarglager aus Fossegrenda in die Scheune auf Neshov zu verlegen. Das hätte die Finanzlage auf dem Hof um einiges verbessert. Für seine jetzigen Räumlichkeiten bezahlte er fünftausend im Monat. Er würde nicht mehr als zehn- oder fünfzehntausend für den Umbau der Scheune brauchen, er benötigte nur noch einen staubfreien Raum mit tiefen und geräumigen Regalen; die staubdichten Schränke für Leichenhemden, Gesichtstücher und alles andere gehörten ihm bereits, die mussten nur noch nach Neshov gebracht werden. Viel an Heizung wäre nicht vonnöten, das Holz der Särge war für mittlere Temperaturen geeignet. Ein einfacher Heizkörper würde ausreichen. Nach dem Umbau würde er jeden Monat dreitausend zum Hofbetrieb beitragen können, hatte er sich überlegt, die Kronen könnten in eine Feuerversicherung für die Scheune gesteckt werden. Er nahm an, dass diese Summe Neshovs Betriebsbudget guttun würde, ein Budget, über das er kaum etwas wusste. Er stellte auch keine Fragen. Er hielt sich zurück und wartete ab. Er wollte Torunn weder in die eine noch in die andere Richtung beeinflussen. Vielleicht war es diese Unsicherheit, nicht zu wissen, ob er die richtige Strategie gewählt hatte, die ihn so nervös machte, wenn sie anrief.

»Hallo Torunn. Wie geht's?«

Diese Frage beantwortete sie nicht, sie platzte gleich damit heraus, dass sie sich am Vortag mit ihrer Mutter getroffen hatte.

»Getroffen? Ist sie nach Neshov gekommen?«

Das klang seltsam, dachte er, wo sie nicht einmal die Beerdigung des Vaters ihrer Tochter besucht hatte. Aber sie war nicht nach Neshov gekommen, sondern nur ins *Britannia*, um mit ihr zu sprechen, erklärte Torunn. Und sie hatte erfahren, dass Margido mit ihrer Mutter in Kontakt gewesen war.

»Das stimmt. Sie hat einmal hier angerufen. Es gefällt ihr wohl nicht, dass du ...«

»Du hast absolut kein Recht, hinter meinem Rücken mit meiner Mutter zu sprechen.«

»Das war überhaupt nicht hinter deinem Rücken, sondern vor allem, um Stress von dir fernzuhalten. Deine Mutter hat überaus deutliche Ansichten über alles Mögliche. Ich konnte da nicht viel dran ändern, um ehrlich zu sein.«

»Und was war das mit der Übergangsregelung für Kai Roger?«

»Da hält man sich einfach an die Vorschriften, daran brauchst du nicht weiter zu denken. Du brauchst doch Hilfe.«

»Ich kann mich doch nicht, verdammte Scheiße ...«

Margido schloss die Augen.

»... nicht für alle Ewigkeit von Kai Roger abhängig machen! Wenn ich den Hof nicht allein leiten kann, was zum TEUFEL soll denn dann werden?«

»Aber Torunn, das weiß ich nicht. Das musst du entscheiden. Wir müssen uns einmal hinsetzen und uns die Finanzlage genau ansehen. Diese vagen Pläne, die Erlend angebracht hat, wir wissen ja nicht einmal, ob ihm das ernst ist, aber wenn etwas an der Sache dran ist, würde das deine Situation um einiges erleichtern. Ich wollte dir nur ein wenig Zeit lassen. Und Erlend will das auch.«

Jetzt seien sechs Wochen vergangen, und sie habe nicht gerade das Gefühl, zwei Onkel zu haben, das schrie sie fast. Er schloss abermals die Augen und atmete tief durch, ehe er antwortete: »Ja, die Tage verfliegen einfach nur, tut mir leid, du weißt ja, wie das ist. Wir haben alle Hände voll zu tun. Aber natürlich komme ich vorbei, wenn du das willst. Ich wollte dir nur die Zeit lassen, die du vielleicht brauchst.«

Sie verstummte. Sie bat um Entschuldigung für die Flüche. Sie sei nur frustriert. Wie lange sie Kai Roger behalten könne?

»Jedenfalls über den Sommer«, log er. Wenn der Staat keine so lange Zeit finanzierte, was er vermutete, würde er sich persönlich an Kai Roger Sivertsen wenden und sich privat mit ihm einigen, ohne dass Torunn davon etwas erfahren würde. Sie war offenbar gewaltig aus dem Gleichgewicht geraten, auch wenn sie das selbst nicht einsah. Sie brauchte Zeit, davon war er überzeugt.

»Wann soll ich denn kommen?«, fragte er und hoffte sofort, sie werde nicht vier Uhr an diesem Nachmittag vorschlagen.

Aber so sehr eilte es nun doch nicht. Sie hörte sich plötzlich sehr müde an, ihre Stimme wurde leise und tonlos. Vielleicht war Fluchen da eine Hilfe.

»Wie läuft es denn in Kopenhagen?«, fragte er, ohne zu überlegen.

Die Damen seien in der zehnten Woche und alles scheine normal zu verlaufen.

Es war ein Thema, das er eigentlich überhaupt nicht anschneiden mochte. Er verspürte angesichts dieses überaus unkonventionellen Arrangements noch immer Unbehagen. Er würde wohl gewaltig in sich gehen müssen, bis ihm dieser Familienzuwachs in Kopenhagen ganz normal vorkommen würde.

»Aber hat er nichts mehr über seine Pläne für Neshov gesagt?«, fragte er nun eilig.

»Nichts Konkretes«, antwortete sie. Es sei nur noch die Rede von Kindern, wie ein Fötus sich von Woche zu Woche entwickele, bald würden diese vielen Details sie noch in den Wahnsinn treiben.

Er lachte vorsichtig und verständnisvoll. »Das kann ich gut verstehen, Torunn.«

Die Ferkel waren ihr sicher wichtiger als Menschenkinder, aber das sagte er klugerweise nicht laut.

»Ruf an, wenn ich vorbeikommen soll, ja?«

Er hatte wirklich mit einer sofortigen Ohnmacht gerechnet, als Erlend erzählt hatte, dass er Vater werden würde. Es war in der Küche von Neshov gewesen, an dem Tag, an dem sie Tor tot aufgefunden hatten. Es war ein Tag, der ihm wohl immer als der absurdeste und am meisten surreale in seinem ganzen Leben in Erinnerung bleiben wird. Nicht nur, weil das mit Tor passiert war, sondern auch, weil er, nur wenige Stunden nachdem Torunn ihn angerufen hatte, Erlend und Krumme auf dem Hofplatz hatte stehen sehen, beide mit strahlendem Lächeln, während ein Taxi davonfuhr und Erlend erregt schrie: »*Surprise! Surprise!*«

Torunn lag auf dem Sofa im Fernsehzimmer und starrte die Decke an, sie weinte nicht, sagte nichts. Der Alte saß still in seinem Sessel auf der anderen Seite des Couchtisches, drehte Däumchen, schaute zu Boden und schob seine Pantoffeln auf dem abgenutzten Teppich hin und her. Kai Roger lief nervös herum, während Margido von St. Olavs einen Krankenwagen kommen ließ. Bei einem Selbstmord wurde routinemäßig eine Obduktion vorgenommen. Die Sanitäter hatten bestimmt schon oft Schlimmeres gesehen, bei Verkehrsunfällen zum Beispiel, aber Margido war sich sicher, dass sie zum ersten Mal einen Toten mit abgefressener Nase und Fingern aus einer Waschküche in einem Stall holen mussten. Er konnte es ja selbst kaum glauben. Er hatte einmal in der Zeitung über einen Massenmörder gelesen, der seine Schweine mit den Frauen, die er ermordet hatte, gefüttert hatte, aber er war davon ausgegangen, es handele sich um eine andere Schweinerasse als die, die sie im Stall hatten und die von Tor umsorgt wurde. Im Nachhinein, beim Gedanken daran, dass im Grunde jedes Schwein ein Raubtier war, war er dankbar dafür, dass Tor nicht noch schlimmer zugerichtet worden war.

Er hatte zuerst geglaubt, dass Torunn von Erlends und Krummes Kommen informiert gewesen sei, aber das entpuppte sich als Irrtum. Sie hatten alle überraschen wollen. Erlend war als Erster in die Küche gelaufen und hatte aufgeregt über ihre grandiosen Pläne für Neshov geplappert, über einen Superarchitekten, der aus dem Doppelsilo eine Designperle machen sollte. Das Ganze war unbegreiflich gewesen. Krumme hatte dann kapiert, dass etwas Schreckliches passiert sein musste, als er ins andere Zimmer schaute und Torunn sah, die sich mit unbeweglichem Gesicht auf die Ellbogen stützte und sie anstarrte, ohne jedoch aufstehen zu wollen, um ihnen entgegenzukommen. Margido konnte die beiden auf den Gang ziehen, die Küchentür schließen und ihnen mitteilen, was geschehen war. Jedenfalls, was seiner Ansicht nach geschehen war. Erlend schlug daraufhin die Hände vors Gesicht.

»Das sollte doch ein Freudentag werden!«, sagte er und brach in trockenes Schluchzen aus. »Und dann begeht mein großer Bruder Selbstmord! Das kann nicht sein! Das ist ein Albtraum! Ich will aufwachen! KRUMME!«

Krumme konnte ihn auf den Hof ziehen, wo sie einige Male um den Sippenbaum gingen, während Krumme Erlend hart um die Taille gepackt hielt. Margido beobachtete sie aus dem Küchenfenster, wie Fremde, an einem fremden Ort. Nur wenige Stunden zuvor hatte er mit der Samstagszeitung vor sich auf dem Küchentisch zu Hause in seiner Wohnung in Flatåsen gesessen und auf ein ruhiges Wochenende ohne irgendwelche Unglücksfälle gehofft und auf eine gute Stunde abends in der Sauna spekuliert. Er wollte an diesem Wochenende auch auf Neshov vorbeischauen, um seine Idee vom Sarglager in der Scheune zur Sprache zu bringen. Und jetzt stand er hier und musterte seinen kleinen Bruder über die Spitzengardine hinweg, und sein großer Bruder lag vermutlich schon im Kühlraum von St. Olavs. Torunn war langsamen Schrittes in die Küche gekommen.

»Ich kann es nicht begreifen«, sagte sie tonlos. »Was ist passiert?«

Er dachte zuerst, sie meine Tor, stehe unter Schock und habe ihr Erlebnis im Stall verdrängt.

»Nichts ist passiert, glaube ich. Sie sind einfach nur gekommen«, sagte er. »Sie wollen die Silos ausbauen.«

Nun kamen beide wieder herein, und Erlend legte die Arme um Torunn und sagte ganz offen: »Ich werde Vater. Krumme auch.« Und Margido hatte das Gefühl, dass Zimmer und Gesichter zitterten, zuerst wie durch ein Vergrößerungsglas, dann aus immer weiterer Ferne, bis er auf den Stahlrohrstuhl sank und die Kante des Resopaltisches umklammerte.

»Ja ja. Du findest das sicher total verwerflich«, sagte Erlend zu ihm.

»Was denn?«, fragte er.

44

»Dass Schwule Kinder kriegen. Aber du kannst ganz beruhigt sein, sie haben auch Mütter. Sogar zwei Stück.«

Es war ein Wunder, dass er nicht in Ohnmacht fiel. Obwohl er in seinem ganzen Leben noch nie ohnmächtig gewesen war, glaubte er, dass es sich ungefähr so anfühlen müsste.

Krumme hatte Kaffee gekocht und den Inhalt von zwei großen Einkaufstüten auf der Anrichte verteilt. Wein und Cognac, Käse, einen kugelrunden vakuumverpackten Schinken, Toblerone und jede Menge andere Dinge, die Margido nicht identifizieren konnte, von denen er jedoch ahnte, dass es sich um Luxuswaren handelte.

Krumme war dann derjenige gewesen, der anfing zu berichten, wie alles zusammenhing, während Erlend ganz fest Torunns Hand drückte und zu allem nickte, was Krumme sagte. Der Alte saß noch immer in seinem Sessel im Fernsehzimmer, außer Krumme hatte ihn niemand angesprochen, aber in seinem Zimmer hörte er alles, was gesagt wurde. Krumme erzählte von den Kinderplänen, dass sie ein Lesbenpaar namens Jytte und Lizzi kannten, das sich ebenso sehr Kinder wünschte wie er und Erlend. Lesbenpaar. Dieses Wort wurde ausgesprochen wie jedes andere absolut zufällige Wort, aber für den Rest des Tages wollte es Margido nicht mehr aus dem Kopf gehen. Lesbenpaar. Ein paar Lesben. Warum hieß das so? Es war kein schönes Wort, irgendwer müsste sich ein neues ausdenken. Ihm war ja klar, dass es einfach darum ging, dass zwei Frauen zusammenlebten und sich aller Wahrscheinlichkeit nach auch liebten, aber ihm gefiel das Wort nicht, es gefiel ihm überhaupt nicht. Es war eine viel zu intime Bezeichnung, zu privat.

So, wie Krumme die Sache erklärte, hörte es sich ganz normal und einfach an. Es gab keine anonyme Samen- oder Eispende, die Kinder würden die volle Fürsorge von Vater und Mutter genießen, ja, sogar in doppelter Dosierung. Margido hatte genickt und den beiden immer wieder mit »hm hm« zugestimmt, aber es war Torunn gewesen, die als Erste gesagt hatte: »Da gratuliere ich aber!« Und Erlend war daraufhin endgültig in Tränen ausgebrochen.

Es war der aller-, allerschlimmste Tag in seinem Leben gewesen, ein Tag an dem alles außer Kontrolle, aus seiner Kontrolle geraten war. Nichts stimmte mehr, alles verschwamm. Er konnte nichts mehr für Tor tun, außer sich um die Todesanzeige zu kümmern, die am Dienstag erscheinen würde, und die ergab sich ja von selbst.

Krumme hatte den Kaffee in unterschiedlichen Tassen serviert, hatte die guten Sachen aus dem zollfreien Laden auf Tellern verteilt und den Schinken aufgeschnitten, und allmählich fingen sie an, über Tor zu sprechen, darüber, was geschehen war. Nach einer Weile ging Torunn hinauf auf ihr Zimmer, niemand ging ihr hinterher. Und am folgenden Donnerstag wurde Tor neben der Mutter beigesetzt. Der Grabstein der Mutter stand noch nicht lange dort. Margido wollte Tors Namen auf denselben Stein setzen lassen, auch wenn das bei Mutter und Sohn eigentlich nicht üblich war. Es war Torunns Idee gewesen.

»Er hätte sich darüber gefreut, hatte sie gesagt. Es war auch ihre Idee, dass sie *Das erste Lied, das je ich hört* sangen und dasselbe Bild vom Hof für das Liederheft verwendeten – genau wie bei der Beerdigung der Mutter kurz nach Weihnachten. Er selbst konnte sich inzwischen kaum an diese Tage erinnern, vom Samstagmorgen bis zu dem Moment, wo er vor der Kirche von Byneset die Beileidsbekundungen entgegengenommen hatte. Frau Gabrielsen und Frau Marstad hatten ihn bei der Arbeit entlastet. Und jetzt stand er hier mit dem CX und rieb mit dem schaumigen Schwamm daran herum und schämte sich zutiefst, weil er die Zeit einfach hatte vergehen lassen, er hatte Torunn viel zu sehr allein gelassen, er war nicht für sie da gewesen. Aber sie hatte Kai Roger. Dafür hatte er immerhin gesorgt.

Er warf die Schürze in den Mülleimer, ging ins Café und bestellte eine Tasse Kaffee und ein frisch geschmiertes Baguette mit Käse und Schinken. Die Wagen standen draußen, einer neben dem anderen, leuchtend sauber, der eine schwarz, der andere glänzend weiß. Sie passten gut zueinander, er fand es schön, sie so dastehen zu sehen, das erinnerte ihn immer daran, wie das Leben sein konnte – licht und leicht im einen Moment, kohlschwarz im nächsten. Oder umgekehrt, ebensooft umgekehrt.

Er nahm an dem kleinen für Kundschaft reservierten Tisch Platz und blätterte in einer dort vergessenen Zeitung. Seine Arme und seine Schultern waren müde. Stein-Ove brachte seine eigene Kaffeetasse und wollte reden, Eide wollte immer über Margidos Arbeit reden, das interessierte die Leute brennend, ständig gab es neue und überraschende Fragen. Aber daran war er inzwischen gewöhnt. Seine Branche war für viele unbekannt, natürlich machte das neugierig. Und diese Fernsehserie hatte die Neugierde vieler erst recht geweckt, er hatte sie sich anfangs nicht angeschaut, die Folgen liefen, was seine Schlafgewohnheiten anging, zu spät am Abend, aber bald hatte er eingesehen, dass das ein Fehler war. Daher hatte er sich vor knapp einem Monat ein DVD-Gerät sowie alle Staffeln von »Six Feet Under« gekauft – eine für seine Begriffe außergewöhnliche Anschaffung. Er bekam niemals Besuch, niemand würde etwas davon erfahren. Es hätte doch ein wenig pervers gewirkt. Aber es half ihm, die Serie in- und auswendig zu kennen, wenn die Leute ihn ausfragten und löcherten. Er sagte stets, er sei von Herzen froh darüber, dass er in Norwegen arbeite und nicht in den USA. Die anderen waren da nicht immer seiner Ansicht, sie konnten es sich gut vorstellen, dass Angehörige im Tod schöner wurden als sie es im Leben gewesen waren. In Norwegen wurde der Sarg zum Glück nur während der Abschiedsandacht in der Kapelle geöffnet. In Norwegen war also Abkühlung angesagt, Abkühlung und abermals Abkühlung, während man in den USA dem Körper alle Flüssigkeiten entzog, die Verwesung hervorriefen und beschleunigten. Zuerst wurde das Blut durch Balsamierflüssigkeit ersetzt, danach wurden alle Hohlräume des Körpers gründlich und sorgfältig desinfiziert. Augäpfel und Nasenlöcher, Gehörgänge, Mund und Rachen. Und natürlich Analkanal und Geschlechtsorgane. Mit Bürsten und Lappen und Spray. Am Ende wurde die Leiche geschminkt und angezogen und in einen überreich verzierten Sarg gelegt, und da konnte sie dann Stunden und sogar Tage bei normaler Raumtemperatur liegen, und schön und schlafend aussehen.

Ihm kam es vor, wie den Tod zu verleugnen. Man entfernte den Tod. Alles wurde zu Fassade und Lebenslüge. Was für eine Vorstellung, wenn er jeden einzelnen Leichnam hätte präsentabel herrichten müssen! Unfallopfer zum Beispiel!

Mit morbidem Interesse, verbunden mit echter professioneller Neugier, hatte er vornübergebeugt in seinem bequemen Sessel mit angesehen, wie sie Gesichter und Schädel rehabilitierten, wie sie ausstopften und auffüllten, mit Perücken bedeckten, spachtelten, malten und schminkten. Im St. Olavs arbeitete ein Mann, der diese Techniken beherrschte. Ein einziger Mann in ganz Trondheim. In den USA hatte jedes einzelne Bestattungsbüro einen solchen Spezialisten, oft sogar mehrere. Das musste so sein. Die Leiche sollte aus nächster Nähe angesehen werden, viele Stunden lang, ehe sie eingeäschert oder begraben wurde. Während es in Norwegen eine solche Rehabilitierung nur in äußerst seltenen

Fällen gab. Wenn es passierte, dann handelte es sich meistens um junge Menschen, die bei einem Unfall ums Leben gekommen waren, mit Eltern, die ihr Kind einfach ein allerletztes Mal sehen dürfen mussten. Dann konnte er das verstehen, dann gab man sich natürlich alle Mühe, dem Seelenfrieden und der Trauerarbeit zuliebe.

»Die Autos sind also in *ship shape condition*?«

Stein-Ove warf immer mit englischen Wörtern um sich, vermutlich sah er sich zu viele Fernsehfilme aus den USA an. Bei ihm war nicht die Rede von Politur, sondern von *polish, deep polish* und *full treatment*. Margido schluckte ein Stück Baguette hinunter und nickte.

»Ja, jetzt sind sie bereit für die Straße«, sagte er und erwartete, dass Stein-Ove etwas über *on the road again* sagen würde. Aber der sagte: »Ich bin gestern hinter einem Leichenzug hergefahren, draußen in Lade. Da kam ein *stupid idiot*, dem es zu langsam ging, und wollte überholen, kannst du dir das vorstellen? Das war einfach unmöglich. Hat sich zwischen Leichenwagen und den Wagen gleich dahinter gedrängt! Kein Respekt, weißt du.«

»Das kenne ich«, sagte Margido. »Kein Respekt.«

»Eines schönen Tages sitzt er selbst da und will einen seiner nächsten Angehörigen begleiten. Und dann geschieht es ihm recht, wenn ihm das Gleiche widerfährt. Im Moment viel zu tun?«

»Es geht … plätschert so dahin. Hab morgen zwei Beerdigungen.«

»Wie sind die denn gestorben?«

Margido musste überlegen, ehe er antwortete, am liebsten hätte er langsam die Zeitung durchgeblättert, fertig gegessen, sich ein wenig ausgeruht, bevor er den Caprice in die Werkstatt fuhr und dann zurückspazierte, um den Citroën zu holen.

»Eine Frau an Krebs, dann ein Herzinfarkt.«

»Mann also. Der Herzinfarkt.«

»Das nicht gerade. Eine Frau von einundfünfzig.«

»Das höre ich ja nun wieder gern. Meine Alte quengelt dauernd rum, ich sollte mit Rauchen aufhören.«

»Solltest du auch«, sagte Margido.

»Nicht so einfach. *Just quit,* meinst du? Nein, ein paar Freuden muss man im Leben doch haben.«

Als er eine halbe Stunde später mit dem Citroën ins Büro fuhr, sah er deutlich seine Homepage vor sich. Sie sollte ordentlich und nüchtern sein. Übersichtlich und unaufdringlich. Er hoffte sehr, dass dieser Neffe nicht eine einzige Folge von »Six Feet Under« gesehen hatte.

Krumme! Du musst aufwachen! Hörst du dasselbe wie ich?«

Erlend schüttelte Krumme mehrere Male an den Schultern, bis der endlich die Augen aufmachte.

»Herrgott, es ist Sonntagmorgen, oder nicht?«

»Natürlich ist Sonntagmorgen«, sagte Erlend.

»Dann kann ich doch ausschlafen. Ich habe Spätdienst, hast du das vergessen? Und ich habe einen Kater, der gerade mit einem Pressluftbohrer arbeitet. Ich hatte keine Ahnung, dass Kater Pressluftbohrer benutzen, ich dachte, sie …«

»Aber hörst du nicht, Krumme! Hör doch mal!«

Krummes Augen waren rotunterlaufen und sehr klein.

Gemeinsam lauschten sie einige Sekunden lang.

»Ich höre überhaupt nichts«, sagte Krumme, schloss die Augen wieder, zerrte die Doppeldecke zu sich herüber und drehte sich auf die Seite. Erlend riss die Decke wieder zu sich.

»Nein! Darum geht es doch gerade, Krumme. Man kann rein gar nichts hören! Rein gar nichts!«

»Dann schlafen wir.«

»Krumme. Es ist halb zehn!«

»Gütiger Himmel! Und dann weckst du mich!«

»… und Birte wollte um neun kommen. Das hatten wir

abgemacht. Jetzt müssten wir das Geräusch des Staubsaugers hören. Und der Spülmaschinen. Fließendes Wasser. Quietschende Gummihandschuhe. Säcke voller leerer Flaschen und Abfälle, die in die Diele getragen werden. Solche Geräusche, zu denen ich an einem Sonntagmorgen liebend gern schlafe! Ich erschieße mich, wenn sie nicht kommt.«

»Dem Himmel sei Dank dafür, dass ich Spätdienst habe. Da werde ich das Bett hüten, bis ich den Tatort verlassen kann.«

»Dann erschieße ich dich auch.«

»Stell dir mal vor, was das für die Polizei für eine Arbeit wäre. Die sind doch ohnehin schon überarbeitet genug. Ich nehme an, die Wohnung sieht aus wie ein Katastrophengebiet. Sie werden Sondereinsatztruppen mit Traumatraining brauchen.«

Das Fest hatte eigentlich eine ganz normale Samstagsrunde mit Tapas für zehn sein sollen, aber noch vor Mitternacht hatten sich ihnen zwei weitere Festgesellschaften angeschlossen, und als Erlend zu irgendeinem Zeitpunkt gefragt hatte, wer Cognac haben wollte, hatte er über vierzig Menschen gezählt. Natürlich kannte er die meisten davon, mit Ausnahme von vielleicht sieben oder acht. Aber so war es ja oft. Alle wussten, dass es hier ein offenes Herz und einen vollen Barschrank gab, und dass der Boden zu den Wohnungen weiter unten im Haus schallisoliert war.

»Aber ich muss pissen!«, sagte er jetzt.

»Dann piss doch, du Trottel.«

»Ich trau mich nicht, die Tür aufzumachen.«

»Dann geh mit geschlossenen Augen. Dein eigenes Klo wirst du ja wohl noch finden. Wann sind die letzten gegangen?«

»Keine Ahnung. Ist durchaus möglich, dass sie noch immer hier sind. Diese verdammte Birte. Ich rufe sie an, sobald ich das Telefon gefunden habe.«

Erlend ging nackt und mit gesenktem Blick durch die Diele zur Toilette, konnte aber dennoch einen Korkenzieher mit einem Korken und einen auf die äußerste Spitze des Korkenziehers gespießten Kuchenrest sehen, und diese gesamte alberne Kreation lag in einem der Empiresessel. Er riss den Korkenzieher an sich, und der Kuchenrest fiel herunter. Dann musterte er sorgfältig den Samtbezug, um festzustellen, ob der Korken Flecken hinterlassen hatte. Das hatte er, aber der Fleck war so klein, dass er es nicht über sich brachte, hysterisch zu werden. Die Hysterie wollte er sich für den Rest der Wohnung aufsparen. Er ging davon aus, dass er sie brauchen würde, wenn er nach dem Telefon suchte.

Er schaute missmutig zur Fahrstuhltür hinüber. Der Fahrstuhl stand im Erdgeschoss, keine Birte war auf dem Weg nach oben. Dreifache Bezahlung hatten sie ihr versprochen, dazu köstliche Essensreste, die sie mit nach Hause nehmen könnte. Das Essen war wirklich exquisit gewesen, vielleicht sollten sie häufiger eine Cateringfirma beauftragen. Krumme hatte in der Redaktion zu viel zu tun und wollte dann nicht auch noch kochen, und Erlend selbst fehlte derzeit die Konzentration, die zur Herstellung von Fingerfood nötig war, wo er doch nur noch an Embryoentwicklung dachte. Es war wirklich so schlimm geworden, dass seine Arbeit darunter litt, außer wenn das Fenster, das er dekorieren sollte, irgendeine Verbindung zu Babys hatte, dann wusste er, dass er wie immer geniale Ideen nur so aus dem Ärmel schütteln würde. Aber die einzige Gelegenheit, die sich ihm bisher geboten hatte, war ein Fenster, das er mit den letzten Modellen von Kinderwagen der Marke Teutonia gestaltet hatte. Die waren allerdings grottenhässlich gewesen, sie waren bestimmt von einem zutiefst gestörten Menschen entworfen worden. Er konnte es nicht fassen, dass Ästhetik auf Kosten von Funktionalität und Sicherheit beiseitegeschoben wurde. Mit diesen Kinderwagen sollte man durch den Wald laufen können! Aber was zum Henker hatte man im Wald mit einem Kinderwagen zu suchen?

Er setzte sich auf die Klobrille, um zu pinkeln, das machte er morgens immer, es war eine gute Regel, die er schon vor langer Zeit auch Krumme auferlegt hatte. Urinflecken auf dem Boden waren einfach vulgär. Er war davon überzeugt, wenn er den Boden um das Klo einige Sekunden lang untersuchte, würde er jede Menge finden. Flecken, die eine hohe Konzentration von Alkohol enthielten. Auf erlesenem Eichenboden. Zum Glück schützten den Boden fünf Lagen hochblanker Schiffslack. Und was für eine Vorstellung, einem Kinderwagen einen Namen zu geben, der wie der einer gekenterten Fähre klang. Warum hatten sie nicht hier auf der Toilette einen Festanschluss installiert, dann könnte er Birte anrufen und sich danach unter die Decke in Sicherheit bringen. Diese schnurlosen Teile, die man niemals finden konnte. Sie hatten vier Stück, die nie dort waren, wo sie sein sollten, und plötzlich befanden alle vier sich auf demselben Quadratmeter. Wo sein Handy stecken mochte, hatte er nun wirklich nicht die geringste Ahnung. Er hatte eine vage Erinnerung daran, dass er irgendwann in der Nacht aufgeregt mit jemandem telefoniert hatte, aber er wusste nicht mehr, mit wem oder warum. Er würde die ein- und die ausgegangenen Anrufe überprüfen müssen, es gab für ihn einfach nichts Schlimmeres nach so einer Nacht, ihm brach der kalte Schweiß aus bei der Vorstellung, am Telefon zu weit gegangen zu sein. Er wusste schon gar nicht mehr, wie oft er Krumme in der letzten Zeit gebeten hatte, vor einem Fest sein Handy zu verstecken, um ihn jedes Mal dann, wenn er schon besoffen war, entweder auf Knien anzuflehen, es ihm rauszurücken, oder mit furchtbaren Racheakten zu drohen; schlimmstenfalls wedelte er mit der Drohung von Liebesentzug vor Krummes Nase. Dass Krumme wirklich einfältig genug war, um ihm das mit dem Liebesentzug abzunehmen, hätte er niemals vermutet, denn darunter hätte er doch ebenso leiden müssen.

Er merkte, dass er einen erbarmungslosen Drang nach kaltem Champagner aufbaute. Das war natürlich ausgeschlossen, er traute sich nicht in die Küche. Vielleicht könnte er im Kühlschrank im Badezimmer eine Flasche finden? Er verließ die Gästetoilette und stürzte zur Badezimmertür, öffnete sie und schrie laut auf. Der Whirlpool war mit Wasser gefüllt, und im Wasser schwammen Käsewürfel und aufgeweichte Stücke Toast Melba, ein Glas war auf dem Boden zerbrochen, zum Glück gab es aber keine Blutspuren. Er zählte leere Champagnerflaschen und kam auf vier, und die Reste einer ehemals üppigen Käseplatte lagen halbwegs unter dem handgeknüpften Esti-Barnes-Teppich. Schwarze Oliven waren im psychedelischen Muster festgetrampelt, ohne den optischen Effekt auf irgendeine Weise zu verbessern. Die Kühlschranktür stand sperrangelweit offen, und der Kühlschrank war so leer wie die Gästeliste einer alten Jungfrau. Tau tropfte von einem Kühlelement. Erlend holte ein Handtuch, trocknete alles gründlich ab und schloss die Tür.

Wenn es in diesem Unglück hier auch nur eine Spur von Glück gab, dann war der Thermostat rettungslos zerstört, und er würde ihn sofort durch einen ganz wunderbaren ultra silent Retrokühlschrank ersetzen können, den er in *Elle Decoration* gesehen hatte. Es war wirklich unerträglich nervig, einem Kühlschrank zuhören zu müssen, der sich ein- und ausschaltete, wenn man in sprudelndem Wasser lag und versuchte, sein chaotisches Inneres auf null zu stellen.

Die Fische in dem riesigen Salzwasseraquarium, das die eine Längswand des Badezimmers einnahm, schwammen gemächlich mit sich öffnenden und schließenden Mündern und trägen Schwanz- und Flossenschlägen dahin.

»Verdammt noch mal, ihr könnt froh sein, dass ihr hier sicher in eurer Abgeschlossenheit wohnt«, murmelte er. »Sonst hättet ihr heute Nacht Bollinger und Käse bekommen.«

Die Düsen des Whirlpools konnten keine Fremdkörper ertragen, man würde alle Essensreste mit einem Käscher herausfischen müssen, ehe man das Wasser ablassen könnte. Jemand müsste das machen, nicht er. Birte würde das tun müssen. Und was, wenn jemand dort Sex gehabt hatte? Dann müsste man mit einem Käscher in den intimen Sekreten anderer Menschen herumwühlen... Er entdeckte ein Telefon im Sessel in der Ecke. Birtes Nummer war dort unter der Taste 8 gespeichert, und er drückte so fest auf die 8, dass das Blut aus der Spitze seines Zeigefingers entwich.

Sie meldete sich beim ersten Klingelton.

Sie hatte sich nachts beim Aussteigen aus einem Taxi den Knöchel gebrochen, jetzt lag sie zu Hause auf dem Sofa, so vollgedröhnt mit schmerzstillenden Mitteln, dass sie leider vergessen hatte anzurufen.

»Aber was zum Teufel hattest du mitten in der Nacht in einem Taxi zu suchen, wo du doch heute Morgen um neun herkommen und nach einem Tsunami aufräumen solltest? Was? Hast du es darauf angelegt?«

Sie war auf dem Heimweg vom Geburtstag ihrer Schwester gewesen. Und sie ließ ihre Familie weder für die dreifache Bezahlung noch für köstliche Essensreste im Stich.

»Kennst du irgendeinen Notruf, den man in einem solchen Fall verständigen kann? Ein Sonderputzkommando, das in einem Notfall sofort ausrücken kann?«

Sie wollte jetzt auflegen. Sie sollte schlafen.

»Das würde ich nun wirklich auch gern. Gute Besserung. Wann wirst du wieder gesund und munter sein?«

»In sechs Wochen kommt der Gips runter.«

»Sechs Wochen!? Aber du bist doch so jung! Das muss doch verdammt noch mal schneller heilen als in sechs Wochen, wenn man so jung ist. Sollen Krumme und ich denn...«

Sie legte auf. Sie legte einfach auf. Er hielt sich die Hand vor Augen und rannte in die Küche, spähte nur ganz vorsichtig zwischen zwei Fingern durch, riss eine Flasche Bollinger aus dem Kühlschrank, brachte sich samt Champagner und Telefon in die Sicherheit des Schlafzimmers und knallte wütend die Tür hinter sich zu. Krummes Schnarchen änderte nicht einmal seinen Rhythmus.

»Krumme! Wo ist die Pistole? KRUMME!«

»Was? Was...?«

»Die Pistole! Wir müssen doch eine Pistole im Haus haben?!«

»Nein, das haben wir weiß Gott nicht...«

»Sie hat sich den Knöchel gebrochen. *The world as we know it* ist untergegangen. Du kannst gern was abhaben, aber ich habe vor, direkt aus der Flasche zu trinken. Und irgendwelche Superärsche haben den Whirlpool mit jeder Menge Essen versaut!«

»Das waren wir, Mäuschen!«

Als er nach einer halben Flasche Bollinger im Bett saß, den Rücken an die Wand gelehnt, und einige wunderbar tiefe Rülpser losgelassen hatte, senkte sich sein Puls langsam auf ein normales Niveau. Und er dachte: Wie zum Teufel soll ich mich um zwei Kinder kümmern können, wenn ich nicht einmal den Gedanken ertragen kann, auf einigen hundert Quadratmetern Festchaos aufzuräumen? Er kam sich plötzlich reif und erwachsen vor, weil er einen solchen Vergleich ziehen konnte. Damit würde er dann wohl fertig werden.

Glücklicherweise hatten sie das Arbeitszimmer, die Waschküche und ihr eigenes Schlafzimmer abgeschlossen. Vielleicht hatte der Hausmeister einige junge, pubertierende, verzweifelt abgebrannte Gören, die für einen fetten Lohn alles tun würden? Die eigentliche Drecksarbeit verrichten, während er sich um die anspruchsvolleren Aufgaben kümmerte, wie die CDs zu sortieren, die, das ahnte er schon, auf dem Boden vor der B-&-O-Anlage herumlagen. Er musste erst am Montag um zwölf wieder zur Arbeit, das hier müsste er also schaffen können, ohne sich zu erschießen. Außerdem würde er Vater werden, da konnte er nicht sterben. Er führte die Flasche zum Mund und trank so energisch, dass der Champagner ihm über das Kinn lief und eiskalte Tropfen auf seiner Brust hinterließ. Was für ein unvorstellbares Glück er hatte. Er war unbeschreiblich glücklich. Eigentlich. Es war nur, dass er die ganze Zeit das Gefühl hatte, alles eilte so wahnsinnig. Jytte und Lizzi hatten ihren Stichtag zwar erst Anfang Dezember, aber er wusste aus Erfahrung, dass die Zeit vor Weihnachten einfach immer wie im Flug vergeht. Auch wenn es jetzt erst Mai war. Aber er war soeben vierzig geworden, und das war doch wahnsinnig schnell gegangen. Sie mussten sich beeilen, wenn sie noch intensiv leben wollten, bevor sie mit Kinderwagen, die aussahen wie gigantische, mit Leinwand in Sozialarbeiterfarben überzogene Essstäbchen durch die Straßen ziehen mussten. Er wollte sein Vertrauen in die Italiener setzen, dort würde er sicher Kinderwagen in ausgesuchtem Design finden. Oder in New York. Er fragte sich plötzlich, welche

Kinderwagen Frau Bosch-Beckham wohl für ihre drei Kleinen benutzte, das wollte er nun wirklich herausfinden. Zum Glück war es unmöglich, sich vorzustellen, wie Bosch mit dem Kinderwagen durch den Wald rannte, mit fünfzehn Zentimeter hohen Absätzen und einem um die Knie so engen Rock, dass sie sich vermutlich Pflaster auf den Meniskus kleben musste, um Blasenbildung zu verhindern.

Er leerte die Flasche und sah auf Krumme hinab, der jetzt eine kugelrunde Beule in der Decke war, nur ein buschiger Schopf lugte darunter hervor und wies auf intelligentes Leben hin. Geliebter Krumme, dieses schöne kleine Schlaftier, ohne das er nicht leben konnte. Der arme Krumme, der davor zurückschreckte, seinem widerwärtigen Snob von Vater und der Familie seiner Schwester in Klampenborg erzählen zu müssen, dass zu Weihnachten in diesem Jahr ein neuer Spross der Thomsen-Familie das Licht der Welt erblicken würde. Vielleicht könnten sie ihn Carl den Kleinen nennen. Wenn es also ein Junge würde.

Er beugte sich vor und küsste Krumme behutsam auf die Haare. Natürlich sollte Krumme schlafen, er hatte doch Spätdienst. Er hingegen musste jetzt wirklich Birte anrufen und sich wie ein gebildeter Mensch verhalten. Mit Leben spendendem perlenden Alkohol, der weich durch seinen Körper sauste, drückte er vorsichtig auf die 8 und wartete auf ihre Stimme.

Allerdings erwischte er nur den Anrufbeantworter, und im Grunde war ihm das recht.

»Aber meine Liebe, kleine Birte, vergib mir alle Gemeinheiten, die ich gesagt habe. Du Arme, Arme, was für schmerzliche Dinge du doch durchstehen musst. Ich habe gehört, dass Knöchel ganz besonders wehtun, wenn man sie bricht. Und dann noch an einem Sonntag! Es tut mir leid, dass ich den Kopf verloren habe, ich war ein wenig in Panik geraten, verstehst du. Aus dem einfachen Grund, dass wir solches Vertrauen zu dir haben, du bist die tüchtigste Reinemachefrau, die wir jemals gehabt haben, in all den Jahren, in denen wir schon hier wohnen. Du hast die Wohnung ganz einfach im Griff, und das ist keine geringe Kunst, mein Schatz. Du bist einzigartig, ein Engel Gottes auf Erden, für Krumme und mich. Wenn deine rücksichtsvollen und geschäftigen Hände über alle Dinge im Haus streichen und sie in tadelloser Ordnung hinterlassen, funkelnd rein, ja, dann… dann… Du hast ja einfach keine Ahnung…«

Und nun meldete sie sich doch. Noch mehr Bullshit wollte sie sich einfach nicht anhören. Sie wollte eine Freundin anrufen, die ebenfalls als Reinigungskraft für Wohnungen mit high-maintenance-Bedarf arbeitete, und fragen, ob sie sofort kommen könnte. Gegen vierfache Bezahlung. Und köstliche Reste. Und wenn die Freundin Fragen hätte, würde Birte natürlich telefonisch erreichbar sein. Für doppelte Bezahlung.

»Du bist ein Engel!«

Sie wollte zurückrufen, sowie sie mit Susy gesprochen hatte.

Susy? Eine unbekannte Frau mit einem Namen wie ein englischer Setter sollte sich um eine Wohnung mit einem Marktwert von zwanzig Millionen Kronen kümmern? Bei dieser Vorstellung wurde ihm leicht unwohl. Aber jetzt musste er sich auf Birte verlassen. Und am nächsten Morgen würde er ihr einen gigantischen Korb schicken lassen, mit Schinken und Rotwein und Trauben und Olivenbrot und Gläsern voll Königskapern und sonnengetrockneten Tomaten im besten Öl, mit einem großen Strauß leuchtend blauer Kornblumen ganz oben, für die war doch gerade Saison.

Das Telefon klingelte, er meldete sich eilig. Susy war unterwegs. Sie wollte erst noch bei Birte den Schlüssel und einige Anweisungen abholen. Birte saß in dieser Sekunde mit einem Schreibblock da und notierte das Wichtigste. Er würde auch eine Flasche Jahrgangsbalsamico in den Korb legen, beschloss er. Er bedankte sich, legte auf und stupste Krumme an.

»Dreh dich um.«

Krumme wälzte sich auf den Rücken, sein Kugelbauch zog langsam nach, Erlend griff nach seinem Arm und hob ihn hoch, denn legte er seinen Kopf in Krummes Armbeuge. Krumme roch nach süßem, warmen Schlafschweiß.

»Wir sind gerettet«, flüsterte Erlend. »Ganz am Rande des Abgrundes. Dafür kannst du meiner gewaltigen Überredungskunst, meiner absolut überlegenen Einsicht in das Wesen der Schmeichelei danken. Und unserer Finanzlage, die es uns erlaubt, dass wir uns von jungen Frauen ausnützen lassen können, denen es vollständig an Charakter und mitmenschlicher Nächstenliebe mangelt. Jetzt kannst du einfach schlafen. Jetzt bekommen wir doch einen schönen Sonntag. Wir werden nur an unsere schönen Kinder und ihre tüchtigen Mütter denken. Weißt du, Krumme, mein Liebster, dass wir jetzt die zehnte Woche beginnen. Jetzt wird es Fötus genannt, die Embio… Embryoperiode liegt hinter uns. Verzeihung, ich habe die ganze Flasche allein ausgetrunken. Und in dieser Woche verschwindet der Schwanz. Das ist doch ziemlich pervers, nicht? Ich bin wahnsinnig froh darüber, dass diese Mode vorüber ist. Jetzt kann man bald Finger und Zehen sehen, und dann auch bald Augen und Ohren. Aber denk doch nur an diesen Schwanz, der verschwindet, darüber habe ich mir schon meine Gedanken gemacht, was wird denn aus dem? Wird das so wie bei Salamandern? Oder sind das Eidechsen? Dass er einfach abfällt? Das macht mir schon Sorgen, das muss ich zugeben, ein Schwanz, der im Fruchtwasser herumschwimmt. Was, wenn das Kind den in den Mund kriegt und erstickt?

Oder wenn er irgendwo am Körper anwächst? An der Stirn, zum Beispiel?«

»Schlaf jetzt.«

»Wir müssen sie heute Nachmittag fragen, Krumme.«

»Heute Nachmittag?«, fragte Krumme.

»Ja, weißt du nicht mehr? Wir werden in Amager bei den Müttern im Garten Tee trinken, bevor du zum Spätdienst musst.«

»Daran kann ich mich wirklich nicht erinnern…«

»Du erinnerst dich doch an nichts, Krumme. Du kannst offenbar keinen Alkohol mehr vertragen. Und wo mir das gerade einfällt… Hast du mein Handy gesehen?«

»Du hast versucht, es heute Nacht vor dir selbst zu verstecken. Ich glaube, es liegt im Kühlschrank in der Gemüseschublade.«

»Ach ja. Jetzt weiß ich es wieder. Weißt du vielleicht auch noch, mit wem ich… gesprochen habe?«

»Du hast meinen Vater angerufen. Und ihn einen mit Helium gefüllten Sperrballon genannt.«

Erlend schluckte plötzlich ein bitteres Aufstoßen hinunter.

»Habe ich ihm auch gesagt, dass du… dass wir… dass wir beide…«

»Ja, Mäuschen. Das hast du.«

»Und was hat er geantwortet?«

»Davon habe ich keine Ahnung, schließlich hast doch du mit ihm gesprochen. Jetzt schlafen wir.«

»Ja«, sagte Erlend. »Das möchte ich sehr gern. Und du kannst mir von mir aus auch gleich mit einem Hammer auf den Kopf hauen, wo du schon dabei bist. Das würde ich ganz außerordentlich zu schätzen wissen.«

Erlend dankte seiner schwarzen Sonnenbrille Marke Porsche und einem großzügigen Calvados dafür, dass er es schaffte, am selben Nachmittag aufrecht in Amager in einem Gartensessel zu sitzen. Krumme hatte sich geweigert, seinen Vater anzurufen, er wollte nicht noch mehr Wasser auf seine Mühlen gießen. »Der wird sich schon melden, wenn er irgendwas wissen will.«

Erlend war sich da nicht so sicher. Vermutlich saß der alte Thomsen in dieser Sekunde mit einer Heerschar von hochdotierten Anwälten da und untersuchte alle denkbaren Möglichkeiten, um Krumme zu enterben. Gab es solche Möglichkeiten? Er wagte nicht, Krumme danach zu fragen. Sein mütterliches Erbteil hatte der schon längst erhalten, das hatte allein einige Millionen betragen, aber man musste ja auch daran denken, dass Thomsen an dem Tag, an dem er endlich starb, Krummes Konto um einen zweistelligen Millionenbetrag vergrößern würde. Obwohl die verdammte Schwester die Hälfte bekommen würde.

Der englische Setter war zu Hause voll im Einsatz, und Birtes detaillierte Anweisungen strömten dabei aus einem Ohrstöpsel. Das Telefon hatte sie sich witzigerweise zwischen die Brüste gesteckt. Jedenfalls konnte sie auf diese Weise mit beiden Händen arbeiten, und das war wahrlich nötig. Nachdem ihre Ankunft bestätigt worden war, nach drei Stunden Schlaf, hatte Erlend es gewagt, sich langsam durch die Räume zu bewegen. Der rettende Engel war in der Küche am Werk und hatte mit den Wohnzimmern noch nicht angefangen. Nichts war zerstört worden, Gott sei Dank. Aber was für ein Schweinestall. Draußen auf der Dachterrasse, hatte irgendwer während der Nacht die Gasgrills angeworfen. Erlend musterte konzentriert die streichholzdünnen und verkohlten Reste, die dort herumlagen. Er brach einen in zwei Stücke und kam zu dem Schluss, dass es sich um Spargel handeln musste.

Sogar auf dem Glasschrank mit den Swarovski-Figuren

fand er fettige Fingerabdrücke! Obwohl alle wussten, dass der *off limits* war. Vermutlich war das Georges' letzte Eroberung gewesen, eine junge deutsche Tussi namens Ute mit so langen Beinen, dass sie ihr bis zu den Schulterblättern reichten, und mit dem unerträglichen Drang, dauernd Eva Cassidy hören zu müssen, immer wieder. Aber es gab sogar bei Eva Cassidy einen Sättigungspunkt. Sicher hatte diese Ute am Glasschrank herumgesaut, bis Georges eingegriffen hatte. Der Schrank war jedenfalls abgeschlossen. Nicht auf geschmacklose Weise mitten in den Türen, sondern mit verborgenen Magnetschlössern oben und unten.

Erlend ließ sich zurücksinken und schloss die Augen. Der Fliederduft war überwältigend, und er befand sich genau an dem Ort – abgesehen davon, mit Krumme im Bett zu liegen – wo er am liebsten sein wollte: nämlich in der Nähe seines ungeborenen Kindes. Seiner ungeborenen Kinder.

Jytte brachte frischgebackene Hefebrötchen, stellte die Schüssel auf den Tisch und strich ihm über die Wange.

»Müde, mein Lieber?«

»Glaube schon. Wie fühlst du dich denn? Merkst du nicht, dass in deinem Bauch ein kleiner Schwanz herumschwappt?«

»Jetzt beruhig dich doch mal, Erlend. Der fällt nicht ab. Er wird verwandelt, wird zum untersten Teil des Rückgrats.«

Jytte und Lizzi fühlten sich beide glänzend in Form, wie sie erzählten, wenn sie erst morgens die Tour zur Toilettenschüssel hinter sich gebracht hatten. Und alles andere wäre ja noch schöner, dachte er, immerhin rührten sie keinen Tropfen Alkohol mehr an. Medizinisch gesehen war das befriedigend. Aber bis zum frühen Morgen mit zwei durch und durch nüchternen Menschen zusammen zu feiern, war beunruhigend.

»Du hältst mich sicher für einen Rabenvater.«

»Du hast noch Zeit genug, bis du Vater wirst. Also stoß dir ruhig die Hörner ab. Das hast du verdient.«

»Ich habe Krummes Vater angerufen und es ihm gesagt. Das war schrecklich von mir.«

»Denk nicht mehr daran. Auch Lizzi hat ein paar Worte mit ihm geredet.«

»Was? Stimmt das?«

Er sprang auf und packte Jytte an den Schultern. »Stimmt das? Weiß Krumme davon?«

»Ich habe keine Ahnung. Der sitzt doch auf der Toilette, seit ihr gekommen seid.«

»Aber worüber haben sie gesprochen, Jytte?«

»Börsenkurse. Globale Aufwärmung. Abschmelzen der Pole. Nehme ich an.«

»LIZZI! WO STECKST DU?«

Er rannte durch die Gartentür und stieß gleich dahinter auf Lizzi. Sie trug ein Tablett mit Kaffeebechern sowie Käse- und Kiwischeiben. Beim Anblick des Käses sah er das matte Wasser im Whirlpool und die darin schwimmenden Essensreste vor sich. Jetzt fischte Susy vermutlich in seinen und Krummes lauwarmen Sekreten, wenn sie sich nicht die Hände wusch, ehe sie sich unten abtrocknete, würde sie wahrscheinlich mit Sechslingen schwanger werden, die Übelkeit stand ihm plötzlich bis oben im Hals, und er stürzte weiter ins Badezimmer, wo Krumme sich gerade kaltes Wasser ins Gesicht rieb. Erlend fiel vor der Toilettenschüssel auf die Knie und erbrach sich heftig, während er sich zwang, daran zu denken, dass Jyttes und Lizzis Badezimmer bestimmt wunderschön wäre, wenn es schwarze Fliesen auf dem Boden und an den Wänden und der Decke hätte, dazu die Ei-Serie von Alessi als Waschbecken und Toilettenschüssel und möglicherweise Bidet. Er musste alles in der richtigen Perspektive sehen, und er wusste, dass er sich danach viel besser fühlen würde. Nachdem er sich den Mund ausgespült und die Nase geputzt hatte, während Krumme bewegungslos danebenstand, sagte er: »Die Mutter deines Kindes hat mit deinem Vater gesprochen.«

»Oh verdammt.«

»Das habe ich auch gedacht.«

»Was hat er gesagt?«

»Ich weiß nicht. Ich musste mich plötzlich erbrechen. Ich glaube, ich rufe den englischen Setter an und sage, dass ich nachher den Whirlpool selber in Ordnung bringen kann. Wenn es nicht schon zu spät ist.«

»Den englischen... Wovon redest du eigentlich?«

»Jetzt geh zu Lizzi und lass dir erzählen, was er gesagt hat. Ich muss telefonieren.«

Der alte Thomsen hatte nicht viel gesagt. Nur Ja und ach. Krumme wirkte zufrieden und bezeichnete das als einen guten Anfang. Erlend fragte nicht, wie er darüber dachte, und auch nicht, wie es nun weitergehen solle. Er wollte nicht, dass das eine Kind mit einem Großvater aufwuchs, während sein eigenes keinen bekommen würde. Vier Eltern müssten doch zum Kuckuck noch mal für beide reichen. Wegen Jyttes Eltern machte er sich keine Sorgen; die wohnten in Perth in Australien. Aber Lizzis Eltern lebten beide in Kopenhagen, und sie waren auch reizend und würden sicher an Sonntagen mit den Kindern in den Zoo gehen.

Er kaute auf einem Brötchen herum, trank Kaffee mit sehr viel Sahne und ließ die anderen das Gespräch führen. Dabei bekam er weitere Informationen über vergangene Nacht, und richtig, diese Ute war die Schuldige, was den Glasschrank anging. Wer versucht hatte, Spargel zu grillen, kam nicht zur Sprache, und er fragte auch nicht nach, immerhin konnte er es ja auch selbst gewesen sein. Er fing an, an Swarovskis Babyserie zu denken, und dieser Gedanke beruhigte ihn. Die musste ein eigenes Display bekommen. Für ein eigenes Regal war sie nicht groß genug, aber ein eigenes erhöhtes Spiegeldisplay von vierzig mal sechzig Zentimetern würde perfekt sein. Und die kleine Rassel! Nicht größer als der Korkenzieher des Rotweinsets, so lang wie der Nagel seines kleinen Fingers. Und die Nuckelflasche. Er fragte sich, wann er mit Sammeln anfangen sollte. Er wollte gern noch ein wenig warten. Vielleicht bis nach der Ultraschalluntersuchung. Wenn die Bäuche leer waren und es sich um Scheinschwangerschaften handelte, würde es doch seltsam wirken, wenn ein erwachsener Mann hingerissen über winzigen Rasseln und Nuckelflaschen aus Kristall mit Facettenschliff seufzte. Andererseits würde er dann doch etwas Schönes für seine Mühe haben, eine Art Andenkensammlung.

Das hier kam ihm nicht wie eine Scheinschwangerschaft vor, sondern ziemlich real. Er hörte sich geduldig und mit einer Mischung aus Entsetzen und Interesse alle Details an über Ausfluss, wehe Brüste und Übelkeit beim Geruch von feuchtem Beton, das war Lizzi, und bei der geringsten Andeutung von gekochtem Kohl, das war Jytte. Sein Kind mochte also keinen Kohl und Krummes würde niemals Maurer oder Hausmeister werden. Na ja, damit würden sie leben können. Beim Gedanken an die kleine Swarovski-Nuckelflasche musste er fragen: »Werdet ihr stillen?«

»Natürlich«, antworteten die beiden wie aus einem Mund.

»Können das denn alle Menschen?«, fragte Krumme.

»Vor allem Frauen«, antwortete Lizzi.

»Ich habe über einen Mann in den USA gelesen …«, sagte Erlend.

»Nein, erspar uns das«, sagte Jytte.

»… der hat angefangen, sich die Brüste abzupumpen«, fuhr Erlend fort. »Mit so einer kleinen Plastikpumpe, wie

Frauen sie benutzen, um den Kühlschrank mit echter Ware zu füllen, ehe sie das Neugeborene dem bedauernswerten Vater überlassen und auf der Fähre nach Kiel so richtig die Sau rauslassen. Und dieser Mann hat also Milch herausbekommen, nicht viel, aber ein bisschen eben doch.«

»Igitt«, sagte Krumme.

»Ja, ich werd das nicht tun«, sagte Erlend. »Da kannst du ganz beruhigt sein. Ich will einen flachen Brustkasten ohne übertriebene Topographie.«

»Wir müssen Bilder machen lassen«, sagte Krumme. »Das habe ich mir genau überlegt. Einen Profifotografen, wir haben bei der Zeitung zwei gute, die mehr können als hinter Popstars, Fahrradassen und Exprinzessinnen herzulaufen und Paparazzibilder zu schießen. Im Studio. Während ihr stillt. Und wir stehen dahinter. Ein richtiges Familienbild. Wie die Königlichen sie aufnehmen lassen.«

»Ich möchte auf dem Bild nicht unbedingt stillen«, sagte Lizzi.

»Gott, erinnert ihr euch an diese reizenden Bilder vom Kind von Tom Cruise?«, fragte Erlend. »Und von Gwen Stefani? Vielleicht hätte *Vanity Fair* Interesse? Ihr müsstet gestylt werden und scharfe Kleider ausleihen. Das wird phantastisch!«

»Mit so etwas kennt Erlend sich aus«, sagte Krumme.

»Tom Cruise hat die kleine Suri an einem geheimen Ort versteckt, bis ein gewaltiges Medieninteresse entstanden war. Er hat ein Vermögen für die Fotos kassiert. Alle haben doch geglaubt, die Kleine sei mit zwei Köpfen oder so auf die Welt gekommen. Nicht dass wir die Bilder verkaufen werden. Wir haben Geld genug. Glaube ich …«

»Angeblich hat Tom Cruise nach der Geburt den Mutterkuchen gegessen«, sagte Jytte. »Und das soll sehr gesund sein.«

»Jetzt bist du gemein, Jytte«, sagte Erlend. »Ich hab doch gerade erst gekotzt.«

»Das tun Lizzi und ich fast jeden Morgen«, gab Jytte zurück.

Als sie mit dem Taxi zurück in die Innenstadt fuhren, erkundigte Krumme sich nach Torunn.

»Ich schicke ihr eine Menge SMS, aber sie antwortet immer nur ganz kurz. Sie scheint sich für unsere Kinder gar nicht zu interessieren? Ihre eigenen Vettern oder Kusinen!«

»Bist du deshalb traurig, Mäuschen?«

»Ein bisschen. Sie wollte ja auch nicht zu meinem Geburtstag kommen.«

»Sie hat sicher schrecklich viel zu tun.«

»Man kann mit der linken Hand eine freundliche SMS schicken, während man mit der rechten Schweine füttert. Das ist also keine Entschuldigung, Krumme. Obwohl ich doch gesagt hatte, ich könnte ihr mit Frisur und Kleidern für das Fest helfen, sie denkt doch überhaupt nicht an sich.«

»Wir müssten mal wieder hinfahren.«

»Herrgott. Unser letzter Besuch war ja nun wirklich kein Erfolg. Ich glaube nicht, dass wir diesmal einen Überraschungsbesuch starten sollten.«

»Nein, wir müssen wohl vorher Bescheid geben. Wir fahren ja sowieso hin, sobald Neufeldt Zeit hat. Er ist in Thailand jedenfalls fertig mit seinem Projekt, das hat Robert aus der Kulturredaktion erwähnt. Ich rufe ihn morgen mal an. Und wir müssen mit Torunn klären, ob sie wirklich dort bleiben will. Ob sie den Hof übernimmt.«

»Natürlich tut sie das. Einen ganzen Hof auf einem silbernen Tablett!«

»Ja, das mit dem silbernen Tablett sagst du immer wieder, aber es steht ja nicht fest, ob Torunn das auch so sieht.«

»Ach, Krumme, du machst auch immer Probleme, wo gar keine vorhanden sind.«

»Du kannst sie doch anrufen, statt nur zu simsen. Dich erkundigen, wie es ihr geht. Und dann fahren wir mit Neufeldt zusammen dorthin.«

»Lass uns noch ein bisschen warten«, sagte Erlend. »Im Frühling gibt es auf einem Hof immer wahnsinnig viel zu tun. Damit kenne ich mich aus. Von den Brötchen bin ich nicht satt geworden. Wir schaffen doch noch einen Teller Hummersuppe im Skildpadden, ehe du mich verlässt?«

Als er mit dem Fahrstuhl zu ihrer Wohnung am Gråbrødretorv hochfuhr, musterte er im Spiegel sein Gesicht. Vierzig Jahre. Bald Vater. Wenn das Kind mitten in der Pubertät wäre, würde er sechsundfünfzig sein. Aber Krumme würde noch älter sein, das war doch ein Trost. Wenn auch ein magerer.

Die Wohnung war leer und blitzblank. Sogar die Flecken im Empiresessel waren entfernt, wie auch die Fettflecken am Glasschrank. Diese Susy könnte sich mit Birte abwechseln, wann immer sie wollte. Ein Zettel auf dem Küchentisch teilte die Kontonummer mit; Erlend ging sofort ins Arbeitszimmer und überwies sechstausend an Susy und dreitausend an Birte. Schwarz natürlich. Oder ökologisch, wie er das lieber nannte. Danach schenkte er sich einen großen Cognac ein, der der mächtigen Hummersuppe Gesellschaft leisten sollte, bevor er sich im Gänsemarsch und mit dem Glas in der Hand in Richtung Badezimmer aufmachte. Er seufzte tief und öffnete die Tür.

Der Whirlpool war glänzend weiß und sauber.

Kein Wasser mehr darin. Das gesamte Badezimmer schien

aus einer teuren Anzeige von *Interni* entsprungen zu sein, wo nur von Badezimmern die Rede war. Wenn Susy jetzt nur nicht in einigen Monaten auftauchte und Unterhaltszahlungen verlangte.

Sie trug den Plastikflickenteppich aus der Küche auf den Hof zwischen Sippenbaum und Holzschuppen. Der Teppich war bleischwer, nie hatte er so viel gewogen. Sie hatte vor, Essensreste und Kaffeeflecken auszuwaschen. Deshalb wollte sie ihn auf die Wäscheleine hängen, aber nun ließ sie ihn einfach auf den Boden fallen.

Die Sonne brannte ihr auf den Rücken ihres dunkelblauen Pullovers. Die Luft zitterte vor Hitze zwischen den Häusern und bewegte sich ansonsten nicht, aber sie brauchte nur um die Ecke der Trønderzeile zu biegen, und schon bekam sie eine frische Fjordbrise ins Gesicht. Es tat gut, mit dem Hof im Rücken dazustehen und über den Korsfjord nach Skaun auf die Fosenberge und die Mündung des Trondheimfjords zu schauen.

Sie tastete nach den Zigaretten in ihrer Tasche. Als sie um die Hausecke bog, verließen sie ihre Kräfte, weshalb sie sich mit dem Rücken zur Mauer zu Boden sinken lassen musste. Hier brannte die Sonne den ganzen Tag, wenn sie denn schien. Der Boden war trocken, frische grüne Grashalme pressten sich enthusiastisch durch die dichte goldene Schicht aus Gras vom Vorjahr. Die kleinen Felder hinten in Skaun hüllten sich schon in Grün. Spinnen jagten verwirrt von der Sonnenwärme durch das gelbe Gras, sie registrierte alles, aber es bedeutete ihr nichts. Sie dachte an die

Schweine. Daran, dass sie im Stall saßen und lagen und standen und nicht hinaus in den Frühling durften. So hätte eine echte Bäuerin wohl nicht gedacht. Für eine echte Bäuerin waren Schweine der Lebensunterhalt, sie sollten es gut haben, solange sie lebten, aber mehr auch nicht. Was weiß ein Schwein schon über den Ausblick über den Fjord und über grünes Gras? Es war blödsinnig von ihr, so zu denken. Einige Tage zuvor hätte sie fast das drei Wochen alte Ferkel, den Chef der Geschwisterschar, einen zähen kleinen Burschen, der immer mit der Nase voraus war, mit hinausgebracht, um ihm die Welt zu zeigen. Sie sah ihn vor sich, wie er wie ein Fohlen über den Hof sprang, wie er mit dem kleinen Rüssel in allem herumwühlte, was er dort fand, während sein Ringelschwänzchen energisch wippte. Sie war sogar ein ganz klein wenig erwartungsvoll gewesen bei der Vorstellung, ihn herumspringen zu sehen. Denn sie ertappte sich bei dem Gedanken, von der Freude, die der Kleine erlebte, ein wenig Hoffnung und Lebensglück stehlen zu können.

Aber sie hatte ihn nicht nach draußen getragen, weil sie es nicht hätte ertragen können, ihn wieder hineinbringen zu müssen. Hinein in die Dunkelheit und den Gestank und die vier Wände, die die Wirklichkeit außen vor ließen. Als sie dann den Stall wieder verlassen hatte, war sie in heftiges Weinen ausgebrochen. Kai Roger war zum Glück gegangen. Vielleicht könnte sie den Hof auf ökologische Landwirtschaft umstellen. Freilaufende Schweine, war das möglich? Trotz Ansteckungsgefahr? Würde der Schlachthof solche Tiere nehmen? Sie hatte keine Ahnung.

Kai Roger kam jetzt jeden Tag. Er fragte sie nicht mehr, ob das in Ordnung für sie sei. Er kam einfach. Kam und fuhr wieder, sprach über Wind und Wetter und Schweine und wirkte übertrieben munter. An diesem Tag konnte er seinen Labradorwelpen holen, und er wollte ihn mitbringen, wenn er zur Abendschicht in den Stall kam. Ihr grauste davor. Welpen versetzten sie immer in gute Laune, aber sie war sich nicht sicher, ob sie zur Zeit auch nur für einen einzigen Welpen genug Kraft hatte. Es war ein Rüde. Er sollte Borat heißen. Nach irgendeinem Dussel in einem offenbar wahnsinnig witzigen Film.

Sie legte die Handflächen auf das warme tote Gras, das seitlich zu kleinen dichten Matten abgeknickt war, seit der Schnee es nach unten gedrückt hatte. Es war, wie Haut zu berühren, Schweinehaut. Sie fühlte die Schweine die ganze Zeit, morgens erwachte sie und hielt sie in den Händen. Die dünnen glühend heißen Flappohren, die Samtbäuche der Ferkelchen, die starren Borsten der Sauen, die klitschnassen, lebendigen Schnauzenplatten, wie Porzellanschüsseln, die winzigen Füße der neugeborenen Ferkel, zitternd und blutig getrampelt von der Sau, Holzstäbchen bedeckt von dünnem Putzleder, Festigkeit und Geschmeidigkeit dicker Hinterschinken, wenn sie die Sauen davonscheuchte, um den Koben zu putzen.

Die Verantwortung für die Schweine erfüllte sie total, vom Scheitel bis zur Sohle, aber sie war wohl nicht Bäuerin genug, wenn sie bei dem Gedanken losheulen konnte, dass ein Ferkel niemals über einen Hofplatz springen dürfte. Und dass sie sterben mussten. Dass sie hier leben würden, zusammen mit ihr und für sie, und dass sie danach dann sterben müssten.

Als ihr Vater noch gelebt hatte, hatte das alles so natürlich gewirkt. So war es eben. Die Schweine rumorten, und er war bei ihnen und versorgte sie. Jetzt ekelte sie das Fleisch im Supermarkt an. Ausgewählte Schweinestücke, sorgfältig in Plastikfolie verpackt. Das Jungschwein sollte mit korrektem Fettanteil dick werden, und der Lohn dafür, wenn es das schaffte, war, geschlachtet und in Stücke geschnitten zu werden. Sie zu essen, war schon in Ordnung, dann waren sie ja geschlachtet. Aber dass sie drinnen im Stall herumsprangen, voller lebendiger Energie und nie rausdurften, das ging doch nicht! Woran sie dabei wohl dachten? Begriffen sie, was hier Sache war? Natürlich taten sie das nicht. Die Schweine fühlten sich wohl, weil sie nichts anderes kannten. Das Fleisch von Neshov war von hervorragender Qualität, eben, weil die Schweine sich wohlfühlten. Sie waren der lebende Beweis dafür, im wahrsten Sinne des Wortes. Und sie sah ein, dass die Vorstellung, das Ferkel nach draußen zu lassen, krank war, krank! Sie hatte sich nämlich ausgemalt, dass das Ferkel es den anderen erzählen würde. Dass sie alle eingesperrt waren, dass die Welt anderswo stattfand und nicht hier drinnen, dass es auf der Welt grüne Wiesen und Vögel und blühende Apfelbäume und frisch keimende Erde gab, und keine Torfstreu, die aus Papiersäcken stammte. Es würde darüber reden, deshalb durfte es nichts erfahren, es durfte nur wachsen und seinem Ende entgegengehen und zur Schlussabrechnung des Schlachthofes werden.

Für Torunn waren es die allerschlimmsten Tage, wenn Schlachtschweine geholt wurden. Obwohl alles problemlos verlief. Die Schweine liefen verwirrt hinaus und waren zusammen, sie trippelten verblüfft die Ladeluke hoch und verschwanden im Lastwagen. Keine Menschen um sie herum, die sie gestresst hätten. Sie lebten in Norwegen, da wurden Tiere mit Respekt behandelt. Gestresste Schweine ergeben schlechtes Fleisch. Darüber war sie sich im Klaren, aber dennoch. Sie konnte also im Grunde ihres Herzens keine Bäuerin sein, auch wenn sie das geglaubt hatte – jedenfalls für eine kleine Weile. Sie war nicht damit aufgewachsen. Sie fuhr mit der Hand über das Gras, schloss die Augen und spürte warme Schweinehaut an ihrer Handfläche ruhen.

»Hallo? Hallooo?«

Sie sprang auf, und ihr wurde sofort schwindlig.

»Ich komme!«

Der Großvater stand im Vorraum und hielt sich an einem der runden Pfosten fest.

»Wusste nicht, wo du warst. Hat so lange gedauert. Dachte, du wolltest die Küche putzen.«

»Das will ich jetzt auch. Und eine Wäsche machen werde ich. Aber vorher einen Kaffee.«

»Warst du schon beim Briefkasten?«

»Nein.«

»Macht nichts. Zeitung kommt ja doch nicht. Total aufgehört.«

»Ich habe die Rechnung nicht bezahlt«, sagte sie.

Er drehte sich um und ging ins Haus. Der Stoff seiner Hose lag wie eine blanke Platte über den dünnen Oberschenkeln.

»Ich kann's mir nicht mehr leisten.«

»Ach.«

»Wirklich nicht.«

»Vielleicht kann Erlend ...«

»Nein. Du bekommst jeden Freitag die Bauernzeitung. Und ich kaufe ab und zu die *VG*. Das muss reichen. Und du hast deine Bücher. Jetzt koche ich Kaffee.«

Er stützte sich an Türklinken und an der Wand ab und stolperte ins Fernsehzimmer.

»Warum setzt du dich nicht nach draußen, während ich putze? Soll ich dir einen Stuhl hinstellen«?

»Nein. Zu viel Umstände.«

»Du brauchst ein bisschen Sonne im Gesicht.«

»Nein.«

»Ich trage dir einen Sessel nach draußen, und du nimmst eine Decke mit und legst sie dir um die Schultern, im Schatten kann es doch noch ein wenig kühl sein.«

»Nein.«

»Jetzt komm schon. Dann bekommst du den Kaffee vor dem Holzschuppen. Und ein paar Kekse. Möchtest du Ziegen- oder Kuhkäse?«

»Ziegen.«

Der türkise Sessel wog eine Tonne. Sie ließ ihn ganz dicht vor der Wand fallen, hatte aber trotzdem Angst, er könnte umkippen, da er einen dreigliedrigen Schwingfuß hatte und keine Stuhlbeine. Sie drehte den Schwingfuß so, dass eins der drei Beine nach vorne zeigte, danach holte sie aus dem Schuppen ein dünnes Holzscheit und legte es darunter. Inzwischen war auch der Großvater herausgekommen, wenn auch ohne Decke.

»Wolltest du keine Decke mitnehmen?«

»Du bist so böse.«

»Ich geh sie holen und bringe sie dann zusammen mit dem Kaffee. Setz dich jetzt, der steht ganz fest.«

Sie hatte einen elektrischen Wasserkocher gekauft. Jetzt wurde nicht mehr auf altem Satz Kaffee gekocht. Den uralten Aluminiumkessel mit der kohlschwarzen Unterseite hatte sie hinter die Scheune geworfen, wo sie Abfall verbrannten, obwohl sie wusste, dass er nicht brennen würde. Es hatte ihr Freude bereitet, ihn wegzuwerfen. Und der Großvater hatte sich an den Pulverkaffee gewöhnt, beklagte sich nicht mehr über den Geschmack. Sie starrte die Wand an, während das Rauschen im Kocher immer lauter wurde, dann senkte sie den Blick und betrachtete den Coop-Kalender mit dem dicken Wirrwarr aus alten Gummibändern um den Nagel, an dem der Kalender hing. Das Bild zeigte eine Reihe von Jugendlichen in weißen Kitteln mit Gesangbüchern in den Händen, sie kamen gerade aus einer Kirche. Torunn nahm die Kornmokekse aus dem Schrank, beschmierte sie großzügig mit Margarine und legte auf jeden eine dicke Scheibe Ziegenkäse. Als Tablett nahm sie einen Essteller, obwohl die Kaffeetasse ein wenig schräg darauf stand. Sicher würde er sich auch über einige Zuckerstücke freuen. Sie musste dringend eine Wäsche machen. Sie hätte auch gern alles gewaschen, was er am Leib trug, am Nachmittag würde sie einen Versuch starten. Aber er wollte nicht, dass sie seine Schränke öffnete, wenn er im Fernsehzimmer saß und ihren Schritten anhören konnte, wo genau im ersten Stock sie sich aufhielt. Oder... vielleicht könnte sie jetzt saubere Kleidung holen, solange er draußen saß, das war eine gute Gelegenheit. Sie schaute über die Nylongardine vor dem Küchenfenster zu ihm hinaus. Ein alter Mann, der seinen halboffenen Mund der Sonne zukehrte, in einem türkisfarbenen Drehsessel vor einer altersgrauen Holzwand. Die Zähne in seinem Unterkiefer leuchteten, aber sie wusste, dass das eine Illusion war. Sie waren schmutzig, sie durfte nicht vergessen, Brausetabletten zur Gebissreinigung zu kaufen. Auf jeden Fall musste sie das Wasser in dem Glas auf seinem Nachttisch erneuern.

Er schaute sie aus zusammengekniffenen tränenden Augen an, als sie mit Hocker, Teller und Decke kam. Der Hocker wurde neben den Sessel gestellt und zum Tisch ernannt.

»Es gibt schon Leberblümchen«, sagte sie und zeigte auf sie.

»Ja«, sagte er, ohne ihrem Finger zu folgen.

Sie legte ihm die Decke um die Schultern.

»Brauch ich nicht. Sehr warm hier. Gut«, sagte er.

»Ja, da siehst du's!«

»Danke.«

»Dann geh ich ins Haus und erledige ein paar Dinge. Soll ich vielleicht das Radio einschalten und das Küchenfenster aufmachen? Dann hast du auch Unterhaltung. Die Berichte aus der norwegischen Provinz kommen gleich nach den Nachrichten.«

Sie konnte das Radio bis in den ersten Stock hören. Musik. Jede Art von Musik verärgerte sie, provozierte sie, weil sie sich nicht mehr damit identifizieren konnte. Muntere Musik. Musik über verlorene Liebe. Musik über frisch gewonnene Liebe. Klassische Musik voller Sehnsucht, Nationalromantik. Tanzmusik, bestimmt für fröhliche Menschen mit Rhythmus im Leib.

Sie ging mit seinem Gebissglas ins Badezimmer und goss den Inhalt aus, ohne ihn sich genauer anzusehen. Aber sie nahm den Geruch wahr. Sie konnte kein neues Glas holen und ihm hinstellen, das würde er merken, also musste sie dieses hier spülen. Sie füllte es mit weißem Jif, der einzigen flüssigen Seife hier oben, und stellte es mitten über den Abfluss des hellblauen Porzellanbeckens, das sie bis zum Rand mit kochend heißem Wasser gefüllt hatte. Danach nahm sie saubere Socken, eine Unterhose und ein Unterhemd aus dem Schrank. Die Flanellhemden lagen zusammengefaltet in einem Regal, sie waren nicht gebügelt oder aufgehängt worden. Aber sie waren so alt und weich, dass sie niemals knitterten, außerdem goss sie immer jede Menge Weichspüler dazu. Eine saubere anständige Hose fand sie nicht, die, die dort lag, hatte an beiden Knien Löcher. Sie erinnerte sich daran, wie sie sie vor zwei Wochen gewaschen hatte, stundenlang hatte sie noch ein schlechtes Gewissen gehabt, weil sie sie zurück in den Schrank gelegt hatte, statt Taillenweite und Länge auszumessen und in die Stadt zu fahren, um eine neue zu kaufen. Sie ging ins Schlafzimmer ihres Vaters und fand dort im Schrank eine Hose. Dann legte sie beide Hosen auf den Boden und maß ab. Sie waren um die Taille etwa gleich breit. Die

Hose des Vaters war sicher fünfzehn Zentimeter länger, aber das war nur eine Frage von Nadel und Faden. Im Schrank des Vaters fand sie außerdem eine hübsche Strickjacke, die ungetragen zu sein schien, auch als sie daran schnupperte, nahm sie nur den Geruch von Wolle und ungelüftetem Kleiderschank wahr.

Sie rieb das Glas mit Klopapier ab, spülte und spülte, ehe sie es mit sauberem Wasser füllte und zurückstellte und mit der Hose nach unten ging. Die restlichen Kleidungsstücke hatte sie im Badezimmer auf einen Hocker gelegt. Es musste anstrengend für ihn sein zu duschen, wenn er zuerst über den Rand der Badewanne klettern musste. Seltsam übrigens, dass alle Badezimmer aus den siebziger Jahren eine Badewanne hatten. Eine Dusche wäre doch viel praktischer gewesen. Vielleicht hatte es damals noch keine gegeben. Zum Glück lag unten in der Badewanne eine rutschfeste Gummimatte. Die müsste sie eigentlich abreißen und darunter putzen. Demnächst würde sie das auch tun.

In der Waschküche im Keller warf sie eine Maschine mit Handtüchern an. Die Waschmaschine war uralt, Waschgang und Schleudertrommel waren getrennt. An der Mauer über der Maschine hing eine Gratis-Weihnachtskarte des Landesverbandes für Herz- und Lungenkranke mit Erlends Schrift. Dort hatte er genau erklärt, wie ihr Vater Kochwäsche und Buntwäsche behandeln sollte, wie die Schalter stehen mussten, mit kleinen Zeichnungen der Symbole und mit Zahlen für die Waschtemperatur. Er hatte diese Instruktionen hergestellt, als sie kurz vor Neujahr nach der Beerdigung der Mutter den Hof verlassen hatten. Der Vater hatte sie offenbar befolgt, denn als Torunn gekommen war, war nichts verfärbt oder geschrumpft gewesen. Er hatte sicher jedes Mal beim Waschen an Erlend gedacht, auch wenn er nicht oft gewaschen hatte. Bestimmt hatte er daran gedacht, dass Erlend das geschrieben hatte, als die Mutter frisch unter der Erde lag, und dass er gleich darauf gefahren war.

»Willst du auch draußen sitzen?«

»Ja, ich muss ein wenig nähen. Möchtest du noch Kaffee?«

»Nein. Gut jetzt. Kannst leiser drehen.«

Im Radio war die Rede von Pheromonen, darüber, dass Mann und Frau über Gerüche zueinander hingezogen werden, die sie nicht bewusst wahrnehmen, die das Unterbewusstsein aber analysiert und bewertet, und dass die Pheromone den Körper sexuell stimulieren.

Sie streckte von außen die Hand unter der Gardine hindurch, drehte das Radio aus und ging zurück zu dem Stahlrohrstuhl, den sie aus der Küche geholt hatte. Das eine Stuhlbein hatte sich in den Boden gebohrt, weshalb sie ein wenig schief saß. Sie fädelte ein und machte einen doppelten Knoten in den Faden. Kohlmeisen und Spatzen stritten sich lauthals um das an den Stamm des Sippenbaums genagelte Futterbrett. Sie würde wohl bald damit aufhören müssen, sie zu füttern, damit sie nicht zu verwöhnt würden. Ein Lastwagen fuhr unten an der Allee über die Hauptstraße und schaltete in einen anderen Gang, als er sie überquerte. Im Stall herrschte absolute Stille. Trotzdem sprang sie auf einen jähen Impuls hin auf, legte die Hose auf den Boden, holte noch ein Holzscheit und ging auf den Stall zu. Dort riss sie die Tür sperrangelweit auf und klemmte sie mit dem Holzscheit fest. Als die Tür geöffnet wurde, führte das natürlich in den Koben sofort zu Unruhe und Erwartung, zu leisem Grunzen und lautem Schnaufen, aber sie ging nicht ganz in den Stall hinein, sie ließ nur alle Türen weit offen stehen, dann ging sie zu ihrem Stuhl zurück.

»Sollen die mehr Luft bekommen?«

»Ja.«

»Hab sie nie gesehen.«

»Nein, das hast du wohl nicht«, sagte sie und fing an zu nähen, die richtige Beinlänge hatte sie mit einer scharfen gekniffenen Falte markiert. »Die sind riesig. Die Ferkel natürlich nicht, aber die Sauen. Komm doch einmal mit mir in den Stall. Du kannst auch jetzt reingehen, wenn du willst.«

»Nein danke. Stinkt zu sehr.«

»Deshalb lüfte ich ja. Der Gestank vom Düngen ist zum Glück verflogen. Und die Mühle hat gesät.«

Er griff nach dem letzten Keks. Der Ziegenkäse war blank und dunkel geworden.

»Bist du sicher, dass du keinen Kaffee mehr willst?«

»Morgen ist der 17. Mai«, sagte er.

»Kann schon sein, ja. Hier gibt es keinen großen Unterschied zwischen den Tagen.«

»Der 17. Mai ist ein wichtiger Tag. Kann mich an den ersten nach dem Krieg erinnern.«

Sie sah ihn an. Er hatte die Augen in der Sonne geschlossen, und die Furchen darunter waren feucht, aber das kam natürlich von dem grellen Licht.

»Habt ihr diesen Tag denn… gefeiert? Soll ich dich irgendwohin fahren? Damit du den Umzug sehen kannst oder so?«

»Der Zug geht sicher an dem neuen Pflegeheim in Bråmyra vorbei.«

»Das weiß ich wirklich nicht. Ich kann mich im Supermarkt erkundigen, kann Britt an der Kasse fragen.«

»Da wohne ich nicht.«

»Warum sagst du das?« Er gab keine Antwort.

»Aber willst du das denn? Willst du hinfahren und dir den Umzug ansehen?«

»Nein, im Fernsehen gibt's doch den ganzen Tag Umzüge.

Aber die Flagge muss hoch. Anna hat das genau genommen. Anna fand den 17. Mai auch schön.«

Es war das erste Mal seit dem Tod der Großmutter, dass er sie ihr gegenüber erwähnte. Torunn gab vor, nichts gehört zu haben, sie beugte sich tief über die Hose und machte gleichmäßige und feste Stiche.

»War sehr mit dem Krieg beschäftigt, die Anna. War sie, ja.«

»Du bist das doch auch«, sagte sie.

»Ja. Albert Speer wollte hier eine Stadt bauen.«

»Darüber hast du zu Weihnachten erzählt. Neu-Drontheim mit Flughafen und Autobahn?«

»Ja.«

»Total verrückt.«

»Ja.«

»Und Schaumeier.«

»Was?« Sie starrte ihn an. Brachte er jetzt alles durcheinander?

»Schaumeier am 17. Mai, nach dem Essen. Immer. Mit Rumaroma.«

»Du meine Güte. Da habt ihr ja wirklich Fettlebe gemacht.«

Er öffnete die Augen und schaute sie misstrauisch an.

»Das war nicht so gemeint«, sagte sie. »Wir haben jede Menge Eier. Und sicher auch Rumaroma. Natürlich mach ich zum Nachtisch Schaumeier.«

Er lehnte den Kopf wieder an die Bretterwand, offenbar beruhigt und erleichtert zugleich, weil er es gesagt hatte.

»Jetzt kürze ich die Hose für dich. Das ist eine alte von Tor, aber sie war ein wenig zu lang. Ich habe auch eine gute Jacke gefunden, die du übernehmen kannst.«

Sie rechnete mit Widerspruch, aber er sagte kein Wort.

»Und du musst duschen. Oben im Badezimmer liegt schon alles bereit, nur diese Hose fehlt noch.«

»Warst du in meinem Zimmer?«

»Ja.«

Auch dazu sagte er nichts. Sie saßen zum ersten Mal draußen beisammen, sie und er. Der Großvater, der eigentlich ein alter Onkel war. Sie hatte nichts zu verlieren, merkte aber trotzdem, dass ihr Herz schneller schlug, als sie fragte: »Hat sie nie etwas begriffen, deine Mutter ... Darüber, dass Anna und dein Vater ... dass die immer wieder ... dass sie zusammen waren? Zusammen Kinder hatten?«

»Nein.«

»Ich verstehe nicht, wie das möglich ist.«

»Nein.«

Sie musterte sein Gesicht. Es war verschlossen, ausdruckslos.

»War das nicht schrecklich für dich? Dass du selbst nicht ...«

»Nein.«

Sie vernähte sorgfältig den Faden, dann sagte sie: »Und es wurden ja drei feine Jungen geboren. Die hast du doch sicher lieb gehabt?«

Nach einer kleinen Pause antwortete er: »Die sind hier rumgerannt.«

»Das kann ich mir denken. Und haben dich Vater genannt.«

»Ja.«

»Wenn du jetzt nach oben gehst und duschst, dann bringe ich dir die Hose.«

Er setzte sich gerade. »Jetzt duschen? Mitten am Tag?«

»Ja. Dann kann ich deine alten Kleider waschen und brauche mich heute Abend nicht mehr damit abzugeben. Du willst doch wohl nicht, dass ich am 17. Mai waschen muss?«

»Da darf doch nichts draußen hängen. Nur die Flagge ...«

»Die liegt in der Truhe auf dem Gang, wie immer. Aber ich

habe keine Ahnung, wie sie hochgezogen wird. Bei Annas Beerdigung hat Krumme das übernommen, zusammen mit meinem Vater.«

»Das verstehst du, wenn du davorstehst. Und sie darf nicht auf den Boden.«

»Wie meinst du das?«

»Die Flagge darf den Boden nicht berühren«, sagte er gereizt.

»Warum nicht? Die ist doch riesig. Wenn ich da rumprobieren und rausfinden soll, wie das geht, dann kann es leicht passieren, dass sie den Boden berührt.«

»Das ist nicht erlaubt! Dann muss Margido morgen früh kommen und sie hochziehen.«

»Ach du meine Güte!«

»Ruf ihn an.«

»Jetzt mach aber mal einen Punkt.«

Er stand auf und blieb schwankend stehen. Sie hatte ihn noch nie so erregt erlebt. Also ließ sie die Hose auf den Boden fallen, sprang auf und legte ihm die Hände auf die Schultern.

»Was ist eigentlich los mit dir?«

»Ruf Margido an.«

»Schon gut, schon gut. Ich rufe ihn sofort an. Setz dich wieder!«

Von Erlend hatte sie zwei SMS erhalten, seit sie zuletzt ihr Handy überprüft hatte. Die Föten waren jetzt schwanzlos, würden bald hören und sehen können, alles war super. Und er wollte wissen, ob sie morgen beim Umzug zum 17. Mai mitlief. Er endete mit »hurra hurra« für den morgigen Tag und mit einem Kuss von Krumme. Sie sandte eine kurze Antwort, schrieb ihm, dass sie die Flagge hissen und Schaumeier essen würden, dass sie ansonsten aber keine weiteren Ausschweifungen planten, und fügte ein Hurra und einen

Smiley hinzu, um sich Erlends munterem Tonfall anzupassen. Danach rief sie Margido an.

»Mein Großvater ist total außer sich, weil morgen die Flagge gehisst werden soll, kennst du dich damit aus?«

Sie musste sich sagen lassen, dass sie offenbar zu lange in einer Großstadt gelebt hatte und daher nur Fahnenstangen kannte, die bereits an der Wand angebracht waren. Das hier sei aber Ernst. Er nahm seiner Antwort die Kritik, indem er ein wenig lachte. Es gehe hier um Respekt vor der Flagge und dem Vaterland, und das sei ungeheuer wichtig. Die Erinnerungen an den Krieg seien in Byneset zudem noch sehr lebendig, man dürfe das alles also durchaus nicht auf die leichte Schulter nehmen.

»Er will, dass du herkommst und die Flagge aufziehst, weil er glaubt, dass ich das nicht schaffe.«

Margido war bereit zu kommen. Sie könnten die Flagge zusammen hissen, er wolle ihr gern zeigen, wie man das machte.

»Okay. Tausend Dank. Dann kann ich hier einen hysterischen Anfall verhindern.«

So schlimm könne das ja wohl nicht sein, meinte er.

»Doch. Ich hab ihn noch nie so aufgeregt erlebt.«

Der Großvater nickte mehrmals, langsam und andächtig, als sie erzählte, dass Margido kommen werde.

»Margido hat das verstanden«, sagte er.

»Meinst du, du kannst jetzt duschen gehen? Und was ist mit deinen Zehennägeln, die sind doch schon lange nicht mehr geschnitten worden, oder?«

Er wurde wieder klein, sie spürte die Reue in seinen Augen brennen, als sie sah, wie er in dem türkisfarbenen Drehsessel schrumpfte. Es tat ihr gut, ein schlimmes Gefühl von einer ganz anderen Art wahrzunehmen, als sie es gewöhnt war.

»Anna hat sie immer geschnitten«, flüsterte er.

»Was? Das sollte eigentlich nur ein Witz sein.«

»Anna hat geschnitten. Haare und Nägel.«

»Du meinst also, dass …«

Sie blickte auf seine Pantoffeln, der eine hatte am großen Zeh ein Loch. Dann sah sie die langen gelben, verdreckten Krallen vor sich. Das würde sie nicht über sich bringen.
Sie wusste aber auch, dass sie Kai Roger nicht darum bitten
konnte. Vielleicht Margido … Nein, Flaggenhissen musste
reichen, sie wollte nicht als vollständig hilflos erscheinen.
Zehn Stück Nägel musste sie doch bewältigen können.

»Und die sind jetzt lang?«, fragte sie.

»Ja. Sehr. Gehen tut weh.«

Sie holte Luft und überlegte, bevor sie sagte: »Dann
kommst du nach dem Duschen ohne Socken herunter in
die Küche, und ich mache ein Fußbad für dich bereit, in einer Bütte. Wir schneiden sie, wenn sie ein bisschen einge-
weicht sind.«

»Genauso hat Anna das auch gemacht.«

Während sie im oberen Stockwerk die Dusche rauschen und
sickern hörte, nähte sie das andere Hosenbein um. Sie hatte
Stuhl, Sessel und Hocker ins Haus geholt und das Fenster geschlossen. Es wurde rasch kühl, wenn die Sonne verschwand
und der Hofplatz später am Tag im Schatten lag. Sie versuchte, so wenig wie möglich zu denken, nur das zu tun, was
getan werden musste, genau wie bei den Schweinen. Den
Schweinen!

Sie warf die Hose hin, auch wenn nur noch wenige Stiche
ausstanden, rannte aus dem Haus und über den Hofplatz
und konnte die Türen gerade noch rechtzeitig schließen.
Zum Glück hatte sie gerade keine neugeborenen Ferkel,
aber in der Waschküche war es schon kühl geworden. In
der Küche nähte sie dann die Hose fertig und zog unter dem

Spülbecken eine Bütte hervor, die sie mit warmem Wasser und grüner Seife füllte. Gleich darauf kam er mit dem sauberen Sockenpaar in der einen Hand die Treppe herunter. Seinen schütteren Haarflaum hatte er zurückgekämmt. Er hatte sich nicht rasiert.

Er zog einen der Stahlrohrstühle zu sich heran und setzte sich, sie stellte die Bütte vor ihn hin, und langsam manövrierte er die Füße aus seinen Pantoffeln. Seine Nägel waren lang und gelb, krumm wie breite Krallen, dunkler am Rand, mit weißen Schimmelflecken, sie sahen viel schlimmer aus, als sie sich das vorgestellt hatte. So muss es sein, in einem Altersheim zu arbeiten, dachte sie, für einen Hungerlohn.

Er stellte die Füße in die Bütte und schaute zu ihr hoch. Sie las aus seinem Blick eine Art Entschuldigung, ein Flehen. Sie lächelte zu ihm hinab.

»Das schaffen wir schon. Aber wir können keinen normalen Nagelknipser nehmen, wir brauchen sicher eine Schere.«

»Anna hat die Küchenschere genommen. Die große. Damit geht das am besten.«

Die Küchenschere! Mit der sie Lebensmittel aus der Verpackung schnitt! Sie hatte damit sogar Speck zerteilt. Danach hatte sie sie natürlich gesäubert, aber dennoch. Nicht in der Spülmaschine, sondern nur in lauwarmem Wasser. Sie würde hinter seinem Rücken eine neue Küchenschere kaufen müssen. Jetzt musste sie das hier einfach hinter sich bringen.

»Ich geh schnell eine rauchen. Die brauchen sicher ein bisschen Zeit in dem warmen Wasser.«

Sie musste sich quer über ihn stellen und ihren Hintern gegen seinen Brustkasten pressen, um ihn richtig zu fassen zu bekommen. Er lehnte sich auf dem Stuhl so weit zurück wie überhaupt nur möglich und klammerte sich an den Rand des Resopaltisches. Sie packte die Nägel der großen Zehen mit aller Kraft und konnte sich doch nur mit großer Mühe einen Weg durch die Hornmasse bahnen, sie dachte an den kleinen Rest Cognac oben auf ihrem Zimmer, sah ihn im Glas vor sich, die goldene Farbe, spürte den Geschmack im Mund. Auf jeder Seite der großen Zehen musste sie kleine Stücke von den Nägeln schneiden, um eine Art Form zu erhalten, trotzdem war alles abgehackt, er würde sich die Socken zerreißen. Er hatte ihre Gedanken offenbar erraten, denn er sagte: »Am Ende hat sie die Feile genommen. Die draußen im Holzschuppen.«

»Das war klug von ihr«, sagte sie und verließ ihn, roch nicht an ihren Händen, sondern lenkte ihre Füße zum Holzschuppen und suchte sich die Feile mit dem feinsten Profil heraus.

»Ja«, sagte er, »die«, als sie zurückkam. »Die mit dem roten Griff.«

Sie feilte, bis die Feile gelbweiß vor Staub war und er endlich mit normal langen Nägeln dasaß, wenn die auch verfärbt und geriffelt waren.

»Ich kann dir helfen, die Socken anzuziehen«, sagte sie rasch.

»Danke«, sagte er.

»Es hat doch ganz gut funktioniert«, sagte sie munter und goss das Wasser im Badezimmer aus. Mit einigen Schichten feuchten Küchenpapiers konnte sie die abgeschnittenen Nägel auflesen, noch immer, ohne sich zu erbrechen. Ein Stück war unter den Heizkörper an die Wand geflogen, aber sie wandte alle Kraft auf, um es zu erreichen. Ihr würde so schlecht werden, dass sie an diesem Tisch keinen einzigen Bissen mehr würde hinunterwürgen können, wenn sie wüsste, dass das Stück dort lag, gekrümmt und mattgelb.

»Gibt sicher bald Essen«, sagte er.

»Ja. Frikadellen und Erbsen. Ich setz jetzt die Kartoffeln auf. Hast du die schmutzigen Kleider mit runtergebracht?«

»Liegen im Badezimmer.«

»Setz dich ins Wohnzimmer und lies ein bisschen, bis das Essen fertig ist.«

Als er sie nicht mehr sehen konnte, wusch sie sich die Hände mit Spülmittel und so heißem Wasser, dass sie wimmerte. Am liebsten hätte sie sie gekocht. Das machte sie immerhin mit der Schere. Brachte in einem Kochtopf Wasser zum Brodeln und ließ die Schere hineinfallen, während sie die vier Kartoffeln kochte, die sie brauchten. Dann füllte sie einen Eimer mit Seifenwasser und wischte über den Boden, und mit dem Wasser ging sie dann hinaus und goss es über den Plastikteppich aus. Der wurde nicht sauber. Sie rollte ihn zusammen und stellte ihn hochkant in den Eimer und trug ihn ins Badezimmer. Dort lagen die Kleider des Großvaters auf einem Haufen. Seine Unterhose hatte er zu einer Wurst aufgerollt. Er brauchte sich keine Sorgen zu machen, sie hatte durchaus keine Lust, sie sich genauer anzusehen. Sie riss die rutschfeste Matte aus der Badewanne und betrachtete ein grüngelbes Muster auf dem hellblauen Emaille, Kreise aus Seifenresten, geformt nach den Saugnäpfen der Matte. Sie kippte Jif darüber, scheuerte drauflos, spülte die Wanne aus, steckte den Stöpsel ein, ließ Wasser in die Wanne laufen, danach legte sie die Matte hinein. Sie sollte einweichen, bis sie nach der Stallschicht duschte.

Mit beiden Händen blieb sie auf den Rand der Badewanne gestützt stehen und betrachtete kleine Luftblasen, die aufstiegen, als der Plastikteppich auf den Boden der Wanne sank. Sie hätte eine Stunde hier stehen mögen und diesem gleichmäßigen symmetrischen Muster an Luftblasen zusehen, so erschöpft war sie. Aber sie hatte ihm Frikadellen und Erbsen versprochen. Sie wollte, dass die Stunden vergingen, bis Kai Roger kam, bis der Stall überstanden war, bis sie sich hinlegen konnte, verschwinden.

Der kleine Welpe kam unsicher angelaufen, als sie in die Hocke ging.

»Der ist aber wunderbar, Kai Roger«, sagte sie. »Und so zutraulich.«

Das Hundebaby schmiegte sich in ihre Hände, aber das war ihm nicht genug, es wollte sofort zu ihrem Gesicht und es ablecken. Sein Atem roch nach Welpe, und sie verspürte plötzlich eine unendliche Sehnsucht nach ihrem alten Leben. Der Kleine biss sie in die Nase, in die Haare und ins Ohr, wie Welpen das eben so machen, eifrig und verspielt, aber sie schob ihn schließlich weg und richtete sich auf. Der Welpe lief durch die offene Tür weiter und war verschwunden.

»Das ist kein Problem. Da kann er ja doch nicht viel kaputtmachen. Meinen Glückwunsch.«

Kai Roger stand so gutaussehend und stolz da mit einem Schwung im Rücken, den sie noch nie gesehen zu haben glaubte. Er lächelte und schaute ihr dabei in die Augen.

»Der hat dich sofort lieb gehabt«, sagte er. »Und das ist ja auch kein Wunder.«

»Welpen sind normalerweise Fremden gegenüber ganz offen, wenn sie nichts Schlimmes erlebt haben, das sie unsicher werden lässt«, sagte sie.

»Gilt wohl auch für Menschen«, sagte er leise.

Sie wandte sich ab. Sein Blick war zu stark und gefährlich, vor allem jetzt, wo sie sich für einen kurzen Moment daran erinnert hatte, wie es gewesen war, sich in einem anderen Leben zu befinden. Er hätte zu einem ihrer Hundekurse kommen können, er wäre ihr dann sofort aufgefallen, seine Ruhe und seine Güte. Und die Sicherheit, die er mit dem ganzen Körper signalisierte, eine Sicherheit, in der man ruhen könnte, die man lieben könnte, wenn man dazu fähig wäre, wenn man Kraft genug hätte, sich selbst gern genug hätte, um das zu wollen.

Er trat dicht an sie heran, legte die Arme um sie, es geschah in Sekundenschnelle, sie stemmte die Hände gegen seinen Brustkasten und presste ihre Wange an seine, rasch und rituell, bevor sie versuchte, ihn wegzuschieben. Er küsste ihren Hals. Hielt sie fest. Er war stärker als sie. Und er roch gut, viel zu gut.

»Lass mich los.«

Er ließ sie los, sie trat mehrere Schritte zurück, sah, dass sein Gesicht sich gerötet hatte.

»Ich dachte vielleicht, dass ...«

»Das darfst du nicht denken«, sagte sie.

»Du brauchst sicher ... mehr Zeit«, sagte er. Begriff er denn nicht, dass Zeit das Letzte war, das sie brauchte. Zeit hatte sie mehr als genug, gerade das war doch das Problem, diese ganze verdammte Zeit, die sich nur drehte und sich um alle Routinen wickelte, alle Gedanken, alles, was sie anders gemacht hätte, wenn das nur möglich gewesen wäre.

»Ja«, sagte sie trotzdem. Sie wusste, dass sie ihm damit Hoffnung schenkte und kam sich jämmerlich und falsch vor. »Das ist ein wunderbarer Welpe.«

»Ja, endlich durfte ich ihn holen. Den kleinen Schlingel«, sagte er mit aufgesetztem Enthusiasmus und sah sie nicht mehr an. »Und er ist so brav. Ich hab ihn heute Vormittag abgeholt, und schon hat er absolutes Vertrauen zu mir gefasst. Er kommt, wenn ich ihn rufe und ... ja, die Züchter haben in den letzten Wochen seinen Namen benutzt. Ich habe seinen Korb auf den Beifahrersitz gestellt, und da hat er sich zusammengerollt, als wir hergefahren sind, und ist eingeschlafen. Ich habe ihn gefüttert, ehe wir hierhergekommen sind, und ich hoffe, er schläft jetzt im Auto im Korb, während wir uns den Stall vornehmen ...«.

Sie konnte auf seinen Wortschwall, hinter dem er sich verstecken wollte, nicht mehr antworten, denn nun hörten sie aus dem Haus ein lautes Klirren und stürzten hinein. Der Welpe hatte den Zipfel der Decke erwischt, die über dem Couchtisch im Fernsehzimmer lag, alles lag auf dem Boden. Bücher und Vergrößerungsglas, ein Blumentopf, Zeitungen, zwei Teelichthalter und eine Illustrierte, die beim drei Wochen zurückliegenden Fernsehprogramm aufgeschlagen war. Als sie hereinkamen, lief der Welpe mit der Tischdecke gerade in die Küche, aber da er immer wieder darauf trat, kam er nur mühsam vorwärts.

»Ach, Herrgott, Entschuldigung«, sagte Kai Roger.

Der Großvater lachte nur. Er musste ja schließlich nicht aufräumen. Er lachte auf eine Weise, die Torunn noch nie gehört hatte.

»So was hab ich noch nie gesehen«, rief er und lachte noch mehr. »Kam einfach reingesprungen und POFF! Voll auf die Tischdecke. Der Bursche hat wirklich Energie. Wem gehört der Hund?«

»Kai Roger«, sagte Torunn rasch.

Sie lasen alles auf, was auf dem Boden lag. Der Welpe lieferte sich mit der Tischdecke jetzt einen wilden Kampf, dessen Ende zweifelhaft war. Die Topfblume war mit dem Boden nach unten gelandet und unversehrt.

»Ich hol nachher eine neue Decke«, sagte Torunn.

Kai Roger konnte die Decke aus dem kleinen Maul reißen und den Welpen aus dem Zimmer tragen. Der beruhigte sich sofort, alles war vergessen, als er mit Augen wie dunkelbraune Murmeln hoch oben auf Kai Rogers Arm saß.

»Jetzt ist dein Abendnickerchen an der Reihe«, sagte Kai Roger. »Denn nun warten andere Tiere auf mich, verstehst du.«

Sie sah seinen Rücken an. Die Beine, die sich von ihr weg zum Auto bewegten, das Hundebaby, das er sicher und fürsorglich an sich drückte, während er liebevoll in das weiche Fell hineinredete.

Im Stall stemmte er die Hände in die Seiten und sagte: »Wir haben fünf Sauen, die wir in Brunst bringen müssen.« Er wich ihrem Blick aus.

»Und besamen«, fügte er hinzu.

»Ach.«

Zum Glück standen sie hier in ihren Stalloveralls und waren mit anderen Dingen beschäftigt.

»Muss ja sein«, sagte er. »Das sind gute Sauen, die hervorragende Würfe liefern.«

»Ich weiß nicht…«

Sie fing an, den Koben eines frisch abgestillten Wurfes zu reinigen, die Tiere waren aufdringlich und neugierig, sie jagten nach ihren Beinen.

»Ich will nicht nerven, Torunn, das weißt du genau. Diesen fünfen einen dicken Bauch zu besorgen, ist ohnehin nur ein Zeitvertreib. So kannst du nicht weitermachen. Du musst entweder den Laden dichtmachen oder richtig loslegen.«

Sie hörte seinem Tonfall an, dass auch er auf ein anderes Thema überwechseln, den Augenblick auf dem Hofplatz tilgen wollte. Aber dann hätte er doch über das Wetter reden können, oder über etwas, das er im Fernsehen gesehen hatte. Warum fing er gerade jetzt damit an?

»Den Laden dichtmachen? Die Schweine schlachten, meinst du?«, fragte sie.

»Sie verkaufen«, sagte er. »Die Ferkel jedenfalls. Verkaufen, bis alles leer ist.«

»Ich habe meinen Vater umgebracht. Da kann ich nicht auch noch seine Schweine umbringen.«

»Du hast ihn nicht umgebracht, er hat Selbstmord begangen.«

»Weil er glaubte, dass ich den Hof niemals übernehmen würde.«

»Er hat wahrscheinlich nicht begriffen, dass für dich alles ein bisschen zu schnell ging.«

»Aber ich wollte nicht. Oder... ich weiß nicht. Aber ich hatte nicht kapiert, warum es mit der Entscheidung plötzlich so eilte.«

»Willst du denn jetzt? Übernehmen?«

»Habe ich eine Wahl?«

»Ja, die hast du.«

»Nein, die hab ich verdammt noch mal nicht. Und ich bringe seine Sauen nicht um. Nicht einmal Siri. Auf keinen Fall Siri. Obwohl sie ...«

»Es sind Raubtiere. Die folgen ihrer Natur.«

»Das habe ich gesehen.«

Jetzt durfte sie nicht in Tränen ausbrechen. Sie durfte nicht. Dann würde er vor sie treten und sie wieder in die Arme nehmen. Sie hob ein Ferkel auf und musterte dessen Hinterfuß. Er war schmutzig und schön und sah genauso aus, wie er aussehen sollte, und es war nicht die kleinste Wunde zu finden.

»Hör zu, Torunn. Ich kann dir weiterhin im Stall helfen. Aber du musst irgendeine Entscheidung treffen. Du kannst nicht von so wenigen Schlachtschweinen im Jahr leben, und mit dieser Art von Betrieb. Sigurd von Flatum hat achtundneunzig Sauen, und auch dort gibt es keine liebe Mutter.«

»Ich kann mich nur einfach nicht entscheiden. Noch nicht. Ich will nur schlafen. Schlafen und nicht denken müssen. Alles so sein lassen wie vorher.«

»Aber jetzt müssen wir mit diesen fünf Sauen loslegen ... Alles andere wäre ... Verschwendung, um das mal so zu sagen.«

Er näherte sich ihr, sie ließ das Ferkel in den Koben fallen und ging weiter zu Siris kürzlich entwöhntem Wurf, wobei sie ihm den Rücken kehrte.

»Ich habe einen Zettel in seinem Arbeitszimmer gefunden«, sagte sie. »Darauf stand Siri, zweimal unterstrichen. Und die Namen Dolly und Diana.«

»Zuchtarbeit auf Hobbyniveau«, sagte er und lachte.

»Du brauchst ihn nicht zu verspotten, jetzt, wo er tot ist.«

»Torunn! ... Ich wollte doch nicht... Aber dann hatte er es doch geplant, dass zwei von Siris Ferkeln als Zuchtsauen weitermachen sollten. Sein Bauchgefühl war jedenfalls in Ordnung, Siri ist schließlich eine erstklassige Zuchtsau.«

»Ich fühle mich nicht wohl«, sagte sie. »Kannst du den Rest allein übernehmen? Wir sehen uns dann morgen früh.«

»Torunn... Ich wollte wirklich nicht nerven. Ich will dir nur klarmachen, dass...«

Sie drehte sich nicht mehr zu ihm um, sie hielt sich einfach nur an den Eisenstangen fest, die den Koben umgaben, und schüttelte mehrmals den Kopf.

»Torunn«, flüsterte er. »Du musst doch begreifen, dass ich dich lieb habe, dass ich nur will, dass du es hier gut hast...«

Jetzt merkte sie, wie ihr die Tränen liefen. Sie stürzte aus dem Stall, ohne ihm zu zeigen, dass sie weinte. Er lief ihr nicht hinterher. In der Waschküche streifte sie den Overall ab, bevor sie über den Hof lief und die Treppe zum Badezimmer hochrannte.

Wenn sie sich nur von der Verantwortung wegzaubern könnte, ohne dass das Konsequenzen hätte. Sobald sie jedoch dort drinnen bei den Tieren stand, verwickelte sie sich in eine Zukunft mit ihnen. Fünf neue Sauen in Brunst. Ihre Sauen. Fünf neue Würfe, die sie gefangen halten würden.

Sie und Kai Roger hatten seit dem Tod des Vaters schon die Verantwortung für vier Würfe getragen, hatten sie zur Entwöhnung gebracht und insgesamt nur drei Junge verloren. Sie arbeiteten Seite an Seite. Und er hatte geglaubt, sie würden sich auch gemeinsam um seinen Welpen kümmern, wie um ein gemeinsames Kind. Du musst doch begreifen, dass ich dich lieb habe… Sie war siebenunddreißig Jahre alt. Wenn sie irgendwann einmal Mutter werden wollte, dann eilte es langsam. Ein eigenes Kind. Ein Kind, das sie zur Mutter haben sollte, konnte sie sich das überhaupt vorstellen? Milch in den Brüsten zu haben und das Kind zu stillen, und zu wissen, dass es ihr Kind war, aus ihrem Körper herausgekommen, so glatt und blutig wie ein Ferkel, ihrer Liebe preisgegeben. Sie, die überhaupt nicht mehr durchblickte, die nur noch Routinen und Verantwortung wahrnahm. Sie wusste kaum, welcher Tag es war, und von dem morgigen Tag konnte sie nicht mehr ertragen, als zu wissen, was alles getan werden musste.

Sie goss den Rest Cognac in das Glas auf der Fensterbank, zündete sich eine Zigarette an, öffnete das Fenster ganz weit und betrachtete den Fjord, der blank wie Blei da lag. Ein leichter Abendnebel zog von der Fjordmündung her herauf. Der Großvater ging jetzt die Treppe hoch, um schlafen zu gehen. Sie hörte aus dem Badezimmer den Flickenteppich tropfen, sie hatte es nicht über sich gebracht, ihn hinauszutragen und aufzuhängen, sie hatte ihn einfach quer über die Badewanne gelegt und einen Besen als Stange genutzt. Sie hatte auf dem Teppich gestanden und geduscht, weil sie vergessen hatte, dass er dort lag. …dass ich dich lieb habe… Das hatte sie wohl auch auf irgendeine Weise, aber was half das, was für eine Zukunft konnten sie denn haben. Kai Roger würde niemals den Grund dafür verstehen können, dass sie noch immer hier war, dass sie hier sein musste. Er würde niemals das wieder gutmachen können, was sie ihrem eigenen Vater angetan hatte.

Irgendwann musste sie alle Unterlagen in seinem Arbeitszimmer durchgehen. Allzu viel Trauerzeit würden sie ihr nicht mehr zugestehen, es gab gewissermaßen eine Grenze dafür. Das galt für die Mühle, den Tierarzt und den Schlachthof. Und im Haus lagen ungeöffnete Rechnungen. Würde sie ihren Teil der Tierarztpraxis in Oslo verkaufen müssen, um diese Rechnungen bezahlen zu können? Und damit sie eine Art finanzielle Basis erreichen konnte? Oder sollte sie ein Darlehen auf den Hof aufnehmen?

Sie hatte ihre Mutter angelogen. Sie besaß wirklich zwei Topfblumen in Oslo. Aber die waren jetzt sicherlich tot, es gab daher keinen Anlass mehr zur Besorgnis. Margrete von gegenüber besaß zwar einen Ersatzschlüssel und hätte sie sicher zu sich geholt, wenn Torunn sie darum gebeten hätte, sie hatte sie jedoch nicht gebeten. Nach dem Tod des Vaters hatte sie Margrete kein einziges Mal zurückgerufen, trotz der vielen inständigen Bitten auf ihrem Anrufbeantworter. Wie viel der alte Volvo ihres Vaters wohl wert war, der in der Scheune stand? Fünftausend? Vielleicht von einem Sammler? Sie würde eine Anzeige in der Zeitung *Adresseavisen* aufgeben müssen.

»Prost«, flüsterte sie vor sich hin, leerte ihr Glas und rieb sich die Wangen. Am nächsten Morgen würde sie sich nichts anmerken lassen. Sie würde sich zusammenreißen müssen und hoffen, dass er das auch tun würde, ansonsten würde sie eben sagen müssen, dass sie von jetzt an allein zurechtkommen wollte.

Leonard Kolbjørnsen hatte sich in der Nacht auf den 23. Mai einen tödlichen Rausch verpasst. Jetzt lag er nackt und in äußerst schlimmen Zustand auf dem Tisch zwischen Margido und Frau Gabrielsen. Er war einer der Bewohner des Petrastifts gewesen, einer städtischen Institution für männliche Rauschmittelkonsumenten, die sich besonders der harten Fälle annimmt. Er war immerhin dreiundvierzig Jahre alt geworden – eine Leistung, wenn man bedachte, wie viel Schnaps, Franzbranntwein und Pillen sein Körper in täglichen Dosen hatte ertragen müssen. Nun aber war es an der Zeit, ihn zu waschen und zurechtzumachen. Und ihm das Leichenhemd anzuziehen.

»Sieh dir diese Hände an«, sagte Frau Gabrielsen. »Der arme Mann.«

Die Finger waren gelb von Nikotin, voller kleiner Wunden und alter Frostbeulen, dick und geschwollen. Margido seifte seine eigenen Hände ein und rieb die des Toten gut mit Schaum ein, danach streifte er ihm Wegwerfhandschuhe über. Nach zehn Minuten in luftdichtem Kunststoff würden sie leichter mit der Bürste zu reinigen sein.

Beide trugen Schürze, Mundbinde und Handschuhe, das hier hatten sie schon sehr oft gemacht. Sie arbeiteten im Takt und zielbewusst. Frau Gabrielsen wusch den Leichnam mit einem großen Lappen, der ganze Körper musste gewaschen werden, von oben bis unten, der Bart ein wenig gestutzt, die Haare gekämmt. Margido wollte zudem Abdeckstift für eine hässliche geplatzte Blase benutzen, die der Mann in seinem Mundwinkel hatte, außerdem wollte er die Lippen mit Salbe einreiben, sie waren gesprungen und boten einen scheußlichen Anblick. Gesicht und Hände, das war oberste Priorität. Der restliche Körper sollte sauber und dicht sein und in Weiß gehüllt.

»Stimmt das, was Frau Marstad gesagt hat? Dass die Familie die anderen Bewohner des Petrastifts nicht in der Kirche dabei haben will?«, fragte Frau Gabrielsen.

»Ja, scheint so.«

»Man kann doch niemandem verbieten, zu einer Beerdigung zu kommen?«

»Das interessiert die Familie nicht. Und wenn Mork so eine Mitteilung erhält, will er die Bewohner nicht als Werkzeug für eine Art… Machtkampf benutzen. Dann hält er lieber den Mund und kommt den Wünschen der Familie nach.«

»Schändlich ist das«, sagte Frau Gabrielsen. »Dass die Familie sich so aufführt, meine ich. Aber von Mork war es wohl ein weiser Entschluss.«

Der Leiter des Petrastifts, Ivar Mork, hatte, nur wenige Stunden nachdem er Margido wegen Kolbjørnsen beauftragt hatte, im Büro vorbeigeschaut. Margido wusste, wer er war, immerhin hatte er schon einige Male Aufträge für das Stift ausgeführt.

»Ich habe Ihr Unternehmen Leos Familie empfohlen«, sagte Mork.

»Vielen Dank«, antwortete Margido, der nicht so recht wusste, was er sonst hätte sagen sollen. Es wäre ihm lieber gewesen – das wusste er inzwischen –, wenn er sich diesen Auftrag erspart hätte, und das hatte nichts mit der körperlichen Verfassung des Toten zu tun.

»Die Angehörigen haben Ihnen wohl schon mitgeteilt, wie sie sich den Ablauf der Beisetzung wünschen? Wer bei der Beerdigung anwesend sein soll und wer nicht willkommen ist?«

»Das haben sie«, antwortete Margido und schenkte eine Tasse Kaffee aus der Thermoskanne im Besuchszimmer ein, ohne Mork zu fragen, ob er überhaupt eine möchte.

»Dann müssen die Bewohner eben in der Krankenhauskapelle von ihm Abschied nehmen«, sagte Mork und griff nach der Tasse. »Deshalb bin ich hier, fügte er dann hinzu. »Es geht um den Zeitpunkt. Ich schlage vor, gegen eins. Dann sind sie so zugedröhnt, dass sie das ertragen, aber sie sind noch immer zurechnungsfähig.«

»Ich werde das natürlich in die Wege leiten. Glauben Sie, die Bewohner wollen eine richtige Andacht vor der Bahre?«

»Bestimmt nicht. Es reicht, wenn Sie einen schlichten Text vortragen, sie wollen sicher nicht zu lange dort sein. Es ist vielleicht gar nicht so schlimm, dass die Familie sie nicht in der Kirche dabei haben will. Die Bewohner wollen auch gar nicht auf harten Kirchenbänken sitzen und sich diesen Mist anhören, der dort verzapft wird. Die sind über solch einen Scheiß schon weit hinaus. Verzeihen Sie, wenn ich so derb werde, ich weiß nicht, ob Sie persönlich gläubig sind, aber so ist es eben. In diesem Job ist man über solch einen verdammten Scheiß jedenfalls weit hinaus.«

»Das ist völlig in Ordnung. Ich verstehe Sie. Die Bewohner können um ein Uhr Abschied nehmen, und ich werde einen schlichten Text vortragen, gar kein Problem. Die Familie hat nicht sonderlich viel über ihn erzählt, sie haben nur einen Sarg ausgesucht und sich für Choräle entschieden und gesagt, dass er ohne viel Gedöns eingeäschert und dann später in der Familiengruft beigesetzt werden soll. Was war er für ein Mensch? In seinem früheren Leben, sozusagen?«

»Er hat einem Schüler, gerade mal zwei Wochen nachdem er als Lehrer verbeamtet wurde, so richtig übel eine reingehauen. Er verlor daraufhin seinen Job und gelangte auf die schiefe Bahn. Er lebte viele Jahre in Oslo auf der Straße, dann kam er nach Trondheim und am Ende zu uns. Wir hatten nie irgendwelche Probleme mit ihm. Jeden Abend war er voll wie eine Strandhaubitze, lammfromm, wie ich immer sage. Das sind die meisten. Er kam aus einer besseren Familie. Das haben Sie sicher gesehen, als die Angehörigen hier bei Ihnen waren.«

»Ja. Das war wohlhabender Trondheimer Kaufmannsadel. Ich nehme an, er hatte nicht sonderlich viel Kontakt zu ihnen«, sagte Margido.

Eigentlich standen sowohl er als auch Mork unter Schweigepflicht, auch einander gegenüber. Beide ignorierten diesen Umstand jetzt. Ab und zu war Rücksicht auf die Toten wichtiger und verlangte mehr Respekt als die Hinterbliebenen.

»Fassade, wissen Sie«, sagte Mork. »Sie haben ihn seit vielleicht zwanzig Jahren nicht gesehen, sie wussten, wie er lebte, trotzdem soll die Beerdigung nun im besten großbürgerlichen Geist vor sich gehen. Leo hat ab und zu über sie gesprochen, um fünf Uhr morgens, *drinking man's hour*, seine Familie war das Einzige, über das er manchmal schlecht geredet hat.«

»Von euch kommt also niemand?«

Margido schob Mork die Schale mit den Maryland Cookies hin, aber der griff nicht zu. Seinen Kaffee dagegen trank er wie Wasser und schenkte sich eine neue Tasse ein.

»Doch. Alle, die aussehen wie normale nüchterne Menschen, dürfen kommen. Ich, die Leute aus der Küche, der Hausmeister, die Sozialarbeiter und so. Uns ist das nicht verboten worden. Sie können doch einfach so tun, als ob wir alte Bekannte wären, während die Tanten und Onkel hinter Parfüm und Aftershave die Leiche betrauern. Oh verdammt. Ich hoffe ja nur, dass Leute aus Leos Szene auftauchen, die nicht bei uns wohnen. Aber davon gibt es wohl nicht viele.«

Margido nickte. »Sie wollen also nichts sagen bei der Beerdigung?«

»Das würden sie mir nicht erlauben. Ich habe nicht einmal gefragt.«

»Kommen Sie denn mit den Bewohnern in die Kapelle?«

»Das nicht. Es ist wichtig, dass sie das selbst schaffen. Und sie werden kommen, das kann ich Ihnen versprechen. Keiner von ihnen würde sich ausklinken, egal, wie krank sie auch sein mögen.«

Margido hätte ihn gern gefragt, wie er es auf seinem Posten aushielt, er hätte diese Frage auch früher schon gern gestellt, hatte das aber niemals gewagt. Vermutlich gab die Arbeit einem viel, es ging um Respekt und um Würde, doch zugleich fehlte jegliche Hoffnung. Sie war gar nicht so viel anders als sein eigener Beruf. Er könnte sogar riskieren, dass ihm dieselbe Frage gestellt werden würde.

Er streifte den Wegwerfhandschuh von Kolbjørnsens Hand und fing an, mit der Bürste zu scheuern, an der Nagelhaut entlang und über die Knöchel. Die Hand sah danach gar nicht so schlecht aus. Er schmierte die Haut gründlich mit einer Salbe mit niedrigem Fettgehalt ein. Da die Haut kalt war, zog die Salbe nicht ein, und eine fette Salbe würde als weißer Belag liegen bleiben.

»Ich habe mit Torunn über das Sarglager gesprochen«,

sagte er und dachte an seine Enttäuschung, als sie seine Begeisterung über diese Idee nicht sofort geteilt hatte.

»Und wie sieht sie das? Es ist doch eine super Idee«, sagte Frau Gabrielsen.

Er lächelte sie über den nackten Leichnam hinweg an. »Ja, nicht wahr? Und es war deine Idee.«

»Sie hat sich sicher gefreut und kann das Geld gut gebrauchen.«

Er seufzte. »Ich kann ihre Reaktion nicht deuten. Weder so noch so. Aber jedenfalls hat sie sich nicht geweigert. Ich werde bald einmal eine Tischlerfirma anrufen und fragen, ob wir uns da draußen treffen können, uns ansehen, was zu tun ist.«

»Kein Grund, sich zu übereilen«, sagte Frau Gabrielsen.

»Aber, aber. Jetzt haben wir sogar eine eigene Homepage bestellt. Das ist doch schon etwas.«

»Etwas schon. Aber wir müssten noch mehr Leute einstellen.«

»Ich weiß.«

»Da gibt es doch diesen jungen Bovin.«

»Ja, den hast du schon erwähnt. Jetzt machen wir erst einmal eins nach dem anderen.«

Es machte ihm Sorgen, dass Torunn so… leer wirkte. Sie tat ihre Pflicht, aber nichts schien ihr Freude zu bereiten. Sie konnte einen Vater, mit dem sie in den ersten sechsunddreißig Jahren ihres Lebens nur telefonischen Kontakt gehabt hatte, doch unmöglich so tief betrauern?

Als er am 17. Mai auf dem Hof gewesen war, hatte er das Sarglager erwähnt. Sie hatten zusammen die Flagge gehisst, während der Alte wie gebannt am Küchenfenster stand und keine Bewegung aus den Augen ließ. Er hatte eine rote Fliege über seinem karierten Flanellhemd getragen, und Torunn hatte gesagt, sie habe nicht gewusst, ob sie lachen oder weinen sollte, als er morgens die Treppe herunter gekommen war.

Er hätte sie gern nach Tors Arbeitszimmer gefragt, nach der Buchführung, wollte sie aber nicht unter Druck setzen. Er hatte im Vorübergehen durch die halboffene Tür gespäht, und dort schien nichts angerührt worden zu sein. Es sah eher aus, als habe Tor das Zimmer nur für einen Moment verlassen. Nach dem Flaggenhissen hatten sie in der Küche Kaffee getrunken. Pulverkaffee. Margido konnte den alten Kaffeekessel nirgendwo entdecken, aber der Kaffee schmeckte nicht schlecht. Und es hatte Brote mit Marmelade gegeben, Marmelade, die Torunns Großmutter eingekocht hatte, wenn man nach den Etiketten auf dem Glas ging. Auch das erwähnte er nicht. Das Radio lief, und als die Königshymne gespielt wurde, stellte der Alte seine Kaffeetasse auf den Tisch, erhob sich, blieb stehen und hielt sich dabei an der Tischkante fest, bis der Chor geendet hatte. Er hatte feuchte Augen bekommen. Margido sah, dass Torunn verlegen wurde, er hoffte zutiefst, dass sie nicht versuchen würde, die Verlegenheit durch einen Witz zu verscheuchen.

Als der Chor mit Singen fertig war, brachte er die Sache mit dem Sarglager zur Sprache. Er wusste nicht, was er erwartet hatte, nicht gerade, dass sie aufspringen und Halleluja singen würde, aber auf ein bisschen Enthusiasmus hatte er schon gehofft. Sie musste doch begreifen, dass er das für den Hof tat, es war nicht so, dass ihm der andere Mietvertrag gekündigt worden wäre. Er erklärte, was für Räumlichkeiten er brauchte, und sie nickte und schaute aus dem Fenster zum Vogelbrett hinüber. Der Alte sagte kein Wort, Margido wusste, dass ihm Särge und Lager egal waren, er wollte nur ganz schnell ins Fernsehzimmer und auf die Berichte von den Festumzügen warten, während er sich in seinen Büchern die Bilder vom Befreiungstag ansah.

Trotzdem blieb er mit seiner schiefgerutschten Fliege sitzen, eben weil es der 17. Mai war und sie zusammen Kaffee tranken und es ein großer Tag war.

»Gehst du nie in die Kirche, Torunn?«

»Nein, ich glaube nicht an Gott.«

»Er kann eine große Hilfe sein, wenn man Probleme hat.«

Darauf gab sie keine Antwort. Sie war bleich, hatte abgenommen. Er würde für sie beten. Wenn sie doch zu einem Glauben gelangen könnte, was würde das für sie für eine Stütze sein! Jenseits von Gott zu leben, war eine Last, die man allein tragen musste, und alle Probleme waren dann auch nur die eigenen, man erhielt nicht für einen Moment Entlastung. Aber er sah ihr an, dass es hier und heute keinen Zugang für solche Überlegungen gab, er würde über etwas anderes sprechen müssen.

»Deine Mutter war vor zwei Wochen also nur auf Stippvisite hier?«

»Ja. Sie wollte irgendwelche Freundinnen besuchen. Kommst du nachher vielleicht zum Essen? Es gibt Schaumeier.«

Da hob der Alte den Kopf und sah Torunn an.

Margido vernahm Liebe in diesem Blick, Liebe und Dankbarkeit. Es war ein so schöner Anblick, dass es ihm wehtat.

»Nein, ich glaube nicht. Ich komme lieber ein anderes Mal wieder, ich muss mir die Scheune zusammen mit einem Tischler ansehen, feststellen, was da getan werden muss.«

Zwanzig Minuten, bevor die Bewohner sich von Kolbjørnsen verabschieden würden, richtete er die Kapelle her. Eigentlich wäre sie erst um zwei Uhr frei gewesen, aber er hatte mit einem anderen Unternehmen tauschen können. Dafür war er sehr dankbar, und er würde es nicht vergessen. Eines Tages würde er sicher einen Gegendienst leisten können, zwischen den Bestattungsunternehmen gab es immer eine gute Zusammenarbeit.

Wenn sich die Bewohner des Petrastifts auf ein Uhr eingestellt hatten, dann durfte man den Zeitpunkt nicht verändern. Es ging um Minuten, ehe die brüchige Kontrolle dieses Tages aus den Fugen geriet.

Er schob den Sarg aus dem Kühlraum in die Kapelle und entfernte den locker aufgelegten Deckel. Leonard Kolbjørnsen lag friedlich und still auf weißem Grund. Der Tod hatte die Falten geglättet, Falten, die das Leben gezeichnet hatte. Viele wirkten im Tod jünger, oft wurde das von den Angehörigen kommentiert. Gerade deshalb war es ein positives Erlebnis, sich trotz all der Trauer daran zu erinnern, dass der Tod Ruhe bedeutete.

Er zündete um den Sarg weiße Stumpenkerzen an, blieb eine Weile stehen und sah den Verstorbenen an, während er leise vor sich hin murmelte: »Danke, gütiger Jesus, dass du deine Hände um meine hältst und mich wärmst.«

Es war eine verhuschte kleine Schar von müden Männern, die vor der Kapelle wartete. Sie rochen nach Schnaps und Tabak und Angst, alle schwitzten heftig. Sie waren sicher zu Fuß hergekommen, aus Ravnkloa oder Leüthenhaven oder woher auch immer sie das bekamen, was sie brauchten. Es war ein strahlender Maitag, sie waren bei enormer Hitze gelaufen, über die Elgeseter-Brücke mit dem Nidarosdom im Rücken, mitten durch ein Panorama, für das Touristen große Strecken zurücklegten, um es zu sehen, aber sie hatten ihrer Umgebung sicherlich keinen Gedanken gewidmet. Sie wollten sich von ihrem Freund Leo verabschieden, und sie wussten, dass sie am nächsten Tag in der Kirche nicht willkommen sein würden.

Er gab jedem Einzelnen die Hand, es waren insgesamt

neun, und traf auf feuchte Handflächen und gesenkte Blicke.

»Leo hätte sich darüber gefreut, dass ihr heute gekommen seid«, sagte Margido. »Dass ihr ihm die letzte Ehre erweist.«

Sie nickten stumm und gingen ganz dicht hinter ihm zur Tür. Als er die Kapelle betrat, ließen sie den Abstand zu ihm größer werden. Aber sie standen noch immer eng zusammen, gaben sich einander jedoch nicht die Hand, nur ihre Jackenärmel streiften einander. Er beschloss, in sein eigenes Testament eine kleine Summe für die Stiftung aufzunehmen, auch wenn der Leiter fluchte und Gottes Wort als Scheiß bezeichnete.

Am Ende standen sie an den Längsseiten des Sarges. Alle neun weinten und starrten das Gesicht im Sarg an, mehrere schluchzten.

»Du warst ein guter Typ.«

»Der Beste.«

Er ließ sie dort stehen, bis sie anfingen, mit den Füßen zu scharren und Blicke auszutauschen. Da trat er ans Kopfende des Sarges, öffnete sein Andachtsbuch und fing an zu lesen:

»Der Herr ist mein Hirte, mir wird nichts mangeln. Er weidet mich auf einer grünen Aue, führet mich zum frischen Wasser, er erquicket meine Seele ...«

»Nein«, sagte einer der Männer leise.

Margido sah ihn fragend an. Einen einzigen kurzen Bibeltext mussten sie doch ertragen können.

»Ich weiß, den gibt's auch auf Nynorsk«, sagte der Mann und hob kurz und eifrig das Gesicht mit den tränenfeuchten Wangen. »Das hat Leo gesagt. Dass so was alles ... Alles Wichtige gibt's auf Nynorsk übersetzt. Das hat er gesagt. Hat er wirklich.«

»Natürlich«, sagte Margido.

»Leo war stocksauer auf den ganzen Nynorskkram.«

Die anderen nickten und lächelten verständnisinnig, und zum ersten Mal erwiderten sie Margidos Blick, wie Verschwörer, wie Menschen, die zusammenhielten. Wie Kinder, dachte er und schämte sich.

»Er hat immer wieder Zeitungen angeschrieben. Er wollte in den Zeitungen Nachrichten auf Nynorsk lesen, da war er wirklich nicht ganz gescheit ...«

»Er hat uns auch laut vorgelesen, allen möglichen Kram auf Nynorsk, Gedichte und so«, sagte ein anderer. »Ab und zu mitten in der Nacht oder ganz früh am Morgen. Das war ... schön. Er hat schön gelesen. Auch wenn man eigentlich schlafen wollte.«

»Dieser Vesaas«, sagte der Erste. »Das Schreckliche mit dem Pferd, das durch das Fenster hereinguckt ...«

Die anderen lachten einander verstohlen zu, nicht ein Einziger hatte ein vollständiges Gebiss. Margido fiel plötzlich ein, dass der Verstorbene ein ausgebildeter Lehrer gewesen war. Und außerdem also Nynorskmann und Vesaas-Verehrer.

»Dann lese ich den Text natürlich auf Nynorsk«, sagte er und blätterte zu der anderen Norwegischvariante weiter.

Nach den ersten Zeilen sah er sie an. Sie standen totenstill da und lauschten mit fest gefalteten Händen und feuchten Wangen, und plötzlich hatte er seine Stimme nicht mehr im Griff. Er fühlte sich bei solchen Andachten nur selten persönlich berührt. Das konnte er sich nicht leisten, er musste die Kontrolle behalten. Er räusperte sich und schluckte mehrere Male, dann las er weiter.

Als er fertig war, schwiegen sie eine lange Minute. Durch die Wände hörten sie, wie eine Sirene sich dem Krankenhaus näherte.

»Nimm den Segen entgegen«, sagte er leise. »Der Herr segne dich und bewahre dich. Der Herr lasse sein Antlitz über dir leuchten, und er sei dir gnädig. Der Herr hebe sein Gesicht zu dir und gebe dir Frieden.«

»Amen«, flüsterten die anderen nicht ganz synchron. Ihnen war nicht aufgefallen, dass er beim Segen die Sprachen wieder gewechselt hatte. Sie reichten ihm die Hand, einer nach dem anderen, und dankten. Ihr Händedruck war fest geworden, ihre Blicke offen und warm.

Am nächsten Morgen würde er in der Kirche Kolbjørnsens Familie gegenübertreten und als Einziger wissen, dass der Verstorbene schon zur Ruhe gebettet worden war. Eigentlich brauchte er nur noch mit Erde bedeckt zu werden.

Vier Tage später kam der erste Anruf, bei dem klar wurde, dass der Anrufer das Bestattungsunternehmen Neshov im Internet gefunden hatte. Es war ein Mann von Anfang dreißig, dessen junge Frau, Andrea, Selbstmord begangen hatte. Margido sprach sein Beileid aus, aber der Mann erwiderte, er sei in erster Linie erleichtert. Dann ließ er am Telefon seiner gewaltig aufgestauten Frustration freien Lauf, er beklagte sich über das Gesundheitswesen, das bei einer Frau mit Anorexie, zeitweiliger Bulimie und wiederholten Selbstmordversuchen versagt hatte. Am Ende war es ihr trotzdem gelungen, sich das Leben zu nehmen – mit Tabletten. Sie hatte einen schönen Brief an ihren Ehemann und ihre Eltern hinterlassen. Kinder hatten sie niemals bekommen, das hatte sie nicht gewollt, außerdem hatte sie sich die Fruchtbarkeit ja weggehungert. So drückte er sich aus. Margido hörte geduldig zu. Der Mann weinte und schimpfte abwechselnd, und Margido dachte, er könnte das genauso gut am Telefon wie im Besprechungszimmer hinter sich bringen. Der Mann wollte ein eigenes Grab kaufen und irgendwann einmal neben ihr liegen, während ihre Eltern sie in die Familiengruft betten wollten. Margido wusste sofort, dass das hier schwierig werden könnte. Der Mann war so jung, mit ziemlicher Sicherheit würde er neue Beziehungen eingehen. Und wie würde eine neue Frau damit fertig werden, dass er schon ein Grab neben seiner ersten Frau besaß? Es wäre sicher das Sinnvollste, die Verstorbene in der Familiengruft beizusetzen, das würde dem Mann in Zukunft viele Konflikte ersparen. Oder sie könnten die Urne in einen Gedächtnishain bringen, das wäre ein neutraler Kompromiss. Der hinterlassene Brief enthielt offenbar keinerlei Anweisungen. Immer mehr Menschen, die sich das Leben nahmen, äußerten den Wunsch, dass ihre Asche in alle Winde oder an einem bestimmten Ort ausgestreut werden soll. Das hing vielleicht mit dem Drang zusammen, absolut verschwinden und in Ewigkeit nicht mehr da sein zu wollen. Sie hatten allerdings keine Ahnung von dem Papierkrieg, der nötig war, um die entsprechende Erlaubnis zu erlangen. Man musste beim Bezirk sehr lange vorher um die Genehmigung ersuchen, die Asche auszustreuen, und es gab eine Unmenge Vorschriften dafür, wo sie nicht verstreut werden durfte.

Im Kaffeezimmer war es an diesem Tag gemütlich. Frau Marstad hatte selbstgebackene Brötchen und den Rest des Schokoladenkuchens von der Geburtstagsfeier ihres Mannes am Vortag mitgebracht. Margido erwähnte den Damen gegenüber nicht, dass der neue Auftrag der Homepage zu verdanken war. Er erzählte von der jungen Andrea, die sich das Leben genommen hatte, und dann diskutierten sie über Bulimie und Anorexie. Sie lachten laut, als Frau Gabrielsen, die gerade das Brötchen zum Mund führte, sagte: »Ich könnte nie im Leben mit Anorexie leben. Ich würde doch glatt verhungern!«

Es war von großem Vorteil, wenn einem Kollegen ein

solch schwarzer Humor nichts ausmachte. Ein Humor, der den Druck minderte und das Unmögliche normal werden ließ.

Sie sprachen auch über die Beerdigung, die am folgenden Tag stattfinden sollte – ein Mann von achtzig Jahren, der in der Kirche von Ilen beigesetzt werden sollte.

»Der Küster hat gesagt, dass er mir helfen wird, den Sarg vom Auto aus auf den Katafalk zu laden, ihr braucht also nicht mitzukommen. Ich werde ziemlich früh hinfahren, dann kann ich alles selbst erledigen. Es werden nicht viele kommen, der Mann hat die meiste Zeit seines Lebens in München verbracht, er hat als Autoexporteur gearbeitet, und alle seine Freunde leben dort. Aber ursprünglich kam er aus Trondheim und ist hierher zurückgezogen, nachdem er in Rente gegangen war. Er hat wohl nicht mehr so viele neue Bekanntschaften schließen können und war das einzige noch lebende Familienmitglied. Ich habe nur dreißig Liederhefte drucken lassen und gehe davon aus, dass das mehr als genug ist. Ich habe keine Ahnung, wer danach die Kondolenzliste bekommen soll.«

»Vielleicht brauchst du keine auszulegen«, sagte Frau Marstad.

»Doch. Die Leute schreiben gern ihren Namen auf eine solche Liste, um zu bestätigen, dass sie dort waren«, sagte er.

»Wer sind denn seine Erben?«

»Er hat kein Testament hinterlassen, also fällt alles an den Staat. Das Pflegeheim Ilen hat sich an mich gewandt.«

»Dann muss der Staat auch die Kondolenzliste bekommen«, meinte Frau Gabrielsen.

Er konnte dem Mann der verstorbenen Andrea und ihren Eltern die Sache mit dem Urnenhain schmackhaft machen, doch zuerst musste er für eine Weile den Raum verlassen, damit die anderen sich in Ruhe streiten konnten. Der Mann wollte von der Familiengruft nichts wissen, die Eltern waren absolut gegen den Erwerb einer neuen Grabstätte.

Oft empfahl es sich, das Empfangszimmer zu verlassen. Dann mussten sie sich nämlich einigen. Schließlich hatte Margido nur eine kurze Frist, um alle Details beim Ordnungsamt anzumelden.

Alle drei wirkten mürrisch und unversöhnlich, als sie gingen. Nicht gerade von Vorteil, was die weitere Trauerarbeit angeht, dachte er. Aber er hatte schon viel, viel Schlimmeres erlebt. Wütende Streitereien über Sargmodell und Preis, darüber, wer die Trauerfeier leiten sollte, wer der verstorbenen Person am nächsten gestanden hatte. Die Beerdigung wurde zur Arena für einen Machtkampf, eine Gelegenheit, um alte Kamellen wieder hervorzukramen. Und das alles stand im grellen Kontrast zum Verlust, den sie alle erlitten hatten. Immer wieder musste er doppelte Todesanzeigen verfassen, weil mehrere Hinterbliebene den Verstorbenen für sich beanspruchten und sich einfach nicht einigen konnten. Das war unangenehm und anstrengend für ihn, da er für die Zeremonie verantwortlich sein würde. Er hatte noch nie erlebt, dass sich Hinterbliebene nachher um die Kondolenzliste stritten, aber mehrmals wäre es beinahe dazu gekommen. In solchen Momenten hätte er gern mit ihnen gesprochen wie mit ungezogenen Kindern, die aufs Ärgste über die Stränge schlugen.

Eine Beerdigung war schließlich auch kein billiges Vergnügen und konnte leicht zwanzig-, dreißigtausend Kronen kosten. Eine weitere Brutstätte für Streit und makabere Diskussionen, zu denen die Hinterbliebenen sich in seinem Empfangszimmer berechtigt glaubten. Wenn die ersten Besprechungen in einer Privatwohnung stattfanden, konnte alles noch schlimmer werden, mit Anrufen in alle Himmelsrichtungen an andere Familienangehörige, die sich sofort einfinden sollten, um eine Behauptung der Anwesenden zu bestätigen. Alle hatten die verstorbene Person am besten gekannt und wussten genau, wie sie sich die Sache gewünscht hätte. Margidos Arbeit wäre unendlich viel leichter, wenn jeder Einzelne zu seinen Lebzeiten seine genauen Wünsche zu Papier brächte. Der letzte Wille eines Toten wurde respektiert, nur ein einziges Mal hatte er erlebt, dass die Angehörigen sich darüber hinweggesetzt hatten, als ein junges Mädchen von nur fünfzehn sich ertränkt und in einem Brief, der auf ihrem Zimmer gefunden worden war, geschrieben hatte, sie wolle neben ihrer Großmutter in Arendal beerdigt werden, denn die Großmutter sei »diejenige gewesen, die mich auf der ganzen Welt und im ganzen Leben am allerliebsten gehabt hat.« Es war viele Jahre her, aber Margido konnte sich noch Wort für Wort daran erinnern. Die Mutter hatte ihm den Brief gezeigt, fast im Geheimen, während der Vater auf der Toilette gewesen war, und Margido hatte sich sofort überlegt, wie das praktisch zu regeln sein würde. Aber als der Vater davon gehört hatte, wurde die Sache ausdrücklich vom Tisch gewischt.

»Was für ein Unsinn, das kommt natürlich nicht in Frage. Wir müssen doch ihr Grab besuchen können.«

»Der letzte Wille sollte aber immer respektiert werden«, hatte Margido eingewandt.

»Sie war erst fünfzehn Jahre und hatte doch verflixt noch mal keine Ahnung, was sie wollte«, hatte der Vater gesagt, während die Mutter in ihr Taschentuch weinte und energisch und ohne ein Wort zu sagen den Kopf schüttelte.

Als er nach Hause kam, machte er sich in der zugedeckten Bratpfanne zwei gute Käsebrote heiß. Seit Neuestem bedeckte er den Käse mit Chorizoscheiben. Er hatte eines Tages aus Versehen eine Packung Chorizo gekauft, hatte sie für Räucherwurst gehalten und die knallroten Wurststücke nach dem Öffnen der Packung verwundert angestarrt. Als er vorsichtig ein Stück probiert hatte, hatte er bemerkt, dass die Wurst sehr gut schmeckte. Würzig, aber durchaus nicht übertrieben. Jetzt war Chorizo ein fester Punkt auf seiner Einkaufsliste.

Er hatte schon lange keinen neuen Geschmack mehr entdeckt. Zuletzt war das wohl gewesen, als er einige Jahre zuvor von Kneippbrot auf Vierkornbrot umgestiegen war. Das war saftiger und hielt sich deshalb länger. Aber es war natürlich auch teurer.

Zu den Käsebroten trank er eiskalte Milch. Er saß an dem kleinen Küchentisch und aß, während er in der Zeitung blätterte, die er morgens niemals zu Ende lesen konnte. Das Fenster stand offen, Kinder johlten zwischen den Wohnblocks, es war warm, bald Juni. Die Zeitung verhieß einen ungewöhnlich heißen Sommer. Als sei das eine Sensation, neuerdings war es doch im Sommer und im Winter warm.

Er trank zwei große Gläser Milch und spülte danach Teller, Glas und Bratpfanne sorgfältig unter heißem Wasser ab. Dann durchblätterte er den Rest der Zeitung und die Beilagen. Er fand Anzeigen von mehreren Tischlern, die ihre Dienste anboten. Es wäre wohl gut, sie gleich anzurufen, sicherlich hatten sie lange Wartezeiten. Er entschied sich für die Anzeige, die ganz oben stand. Eine Mobilnummer war dort angegeben.

Zwei Minuten darauf bereute er diese Impulsivität bitterlich. Der Mann, der Ole hieß, nahm zwischen zwei großen Bauprojekten auch kleine Aufträge an. Margido hatte diesem Ole fast nicht geglaubt, als der sagte, er könne sich die Sache noch am selben Tag um sechs Uhr nachmittags ansehen. Das sei überhaupt kein Problem, behauptete Ole, und widerstrebend hatte Margido ihm den Weg nach Neshov erklärt.

Er würde noch ein kleines Nickerchen im Sessel machen können, ehe er hinfuhr. Er stellte seinen Handywecker auf halb sechs.

Torunn stand auf dem Hofplatz, als Margido eintraf, zusammen mit einem fremden Mann, der seine Schirmmütze umgedreht trug. Der Volvo war vorgefahren, und auf der Motorhaube lagen allerlei Unterlagen, die sie sich ansahen. Der Alte saß in einem Sessel vor dem Holzschuppen, und neben ihm auf einem Hocker standen eine Tasse Kaffee und ein leerer Teller mit Krümeln. Der Hofplatz lag im Schatten, aber es waren sicherlich noch zwanzig Grad.

»Wer ist das denn?«, fragte Margido den Alten.

»Soll das Auto kaufen.«

Margido ging ins Haus und holte sich eine Tasse Kaffee. Als er herauskam, fuhr der weiße Volvo gerade davon.

»Den kriegen wir nicht mehr zu sehen«, sagte der Alte. Margido lehnte sich neben ihm an die Wand, spürte, dass die Sonnenwärme des Tages noch immer in den grauen Brettern steckte. Torunn faltete die Unterlagen zusammen und kam auf sie zu.

»Ich habe viereinhalb dafür bekommen«, sagte sie.

»Gut«, sagte Margido.

»Auch ein wenig seltsam. Es war doch sein Auto«, sagte sie. »Er hat sich so gut darum gekümmert.«

»Hat es aber nicht sehr oft benutzt«, sagte Margido.

»Nur, wenn er in die Stadt musste. Hier draußen auf Byneset ist er vor allem mit dem Traktor gefahren, er konnte den Diesel doch von der Steuer absetzen.«

»Ich bin hier mit einem Tischler verabredet«, sagte Margido. »Wir wollen uns zusammen die Scheune ansehen.«

In diesem Moment kam ein Auto vorgefahren. Ole, der Tischler, in einem riesigen, neu aussehenden Mercedes.

»Der arbeitet sicher schwarz«, sagte Torunn. »Bei der Karre.«

»Ich hatte nicht vor, ihn schwarz zu bezahlen. Das ist nicht meine Art.«

»Wenn du das sagst, wird er in Ohnmacht fallen«, sagte sie.

»Dann soll er erst in Ohnmacht fallen und danach korrekt arbeiten. So was hat der Auftraggeber zu bestimmen«, sagte Margido.

Aber Ole fiel nicht in Ohnmacht. Er pochte und rüttelte an den Wänden herum, leuchtete die Balken mit einer Taschenlampe an, maß und notierte und lauschte Margidos Anweisungen.

»Ach, was! Särge? Wie lang sind die denn?«

»Das ist unterschiedlich. Aber ich hätte gerne die Regale zweieinhalb Meter tief und einen Meter hoch.«

Es würde ein praktisches und geräumiges Sarglager werden. Ole schlug vor, eine flache Karre anzufertigen, mit der er die Särge zum Auto bringen könnte, und eine Rampe, die sich rauf und runter kurbeln ließe. Margido nickte zu diesem Vorschlag. Dieses Sarglager würde sehr viel praktischer sein als das bisherige, und außerdem würde er viel häufiger herkommen, würde dann aber seine dringenden Arbeiten anführen können, um nicht zu lange bleiben zu müssen.

Ole wollte schon am nächsten Tag die Materialkosten berechnen und dann einen Kostenvoranschlag vorlegen.

Als Margido nach Flatåsen zurückfuhr, hatte er Lust, Frau Gabrielsen anzurufen und sich mit seiner Tatkraft zu brüsten.

Er rief sie nicht an, sondern erzählte es, nur Sekunden nachdem er am nächsten Morgen zur Arbeit gekommen war, in einem Nebensatz, dass die Arbeiten jetzt im Gang seien. Sofort äußerte sich Frau Gabrielsen darüber, wie sehr Torunn sich gefreut haben müsse.

»Und dann lernen wir sie ja auch endlich kennen, wenn eine von uns hinfahren muss, um einen Sarg zu holen«, sagte sie. »Das wird nett.«

Margido wollte sie nicht mit der Mitteilung enttäuschen, dass das durchaus nicht unbedingt nett werden müsse, auf dem Hof sei nicht gerade die große Gastfreundschaft ausgebrochen.

»Einen Kaffee wirst du wohl bekommen«, sagte er.

»Ja, das will ich doch wirklich hoffen«, sagte sie. »Und das Heft für die Beerdigung in Ilen liegt auf deinem Schreibtisch.«

Die hohen Bäume um die Kirche von Ilen bildeten einen grünen Korridor aus Sonnenlicht, als er anderthalb Stunden vor Beginn der Beerdigung den Caprice hinter die Kirche fuhr. Es lohnte sich, den Sarg schon im Mittelgang aufgestellt zu haben, bevor die Blumenboten auftauchten. Da der Verstorbene keine Familie gehabt hatte, würde Margido selbst aus den Gestecken, die hoffentlich eintreffen würden, zumindest doch vom Pflegeheim, eine Art Bahrendekoration herstellen müssen. Mit vielen Kerzen würde es bestimmt schön aussehen, man brauchte nicht immer ein Blumenmeer. Wenn es viel zu wenige wären, könnte er selbst losfahren und einige schlichte Gestecke kaufen.

Der Küster schloss gerade die Tür zur Sakristei auf, als Margido aus dem Caprice stieg. Es war ein älterer sympathischer Mann, der ihm immer mit Sarg und Blumen und Leuchtern half.

Jetzt drehte er sich zu Margido um und rief mit lauter Stimme, fast im Falsett: »Die Tür ist aufgebrochen worden! Die steht offen!«

»Was sagst du da?«

»Sollen wir die Polizei anrufen?«

»Warte noch einen Moment«, sagte Margido. »Wir müssen erst nachsehen, was passiert ist. Bestimmt hat nur irgendwer daran herumgespielt.«

Er nahm den Blutgeruch wahr, sobald sie die Sakristei verließen und das Kirchenschiff betraten. Es war ein Geruch, den er durch jeden anderen Geruch hindurch registrierte. Der Küster ging vor ihm her und sah es zuerst.

»Ach du großer Gott! Ach du großer Gott!«, sagte er, fiel im Mittelgang auf die Knie, faltete die Hände und brach in trockenes Schluchzen aus. Margido blieb gleich hinter ihm stehen, während er mühsam versuchte, sich klarzumachen, was er da sah. Was war das?

Ein Lamm lag mit aufgeschlitzter Kehle in einer Blutlache vor dem Altar. Das Blut war zu Streifen gezogen, die einen fünfzackigen Stern bildeten. Der Judenstern, dachte er. Nein, so hieß das nicht. Drudenfuß. Ja, ein Drudenfuß, das war es. Auf jeder Zacke stand eine rote Stumpenkerze. Die Kerzen brannten nicht mehr, hatten aber ziemlich lange gebrannt, das konnte er sehen. Er zwang seinen Blick zurück zum Lamm, zu dem fast vom Rumpf gelösten Kopf, der in einem schrecklichen Knick nach hinten gekippt war.

»Vater unser, der du bist im Himmel, geheiligt werde dein Name ...«, flüsterte er.

Der Küster erhob sich und fing an, Margido zu schütteln.

»Was ist das hier? Wie kann irgendwer ... aber warum ...?«

»Ich weiß es nicht. Ich weiß es nicht«, sagte Margido.

Der Küster ließ ihn los und rief: »Ich muss den Pastor anrufen!«

»Ja«, sagte Margido. »Und danach die Polizei. Wir dürfen nichts anrühren.«

Er konnte seine Beine nicht bewegen. Auf der Altardecke und den Wänden waren Kreuze gezeichnet worden, und zwar mit dem Querbalken nach unten. Rote, unebene Kreuze, sicher waren sie mit Lammblut gemalt worden. Einige leere Bierflaschen lagen ganz vorn im Mittelgang, dicht vor dem ... Drudenfuß. Der scharfe Blutgestank überlagerte den der Exkremente des Lammes.

»... dein Wille geschehe, wie im Himmel, also auch auf Erden. Unser tägliches Brot gib uns heute ...«

Er würde hier in einer Stunde eine Beerdigung abhalten müssen. Er würde hier keine Beerdigung abhalten können.

Er zwang sich, sich umzudrehen, schloss die Augen, ging durch den Kirchengang zurück und zog mit zitternden Fingern sein Telefon aus der Tasche.

Er rief im Büro an und berichtete, was geschehen war. Als Frau Marstad ihm ihre Reaktion auf das schildern wollte, was er da beschrieb, unterbrach er sie.

»Wir müssen eine neue Kirche finden, die frei ist. Wir bestellen einen Bus, der hier auf alle Trauergäste wartet. Ihr beide kommt her und nehmt die Blumen entgegen und bringt sie dann in die andere Kirche. Ich rufe den Organisten an, der muss mitkommen oder seinen Kollegen instruieren. Versuch es zuerst bei der Kirche von Havstein, ich kann mich nicht erinnern, Anzeigen gesehen zu haben, dass die dort heute eine Beisetzung haben.«

Er legte beide Hände unter seinen Schlipsknoten und merkte, dass der straff und perfekt saß. Er schwitzte entsetzlich, hatte im Auto aber ein Deodorant. Wer hasste Gott dermaßen, um Sein Haus so zu schänden? Jesus war für alle Sünder gestorben, in einer Barmherzigkeitstat, die nicht ihresgleichen fand, Gott hatte seinen Sohn allen Menschen gegeben.

»Wie ein Hirte soll er seine Herde behüten, in seinen Armen soll er die Lämmer sammeln, an seinem Busen soll er sie tragen«, murmelte er.

Auf dem Weg zum Auto begegnete er dem ersten Blumenboten, konnte aber verhindern, dass dieser die Kirche betrat. Er nahm die beiden Gestecke selber entgegen und legte sie auf den Beifahrersitz des Caprice.

»Der Pastor ist unterwegs, und die Polizei auch«, sagte der Küster und stützte sich auf die Motorhaube. Margido betrachtete die Hand, die sich auf den blankpolierten schwarzen Lack presste, es tat gut, sich in einer derart törichten Beobachtung auszuruhen. Er schloss die Wagentür, räusperte sich und sagte: »Dann werden wir gemeinsam beten, während wir warten.«

»Wo denn?«

»In der Kirche.«

Sie setzten sich nebeneinander in die hinterste Bankreihe und falteten die Hände. Das Kircheninnere wölbte sich über ihnen in schlanken Bögen. Leises Verkehrsrauschen von der Kongens gate erzählte von einer Normalität, die im Moment keiner von ihnen verspürte.

»Herr Jesus Christus, du, der du alle unsere Sorgen getragen hast«, sagte Margido. Der Küster stimmte in dieses Gebet sofort ein. »... wir danken dir für die Liebe, die stärker ist als der Tod. Gib uns Anteil an der Erlösung, die du durch deinen Tod und deine Auferstehung gewonnen hast, und führe uns mit deiner mächtigen Hand durch Leben, Tod und Jüngstes Gericht in deine ewige Freude. Amen.« So saßen sie, als der Pastor eintraf, und nur wenigen Minuten später kamen zwei Polizisten.

Das ist doch eine total idiotische Regel«, sagte Erlend.

»Das hast du nun schon tausendmal gesagt. Aber wir anderen sind einer Meinung, wir sind also drei gegen einen«, sagte Krumme gelassen, wischte sich den Mund mit der Papierserviette ab und faltete sie zu einem ordentlichen Viereck zusammen, das er unter den Rand der leeren Schüssel schob.

Sie saßen in Bernikows Weinstube, gleich bei der Redaktion, und aßen zu Mittag. Krumme hatte soeben einen großzügigen Heringsteller mit Schwarzbrot, Bier und Schnaps verzehrt. Erlend, der sich morgens gewogen und festgestellt hatte, dass er schwanger sein musste, da er in vierzehn Tagen zwei Kilo zugenommen hatte, stocherte in einem Salat namens »Fünf kalte Zehen im Hintern« herum. Es war eine Anrichtung aus Meeresfrüchten in einer Schüssel, die auf einer anderen stand, darunter lagen Eiswürfel. Zum Salat trank er wüstentrockenen Weißwein; jeder Schluck kam ihm jedenfalls vor, wie die Sahara zu durchqueren. Frischgebackene Focaccie hatte er abgelehnt.

Champagner machte dick, das war ihm schmerzlich klar geworden. Er spielte deshalb mit dem Gedanken, sich auf eine ultrakalorienarme Diät umzustellen, mit Bollinger als Hauptnahrungsmittel.

»Aber ich verstehe das Problem nicht«, sagte er mit der Quengelstimme, von der er wusste, dass Krumme sie verabscheute.

»Kannst du nicht aufhören, so rumzunerven«, sagte Krumme. »Vielleicht ist das einfach nur Aberglaube. Aber man soll nicht einen Haufen Kram für ein Baby einkaufen, solange die Wahrscheinlichkeit nicht gegeben ist, dass die Schwangerschaft gesund und richtig verläuft und alle Chancen hat, zu einem guten Ende gebracht zu werden. Und jetzt haben wir doch beschlossen zu warten, bis wir beim Ultraschall waren. Das ist eine gute Regel. Und es dauert nur noch etwas mehr als einen Monat. Das schaffst du schon. Nimm dich einfach zusammen.«

»Ich werde es versuchen.«

Die Wahrheit war, dass er mit den Einkäufen schon längst begonnen hatte, und es war die pure Hölle, dass er seine Schätze Krumme oder den Damen nicht zeigen durfte. Er hätte platzen können vor Entzücken über alles, was zu Hause den einen Schrank im Arbeitszimmer füllte.

Krumme öffnete diese Schränke nie, er hatte ein Arbeitszimmer in der Redaktion, wenn er zu Hause war, hatte er frei. In Erlends Dekorationsstudio herrschte Chaos. Sein Schreibtisch konnte an einem Tag benutzt werden, um Totenschädel aus Kunststoff mit Silberspray zu überziehen, am nächsten Tag fungierte er als Ausstellungstisch für eine Serie mundgeblasener Vasen aus dem Gazastreifen. Er hatte im Studio nicht einmal einen eigenen Computer, die Rechner standen wild herum, alle benutzten sie zu Recherchen. Das ganze Büro war ein einziges großes Atelier, deshalb arbeitete Erlend vor allem im Arbeitszimmer zu Hause, um den Überblick über Ausgaben und Einnahmen und Auftragsentwicklung zu behalten. Und hier bewahrte er auch die teuren Magazine und Bildbände über

Design auf, sowie Kopien der Aufnahmen aller seiner vollendeten Schaufenster. Das ein oder andere Mal konnte er so auch eine Idee von sich selbst stehlen, wenn er einfach nicht weiterkam …

Inzwischen war der eine untere Schrank im Arbeitszimmer bis zum Rand mit Dingen vollgestopft, die Erlend im Internet bestellt hatte. Vor allem lagen dort zwei wahnsinnig fesche *Mia Bossi Diaper Bags*, die die Damen bekommen sollten. In die konnte man alles packen, was ein Baby an Windeln und Cremes und Wischtüchern und Wickelunterlagen brauchte. Die Magazine *People* und *InStyle* hatten eigene Reportagen über die Taschen gebracht, so hot waren sie.

Und Kleider. Gott, wenn er an die Sache mit dem Geschlecht dachte. Im Schrank lagen vor allem Mädchenkleider. Wenn der Ultraschall dann zwei Jungen ergab, würde er zwei Müllsäcke voller Designerkleider für kleine Mädchen aus dem Haus schmuggeln und der erstbesten Person schenken müssen, die mit einem rosa Kinderwagen den Gråbrødretorv überquerte. Es gab so viele reizende Sachen, er konnte sich einfach nicht beherrschen, er war doch auch nur ein Mensch. Pullover von Boboli und die ungeheuer niedliche Babykollektion von Biscotti. Und Kenzo …

»Es ist Montag«, sagte Krumme. »Neue Schwangerschaftswoche. Und du hast mich mit der Fötusentwicklung noch immer nicht auf den neuesten Stand gebracht.«

Erlend trank einen winzigen Schluck Weißwein und schluckte dramatisch mit dem ganzen Oberkörper, bevor er antwortete: »Die Föten sind jetzt sechs bis sieben Zentimeter lang. Hoden und Eierstöcke sind vorhanden …«

Eierstöcke, dachte er, ich hoffe bei Gott, dass es jedenfalls zwei sind, sonst habe ich an die elftausend Kronen aus dem Fenster geworfen. Bisher.

»Und das Gedärm liegt jetzt so langsam auch an Ort und Stelle«, endete er.

»Das ist doch gut zu wissen. Mein Gedärm ist jedenfalls gefüllt«, sagte Krumme. »Neufeldt möchte übrigens gern seinen Terminplan aufstellen, wir müssen Torunn heute Abend anrufen und etwas abmachen. Und ich muss jetzt zurück in die Redaktion.«

»Können wir ihn nicht morgen Abend zum Essen einladen? Wir brauchen ja nicht selbst zu kochen, es ist so heiß. Wir können vom Højbro Plads ein bisschen frisches Sushi holen.«

»Dann werde ich ihm das vorschlagen. Warum isst du eigentlich nichts?«

»Ich leide an Schwangerschaftsübelkeit.«

»Glaub ich nicht. Hast du dich gewogen? Ich habe heute Morgen gesehen, dass die Waage im Badezimmer stand.«

»Ich...«

»Die stimmt nicht«, sagte Krumme.

»Wirklich nicht?«

»Überhaupt nicht«, sagte Krumme. »Die behauptet, dass ich in drei Wochen ewig viele Kilos zugelegt habe, und jeder kann doch sehen, dass das komplett gelogen ist. Auf diese Waage darfst du dich also nicht verlassen.«

Erlend betrachtete für eine lange Sekunde Krummes kugelrunden Bauch, der sich unter dem T-Shirt und in dem schwarzen Leinensakko von Armani gegen die Tischkante drückte. Es war schwer zu beurteilen, ob der Bauch drei Kilo größer geworden war. Er liebte diesen Bauch so sehr, dass er ihn unmöglich objektiv beurteilen konnte.

»Meinst du wirklich?«, fragte Erlend. »Wir müssen sie vielleicht... neu einstellen lassen. Davon stand irgendwas in der Gebrauchsanweisung.«

»Das müssen wir überhaupt nicht«, sagte Krumme. »Ich kenne doch meinen eigenen Körper. Bestell dir etwas Ordentliches zu essen, du wirst nur sauer, wenn du dich zum Hungern zwingst.«

Erlend bestellte sofort ein großes und hohes Smørrebrød mit warmer Leberwurst und gebratenen Speckstreifen, dazu Rucola-Salat mit gehackten und gerösteten Pinienkernen. Sowie ein Bier und dazu einen eiskalten Genever.

Als er zurück ins Studio kam, war er müde und satt. Ein Glück, dass er sich nicht an einen herausfordernden Auftrag setzen musste, lediglich ein Laden für Rapper und Surfboardfahrer mit Schlackerhosen und Kapuzenpullovern, Kleider, die er verabscheute, brauchte ein neues Fenster. Und Bolia Fields wünschte sich etwas Fetziges. Seine Assistenten Agnete und Oscar könnten das übernehmen. In einem Ausstellungslokal von tausend Quadratmetern, wo überall Möbel herumstanden, wie sollte man da etwas Fetziges gestalten? Bolias Produkte waren eigentlich in Ordnung, aber man konnte wirklich nur verschiedene Arrangements von Möbeln mit Kissen, Decken, Lampen und irgendwelchem Schnickschnack auf den Tischen vornehmen. Das könnten die anderen sehr gut auch allein erledigen.

Er ging ins Requisitenlager und fing an aufzuräumen. Es war eine lustlose Ewigkeitsarbeit. Eines Tages müssten sie versuchen, eine Art Übersicht aufzustellen, ein System. Eines Tages ...

Er hob die kleinen Kupferschmetterlinge hoch, die er einige Wochen zuvor im *Elefanten* in Hellerup gekauft hatte. Für die hatten sie bisher noch keine Verwendung gefunden. Möglicherweise würden sie sich über einem Kinderbett gut machen? Seine kleine Tochter könnte vor dem Einschlafen am Daumen nuckeln und mit verschleiertem Blick hochschauen und sich ansehen, wie das Kupfer das Abendlicht einfing und in alle Richtungen ausstrahlte. Sie könnte dort liegen und alles bestaunen und die Schönheit mit ihrem jungen, formbaren Sinn in sich aufnehmen. Eleonora. So sollte sie heißen. Aber vor dem Ultraschall wollten die drei anderen ja nicht einmal über Namen reden!

Ehe sie beschlossen hatten, Kinder zu bekommen, war er starr vor Angst darüber gewesen, was ihm entgehen würde, wenn er Vater wurde. Das war auch noch so gewesen, unmittelbar nachdem Jyttes Schwangerschaftstest positiv ausgefallen war. Aber jetzt! Wie sollte er es noch einen ganzen Monat bis zum Ultraschall aushalten können!

Sie wollten 3 D-Bilder haben. Dreidimensionale Bilder. Das würde phantastisch werden. Er würde die Bilder zu Posterformat vergrößern und sie ins Schlafzimmer hängen. In zwei Serien. Vielleicht in doppeltem Posterformat. Und nach diesem Tag würden sie dann endlich planen können. Namen. Einrichtung von Kinderzimmern und Gästezimmern. Kleider und Aussteuer! Am selben Abend würde er alles aus den Schränken holen, es würde ein Jubelabend werden. Mit dem Bild von Eleonora in der Hand. Krummes Kind würde sicher ein Junge werden. Krumme war so maskulin und entschieden.

Plötzlich verspürte er einen Schauder – jetzt geht jemand über dein Grab, hatte seine Mutter immer gesagt.

Es war so brüchig, das Ganze, ein Turm aus Glück, aber unendlich brüchig. Natürlich könnte eine der beiden das Kind verlieren. Oder beide. Krumme könnte ihn verlassen, weil er einen anderen gefunden hätte. Oder Krumme könnte sterben. Er selbst könnte sterben. Er legte die Kupferschmetterlinge vorsichtig zurück und setzte sich in einen Kunststoffsessel aus den fünfziger Jahren, geflochtene Plastikschnüre in Gelb und Schwarz, geformt wie eine in der Mitte eingesunkene Ellipse, sie hatten ihn zweimal benutzt. Zuerst für einen Plattenladen, neben dem Stuhl hatte ein His Master's Voice gestanden und das ganze Fenster war im Jugendstil mit 78er Platten und Portieren mit Troddeln dekoriert worden. Das zweite Mal bei einem Buchladen, wo ein zehnbändiges Werk über Trends und Stile von der Jahrhundertwende bis heute lanciert worden war. Von der vorigen Jahrhundertwende.

Herrgott, er war vierzig. Es war unmöglich, diesen Gedanken zu verinnerlichen. Was sollte er tun, wenn sein ganzer Glückssturm einstürzte? Er würde natürlich nicht in der Wohnung bleiben. Nicht ohne Krumme. Vielleicht könnte er sich im Quartier Latin in Paris ein Atelier nehmen, wo er wohnen und arbeiten könnte? Es würde ihm Spaß bereiten, das einzurichten. Man musste immer das Positive an einer Situation sehen.

Und da kam ihm die Idee!

Natürlich. Die war genial! Er war ein Genie! Er stürzte hinaus ins Requisitenlager: »Agnete! Oscar! WO STECKT IHR?«

Sie saßen im Pausenzimmer und tranken Tee aus riesigen unästhetischen Bechern. Er hasste klobige Keramik, aber offenbar hielten die Becher die Wärme ungeheuer gut. Agnete und Oscar hatten sie von zu Hause mitgebracht, sie lebten zusammen.

»Ich weiß es! Was wir bei Bolia machen!«

»Wir sind ganz Ohr,« sagte Oscar. »Hast du Decken und Kissen in einer bisher unbekannten Farbe gefunden? Dieser Auftrag ist doch zum Kotzen …«

»Ich weiß. Deshalb habe ich ihn euch ja auch gegeben, weil ich selbst keinen Bock hatte. Aber jetzt hört zu. Denkt an Lebensabschnitt. Denkt an einen Mann, der eine Beziehung beendet. Ja, also zu einer anderen Frau geht. Die meisten Männer sind ja hetero, leider. Das weiß Bolia auch. Aber denkt an einen Mann, der unter dem eisernen Pantoffel gelebt hat, der alle Befehle seiner Partnerin befolgt hat, der alles getan hat und dennoch Knall auf Fall aus seinem Heim, seinem bisherigen Leben geworfen wird. Als Dank quasi!«

»Der Mann braucht neue Möbel«, sagte Agnete.

»Genau. Und er möchte sich einrichten, um zu zeigen: das bin ich. Um etwas mitzuteilen und absolute Unabhängigkeit von der herrschsüchtigen, einengenden, quengelnden alten Kuh zu signalisieren. Er will frei sein!«

»Er kann doch auch weinend herumsitzen. Zutiefst deprimiert sein. Sich nach ihr sehnen«, sagte Oscar.

»Natürlich. Aber trotzdem muss er zu Bolia, um sich Möbel zu kaufen, nicht wahr? In tief deprimiertem Zustand oder überglücklich kommt er jedenfalls zur Tür von Bolia Fields herein, und was sieht er dort?«

»Seine Ex? Die ebenfalls neue Möbel kauft?«, fragte Oscar.

»Nein. Idiot! Er sieht natürlich die Ausstellung, die wir drei mitten in diesem verdammt riesigen Lokal von tausend Quadratmetern eingerichtet haben. Auf einer meterhohen Bühne. Ein Wohnzimmer. Für einen Mann, der endlich anfangen will, sein eigenes Leben zu leben.«

»Und woher will man wissen, dass es ein Wohnzimmer für einen frisch geschiedenen Mann ist?«, fragte Agnete.

»Das sieht er. Denn von der Decke hängt eine herrliche Dekoration, ein Hochzeitsbild.«

»In zwei Stücke gerissen?«, fragte Oscar.

»Fast«, sagte Erlend. »Du machst dich! Nein, in zwei Stücke gerissen ist zu klischeehaft. Wir suchen uns in einem Fotoarchiv ein altes Bild, wo das abgelichtete Paar schon tot ist, damit wir es verwenden können. Schwarz-weiß. Vergrößern es auf ... ja, ich weiß nicht mehr, wie hoch da die Wände sind. Aber sagen wir, drei mal fünf Meter. Auf gutem Karton. Und dann ...«

Die Teebecher kühlten auf dem Tisch zwischen ihnen aus. Jetzt fanden sie jedes Wort wichtig, das er sagte.

»Und dann machen wir Hackfleisch daraus. Wie Stücke von einem Puzzle. Das ganze Bild löst sich auf, aber wir können noch immer sehen, dass es ein Hochzeitsbild war. Die Stücke verschwimmen irgendwie, so wie sein eigenes Leben. In der Luft über dem Wohnzimmer. Er wird sich sofort darin wiedererkennen. Denn so wird es ihm vorkommen. Wie ein kompliziertes Puzzlespiel, über das er den Überblick verloren hat. Und was kann Wiedererkennen auslösen, ihr süßen Kleinen?«

»Handlung«, sagte Oscar.

»Genau. Und sein Blick fällt auf das Wohnzimmer darunter. Denkt Grautöne und Schwarz. Grobgewebter Möbelbezug, massive Puffs, reine Linien, Natur. Und an den Wänden ... wir haben drei Wände, es muss aussehen, als ob er einfach einziehen könnte. Ein halbes Kanu an der einen Wand, was meint ihr? Längs durchgeschnitten. Das macht sich. Und Angelruten. Herrenzeitschriften. Ein Playboy, der aufgeschlagen halbwegs unter einem Sofakissen liegt. Der Playboy ist natürlich total out, aber das wissen die Leute nicht, die bei Bolia einkaufen. Und Hemingway im Bücherregal. Ja! Und wie wäre es mit so einem Pullover, wie Hemingway ihn immer getragen hat? Schwarz und weiß, Isländer mit Rollkragen? Und zwei gute Boots gleich neben der Tür, mit etwas Lehm. Man soll glauben können, dass der Mann nur kurz in der Küche ist, um etwas zu reinigen, das er geschossen oder gefangen hat. Um es roh zu verzehren. Er macht, was er will.«

»Das ist eine phantastische Idee«, sagte Oscar. »Was ist mit Waffen?«

»Nein, das würde zu weit gehen. Wir wollen nicht zu Mord auffordern, egal wie schrecklich sie auch gewesen sein mag.«

»Du bist unglaublich, Erlend. Ich muss schon sagen. Das wird großartig«, sagte Oscar.

»Nicht übertreiben. Dann legen wir los. Unser Ziel muss sein, dass jeder einzelne Mann bei Bolia eine unbeschreibliche Sehnsucht nach einem solchen Leben verspürt. Männer, die gemeinsam mit ihren Frauen hinkommen, werden sofort von Scheidung reden. Und deprimierte Männer werden die Glückspillen wegwerfen und auf den nächsten Verkäufer zustürzen. Denkt dran, wir brauchen auch ein wenig Unordnung. Frauen hassen Unordnung. Männer lieben sie, weil sie sie nicht sehen, habe ich gehört. Krumme und ich sind beide Ordnungsmenschen.«

»Ein verrutschter Zeitungsstapel am Sofarand?«, fragte Oscar und sah Agnete an.

»Das finde ich schrecklich«, sagte Agnete. »Du kannst sie doch wegwerfen, wenn du sie gelesen hast? Du brauchst doch nicht alle zu sammeln ...«

»Super. Dann nehmen wir einen Stapel Zeitungen dazu«, sagte Erlend.

Sie aßen Reste vom Sonntag und sahen sich auf dem Flachbildschirm über dem Küchentisch die Nachrichten an. Saltimbocca mit selbstgemachtem Kartoffelpüree. Weder die Kalbsschnitzel noch der Parmaschinken fanden es gut, aufgewärmt zu werden, aber der Geschmack war derselbe und das Kartoffelpüree war am Tag danach immer noch besser, wenn sie reichlich Butter dazugaben. Krumme hatte außerdem ein wenig frischen Gorgonzola auf jedes Schnitzelstück gelegt, ehe er sie unter dem Grill aufgewärmt hatte. Erlend erzählte enthusiastisch von seiner Bolia-Idee, während Krumme versuchte, sich auf die Nachrichten zu konzentrieren. Erlend war stolz auf Agnete und Oscar, die die Idee jetzt an Gitte Sørup von Bolia Fields verkaufen mussten. »Sie müssen doch versuchen, selbständig Kundenkontakt zu halten, und bei einer so genialen Idee können sie kaum etwas falsch machen. Für das Selbstvertrauen ist es jedenfalls gut.«

»Ich versuche zuzuhören, was hier gesagt wird, Erlend.«

»Reg dich doch nicht auf. Da gibt es nur Elend und Unglück, und du kannst nicht das Leid der ganzen Welt auf dich nehmen, Krumme. Prost!«

»Das mache ich gar nicht. Aber es ist meine Aufgabe, mich auf dem Laufenden zu halten. Und wenn auf Fünen ein Dreizehnjähriger seine Eltern umgebracht hat, dann ist es durchaus möglich, dass ich morgen zwei Worte darüber schreiben muss. Es würde mich gar nicht wundern, wenn ich bald von der Redaktion angerufen werde. Prost!«

»Ein Dreizehnjähriger? Grauenhaft. Was, wenn unsere Kinder das auch machen? Hast du dir das schon mal überlegt?«

»Nicht alles dreht sich um uns, Mäuschen.«

»Doch. Innerhalb dieser vier Wände wohl. Bis auf Weiteres jedenfalls.«

»Nachher müssen wir mit Torunn sprechen«, sagte Krumme.

Sie war im Stall, als sie anriefen. Sie wirkte überrascht. Sie fragte sofort, ob etwas passiert sei.

»Nein, nicht doch. Wieso das denn? Danke, Krumme. Jetzt sind mir soeben ein kleiner Espresso und ein Cognac vor die Nase gestellt worden, also kann ich nicht klagen. Und du?«

»Ich bin eben hier.« Sie sei eben dort… Warum sagt sie das auf diese Weise, dachte er und merkte, dass er sich ärgerte.

»Hochsommer auf Byneset, das ist sicher schön.«

Ja, es sei schön. Eine regelrechte Hitzewelle gebe es, die Erdbeerbauern seien ungeheuer zufrieden. Aber Margido habe dramatische Dinge mitgemacht.

»Ach? Mehr als sonst? Um in Margidos Leben als Drama

zu gelten, ist doch sicher nicht viel nötig. Ein Strafzettel wegen Falschparkens? Oder jemand hat auf der Straße hinter ihm hergepfiffen?«

Nein, es sei ernst. Und am vergangenen Dienstag geschehen. In den Zeitungen habe sehr viel darüber gestanden, fast täglich – noch immer. Sie habe gedacht, er informiere sich vielleicht im Netz über Trondheim und so?

»Nicht besonders oft, das muss ich zugeben.«

Dann müsse er sich im Netz die Artikel von *Adresseavisen* ansehen, vor dem Altar in der Kirche von Ilen sei ein Lamm mit aufgeschlitzter Kehle gefunden worden. Und Margido und noch jemand hätten es entdeckt. Er habe dort gleich danach eine Beerdigung durchführen müssen. Aber die sei natürlich verlegt worden.

»Großer Gott. Und wo er doch so fromm ist und überhaupt. Nimmt er das persönlich? Hörst du, Krumme! Margido hat IN EINER KIRCHE EIN TOTES LAMM GEFUNDEN!«

Krumme war mit seinem Kaffee auf die Terrasse gegangen, er hatte nichts gehört.

»War da überall Blut? Umgekehrte Kreuze mit Blut und so?«

Das stimme.

»Gibt's auch in Dänemark jede Menge. Na ja, nicht jede Menge, aber doch genug… Aber warum hast du nicht angerufen und mir alles erzählt? Das ist doch fast schon eine Woche her!«

Die Tage vergingen so schnell. Sie hätten außerdem Tischler auf dem Hof, Margido wolle sein Sarglager nach Neshov verlegen.

»Das Sarglager? Sollen wir dann dauernd über Särge stolpern, wenn wir zu euch kommen?«

Gegen Särge sei doch wohl nichts einzuwenden, meinte sie.

»Hm. Na ja ...«

Es werde ihnen finanziell helfen, bei den Versicherungen und so.

»Wir wollten übrigens demnächst mal vorbeischauen. Die Damen kommen auch mit. Und natürlich der Architekt. Keine Sorge, du brauchst nicht zu fragen, wir werden nicht auf Neshov wohnen, wir gehen ins Hotel. Und kochen kann Krumme. Nur keinen zusätzlichen Stress für dich. Wir sind doch nur fünf Menschen mehr zu allen Schweinen dazu.«

Er lachte, sie lachte nicht.

»Wird das nicht witzig? Dann lernst du auch die Damen kennen, die sind schließlich jetzt fast deine Tanten, nicht wahr?«

Das habe sie sich noch nicht überlegt, nicht so richtig.

»Sie sind in der dreizehnten Woche. Das Gedärm legt sich jetzt richtig. Himmel, der arme Margido, den müssen wir auch zum Essen einladen. Was spricht er denn selbst?«

Nicht sehr viel. Sie hatten in der Kirche, wo es passiert war, einen Gottesdienst abgehalten und sich die Kirche zurückgeholt. So nannten sie das.

»Sicher nur ein paar verdammte Rotzgören, die überhaupt nicht wussten, was sie da taten. Aber wo um alles in der Welt hatten die das Lamm her? In Ila gibt's doch keine Schafe?«

Es sei von einer Sommerweide oben in Tømmerdalen gestohlen worden. Die Polizei habe Seile und Klebeband mit viel Wolle gefunden, sie hatten ihm offenbar Beine und Mund verklebt und es mit dem Wagen hergebracht.

»Nein, Gott, wie grausam. Das arme kleine Lamm! Und haben sie die Idioten schon erwischt? Die sollte man selber mal zusammenkleben!«

Noch sei niemand festgenommen worden, aber er solle lieber im Netz weiterlesen, sie müsse sich jetzt wieder um den Stall kümmern.

»Aber ist es dir denn egal, wann wir kommen? Ich tippe auf dieses oder nächstes Wochenende.«

Ja, wenn sie nur vorher Bescheid gaben.

»Keine Panik. Diesmal wird das kein Überraschungsbesuch.«

Sie fanden im Netz sofort alles über das Lammopfer. Margido wurde nicht namentlich erwähnt, er war nur ein Bestattungsberater, der sich nicht interviewen lassen wollte.

»Ich dachte, das heißt Bestattungsunternehmer«, sagte Erlend.

»Ich finde Leichenbitter am besten«, sagte Krumme.

»Auf Norwegisch wäre das dann Leichen-Beter, und das klingt wirklich ziemlich bescheuert. Da bleibt einem doch fast nichts anderes übrig, als fromm zu werden. Obwohl, gerade in so einer Situation muss es eigentlich besser sein, das nicht zu sein. Schlimm genug, so ein Lamm zu finden, wenn es nicht auch noch das verspottet, woran man glaubt.«

»Du meine Güte. Jetzt warst du aber ungeheuer tiefsinnig und verständnisvoll, Mäuschen«, sagte Krumme und küsste ihn im Nacken. Das tat gut, aber es war ihm gar nicht recht, wenn Krumme sich so lange hier im Arbeitszimmer aufhielt. Was, wenn das Schrankschloss plötzlich aufsprang und Eleonoras Herbstkollektion auf den Boden kippte? Oder wenn Krumme sich im Computer auf Favoriten einklickte ...

»Jetzt drucke ich lieber das aus, was ich finde, und dann lesen wir in der Küche weiter, ja?«, fragte er.

Zum Glück klingelte Krummes Telefon. Es war die Redaktion, wie erwartet. Krumme fing sofort an, darüber zu diskutieren, welche Fachleute Kommentare über Elternmord abgeben sollten, und verließ das Arbeitszimmer, während er noch redete. Erlend suchte sich Hotels in Trondheim heraus und befand das *Rica Nidelven Hotel* für das beste der Stadt. Es gab geräumige Juniorsuiten. Die größten Suiten zogen sich über zwei Etagen hin, aber sie würden doch nicht so viel Zeit im Hotel verbringen.

Krumme kam zurück und gab ihm einen Abschiedskuss.

»Ich habe keine Ahnung, wie spät es wird, also geh du einfach schlafen. Und Neufeldt kommt übrigens morgen mal hier vorbei, das hatte ich ganz vergessen. Gute Nacht, mein Schatz.«

»Gute Nacht«, sagte Erlend.

In dem Moment, in dem die Fahrstuhltür sich hinter Krumme schloss, öffnete er seine Favoriten und fing an, diverse Netzadressen zu löschen. Er würde sie immer leicht finden können, er brauchte nur unter »Baby« zu suchen.

Kim Neufeldt lief trotz seines Stundenlohns herum wie ein Penner. Dieser Anblick tat ihm weh. Verwaschenes T-Shirt ohne irgendeine Form von Statement, außer einer in den Ärmel geschobenen Zigarettenschachtel. Mon Dieu, wie in den achtziger Jahren! Damals war man wirklich gleichgültig. Und seine Haare konnte er nur mit einer Nagelschere geschnitten haben, die standen nach allen Seiten ab, und immer wieder fuhr er mit den Händen hindurch. Er war versuchsweise hetero, hatte Erlend endlich in Erfahrung gebracht, nachdem er Krumme alle Informationen hatte aus der Nase ziehen müssen. Krumme hasste Klatsch, das war ein Fehler an ihm, mit dem Erlend sich in den zwölf Jahren, in denen sie nun schon Tisch und Bett teilten, niemals so richtig hatte versöhnen können. Klatsch war doch die Würze des Lebens! Außerdem nannte Erlend das nicht Klatsch, sondern informellen Informationsstrom, das klang viel besser.

Krumme kannte Neufeldt seit vielen Jahren, sie waren einmal auf Reportagetour ins damals noch verschlossene Ostberlin gereist, wo Neufeldt Verwandte hatte und als

Türöffner fungieren konnte. Normalerweise kannte er ja alle, die auch nur das Geringste mit Design zu tun hatten.

Er sei in acht von zehn Fällen hetero, hatte Krumme gesagt, und immer wieder hatte er neue Partnerinnen oder Partner. Krumme hatte bei seiner toten Mutter schwören müssen, niemals, auch damals in Ostberlin nicht, Neufeldt an seinem Körper herumfummeln lassen zu haben. Aber Erlend konnte sie vor sich sehen, in ärmlicher Umgebung unter der bedrückenden Überwachung durch die Stasi, wie sie nachts in einem entsetzlichen Hotelzimmer beieinander Zuflucht gesucht hatten. Krumme behauptete, das alles gebe es nur in Erlends Phantasie. Als ob Phantasie nicht galt.

Sie saßen auf der Dachterrasse und aßen Sushi. Neufeldt wollte Bier zum Essen statt Bollinger, obwohl Erlend gesagt hätte, sie hätten kein japanisches, nur schnödes Carlsberg. Tief unter ihnen hörten sie den Lärm vom Gråbrødretorv, ein Gewirr aus munteren Stimmen aus den vielen Straßencafés. Oben bei Peder Oxe standen Gäste und rauchten, während sie auf einen Tisch warteten, es war überall voll, nicht zuletzt wegen der Touristen. Erlend warf immer wieder verstohlene Blicke auf Neufeldts Hosenschlitz, der eingefallen wirkte, fast leer. Wie alt mochte der Mann sein? Fünfzig? Er war in einem fast unbestimmbaren Alter, sicher, weil er sich so achtlos kleidete. Radfahrershorts und ausgelatschte Sandalen. Er hätte doch mindestens eine schöne Khakihose nehmen können, die bis unter das Knie reichte. Er hatte abschreckend hässliche Knie. Knochig. Erlend hatte irgendwo gelesen, dass Knie eine ungeheuer komplizierte Geschichte seien, mit einer Unmenge von Knochen und Sehnen, die zusammenarbeiten, und hier konnte er sich davon überzeugen. Er verlor fast den Appetit, obwohl die Makirollen auf der Zunge zergingen. Er ging eine neue Flasche Bollinger holen, und Krumme folgte ihm, um die Fotos aus seinem Diplomatenkoffer zu nehmen.

»Ich konnte glücklicherweise ein paar Fotos der Silos machen, als wir zuletzt da waren«, sagte Krumme und breitete sie auf dem Tisch aus. »Alle standen unter Schock, aber ich habe mich rausgeschlichen und einfach losgeknipst.«

»Ja, Gott, was war ich erleichtert, als du das im Flugzeug nach Hause erzählt hast. Dass du die wichtigen Dinge nicht ganz aus den Augen verloren hattest«, sagte Erlend.

Neufeldt zog die Bilder zu sich und ließ zugleich die Zigarettenpackung aus seinem Ärmel fallen. Er hatte durchaus keine Ähnlichkeit mit Jack Nicholson im Kuckucksnest, falls er sich das einbilden sollte. Und auch keine mit James Dean.

»Möchte irgendwer?«

»Ja, danke«, sagte Erlend. Es waren Marboro Light.

»Die sind ja nicht gerade groß«, sagte Neufeldt.

»Ungefähr sechs Meter im Durchmesser«, sagte Krumme. »Und hoch genug für drei Etagen. Der Zwischenraum...«

»Der Futtergang«, sagte Erlend.

»... liefert ja auch noch Platz.«

»Hm, witzig wäre es, sie vertikal zu öffnen. Da es sich um einen Kreis handelt, würde das die Wohnfläche gewaltig vergrößern.«

»Wie meinst du das?«, fragte Erlend.

»Wir könnten beide von oben nach unten durchschneiden. Vielleicht jeweils an zwei oder drei Stellen, wir könnten die Wände sprengen, sagen wir, zwei Meter voneinander entfernt, und dickes Isolierglas einsetzen. Zwei Stellen jeweils würden den Umkreis um vier Meter erweitern, drei Stellen jeweils um sechs Meter.«

»Eine unglaubliche Idee!« Erlend sah es sofort vor sich,

hohe gläserne Säulen, die die Wände zerteilten. »Aber lässt sich das machen?«

»Alles lässt sich machen. Alles. Es ist nur eine Frage des Geldes. Und der Genehmigung.«

»Weißt du«, sagte Erlend. »Unten im *Skildpadden* ... das reizende Lokal *Die Schildkröte* gleich hier unten ...«

»Ich weiß, wo das ist«, sagte Neufeld. »Ich bin Kopenhagener. Die machen eine wunderbare Hummersuppe.«

»Ja, natürlich. Ich dachte nur, wo du so viel reist ...«

»Aber was hat *Die Schildkröte* mit euren Silos zu tun?«

»Da steht doch so viel an den Wänden geschrieben, und mir ist plötzlich eingefallen, dass da unter anderem steht ...«

»Große Architekturpolitik verlangt eine Menge Bulldozer. Das habe ich gesehen«, sagte Neufeldt.

Erlend schenkte sich das Glas bis zum Rand voll und leerte die Hälfte.

Vielleicht sollte er erwähnen, dass er selbst, er ganz allein, die ganze Wohnung hier designt hatte? Dass die fast noch ein kahler Dachboden gewesen war, als sie sie gekauft hatten? Dass er selbst bestimmt hatte, wo die Wände gezogen werden sollten, wie die Zimmer im Verhältnis zueinander angeordnet wurden, die gesamte Inneneinrichtung, die Hifi-Lösung, die italienische Küche, und sollte er auch die gewaltige Arbeit erwähnen, die dazugehört hatte, die Muster im Industrieparkett unmerklich im Übergang zwischen den Zimmern ineinander verschwimmen zu lassen? Dass der Quadratmeterpreis für diese Wohnung nicht einen Öre unter den paradiesischen Wohnungen lag, die Philippe Starck in der Adelgade bauen und einrichten durfte?

Wenn Neufeldt nach der Toilette fragte, würde er ihn an der Gästetoilette vorbei direkt ins Badezimmer führen. Dann musste er doch einfach einen Kommentar über das Aquarium machen, und das wäre eine natürliche Gelegenheit zu erzählen, dass Erlend selbst auch nicht ganz ahnungslos war, wenn es um die Renovierung von zwei Silos ging. Es ärgerte ihn grenzenlos, dass er nicht auf die Idee gekommen war, den Umkreis größer zu sprengen.

»Wir werden keine Bulldozer brauchen, aber wir müssen eine feste Konstruktion um sie herumbauen, die wir selbst kontrollieren«, sagte Neufeldt. »Dann winschen wir die Teile einfach an Ort und Stelle – die gebogenen Betonsäulen sozusagen – und montieren das Glas in den Zwischenräumen. Ich habe auch überlegt, dass wir den Gedanken der Transparenz verfolgen sollten. In den Böden zwischen den Etagen.«

»Wie meinst du das?«, fragte Krumme.

»Dicke Glasböden, die das Licht durchlassen. Hier muss alles von Licht und Luft handeln. Wir müssen öffnen.«

Erlend schluckte.

»Das ist genial«, flüsterte er. »Das erinnert mich ein wenig an den Boden der Hudson Bar in New York. Da bist du selbstverständlich schon gewesen, nicht wahr?«

»Selbstverständlich«, sagte Neufeldt und setzte sich anders in seinem Sessel, wobei seine Knie die reinste Anatomievorlesung wurden.

»Tanzfläche aus Glas mit darunterliegenden Lichtern«, sagte Erlend. »Starck ist phantastisch.«

»Unterliegende Lichter sind etwas anderes als Transparenz«, sagte Neufeldt.

»Natürlich, kennst du ihn?«

»Philippe?«

»Ja!«

»Wir sind nicht besonders gute Freunde. Er ist ein künstlerischer Analphabet, der nur auf die allernächstliegenden Lösungen für Menschen kommt, die nicht wissen, wohin mit ihrem Geld. Er kombiniert absolut wild, und die Leute kaufen die Ideen. Badewanne im Schlafzimmer, unter einem

Kristall-Lüster. Das sind doch Dinge, die jedes Kind zusammensetzen kann. Einfarbige Designersofas mit Tischen aus Holzscheiten. Grauenhaft.«

Erlend nickte. Er begriff, dass er hier überaus vorsichtig auftreten musste. Und er verstand, dass Neufeldt lieber nicht in die Küche gehen und dort den von Philippe Starcks Cheap-Chic-Stühlen umgebenen Küchentisch sehen sollte.

»Transparenz ist gut«, sagte Erlend, leerte sein Glas und griff nach der Flasche.

»Ich betrachte diesen Job als eine kleine Pause, die mir zwischen den größeren Aufträgen Inspiration geben kann. Und dann ist es ja auch ein Freundschaftsdienst«, sagte Neufeldt und lächelte Krumme an. Erlend trank.

»Außerdem liebe ich Norwegen, ich habe dort aber noch nie einen Auftrag gehabt. Die haben ja selbst viele tüchtige Architekten. Snøhetta, zum Beispiel, die gehören zur Weltelite.«

»Kommst du mit zum Hof? Jetzt am Wochenende, oder am nächsten?«, fragte Krumme.

»Das nächste Wochenende passt hervorragend«, sagte Neufeldt.

»Dann ist das abgemacht«, sagte Krumme. »Das wird super, Kim.«

»DAS WIRD NICHT SUPER!«, kreischte Erlend, als sich eine Stunde später die Fahrstuhltür hinter Neufeldt schloss, der vorher nicht mehr im Badezimmer gewesen war.

»Aber Mäuschen, wie meinst du das: das wird nicht super? Vergrößerte Wohnfläche und Glasboden!«

»Das wird nicht super, dass er mit uns hinfährt. Ich hasse ihn!«

»Du bist nur eifersüchtig!«

»Das auch. Aber er hat mich ignoriert. Und er hat kein

Wort über diese Wohnung hier verloren. Ist das nicht ein wenig seltsam, was meinst du? Und ich liebe Philippe Starck! Jetzt darf ich seinen Namen plötzlich nicht mehr erwähnen. Und was für KNIE! Wir sagen den ganzen Auftrag ab. Wir müssen es doch verdammt noch mal selbst schaffen, diese blöden Silos aufzusägen und Glas einzusetzen.«

»Nimm dich zusammen«, sagte Krumme, legte die Arme um ihn und ließ seinen Kopf unter Erlends Kinn ruhen. »Es geht hier nur um zwei Genies im selben Sack, ich verstehe, dass du das schwierig findest, Schatz. Du bist ein Genie, Erlend. Das merkt er. Deshalb sagt er nichts zur Wohnung. Deshalb reagierst du so.«

»Meinst du?«

Erlend legte die Arme um Krumme.

»Ich finde polierte Holzscheite als Couchtisch schön …«

»Um die Inneneinrichtung wirst du dich doch kümmern, Mäuschen. Kim ist Architekt, nicht Innenarchitekt.«

»Das glaube ich erst, wenn ich das sehe. Dass Kim nicht jede Menge Vorschriften macht …«

»Wie ich dich kenne, hast du schon mit Einrichten angefangen«, sagte Krumme.

»Hab ich auch!« Er ließ Krumme los und rannte auf die Terrasse, um sein Glas zu holen. »Unter anderem ist es eine große Herausforderung, zu runden Wänden zu möblieren. Ich habe an Bücher gedacht, Bücher sorgen immer für gemütliche Stimmung, auch wenn man sie nicht liest.«

»Ich lese sie.«

»Aber diese kannst du nicht lesen«, sagte Erlend.

»Wie meinst du das?«

»Ich will in die Universitätsbibliothek gehen und Bilder von Bücherregalen machen. Von eleganten Regalen mit Buchrücken in Leder und Goldschrift, vielleicht ein bisschen unordentliche Regale, vielleicht nehme ich auch irgendwas mit und schieb es rein, um Unordnung zu schaffen. Zeitungen, ein Fernglas, einen Teddy, der zwischen Büchern in einer Öffnung sitzt. Dann vergrößere ich die Bilder zu einer Tapete. Möglicherweise schwarzweiß, aber das habe ich noch nicht entschieden. Und dann kleben wir die Bücherregale an die Wände. Und bei den Kindern stelle ich mir eine Tapete aus Regalen eines Spielwarenladens vor. Die muss natürlich bunt sein. Was sagst du dazu?«

»Erlend. Mein einziger Erlend. Mit Kim Neufeldt kannst du es doch immer aufnehmen. Ich liebe dich, das wird wunderbar. Einfach wunderbar.«

Erlend wollte mit keinem Wort erwähnen, dass die Idee direkt aus einer von Philippe Starcks Wohnungen in der Adelgade gestohlen war.

Es waren schon zwanzig Grad, als sie um halb sieben aufstand. Sie öffnete sofort die Küchenfenster und beide Türen zum Hof, dann machte sie Wasser heiß. Eine Hummel kam zum Fenster hereingebrummt und stieß gegen ihre nackte Schulter, nahm eine rasche Kursänderung vor und flog weiter ins Fernsehzimmer. Sie lief ihr hinterher und riss auch dort alle Fenster auf. Erbarmungsloses Sonnenlicht zeigte Staub und Abnutzung, Hoffnungslosigkeit. Sie trat vor eines der großen Fenster. Eine lange Reihe schnatternder Enten flog tief über der Wasseroberfläche in Richtung Børsa. Warum kommunizierten sie im Flug miteinander? Um ihre Positionen in der Reihe zu behalten oder um über Reiseziele zu diskutieren? Der Fjord lag krötenflach und blau da, ein Fjord, in dem man vermutlich baden konnte, sie war schon klebrig vor Schweiß, wollte mit dem Duschen aber warten, bis sie aus dem Stall kam.

Sie badeten unten auf Øysand, Menschen, die ganz normale Leben führten. Kai Roger war mit Borat dort gewesen, und Borat war Amok gelaufen, weil es so viele Tangdolden und so viel Treibholz und so viele Kinder gab, die mit ihm spielen wollten. Kai Roger wollte auch sie mitnehmen, nach dem Stall, abends, er hielt es für Unsinn, dass sie so früh schlafen ging, sprach davon, dass man die Sommernacht

nicht verschlafen dürfe, redete von schönen Sonnenunter-
gängen, sie könnten grillen, sie könnte zwei Bier trinken,
und er würde sie danach nach Hause fahren.

Warum bedrängte er sie immer wieder so? Konnte er
nicht einfach die Arbeit machen, für die er bezahlt wurde,
und sie in Ruhe lassen? Sie wollte nirgendwohin, sie wollte
nichts anderes sehen, sie wollte nicht denken, sie ertrug es
kaum, Radio zu hören, und die Zeitungen, die sie kaufte,
durchblätterte sie ganz schnell, wie eine Pflichtübung, bevor sie sie dem Großvater gab. Sie wollte an keinen Strand,
sie wollte nicht in die Stadt oder nach Heimdal, um Pizza
zu essen oder in einem Straßencafé Bier zu trinken. Sie
wollte ihre Pflichten hier auf dem Hof erledigen, wollte
im Supermarkt einkaufen, und den Rest des Tages wollte
sie schlafen. Auch aus Oslo wurde sie bedrängt, Sigurd,
der eine der Tierärzte aus der Praxis, hatte schon mehrmals angerufen und wissen wollen, wie sie über ihre Zukunft und ihre Teilhaberschaft dachte. Sie hatte nur gesagt,
dass sie das nicht wisse, sie verspürte kein Bedürfnis, ihre
Gedanken mit ihm zu teilen. Bei seinem letzten Anruf war
er verärgert gewesen und hatte behauptet, das sehe ihr aber
gar nicht ähnlich. »Und was sieht mir ähnlich«, hatte sie
geantwortet, aber dann hatte auch Sigurd angefangen, von
Zeit zu reden, dass er ihr mehr davon geben wollte. Was
meinten die denn eigentlich alle? Ein Tag war doch wie der
andere. Zeit machte da überhaupt keinen Unterschied, im
Gegenteil. Der Einzige, mit dem sie gern für eine Weile gesprochen hätte, war Gunnar, ihr langjähriger Stiefvater, der
ruhige und solide, der immer mit den Launen und Stim-
mungsschwankungen ihrer Mutter fertig geworden war.
Seine Stimme zu hören, war, wie einen scharfen Cognac
im Magen auftreffen zu spüren, eine Ruhe, in der sie still
sitzen konnte. Aber dann hatte er das Kind erwähnt, das
er und seine neue Freundin erwarteten, und damit war das

Gespräch ruiniert gewesen. Sie brachte es nicht über sich, über Kinder zu sprechen, weil sie sonst sofort an ihr eigenes Alter denken musste, an den Körper, den sie hier mit sich herumschleppte, unbenutzt. Sie konnte das Gespräch beenden, indem sie vorschützte, irgendetwas erledigen zu müssen, sie wusste nicht mehr, was sie behauptet hatte, nur, dass es eile. Danach hatte er nicht wieder angerufen.

Margido hatte es sich zur Gewohnheit gemacht, seine Zeitungen mitzubringen, wenn er sich vom Fortschritt des Sarglagers überzeugte. Der Großvater riss dann alle an sich und wollte sich auf den Hof setzen. Er konnte stundenlang mit mehrere Tage alten Zeitungen im Schatten sitzen. Sie beneidete ihn um seine Ruhe, um das Verantwortungslose am Altsein. Dass Margido jetzt regelmäßig kam, war zu einem Lichtblick im Leben des Großvaters geworden, in ihrem allerdings nicht. Er behauptete, er bete für sie. Immer wieder, wenn er das erwähnte, hätte sie ihm fast darauf geantwortet, sich doch zum Teufel zu scheren, oft im Vorbeigehen, wenn er aufbrach, wie ein Abschiedsgruß.

Beten? Was um alles in der Welt sollte das schon helfen? Half es ihr, wenn sie nachts um zwei, drei Uhr wach lag und ihre Gedanken um den Hof und die Verantwortung kreisten, um die Blicke, die Kai Roger ihr immer wieder zuwarf, die Verheißungen, die darin lagen, die zerbrechlichen Phantasien, die sie dazu bringen sollten, ihm entgegenzukommen? Half es ihr, wenn sie aufwachte und darüber staunte, dass es möglich war, aufzuwachen, wenn man doch zum Umfallen müde war? Er hatte gesagt, es liege jetzt an ihr, zu entscheiden, wann sie sich an den Küchentisch setzen und sich die Finanzlage vornehmen würden, und was dann weiter geschehen sollte. Sie brauchte nur den Anwalt anzurufen, er würde dann auch dazukommen. Sie brachte es nicht über sich zu sagen, dass sie sich schon an den Rechnungsstapel ihres Vaters gemacht hatte.

»Rechtsanwalt Berling hat uns schon geholfen, als Großvater Tallak noch gelebt hat«, hatte Margido gesagt. »Da kam er frisch von der Uni und war noch ein wenig wild, aber inzwischen ist er zu einem klugen, besonnenen Mann geworden. Er hat alles erledigt, als Tor offiziell den Hof übernommen hat. Wir können das jetzt nicht mehr sehr lange aufschieben, Torunn.«

Über die Sache mit dem Lamm in der Kirche hatte er nicht mit ihr sprechen wollen. Er hatte sie nur kurz darüber informiert, dass er dieses Lamm gefunden hatte. Er und der Küster. Sie würde es ja doch erfahren, wenn seine beiden Angestellten, Frau Gabrielsen und Frau Marstad, einen Sarg holen kämen, während er selbst bei einer Beerdigung beschäftigt wäre.

Ihm war deutlich anzusehen, dass dieses Erlebnis ihn sehr beschäftigte. Seinen Glauben sehr berührte. Sein Gesicht war starrer und er selbst schweigsamer. Er hielt sie sicher für dumm, glaubte, sie begreife nicht, dass es Mühe machte, so etwas zu vergessen. Er sollte lieber für die kranken Menschen beten, die das getan hatten, die einem Lamm Beine und Schnauze zusammenbanden und es in einen Kofferraum warfen. Was für eine unendliche Angst musste das kleine Tier doch gehabt haben. Ganz zu schweigen davon, weggeschleppt und auf den Boden geworfen zu werden, um daraufhin die Kehle aufgeschlitzt zu bekommen. So, wie Muslime Tiere schlachteten. Das hatte sie Margido gegenüber jedoch nicht erwähnt. Sie konnte sich auch nicht vorstellen, dass Margido die Leiden des Lammes so zusetzten.

Sie ging zurück in die Küche, der Wasserkocher stand still da und dampfte, die rote Warnbirne war erloschen. Sie gab

Pulverkaffee in einen Becher und goss Wasser darüber, etwas essen mochte sie jetzt nicht. Sie starrte in den Kaffee, wo Klumpen aus Kaffeepulver an den Wänden des Bechers klebten, da sie sich im kochenden Wasser nicht aufgelöst hatten. Scheiß Kaffee.

Auf der Treppe hörte sie die Schritte des Großvaters, beide Füße auf einer Stufe, bevor er zur nächsten weiterging. Es war früh für seine Verhältnisse, aber sicher litt auch er unter der Hitzewelle. Wann hatte er wohl zuletzt geduscht? Sie würde bei dieser Hitze sein Bett häufiger frisch beziehen müssen, wo er sich doch so selten wusch. Es war außerdem gutes Wetter zum Trocknen, sie müsste alles waschen, was sich im Haus befand. Sie müsste den ganzen verdammten Hof in die Waschmaschine stecken.

»Guten Morgen«, sagte sie. »Das Wasser hat gerade gekocht. Möchtest du dich nach draußen setzen«?

»Draußen, ja.«

»Was möchtest du auf dem Brot haben?«

»Marmelade.«

Sie hatte im Supermarkt vier weiße Plastikstühle für den Hof gekauft, dazu noch Sitzkissen anzuschaffen, war ihr jedoch zu teuer gewesen. Sie nahm deshalb aus einem Schrank in einem der Schlafzimmer vier alte Vorhänge und legte sie auf die Stühle, damit man nicht mit schweißnasser Haut den warmen Kunststoff berühren musste. In der Scheune hatte sie einen alten Tisch gefunden und herausgeschleppt. Der Großvater erzählte, dass dieser Tisch in den alten Zeiten immer den ganzen Sommer hindurch draußen gestanden habe. Er war ganz grau. Die Tischplatte bestand aus breiten Brettern, die an den jeweiligen Berührungsstellen ein wenig hochstanden. Sie hatte keine Ahnung, was er mit »den alten Zeiten« meinte. Damals, als er selbst ein Kind gewesen war? Sie wusste nichts über sein Leben, sie wusste nur etwas von dem Leben, das er nicht gehabt hatte, aber auch darüber wusste sie nur ganz wenig.

Er holte sich gerade einige Zeitungen aus dem Fernsehzimmer.

»Die hast du doch schon gelesen«, sagte sie.

»Nicht ganz.«

Er kam auf dem Weg nach draußen an ihr vorbei, sie roch seinen bitteren Schweiß und hätte am liebsten zugeschlagen. Sie holte das Brot und schnitt eine Scheibe ab, bestrich sie mit Margarine, die über Nacht auf dem Tisch gestanden hatte und fast flüssig und dunkelgelb geworden war. Sie zog tief ins Brot ein. Noch immer hatten sie im Keller von Anna Neshov eingekochte Marmelade. Auf diese Weise kannst du vielleicht den Tod austricksen und dein Leben verlängern, dachte sie, indem du so viel Marmelade einkochst, dass die Leute sich noch jahrelang durch deine Anstrengungen hindurchfressen müssen.

Der Großvater saß bereits auf einem weißen Plastikstuhl mit lilageblümtem Vorhangstoff, als sie ihm Kaffee und Brot brachte. Sie hörte die Unruhe im Stall. Den Schweinen war heiß, und sie waren ungeduldig. Sie lüftete immer wieder, aber der Stall war alt und hatte keine elektrische Ventilation. Und da Schweine nur an der Schnauze schwitzen können, litten sie jetzt sehr. Kai Roger lachte sie aus, wenn sie erzählte, dass sie mitten am Tag zu den Sauen ging und sie mit feuchten Handtüchern abrieb. Die Ferkel kamen besser zurecht, die legten sich einfach hin und ließen alles ruhig angehen. Aber die brauchten auch keine zwei- oder dreihundert Kilo kompakten Körper mit sich herumzuschleppen.

»Das bringt doch noch mehr Dreckwasser in die Koben, Torunn. Und macht für uns beide mehr Arbeit. Für die Sauen reicht es, dass du lüftest, sie legen sich hin, sie merken selbst, dass es zu heiß ist, um sich zu bewegen.«

Aber wenn sie selbst wie ein Schwein schwitzte, konnte sie den Gedanken nicht abschütteln, dass die Schweine eingesperrt waren. Doch die Sauen standen ganz still da und plinkerten mit den Augen, wenn sie ihnen das feuchte Handtuch über die Schultern legte und es dann den Körper entlangzog, um es am Ende gleich hinter ihren Ohren auszuwringen. Wenn sie das Handtuch entfernte, grunzten sie leise, wie zu einer Art Dank, sie wusste es nicht, es war natürlich blödsinnig, sich einzubilden, dass sie sich bedankten.

»Ein paar Regentage wären gut«, sagte der Großvater.

»Es ist aber noch für lange Zeit Hochdruck gemeldet.«

»Weiß ich. Steht in der Zeitung«, sagte er.

»Die Dänen kommen am nächsten Wochenende. Sie haben vor ein paar Tagen angerufen.«

Sie konnte es auch gleich sagen, unmittelbar bevor Kai Roger kam, dann brauchte sie nicht so viel über einen Besuch zu erzählen, von dem sie nur wenig wusste, außer, dass ein Architekt kommen würde, zusammen mit Erlend und Krumme, und diese Damen, wie Erlend sie nannte. Oder Tanten. Blöder ging es ja wohl kaum noch. Glaubte er wirklich, sie würde sie als Tanten betrachten?

»Die Dänen?«, fragte er und schaute blinzelnd zu ihr hoch. Vielleicht könnte Erlend ihn dann ja rasieren.

»Erlend und Krumme. Und die beiden Damen, mit denen sie Kinder kriegen.«

»Die, ja«, sagte er und öffnete mit großer Mühe die eine Zeitung.

»Und ein Architekt. Die werden nicht hier wohnen. Aber vermutlich hier essen, ich weiß es nicht.«

»Der hat gutes Essen gekocht. Dieser Däne. Zu Weihnachten.«

»Ja, das hat er. Sehr gutes Essen.«

»Was wollen die? Am nächsten Wochenende?«, fragte er und verschmierte sich Marmelade am Kinn.

»Sich den Hof ansehen. Die Silos. Die wollen sie renovieren. Das haben sie doch erzählt, als sie hier waren.«

»Riecht nach Ameisensäure. Kann man nicht drin wohnen.«

»Der Geruch wird wohl mit der Zeit verfliegen. Man muss einfach gut sauber machen. Und übrigens, brauchst du nicht auch mal wieder eine Dusche?«

Er gab keine Antwort. Und nun kam Kai Roger auf den Hof gefahren, hielt an, öffnete die Tür des Beifahrersitzes, so dass Borat herausspringen und auf sie zugestürzt kommen konnte.

»Da kommt dein Kavalier«, sagte er.

Sie fragte nicht, ob er den Welpen oder Kai Roger meinte.

»Sag mal, hast du eigentlich nie eine Beziehung gehabt?«, fragte sie. Kai Roger wühlte auf dem Rücksitz seines Autos herum.

Der Großvater räusperte sich und schaute ihr plötzlich in die Augen.

»Doch«, antwortete er, blähte die Nasenlöcher und holte in harten Stößen Atem. Es hörte sich an, als ob er kurz davor sei, heftig zu weinen.

»Das war nicht so gemeint«, sagte sie rasch.

»Was für ein unglaubliches Sommerwetter«, sagte Kai Roger und kam auf sie zu, mit einem Gummiknochen für den Welpen in der einen Hand. Der Großvater stieß seine Kaffeetasse um, als er die Hand nach den Resten des Brotes ausstreckte. Er sagte nichts, er zog die Hand nur zitternd zurück und sah zu, wie der Kaffee in das poröse Holz einzog.

»Ich hol dir neuen«, sagte sie.

»Nein.«

Kai Roger ging, dicht gefolgt von Borat, zum Stall weiter.

»Entschuldige«, flüsterte sie. »Ich wollte nicht ... Entschuldige.«

Sie nahm seine Tasse und ging ins Haus und machte neuen Kaffee für ihn. Als sie die Tasse vor ihm auf den Tisch stellte, hatte er die Hände auf dem Schoß verschränkt und den Kopf gesenkt, die Zeitungen waren auf den Boden gerutscht.

»Was ist los? Ist dir nicht gut?«

»Nein«, sagte er hart.

»Muss schlimm sein, alt zu werden«, sagte Kai Roger im Stall. »So herumzusauen. Und sich deshalb sicher zu schämen.«

»Ja.«

Sie würde an diesem Tag etwas Gutes kochen. Selbstgemachte Frikadellen mit Erbsenpüree. Obwohl es so warm war, dass sie eigentlich Zwiebäcke mit Sauermilch und Marmelade hatte servieren wollen. Sie wand sich bei der Vorstellung, mit ihm zu essen, sie beide allein. Sie würde das Radio laut aufdrehen oder so tun, als ob sie SMS verschickte, während sie aßen. Der Tisch war außerdem so klein, dass sie viel zu dicht beieinander saßen. Vielleicht sollte sie vorschlagen, draußen am Hoftisch zu essen, das machten sie abends sonst nie.

»Borat ist phantastisch«, sagte Kai Roger. »Er begreift alles. Aber es wäre sicher nicht so glatt gelaufen, wenn du mir nicht die vielen Welpenübungen beigebracht hättest.«

Die Ferkel machten sich über das Futter her, kauten mit offenen Schnauzen und gierigen Seitenblicken, schubsten und stießen, während ihre Ringelschwänze zitterten und spitze kleine Füße sich in urinfeuchtes Stroh bohrten.

»Ich muss heute alle Fenster und Türen aufmachen«, sagte sie.

»Und dann kriegen sie ja mitten am Tag noch ein Bad, darauf freuen sie sich sicher.«

»Nur die Sauen«, sagte sie.

»Du kannst es bei den Ferkeln mit der Handdusche versuchen. Kannst ein Badeland für sie einrichten!«

»Ich seh es schon vor mir«, sagte sie.

»Du hättest mal Borat gestern Abend am Strand sehen sollen…«

Sie ließ seine Worte an sich vorbeisausen, ohne zuzuhören, sie deutete nur ein Lächeln an, dann, wenn auch er lächelte. Ihr war bewusst, dass er stets beeindruckt war, wenn sie etwas über Hundepsychologie sagte. Als sein Wortstrom sich dem Ende näherte, sagte sie mechanisch: »Ein Hund operiert nach einem einfachen Prinzip, nämlich: was kann zu meinem Vorteil sein, wenn ich es gerade jetzt mache. Sobald er begriffen hat, dass es zu seinem Vorteil ist, wenn du mit ihm zufrieden bist, hast du ihn in der Hand. Das machst du gut.«

»Findest du? Ich zieh hier also keinen kleinen Rotzlöffel groß?«

»Sobald er mit etwa sieben Monaten geschlechtsreif wird, wird es besonders hart für dich. Dann musst du erst recht deutlich zeigen, wer hier bestimmt, das ist unglaublich wichtig. Labradore sind darüber hinaus Hormonbomben mit einem wahnsinnigen Geschlechtstrieb. Aber wenn dir das klar ist, schaffst du es auch.«

»Er reitet jetzt schon auf der Decke in seinem Korb«, sagte Kai Roger.

»Das darf er auch, aber du darfst ihn niemals auf deinem Hosenbein reiten lassen. Auch wenn er klein und niedlich ist und es im Moment nur witzig wirkt.«

»Den Versuch hat er schon gemacht.«

»Dann musst du ganz hart Nein sagen, das darfst du einfach nicht hinnehmen. Von seiner Seite ist das nämlich ein Dominanzsignal, auch wenn er noch so klein ist, dass er davon keine Ahnung hat. Er handelt nach Instinkten, und die Instinkte wissen, dass das Dominanz bedeutet. Er wird ganz schön enttäuscht sein, wenn du es ihm energisch verbietest, aber darauf darfst du keine Rücksicht nehmen.«

»Fehlt dir die Arbeit mit den Hunden nicht, Torunn?«

»Ich kümmere mich um die Torfstreu, und du holst Stroh, okay?«

»Du beantragst einfach eine Betriebsänderung und machst einen Zwinger auf. Ich kann dir helfen.«

»Keinen Bock, darüber zu reden. Zu heiß.«

Der Großvater hatte die Zeitungen vom Boden aufgehoben, als sie im Stall fertig waren und Kai Roger wieder davonfuhr. Eigentlich hätte sie auch ohne ihn fertig werden können. Jedenfalls an solchen Tagen, an denen es keine Entwöhnung gab oder wütende Sauen in Brunst, totgelegene Ferkel oder von der riesigen Muttersau zertretene Füßchen. Und auf den Feldern stand das Getreide hoch, auch darum brauchte sie sich also keine Sorgen zu machen. Der Großvater las und schien sonst nichts zu bemerken.

»Ich fange an, das Arbeitszimmer meines Vaters aufzuräumen«, sagte sie.

Er sah sie nicht an.

»Oder vielleicht fahre ich zuerst einkaufen. Brauchst du irgendwas?«

Das hatte sie ihn noch nie gefragt. Er schaute rasch auf, schaute ebenso rasch wieder nach unten und schüttelte den Kopf.

»Ich wollte heute Frikadellen machen, klingt das gut, was meinst du? Mit Erbsenpüree.«

Er nickte.

Sie wollte außerdem Karamellpudding und eine Flasche Karamellsoße kaufen. Und die Zeitungen *VG, Dagbladet* und *Sør-Trønderen*.

»Dachte, wir können heute draußen essen.«

Als sie ihre Einkäufe weggeräumt hatte, ging sie ins Arbeitszimmer ihres Vaters und öffnete das Fenster, um den Großvater sehen zu lassen, dass sie dort war. Im Supermarkt hatte sie einen Stapel leere Bananenkisten bekommen.

Das Polster quoll aus dem Sitz des Drehsessels, die Oberfläche des Schreibtisches war von Papieren bedeckt. Überall konnte sie schmutzige Fingerabdrücke sehen, auf Briefbögen und Umschlägen, aber jetzt war sie darauf vorbereitet, sie hatte das Arbeitszimmer schon einmal nach unbezahlten Rechnungen durchsucht und die Briefumschläge in einer Schublade gefunden. Als sie den Volvo verkauft hatte, hatte Røstad, der Tierarzt, jede Krone bekommen, die sie ihm schuldeten. Sie leerte jetzt die Regale, Stapel der Bauernzeitung, der Kirchenzeitung und der Tageszeitung *Nationen*, Werbebroschüren vom Supermarkt, Mitteilungen von Gilde und Eidsmo und Norsvin. Zwei Kästen waren rasch gefüllt. Die Ordner mit den Unterlagen über Qualitätssicherung für landwirtschaftliche Produkte ließ sie stehen, sie wusste nicht, was sie damit machen sollte, Kai Roger kannte sich in diesen Dingen besser aus. Er holte sie manchmal in die Küche und zeigte und erklärte, während er allerlei Formulare ausfüllte. Sie wusste, dass es für die Katz war, sie erfüllten die Qualitätsanforderungen nicht mehr, die Schweine aus Neshov brachten deshalb nur den untersten Schlachtpreis ein. Zwar waren die Schweine hervorragend, aber die Formulare wurden nicht eingereicht, und da half es also wenig. Sie lieferten außerdem so wenig, dass es sich nicht um große Summen handelte. Sie wusste, dass Kai Roger diese demonstrative Arbeit mit den Ordnern nur ausführte, um ihr klarzumachen, wie die Dinge funktionieren konnten.

Wenn sie funktionierten.

Sie griff nach einem Ordner, aus dem der gesamte Inhalt zu Boden fiel, jede Menge Zeitungsausschnitte, die nicht gelocht, sondern nur in den Ordner gelegt worden waren. Sie ging in die Hocke und sah eilig die Ausschnitte durch. Soweit sie sehen konnte, ging es überall um Schweine und Schweinezucht. Am oberen Rand der Ausschnitte war jeweils das Datum notiert. Er schien die Ausschnitte gesammelt zu haben, als sie mit der Milchproduktion aufgehört und auf Schweine umgestellt hatten.

Als Anna Neshov beschlossen hatte, dass Tor auf Schweine umstellen sollte.

Hier und dort hatte er etwas hingekritzelt oder unterstrichen. Zuchtarbeit. Veredlungsbesetzung. Moderne Schweineproduktion. Ob er wirklich einmal Ehrgeiz gehabt hatte?

Ein Ausschnitt handelte von der Meldung der Schlachtschweine per Internet, da gab es pro Kilo Fleisch einen Bonus von einer Krone. Sie stellte sich vor, wie ihr Vater das las, um den Artikel danach ordentlich aus der Zeitung auszuschneiden und sich vielleicht zu überlegen, ob er sich einen Computer kaufen müsste und diesen neumodischen Kram lernen. Wovon hätte er sich denn einen Computer kaufen können? Ihr fiel auch auf, dass alle Ausschnitte – und es waren viele – wirklich ausgeschnitten worden waren, nicht ausgerissen, sondern mühsam mit einer Schere ausgeschnitten, auch die, die die ganze Zeitungsseite bedeckten, wo es sehr einfach gewesen wäre, sie einfach an der Mittelfalte loszureißen. Dass er die Ausschnitte nicht gelocht hatte, zeigte sicher, dass er durch die Löcher keinen Text verlieren wollte.

Und dann entdeckte sie über einem Ausschnitt ihren eigenen Namen. *Torunn zeigen*, geschrieben mit blauem Kugelschreiber am oberen Rand. Der Artikel hatte erst im vergangenen März in der Bauernzeitung gestanden.

Sie setzte sich in den Drehsessel und faltete ein Ausschnitt auseinander. Zielbewusste Züchterin. Lisa-Marie Veistad war dreißig Jahre alt. Erst vor zwei Jahren hatte sie den Hof übernommen, jetzt war sie in der Reportage auf Fotos zu sehen und zeigte auf riesige, detaillierte Zuchttabellen an der Wand. Sie wollte irgendwann zu den Besten im Zuchtbereich gehören, sagte sie. Sie hatte sechzig Jahressauen. Vorläufig lag sie noch ein wenig unter dem Durchschnitt, aber mit den lebend geborenen Schweinen war sie zufrieden. Sie war Diplomlandwirtin. Ihr Hof war fast aus dem Nichts aufgebaut worden, seit ihre Eltern ihn 1974 übernommen hatten. *Torunn zeigen.* Mit einem hoffnungsvollen Ausrufezeichen in blauem Kugelschreiber.

Sie kam zu sich, als von dem Ausschnitt kaum noch ein Stück von der Größe eines Quadratzentimeters übrig war. Der Großvater stand draußen vor dem offenen Fenster und starrte sie an. Das Fenster hatte keine Gardinen.

»Torunn …«

»Was ist los?«

»Du hast gerufen.«

»Hab ich nicht.«

»Komische Geräusche gemacht.«

Sie fing an, die Papierfetzen von ihren Knien und vom Boden um den Schreibtischsessel herum aufzulesen, die Fetzen waren nass, ihre Nase total verrotzt.

»Ach, nichts weiter«, sagte sie. »Setz dich nur wieder hin. Ich mach gleich das Essen.«

»Aber es ist doch bestimmt noch keine …«

»Nichts weiter, habe ich gesagt!«

Sie badete ihre Hände im Waschbecken oben im Badezimmer mit eiskaltem Wasser und ließ sie dann lange an ihrem Gesicht liegen, nahm ein sauberes Handtuch aus dem Schrank, schüttelte es energisch aus und drückte ihr Gesicht fest hinein, bis sie merkte, wie der grobe Frottee über ihre Augenlider kratzte. Ihr fiel ein, dass sie nach der Stallrunde das Duschen vergessen hatte. Sie musste entsetzlich gestunken haben, als sie im Supermarkt gewesen war. Das war ihr noch nie passiert. Sie zog T-Shirt und BH, Jeans und Unterhose aus und kletterte über den Rand der Badewanne. Erst, als sie fertig war, stellte sie fest, dass sie noch immer ihre Armbanduhr trug. Sie sah ihre Uhr an, sicher war sie wasserdicht, das waren doch alle Armbanduhren. Sie schaute sich um, während sie atmete und auf ihren eigenen Atem lauschte, sah den Boden der Badewanne, die Ränder der Wanne, deren Form, das Resopalmuster an den Wänden, die aufgequollenen Fugen, wo die Resopalplatten Feuchtigkeit aufsaugten. Sie stieg aus der Wanne, um sich abzutrocknen und entdeckte, dass das Wasser an ihrem Körper getrocknet war, sie war schon wieder schweißnass.

Mit der Jeans in der Hand ging sie nach unten in die Küche und suchte sich die Schere. Sie hatte keine neue gekauft, wie sie eigentlich vorgehabt hatte. Sie schnitt die Hosenbeine in der Mitte ab und zog die Jeans an, stand barfuß auf dem harten Linoleum und überlegte: Sie könnte das Hackfleisch mit Eiern oder mit Kartoffelmehl und Milch strecken. Sie hatte schon so lange keine Frikadellen mehr selbst gemacht. Sie könnte das Hackfleisch auch so braten und nur pfeffern und salzen. Aber dann waren es wohl keine Frikadellen, dann hieß es irgendwie anders. Bulette? Aber dafür benutzte man wohl kein normales Hackfleisch? Sie schaltete das Radio ein und hörte Erik Bye über den singen, der die kleinste Murmel von allen verloren hatte. Margido betete für sie. Sie griff zur Zigarettenpackung, die neben dem Radio lag, zog eine heraus. Es war ihr egal, dass sie im Haus rauchte, schließlich standen alle Fenster offen. Beim ersten Zug spürte sie die Normalität, die darin lag, sie schaute auf ihre Hose hinunter, auf ihre kreideweißen Waden. Was machte sie hier eigentlich. Überhaupt daran zu denken, dass Margido für sie betete. Im Stall war alles gut, sie hatte eingekauft und geduscht, wenn auch in der falschen Reihenfolge. Sie schaute über die Gardinen hinweg auf den Hof. Da saß er. Was war es noch, was sie bereute? Genau, dass sie ihn gefragt hatte, ob er denn niemals eine Beziehung gehabt habe. Er hatte ja solche Angst bekommen. So war das. Das bereute sie. Diplomlandwirtin, das bedeutete eine dreijährige Ausbildung. Kai Roger war Diplomlandwirt. Und er hatte einen älteren Bruder, der den Familienhof übernehmen würde. Er selbst hatte keinen Hof. Kam er deshalb her? Um Neshov zu bekommen? Sie und Neshov? Natürlich war das so. Neshov über sie. Er war jünger als sie, sah gut aus, es war angenehm, mit ihm zusammen zu sein, er machte keinen Quatsch, er könnte jede haben, und er kam her, morgens und abends, glaubte er denn, sie habe das nicht durchschaut, hielt er sie für dumm und blind?

Sie hielt die Kippe unter den Wasserhahn und warf sie dann in den Mülleimer unter dem Schrank. Der ganze Schrank roch süßlich und ekelerregend. Sie hob den Mülleimer heraus und stellte ihn auf die Seite. Daraufhin holte sie alles an Putzmitteln hervor, was dort stand, fand zwischen Abflussrohr und Wand einen rechten Gummihandschuh, den linken jedoch nicht. Sie zog die Plastiktüte aus dem Mülleimer, verknotete sie energisch, spülte den Eimer unter dem Wasserhahn aus, lange und gründlich, füllte ihn danach mit Seifenwasser und scheuerte den Schrank mit der dunkelgrünen groben Seite eines Putzschwamms.

Der Großvater hatte selbst den Plastikstuhl in den Schatten auf der Westseite des Holzschuppens geschoben, als sie die Schüssel mit den mit Ei, Salz und Pfeffer gestreckten Frikadellen in der linken und Besteck und Servietten in der rechten Hand brachte.

»Du kannst es ja Lunch nennen«, sagte sie.

Der Topf mit dem Erbsenpüree dampfte nicht, obwohl er frisch vom Herd kam und sehr heiß war. Er saß noch immer in der Ecke beim Holzschuppen.

»Essen ist fertig«, sagte sie. »Es steht auf dem Tisch.«

»Kann nicht …«

»Was sagst du?« Sie bog um die Ecke und trat dicht vor ihn hin. Die Zeitungen lagen im spärlichen Gras, in der linken Hand hielt er den unteren Teil seines Gebisses. Er saß zusammengesunken auf seinem Plastiksessel, ohne zu reagieren, obwohl er gehört haben musste, dass sie gekommen war. Taub war er nun wirklich nicht.

»Bring das nicht mehr. Will ins Heim.«

»Jetzt hör aber auf. Das Essen steht schon auf dem Tisch«, sagte sie.

»Du fragst mich, ob … ob … und dann sitzt du im Haus und brüllst wie eine Kuh und reißt Zeitungen in Fetzen und sagst nichts weiter … Ich will nicht hier sein.«

»Komm jetzt. Ich hab doch um Entschuldigung gebeten. Komm schon.«

Sie nahm seinen Arm, versuchte, ihn hochzuziehen, er schlug um sich, traf die Armlehne des Plastikstuhls, das Gebiss fiel ins Gras auf die Zeitung.

»Geh weg!«

Seine Stimme klang fremd, fast jung. Jetzt stirbt er, dachte sie, und ich bin schuld.

»Ich habe in der Gefriertruhe Preiselbeerkompott gefunden. Zu den Frikadellen«, sagte sie.

Er sank zur Seite, stieß ein seltsames Geräusch aus, eine Art Rülpser, gefolgt von einem Husten, das ihr ganz normal vorkam.

»Du glaubst doch nicht, dass ich... nicht auch noch du...«

»Können wir jetzt nicht essen«, flüsterte sie. »Bitte. Ich habe doch um Entschuldigung gebeten. Setz deine Zähne ein. Und dann essen wir.«

Er nickte mehrere Male langsam und übertrieben, und er hatte die Augen fest zugekniffen, als müsse er einen Entschluss fassen.

»Ja«, sagte er und kam aus eigenen Kräften auf die Beine, während sie zwei Schritte zurücktrat.

Als sie schlafen gingen, schlug sie vor, das Haus durchzulüften. Es war zehn Uhr abends und zweiundzwanzig Grad über null, es würde eine Tropennacht werden. Abermals hatte sie Kai Rogers Vorschlag abgelehnt, nach der abendlichen Stallrunde an den Strand zu fahren. Zwei Ferkel waren aufeinander losgegangen, aber sie hatten beschlossen, Røstad nicht anzurufen. Die Tiere hatten sich nur an den Ohren verletzt, sehr viel Blut war geflossen, aber die Wunden würden schnell verheilen, außerdem hatten sie jede Menge Penicillin im Schrank in der Waschküche. Das Ferkel, das am meisten abbekommen hatte, war das Mobbingopfer in der Geschwisterschar. Es war das kleinste von allen, und von Anfang an wurde es gemobbt. Sofort war es von seiner eigenen Zitze weggescheucht worden, wenn die Sau sich zurechtgelegt hatte.

»Wir machen alle Fenster und die Türen zwischen den Zimmern auf, dann muss es in der Luft doch ein wenig Bewegung geben«, sagte sie.

Sie holte einen sauberen Bettbezug, mit dem sie sich zudecken wollte. Sie konnte nicht schlafen, wenn sie nicht eine Art Decke über sich hatte. Er wollte keine. Alte Leute sind sicher verfrorener, dachte sie, haben einen niedrigeren Stoffwechsel und können die Hitze besser vertragen.

Ihr Fenster schaute auf den Fjord, das des Großvaters auf den Hofplatz. Er hatte Morgensonne. Es hätte umgekehrt sein müssen. Erst am frühen Morgen wurde die Temperatur in ihrem Zimmer erträglich genug zum Schlafen, und dann musste sie aufstehen. Während er eigentlich so lange im Bett bleiben konnte, wie er wollte, es wegen der Hitze aber nicht schaffte.

Zum ersten mal fiel ihr auf, als sie sich unter dem Bettbezug zum Schlafen gelegt hatte, wie hellhörig es im Haus war, wenn die Türen offen standen. Der Großvater räusperte sich und es hörte sich an, als sei er nur wenige Meter von ihr entfernt. Sie drehte sich auf den Rücken und starrte zur Decke hoch, schmale Deckentäfelung, weiß angestrichen, glänzend. Jetzt, im Licht der Sommernacht, war sie hellblau. Sie stellte sich Kai Roger und den Welpen am Strand vor, bald würde die Sonne untergehen. Das würde sie auch sehen können, wenn sie sich im Bett aufsetzte. Sie hätte Cognac trinken und eine letzte Zigarette rauchen können. Aber sie hatte schon lange keinen Cognac mehr getrunken, im Supermarkt wurde nichts Hochprozentiges verkauft. Am nächsten Tag würde sie sich einen Sechserpack Bier kaufen. Der Großvater räusperte sich wieder. Sie würde in dieser Nacht alle seine Körpergeräusche hören können, sicher würde sie davon geweckt werden, aber jetzt war es zu spät, um die Türen wieder zu schließen.

Da flüsterte der Großvater etwas.

»Was?«, fragte sie. »Was hast du gesagt?«

»Es ... es hat jemanden gegeben.«

»Wie meinst du das? Jemanden?«

Er gab keine Antwort. Sie lauschte so angestrengt, dass sie hören konnte, wie ihr eigenes Blut stoßweise durch die Adern gepumpt wurde. Aber er lag offenbar bewegungslos in seinem Bett und atmete ganz leise. Mehrere Minuten lang blieben sie so liegen, bis sie hörte, wie sein Gebiss ins Glas fiel. Da sagte sie, den Blick zur Deckentäfelung gewandt: »Dann gute Nacht. Und schlaf gut.«

»Gute Nacht«, murmelte er.

Die Frau am Telefon ließ ihre Frustration an ihm aus, während er mit der rechten Hand versuchte, die kleine Broschüre zu finden, von der er wusste, dass sie in der rechten oberen Schreibtischschublade liegen musste. Ihr Vater war mit achtundachtzig Jahren in seiner eigenen Wohnung gestorben. Sie war die einzige Angehörige, sie wohnte in Flekkefjord, und Margido hatte ihr soeben mitgeteilt, dass die Wohnung des Vaters aussah wie ein Schweinestall. Er hatte sich nicht so ausgedrückt, aber sie hatte schon verstanden, was er meinte. Als sie den Leichnam geholt hatten, hatten sie sich die Nase zuhalten und hart durch den Mund atmen müssen, obwohl sie Mundbinden trugen. Der Küchenboden war bedeckt von Abfällen, und er klebte vor Schmutz, das Spülbecken war gefüllt von turmhohen Stapeln an Töpfen voller vertrocknetem und verfaultem Essen. Das Wohnzimmer war ein Chaos aus Zeitungen und Werbezeitschriften und Obstschalen auf Tisch und Boden, das Sofa wies große dunkle Flecken auf den Sitzkissen auf. Das Badezimmer war eine Tragödie: überall Dreck. Und die Matratze, auf der der Tote lag, war dunkelgelb und blank, von Schweiß und Urin durchtränkt. Das Bettlaken lag als dunkler, verworrener Strang dicht vor der Wand.

Eine übereifrige und empörte Nachbarin konnte berichten, dass er keine Haushaltshilfe zu sich hatte hereinlassen wollen; er hatte sich die Waren an die Tür bringen lassen, und das ganze Treppenhaus habe gestunken, wenn der Mann nach unten zum Briefkasten gegangen war. Diese Nachbarin hatte die Polizei verständigt, als ein neuer Geruch angefangen hatte, sich mit den hundert anderen zu mischen, die unter seiner Tür hindurchsickerten. Der Inhalt des Briefkastens ließ die Polizei annehmen, dass der Mann seit sieben oder acht Tagen tot gewesen war, und das war bei dieser Hitze mehr als genug. Den Leichnam auf die Bahre zu legen, war eine umständliche Prozedur gewesen, da die Gefahr bestand, dass die Arme vom Rumpf abreißen konnten. Die Haut war bereits blauschwarz, und ein reiches Tierleben ernährte sich von einer Menge Biomasse. Margido konnte Anblick und Gerüche durchaus ertragen, das erlebte er nicht zum ersten Mal, er dachte bereits praktisch, vor allem mussten sie den Angehörigen, die die Polizei ausfindig machen musste, klarmachen, dass der Verstorbene sofort eingeäschert werden müsse, nachdem die Pathologie jeglichen Verdacht auf Fremdeinwirkung für diesen Todesfall kategorisch ausgeschlossen hatte. Schlimmer war das alles für die beiden Polizeibeamten. Der eine kotzte draußen auf dem Klo wie ein Reiher und sagte nachher, der Anblick der Toilettenschüssel habe ihn veranlasst, gleich das doppelte Quantum von sich zu geben.

Die Tochter hatte in den vergangenen beiden Jahren keinen Kontakt zu ihrem Vater gehabt, und bei den Sozialbehörden war sie auf taube Ohren gestoßen, weil der Vater zu gesund für ein Pflegeheim war und keine Hilfe wollte. Und jetzt erfuhr sie von Margido, dass es wirklich so schlimm um ihn gestanden hatte, wie sie befürchtet hatte.

»Es gibt eine Reinigungsfirma, die nach einem Todesfall Häuser und Wohnungen säubert. Vor dem eventuellen Verkauf«, sagte er ganz schnell, als sie Atem holen musste.

Er zog die Schreibtischschublade so weit heraus wie möglich, die Broschüre musste hier doch irgendwo liegen. »Die schaffen auch allen Abfall weg. Ich habe sie schon früher einmal Angehörigen empfohlen und immer nur Gutes gehört...«

Sie bestand auf ein Empfehlungsschreiben, da sie vermutete, ihr Vater habe an den merkwürdigsten Stellen Bargeld versteckt, und sie selbst konnte vor einer möglichen Wohnungsbesichtigung nicht nach Trondheim kommen. Zweimal wollte sie diese weite Reise einfach nicht auf sich nehmen, deshalb müsse sie sich auf diese Fremden verlassen können, die Vaters Habseligkeiten durchwühlen sollten.

»Die Firma heißt *Freshy,* und ich habe hier irgendwo eine Broschüre.«

Wenn sie ihren Wortschwall nicht bald versiegen ließ, würde er so tun, als sei die Verbindung unterbrochen worden. Er merkte schon, dass sein Schädelknochen hinter der Ohrmuschel wehtat. Die Bürotür stand offen, Frau Marstad hatte ihn offenbar gehört, denn jetzt kam sie herein, verdrehte lächelnd die Augen und legte vor ihm einen Zettel auf die Tischplatte.

»Mal sehen. Genau. We, We, We Punkt freshy mit y, Punkt Enno«, sagte er.

Sie notierte es und bedankte sich. Die Urne mit der Asche sollte nach Flekkefjord geschickt werden, wo sie sich selbst um die Urnenbeisetzung kümmern würde. Er legte auf, unendlich erleichtert, und ging in Frau Marstads Büro.

»Danke. Die war ganz schön anstrengend«, sagte er.

»Du hättest sagen können, dass es auf unserer Homepage einen Link zu *Freshy* gibt«, sagte Frau Marstad.

»Ach, ist das so?«, fragte er.

»Ja. Unter der Rubrik ›Besondere Bedürfnisse‹. Und wo du schon hier bist... Ich bestelle jetzt drei neue Decken für den Katafalk. Dann gerätst du nicht wieder in dieselbe Situation wie gestern.«

Die Decke war gerissen, als sie unter das eine Rad geraten war, während sie einen Sarg durch den Mittelgang der Kirche von Lade geschoben hatten. Das war ganz und gar ihr eigener Fehler gewesen, die Folge von zu großer Eile, weil sie ein wenig zu spät in der Kirche eingetroffen waren. Dass der Verkehr sich auf dem Inherredsvei aufgrund eines Unfalls gestaut hatte, war nicht ihre Schuld gewesen, aber sie hätten doch sorgfältiger vorgehen müssen, als sie die Decke über den Katafalk gelegt hatten. Der Küster hatte einen Tacker auftreiben können, mit dem sie die Decke an der einen Querseite zusammengeheftet hatten.

»Gut«, sagte Margido. »Und morgen ist der Umzugstag.«

»Sicher, dass ich nicht dabei sein muss?«

Frau Marstad hatte schließlich den Überblick über das Sarglager, alles war im Computer gespeichert.

»Das habe ich doch gesagt, es ist nicht nötig. Alles wird in dem gleichen System wie das, das wir bisher hatten, eingeräumt. Ich werde selbst die Oberaufsicht führen. Ihr werdet noch Zeit genug haben, euch alles anzusehen, wenn wir fertig sind. Das wird ein überaus großartiges Lager, der Tischler hat hervorragende Arbeit geleistet. Und der Preis ist durchaus vernünftig, selbst wenn wir die Mehrwertsteuer dazurechnen.«

»Das klingt gut. Und du siehst munterer aus, wenn ich das mal so sagen darf.«

Er zwang sich ein Lächeln ab. »Danke. Es geht mir auch besser. Sie wollten ja auch nicht mich treffen. Ich muss das nicht persönlich nehmen.«

»Aber der Schock«, sagte sie. »Ja, ich weiß, dass du nicht darüber reden willst, aber …«

»Nein. Das war nicht lustig. Aber es war ein schöner Gottesdienst.«

»In der Zeitung haben sie davon gesprochen, die Kirche zurückzuholen.«

»So haben sie es sicher auch empfunden, die Gemeinde, meine ich. Dass sie sich die Kirche zurückgeholt haben, nachdem sie zu etwas ganz anderem benutzt worden war. Der Pastor hat es so dargestellt. Er hat aus dem Matthäusevangelium vorgelesen, wo Jesus die Pharisäer aus dem Tempel vertreibt.«

»Ach, das, ja. Ich bin nicht so bibelfest, weißt du. Aber ist das die Stelle, wo er die Leute verjagt, die irgendwas verkaufen?«

»Geldwechsler und Höker, steht geschrieben. Jesus sagt, Gottes Tempel solle ein Haus des Gebets sein, während es jetzt zu einer Räuberhöhle geworden ist. Außerdem hatte der Pastor ein eigenes Gebet darüber formuliert, dass die bösen Kräfte verschwinden und dass das Gute siegen muss. Das war schön.«

Er hörte, wie er dozierte, jetzt, wo er endlich spürte, dass es überstanden war, und wo er sein Erlebnis mit anderen teilen konnte.

»Wie eine Art Dämonenaustreibung?«, fragte Frau Marstad mit einem Hunger im Blick, der ihm nicht gefiel. Er wusste, dass sie viele seltsame Dinge las.

»Nein, nein, nein. Das nun wirklich nicht. Dann würde man diese Vandalen viel zu ernst nehmen. Es ging darum, dass die Kirche zu einem falschen Zweck benutzt worden war, zu einem, für den sie nicht gedacht ist. Alles gelassen anzugehen, war sicher das Beste, statt sich darin zu suhlen, wie schrecklich es war. Dann wird das Böse vergrößert.«

»Ja, denn das war doch böse?«, fragte sie.

»Ja. Nein. Ich weiß nicht so recht. Jetzt ist es jedenfalls vorbei. Nun werden dort wieder normale Gottesdienste abgehalten.«

»Im Da-Vinci-Code finden sie eine Leiche, die genauso

zugerichtet worden war wie das Lamm. Vielleicht hatten die das Buch gelesen«, sagte Frau Marstad eifrig. Er merkte, dass sie Lust gehabt hatte, ihm das zu erzählen, seit dem Tag nach dem Fund, als die Zeitungen Bilder des Lammes in dem umgedrehten Drudenfuß gebracht hatten. Sie wusste sehr gut, dass er dieses Buch verabscheute und es niemals im Leben lesen würde.

»Das werden wir vielleicht erfahren, wenn die Polizei die Täter findet. Was ich allerdings bezweifele«, sagte er. »Ich muss noch etwas erledigen. Ich bin in einer Stunde zurück, wenn alles gut geht.«

Sie fragte nicht, was gut gehen sollte, er wusste, dass sie tief in ihren eigenen Überlegungen steckte. Sie sollte sich lieber an die Heilige Schrift wenden und sich ansehen, welche Schätze sie dort finden könnte, statt spekulativen und zusammengeschusterten Unfug zu verschlingen.

Er schob es schon lange vor sich her. Kleider zu kaufen, fand er schrecklich. Dass Besuch aus Kopenhagen kam, war eine willkommene Gelegenheit, sich dazu zu zwingen. Er brauchte neue Unterhosen und Socken, Hemden und einen neuen Sommeranzug. Von Torunn hatte er erfahren, dass Erlend die Sache mit dem Sarglager nicht sonderlich positiv sah, und deshalb wollte er den weißen Citroën benutzen, während sie da waren, und einen hellen Anzug. Mehr würde er sicher nicht brauchen, um Erlend zu beruhigen.

Der Verkäufer wollte seinen genauen Taillenumfang messen. Das wusste er ja schon. Vielleicht war das der Grund, warum er das Anzugkaufen immer aufschob. Er fand es ungeheuer unangenehm; er legte den Kopf in den Nacken, streckte die Arme aus und starrte zur Decke hoch, die aus großen stählernen Vierecken bestand, bei denen jeweils ein kleiner Scheinwerfer in der Mitte angebracht war. Der Verkäufer maß auch die Schulterbreite am Rücken.

»Wie wäre es mit einem Leinenanzug?«, fragte er. »Sehr angenehm bei dieser Hitze.«

»Knittern die nicht schrecklich? Hinten und unten am Sakko? Das habe ich gesehen.«

»Die sollen knittern. Das ist sozusagen gerade modern. Sogar Røkke geht in einem Sakko, das hinten knitterig ist, zu wichtigen Vorstandssitzungen.«

»Nein«, sagte Margido. »Ich will kein knitterndes Sakko. Der trägt ja nicht mal Socken in den Schuhen, dieser Mann.«

»Dann also einen leichten Baumwollanzug. Oder Seide. Aber ich glaube, Sie sind vielleicht nicht der Typ…«

»Absolut keine Seide«, sagte Margido.

Eine Viertelstunde später stand er vor dem Spiegel, in einem überaus behaglichen Anzug, den der Verkäufer starrköpfig als »sandfarben« bezeichnete. Margido nannte ihn hellbraun, aber das sagte er nicht laut. Der Anzug war aus synthetischem Stoff und angeblich knitterfrei.

»Haben Sie den auch noch in anderen Farben?«, fragte Margido.

»Aber ich dachte, Sie wollten einen hellen?«

»Ich meine, zusätzlich zu diesem.«

»Ach so. Ja, wir haben ihn in Mittelbraun und Dunkelbraun und Dunkelblau und Schwarz.«

»Dann nehme ich einen in Mittelbraun und einen in Schwarz. Und ich brauche Hemden. Weiße. Ganz normale.«

»Nylonhemden sind bei dieser Hitze doch wunderbar. Die kleben nicht. Wo Sie keine Seide mögen, meine ich.«

»Nylon ist gut. Das hatte ich unter »normal« verstanden.«

Während der Verkäufer sich um die Anzüge kümmerte,

suchte Margido sich Unterhosen, die natürlich »Boxer« hießen, eine Bezeichnung, an die er sich niemals gewöhnen würde. Er nahm dazu neun Paar Socken und beschloss, noch am selben Abend die gesamte Sockenschublade durchzusehen und die mit den durchsichtigen Zehenpartien ganz einfach wegzuwerfen. Er entsorgte nur ungern brauchbare Kleidungsstücke, aber er hatte es satt, gazedünne Socken anzuziehen. Er wollte auch seine Unterhosen durchgehen.

Er entdeckte die Schlipse und blieb davor stehen. Einige neue würden sich sicher gut machen. Dann stand der Verkäufer hinter ihm.

»Haben Sie ein gutes Hemd zu dem sandfarbenen Anzug?«, fragte er.

»Gut?«, fragte Margido.

»Ein weißes Hemd passt nicht zu einem hellen Anzug. Ich würde ein T-Shirt nehmen. Vielleicht ein blaues? Blau steht Ihnen, das kann ich sehen.«

Margido hatte in seinem ganzen Leben noch kein T-Shirt besessen. Er hatte nur normale Unterhemden mit angesetzten Ärmeln, die er im Winter unter seinen Hemden trug. Keine Kirche konnte großzügig heizen, oft war es unerträglich kalt, wenn er bei einer Trauerfeier stillsitzen musste. Abgesehen von den nächsten Angehörigen saßen oft alle im Mantel in der Kirche, er selbst konnte sich das jedoch nicht leisten. Es machte einfach einen schlechten Eindruck, jedenfalls, wenn er die letzten Grüße vorlesen sollte, mit denen die Kranzschleifen bedruckt waren. Ganz selten saß er in der hintersten Reihe und konnte sich den Mantel über die Schultern legen, denn meistens wollten die Angehörigen Blickkontakt zu ihm haben, und dann hatte er tadellos gekleidet zu sein.

»Ein T-Shirt? Steht da nicht immer etwas drauf? Vorn in der Mitte? Eine Zeichnung oder ...«

»Nicht doch. Wir haben absolut neutrale Kleidungsstücke. Es würde Ihnen gut stehen. Ich kann die helle Jacke holen und das T-Shirt hineinhalten, dann sehen Sie, wie gut sich das macht.«

Er kaufte drei T-Shirts. Ein mittelblaues, ein zimtbraunes und eines im Farbton des Anzugs. Und drei neue Schlipse in gedämpften Grautönen. Der Schweiß strömte nur so über seinen Rücken, als er am Ende die Karte durch den Scanner zog. Es kam eine ziemlich hohe Summe dabei heraus.

»Sie kleiden sich wohl nicht so oft neu ein«, sagte der Verkäufer und lächelte.

»Eigentlich nicht.«

Er brauchte auch noch ein Paar Schuhe, aber daran mochte er jetzt einfach nicht denken.

Am nächsten Morgen zog er den hellbraunen Anzug und ein mittelblaues T-Shirt an und schaute in den Spiegel. Es war zu heftig. Er wechselte auf das zimtbraune T-Shirt über. Einige Haare von seinem Brustkasten ragten über den Rand, das gefiel ihm nicht, es war schon spät, bald würde er sich mit den Möbelpackern treffen. Er nahm an, sie würden jede Menge Sprüche über den Transport von leeren Särgen und Beerdigungsutensilien bringen, und ihm grauste davor. Warum konnte man zu einem hellbraunen Anzug kein weißes Hemd tragen? Er zog das T-Shirt aus, holte sich ein weißes Hemd und ließ die beiden obersten Knöpfe offen stehen, es waren schon einundzwanzig Grad, und er schwitzte. Er vermied es, in den Spiegel zu blicken, ehe er die Wohnung verließ. Eigentlich freute er sich auf den Winter, trotz der kalten Kirchen. Dann konnte er sich in die Sauna setzen und selbst entscheiden, wann er schwitzte. Bei dieser Hitze gab es kein Entkommen, und das gab ihm das unangenehme Gefühl, nichts unter Kontrolle zu haben.

Die Morgensonne hatte den Citroën schon aufgeheizt, er kurbelte die Fenster auf beiden Seiten herunter, dann fuhr er los. Sie hatten versprochen, mit einem großen Wagen zu kommen, das ganze Lager sollte mit einer Tour weggebracht werden.

Es war ein seltsamer Gedanke, dass er von nun an Neshov als Lager benutzen würde. Zu Lebzeiten der Mutter wäre das niemals möglich gewesen.

Frau Marstad und Frau Gabrielsen hatten alle Einzelgegenstände aus dem Lager in Kartons gepackt und diese sorgfältig beschriftet. Der ganze Umzug bestand aus Schleppen. Zwei Männer kamen, Margido selbst trug Ordner und Bürozubehör zu seinem eigenen Wagen. Frau Marstad hatte ihm zugesetzt, er solle für das Lager einen Computer kaufen, in den er dann eingeben könnte, was man herausholte, aber das wollte Margido nicht. Er schrieb alles in einen Ordner, dessen Inhalt Frau Marstad in regelmäßigen Abständen in ihren kostbaren Computer eingab. Er konnte einfach nicht begreifen, wieso Computer irgendeine Ersparnis bedeuten sollten. Ob man nun auf einer Tastatur schrieb oder per Hand, es ging doch darum, den Überblick zu behalten. Er hatte immer den Überblick gehabt, aber plötzlich galt das Handschriftliche als hoffnungslos altmodisch. Das ergab doch keinen Sinn. Es war einfach nur Hysterie. Der Steinmetz schickte die Rechnungen jetzt sogar schon per E-Mail. Man hatte doch keine Ahnung, wann die Rechnungen kamen, wenn man keinen Poststapel vor der Nase hatte. Zum Glück hatte Frau Marstad seine Nervosität registriert, jetzt druckte sie solche Rechnungen aus und legte sie zusammen mit der normalen Post auf seinen Schreibtisch.

Die Möbelpacker redeten ununterbrochen miteinander, wandten sich aber nur selten an Margido, worüber er sehr froh war. Sie sprachen über Beerdigungen in ihren Familien, über allerlei persönliche Erfahrungen, Zusammenbrüche an offenen Gräbern. Die Mutter des einen hatte sich im Grab über den Sarg des Vaters geworfen, es hatte ein ungeheures Aufsehen erregt. Margido konnte sich an ein ähnliches Ereignis erinnern, nahm aber an, dass es dabei nicht um die Mutter des Möbelpackers gegangen war, denn er sprach Schwedisch. Die Möbelpacker arbeiteten konzentriert und vorsichtig, ohne die Verpackungen zu zerstören oder mit den Särgen irgendwo gegen zu stoßen. Er freute sich immer, wenn er Professionalität erlebte, egal, um welche Branche es ging. Menschen mit Arbeitsstolz, die ihr Metier beherrschten, bildeten das Fundament der ganzen Gesellschaft.

Als er einige Minuten vor dem Möbelwagen auf den Hofplatz von Neshov fuhr, bewegte der Alte seinen Stuhl ruckartig um die Ecke des Holzschuppens in den Schatten. Torunn war nicht zu sehen. Er schaltete den Motor aus und stieg in die Stille hinaus, in die ganz besondere Stille auf dem Hofplatz. Eine Stille, erfüllt von Vogelgesang und einem leisen Rauschen von nichts, vielleicht nur des Fjords dort unten, einem Rauschen von Aussicht auf ferne Gebirge, während zugleich die Häuser den Hofplatz einsperrten. Plötzlich fiel ihm ein, wie diese Stille ihm gefehlt hatte in den sieben Jahren, in denen er keinen Fuß auf den Hof gesetzt hatte, nach dem letzten Streit mit der Mutter. Aber wenn er versuchte, den Hof mit fremdem Blick zu betrachten, dann sprang vor allem der Verfall ins Auge. So würden Frau Marstad und Frau Gabrielsen ihn sehen: Farbe, die von allen Wänden abblätterte, zerbrochene Fenster im ersten Stock, dahinter leere Futtersäcke, alter Metallschrott unter dem Aufgang zur Scheune. Rostige Felgen lagen neben einem ramponierten Anhänger mit nur einem Rad. Er war schon dabei, sie auf den Anblick vorzubereiten, sie glaubten allen Ernstes, er übertreibe. Deshalb war es besser, dass das Sarg-

174

lager schon eingerichtet wäre, wenn sie hierher kämen. Dass alles in tadelloser Ordnung und in bestem System vorbereitet wäre, das würde ein gutes Gegengewicht zu anderen und erbärmlicheren Eindrücken bilden.

Die Däninnen würden ebenfalls einen Hof in fortgeschrittenem Verfall erleben. Es wäre besser gewesen, wenn barmherziger Schnee ihren ersten Eindruck vom Schlimmsten befreit hätte. Er nahm an, dass dieser Architekt, den sie da mitschleppen wollten, auf dem Absatz kehrtmachen und einsehen würde, was für eine Sisyphusarbeit diese Siloplāne bedeuteten.

»Der Möbelwagen wird jeden Moment hier sein«, sagte Margido.

»Möbelwagen…?« Der Alte drehte sich zu ihm um, bewegte seinen Oberkörper, ohne die Beine nachfolgen zu lassen, und am Ende stand er wie ein verzerrtes S da. Er trug Pantoffeln, sein Gesicht war unrasiert und in wunderlichen asymmetrischen, sich pellenden Flecken sonnenverbrannt.

»Wo ist Torunn?«, fragte Margido. Sie musste doch eine Salbe haben, mit der sie ihn einreiben oder die sie ihm geben konnte, damit er sich selbst einrieb. Und für eine einfache Rasur musste sie doch auch noch die Zeit erübrigen können.

»Möbelwagen?«, wiederholte der Alte mit halboffenem Mund, er wirkte plötzlich ängstlich, seine Mundwinkel zitterten.

»Ich verlege mein Lager doch nach hier. Um euch finanziell ein wenig unter die Arme zu greifen. Und für mich ist das auch sehr praktisch«, sagte Margido.

»Ach. Das Lager, ja«, sagte der Alte und konzentrierte sich wieder auf den Stuhl, packte die Armlehnen, als wiege der Stuhl eine Tonne, obwohl es sich doch nur um einen leichten kleinen Plastikstuhl handelte, und bewegte ihn ein winziges Stück vorwärts.

»Ich kann das machen«, sagte Margido. Der Alte ließ sofort den Stuhl los und presste sich die Hände ins Kreuz.

»Särge, ja. In der Scheune? Da waren sie am Werk. So viel Krach.«

»Haben sie Krach gemacht?«

»Solchen Tischlerkrach eben. Viel Maschinenkrach. Früher gab es Säge und Hammer. Jetzt nur Maschinen. Können nicht mal eine Schraube eindrehen, brauchen auch dafür eine Maschine.«

Er hatte den Alten schon lange nicht mehr so viel am Stück reden hören. In diesem Moment fuhr der Möbelwagen im Schneckentempo auf den Hofplatz, er wirkte riesengroß, könnte leicht Bäume und Wände streifen.

»Muss wohl auch eines Tages in so einem weg von hier«, sagte der Alte.

»In einem Möbelwagen?«, fragte Margido, dann ging ihm auf, dass der Alte die Särge gemeint hatte. »Das müssen wir doch alle. Wo ist Torunn?«

»Drinnen. Putzt.«

»Bei dieser Hitze?«

Nachdem er den Möbelpackern alles gezeigt und erklärt hatte, wo die unterschiedlichen Sargtypen und Größen abgestellt werden sollten, ging er ins Haus. Sie war nicht in der Küche, im Fernsehzimmer aber standen die Doppeltüren zur guten Stube offen. Sein Magen verkrampfte sich, er war seit dem Heiligen Abend nicht mehr dort gewesen. Er blieb zwischen dem Fernseher und dem einen Drehsessel stehen. Sie weinte. Hatte sie seine Schritte gehört oder konnte er kehrtmachen? Weinen gehörte zum Beruf. Plötzlich ging ihm ein Satz aus »Six Feet Under« durch den Kopf: *You never get used to the sound of deep grief.* Und wenn sie ins Fernsehzimmer kam und entdeckte, dass er gerade weglief ... Er blieb stehen und lauschte ihrem Weinen. Eine große Wut lag darin. Kein Trotz, keine Resignation, kein Schock, sondern pure und verzweifelte Wut. Er ging langsam auf die Türöffnung zu, registrierte das gedämpfte Halbdunkel der guten Stube, die aus Wolle gewebten Vorhänge reichten bis auf den Boden.

Sie hatte die Schulter an die Wand gelehnt, vor ihren Füßen lag ein Staubsauger. Der Tisch war leer und wies feuchte Stellen auf, die ein Wischlappen hinterlassen hatte. Auf dem Boden stand ein Putzeimer mit totem grauen Wasser ohne Schaum. Der Lappen hing über den Rand. Rasch musterte er das restliche Zimmer, er war nur so selten hier. Die Wandbretter waren vor langer Zeit einmal hellgrün angestrichen gewesen, hier und dort hingen gewebte Wandteppiche. Der offene Kamin klaffte schwarz und leer, in der Mitte hing an einer schwarzen Kette ein Eisenkessel.

»Torunn?«

Sie hob den Blick zu ihm.

»Kann ich dir irgendwie helfen, Torunn?«

»Mir helfen?« Sie schniefte laut, wischte sich mit dem nackten Unterarm die Oberlippe. Sie kam ihm so klein vor, und sie hatte recht, was half es schon, dass er für sie betete?

»Ja. Dir helfen.«

»Dieser verdammte Staubsauger hat seinen Geist aufgegeben. Etwas hat gebrannt, es kam eine Flamme heraus. Und es ist mir scheißegal, dass ich fluche. Wirklich.«

»Dieser Electrolux ist sicher zwanzig Jahre alt. Der hat seine Arbeit doch getan«, sagte er.

»Aber ich nicht! Die wollen hier essen. Glaube ich. Erlend hat so was gesagt. Dass Krumme kochen wird. Und in der Küche ist nicht Platz genug für alle. Und hier drinnen

sieht es unmöglich aus. Wenn die Abendsonne scheint...
und natürlich wollen die abends essen, nicht zur normalen Mittagszeit, wie mein Großvater und ich uns das an-
gewöhnt haben. Nein, die wollen sicher spätabends essen,
wenn die Sonne hier ganz flach fällt und alles zu sehen ist.
Ich war gerade dabei, an den Wänden staubzusaugen, zwischen den Brettern wimmelt es nur so von Spinnweben, die
hängen in Büscheln bis zur Decke hoch.«

»Aber dann kaufen wir einfach einen neuen Staubsauger, Torunn!«

»Wir...?«

»Ich kann sofort einen kaufen fahren«, sagte er.

»Aber was hilft das denn überhaupt?«

Sie fing wieder an zu weinen, schlug beide Hände vors
Gesicht.

»Wenn der Staubsauger kaputt ist, dann hilft ein neuer
doch bestimmt?«

Er hätte gern gewagt, sie in den Arm zu nehmen. Sie war
seine Nichte, aber das war nicht möglich.

»Du hast doch keine Ahnung!«, sagte sie durch ihre
Hände.

»Hier geht bald alles kaputt. Die Waschmaschine ist hoffnungslos, sie pumpt das Wasser erst ab, wenn ich ihr einen
Tritt versetze. Der Herd braucht vier Jahre, um das Kartof-
felwasser heißzumachen. Ich werde VERRÜCKT, einfach,
weil ich hier bin.«

»Aber ich habe doch gesagt, wir werden...«

»Darum geht es überhaupt nicht. Ich weiß doch nicht, ob
ich will. Und jetzt kommt Erlend und glaubt, dass ich...«

»Dass auch noch der Alte hier ist, wird zu viel für dich.
Du musst sicher...«

Sie ließ die Hände vom Gesicht sinken und starrte ihn an.

»Du sagst kein böses Wort über meinen Großvater. Der
muss uns leidtun.«

»Das weiß ich doch«, sagte Margido. »Du weißt doch, dass ich das schon lange verstanden habe. Dass ich mich deshalb mit Mutter gestritten hatte und dass ich...«

»Er kann uns viel mehr leidtun, als du ahnst, das kann ich dir sagen!

»Ach?«

»Ja.«

Sie wandte sich ab, ließ die Hände sinken, er merkte, wie immer neuer Schweiß zwischen seinen Schulterblättern hervorsickerte und hinten in seinen Hosenbund lief. Ein kurzärmliges T-Shirt wäre auf jeden Fall angenehmer gewesen. Er holte Atem und sagte: »Wenn die Möbelpacker fertig sind, dann fahre ich einen Staubsauger kaufen. Ich kann auch eine Waschmaschine besorgen. Willst du das?«

»Der Staubsauger ist wichtiger. Aber das musst du entscheiden«, sagte sie leise.

»Wie ist es mit einem Herd?«

»Das nicht. Wir haben hier Zeit genug. Wir können lange auf die Kartoffeln warten.«

Er begriff, dass er sie jetzt verlassen konnte, und das tat er dann auch.

Die Möbelpacker hatten alle Särge ins Lager gebracht, und er konnte anfangen, die Kartons auszupacken. Er legte Gesichtstücher und Leichenhemden ordentlich zusammen mit Blumenvasen und Untersätzen für Blumenarrangements in einen Schrank. Die Kästen mit Stumpenkerzen und normalen Kerzen schob er gleich in die Regale. Danach packte er die neue Arbeitslampe aus, die er am Tisch haben wollte, steckte den Stecker ein, holte sich Ordner und Mappen und legte alles bereit. Frau Gabrielsen rief an und fragte nach dem Stand der Dinge.

»Hier läuft alles nach Plan«, sagte er. »Aber ich muss danach noch einiges erledigen, haben wir irgendetwas Dringendes im Büro?«

Zwei neue Aufträge waren gekommen, der eine von St. Olavs, der andere von einem Pflegeheim. Da keine Leichenpflege in einer Privatwohnung erforderlich war, könnten die Damen das übernehmen, sagte Frau Gabrielsen. Weder sie noch Frau Marstad wollten Hausbesuche machen, wenn dabei die Verstorbenen zurechtgemacht werden mussten, aber wenn es nur um ein erstes Gespräch über Anzeige und Sarg und solche Dinge ging, dann hatten sie keine Probleme. Sie beschlossen, dass jede einen dieser Aufträge übernehmen sollte.

Er fuhr zu Expert in Nidarvoll, wo er selbst zwei Jahre zuvor einen Staubsauger gekauft hatte. Er wollte keinesfalls das gleiche Modell wieder haben, denn das Mundstück war einfach unbrauchbar, es drehte sich in alle Richtungen, nur nicht in die, in die es sich drehen sollte.

Er fand einen hübschen kleinen roten Staubsauger und überzeugte sich sogar davon, dass das Mundstück richtig funktionierte, indem er es einige Male über den Ladenboden zog. Mit Waschmaschinen kannte er sich nicht aus, seine eigene stand einfach Jahr für Jahr da und funktionierte.

»Diese hier bringt es auf sechzehnhundert Umdrehungen«, sagte die Verkäuferin. »Dann sind Handtücher und Bettwäsche fast trocken, wenn man sie aufhängt oder in den Wäschetrockner steckt. Haben Sie einen Wäschetrockner?«

»Nein, aber ich will ja auch nicht ... Was kostet sie?«

Er trocknete seine Sachen an einem Gestell im Wohnzimmer, er stellte es hin, wenn er schlafen ging, und am nächsten Morgen war alles trocken.

»Bei diesem Wetter braucht man sicher keinen Wäschetrockner, wenn man die Sachen draußen aufhängen kann«, meinte die Verkäuferin. »Aber im Winter ist sie unübertroffen.«

Sie saß neben dem Alten draußen, als er zurückkam. Mit einer Flasche Bier in der Hand. Der Alte hatte ein Milchglas mit einem kleinen Schuss Bier. Er hielt an, hob den Karton mit dem Staubsauger aus dem Kofferraum, trug ihn in die Küche, packte ihn aus und legte die zusätzlichen Staubsaugerbeutel auf den Resopaltisch, ging mit dem leeren Karton wieder hinaus und stellte ihn zurück in den Kofferraum.

»Er steht in der Küche«, sagte er und fuhr sich über die Stirn, die Hand wurde triefnass. »Wie viel Grad ist es im Schatten?«

»Sechsundzwanzig«, sagte sie.

»Hab ich mir schon gedacht, ja… morgen kommt die Waschmaschine. Sie nehmen auch die alte mit und entsorgen sie. Ich habe auch einen Wäschetrockner gekauft. Die kann auf der Waschmaschine stehen.«

»Wirklich?«

»Macht sich im Winter gut. Haben sie im Laden gesagt.«

»Im Winter…?«

»Wenn man die Sachen nicht draußen trocknen kann.«

»Dann vielen Dank«, sagte sie und hob die Flasche an den Mund. Er sah es nicht gern, wenn Frauen direkt aus der Bierflasche tranken. An diesem Abend rasierte er sich die obersten Haare von seiner Brust. Er nahm sich auch gleich die Haare im Nacken vor, da wuchsen immer so viele Haare, jedes Jahr schienen es fast noch mehr zu werden.

Am nächsten Morgen wollte er unter dem Sakko ein T-Shirt tragen. Er konnte ja mit dem mittelbraunen anfangen.

Hier, Krumme, nimm mein Brötchen, ich kann das nicht essen, das ist doch pure Karbo. Und schnapp dir die Stewardess, wenn sie vorbeikommt, ich will noch einen Gammel Dansk.«

»Aber Mäuschen, es ist doch erst zehn Uhr morgens, und du hast schon zwei getrunken, das muss ja wohl reichen.«

»Nein«, sagte Erlend. »Das reicht überhaupt nicht.«

Krumme nahm seine Hand und Erlend zog sie nicht zurück. Sie saßen eng gedrängt in dem kleinen Widerøe-Flugzeug, Neufeldt vier Reihen weiter hinten, Jytte und Lizzi fast ganz vorn. Es war klares Wetter, und unter ihnen lag Norwegen, aber Erlend hatte keine Ahnung, wie weit sie gekommen waren oder welches Gebirgsmassiv sie gerade überflogen. Dänische Fluggäste hinter ihnen pressten ihre Gesichter an die Fenster und redeten aufgeregt über das, was sie da sahen. Dänen waren doch einfach verrückt nach Bergen, je mehr und je höher, desto besser. Vielleicht schaute er jetzt gerade auf Jotunheimen hinab. Dovre konnte es ja wohl nicht sein, da ihnen noch eine Stunde Flugzeit blieb. Setesdalsheiene …? Rondane? Er konnte sich von seiner Schulzeit her nur vage an diese Namen erinnern. Norwegische Geographie war nie seine Stärke gewesen, und in den letzten zwanzig Jahren war es auch nicht besser geworden.

Er wünschte, sie hätten diese erste Reise ohne Neufeldt unternehmen können, nur er und Krumme und die Damen. Es war seine eigene Schuld. Er hatte diesen Besuch immer wieder aufgeschoben, weil Torunn so außer sich gewirkt hatte. Und jetzt war es zu spät. Dieser verdammte Neufeldt würde umherstolzieren und alles als sein Projekt in Besitz nehmen. Und auch daran war nur Erlend schuld, denn er hatte Krumme doch damals vorgeschlagen, Neufeldt zu engagieren. Wie blöd konnte man eigentlich sein, er hätte sich natürlich persönlich mit dem Genie treffen müssen, bevor er ihn empfahl. Und dann hätte er Neufeldt doch niemals angeheuert. Nie im Leben! Und wenn er der letzte überlebende Architekt in der gesamten Milchstraße gewesen wäre. Als Reisekleidung trug er tatsächlich dieselben Kleider wie an dem Abend zu Hause auf der Dachterrasse, sein Mangel an Geschmack war einfach unfassbar. Man konnte nur hoffen, dass er die Sachen inzwischen gewaschen hatte. Und dass er möglicherweise in seinem Köfferchen, das er als Handgepäck bei sich trug, noch andere Kleider hatte. Aber Erlend konnte sich als Inhalt des hässlichen kleinen Koffers nur Zahnbürste, Zahnpasta und ein Paar Boxershorts vorstellen. Neufeldt brauchte ja keine Bürste, zu diesem Zweck hatte er zehn Finger. Der Mann musste doch Millionen verdienen!

»Verzeihung. Kann ich noch einen Gammel Dansk haben?«, fragte er die Stewardess, die glücklicherweise endlich vorbeikam. »Nein, lieber zwei.«

»Für mich nicht ...«, sagte Krumme.

»Zwei Gammel Dansk«, sagte Erlend. »Und ein Bier!«

Den ersten Schnaps leerte er auf einen Zug, den zweiten stellte er ordentlich neben das Bier auf die kleine Tischklappe.

»Jede Menge Karbo im Bier«, sagte Krumme.

»Von mir aus. Aber wenn ich die Wahl habe zwischen einem Bier und einem vertrockneten Brötchen voller Konservierungsstoffe, dann muss ich mir darüber nicht gerade stundenlang den Kopf zerbrechen.«

»Sei doch nicht so, Mäuschen. Das soll doch eine wunderbare Reise werden. Denk nur, wie spannend das für Jytte und Lizzi ist. Die freuen sich kolossal.«

»Ich wünschte nur, wir wären zu viert. Ohne diesen aufgeblasenen, pompösen, geschmacklosen ...«

»Geschmacklos ist er nicht, Erlend. Oder nur, was sein Äußeres angeht. Ein bisschen achtlos ist er da schon, das gebe ich gern zu. Aber du weißt nur zu gut, dass wir zwei niemals allein auf die Idee mit den vertikalen Glaswänden gekommen wären. Überleg dir lieber, wie toll das wird, wie kolossal spannend.«

»Jetzt hast du schon zweimal in weniger als einer halben Minute dieses Wort benutzt. Und wir hätten auch selbst darauf kommen können. Es liegt doch auf der Hand, wenn man die Wohnfläche erweitern will. Prost.«

»Aber nun hat eben Kim ...«

»Ja, ja, ja. Reib mir nur Salz in die Wunde. Reden wir über etwas anderes.«

»Zum Beispiel über die Kinder«, sagte Krumme und griff wieder nach seiner Hand. Erlend merkte, wie der Alkohol in Kombination mit dem Gedanken an die beiden Kleinen seiner Laune eine rasche Kursänderung verpasste.

»Jetzt dauert es nicht mehr so lange bis zum Ultraschall«, sagte er, hob Krummes Hand an den Mund und küsste sein Handgelenk. »Weißt du, jetzt können sie ihre Oberlippe bewegen, und sie schlucken Fruchtwasser. Gerade das ist keine besonders appetitliche Vorstellung. Aber innerhalb der nächsten Woche bekommen sie Haare auf dem Kopf und Augenbrauen. Stell dir vor, sie leben jetzt seit Wochen ohne eine Frisur und ohne eine Andeutung von Augenbrauen.«

»Wie lang sind sie, Schatz?«

»Achteinhalb Zentimeter.«

Er zeigte die vermutete Länge zwischen Daumen und Zeigefinger.

»Moment mal«, sagte Krumme. »Ich hab in meinem Filofax am Rand einer Trennseite ein Lineal.«

Er bugsierte sich aus dem Sicherheitsgurt und nahm den Diplomatenkoffer aus dem Gepäckfach.

Andächtig und den Kopf dicht an Krummes geschmiegt, starrte Erlend die kleinen Trennstriche zwischen der Acht und der Neun an und stellte sich die winzigen Menschlein vor.

»Mein Kind ist sicher ein bisschen kleiner«, flüsterte Krumme.

»Nix da«, sagte Erlend. »Die individuellen Variationen stellen sich erst viel später ein.«

Er dachte an die vielen Kleider im Büroschrank und versuchte sich vorzustellen, wie eine achteinhalb Zentimeter lange Eleonora sie jemals ausfüllen sollte, darin herumspringen, sie verschmutzen und aus ihnen hinauswachsen!

Als sie einige Stunden zuvor am Flughafen Jytte und Lizzi getroffen hatten, hatten die beiden zum ersten Mal Umstandshosen getragen. Der Bund der alten Hosen wurde jetzt zu eng, erzählten sie. Vor allem bei Lizzi, das konnte stark variieren, da Frauen ihre Kinder unterschiedlich trugen.

»Wenn ich auf dem Bauch liege, dann habe ich das Gefühl, auf einem Tennisball zu liegen«, sagte Jytte.

»Aber dann darfst du nicht auf dem Bauch liegen«, rief Erlend. »Du zerquetschst es doch! Du bringst es um!«

»Keine Panik, Erlend, das können sie gut vertragen. Die schwimmen doch in Fruchtwasser«, sagte Jytte.

Jytte sollte von Værnes aus den Mietwagen fahren. Ein unbekanntes Auto in einer unbekannten Stadt war ein Kinderspiel für sie, sie hatte einige Jahre als Fahrlehrerin gearbeitet, ehe sie eine Umschulung zur Aromatherapeutin gemacht hatte. Krumme fuhr so selten, dass Erlends Nerven es nicht ertrugen, mit ihm zu fahren, und er selbst hatte keinen Führerschein. Was sollte man damit, wo es doch Taxis gab oder Jytte, die Mutter seines Kindes, die aus dem Internet einen detaillierten Stadtplan ausgedruckt hatte. Außerdem gab es GPS im Wagen.

»Das vergessen wir lieber ganz schnell«, sagte Jytte. »Ich hasse GPS, ich hasse diese eiskalte Stimme. Die macht mich verrückt. Die ist durch und durch passiv-aggressiv. Jetzt nach rechts ab-biegen. Jetzt abbiegen. ABBIEGEN! Die Aggression wird dabei ja nicht gerade sonderlich passiv ...«

»Ich hätte gern GPS«, sagte Krumme. »Wenn wir in der Stadt ein paar Cognac zu viel getrunken haben und wieder nach Hause wollen, dann wäre es doch schön, eine passivaggressive Frauenstimme an einer Schnur um den Hals zu haben, die mir sagt, ob ich nach links oder nach rechts gehen soll.«

»Du hast doch mich«, sagte Erlend. »Ich habe im Gehirn einen sechsten Sinn, der mich immer zurück zum Whirlpool führt, egal, wo in Kopenhagen ich mich gerade befinde.«

Der Mietwagen war riesig, er musste ja für fünf Personen und dazu für Gepäck und Duty-free-Tüten Platz bieten. Erlend hatte keine Ahnung, welche Automarke es war. Für ihn sahen alle Autos gleich aus.

»Ich will vorn sitzen«, sagte Erlend. Die bloße Vorstellung, gegen Neufeldts hässliche Knie gedrückt zu werden ...

»Dann kannst du die Karte halten«, sagte Jytte.

»Die Karte lesen, meinst du wohl«, sagte Erlend.

»Du hast doch selbst gesagt, dass du die Stadt kaum wiedererkennst. Außerdem glaube ich, du bist ein wenig beschwipst. Wenn wir zum Hof hinausfahren, musst du dirigieren, aber zuerst müssen wir das Hotel finden. Also lasst uns aufbrechen, bevor uns die Hitze umbringt. Und lasst uns den Leuten, die die Klimaanlage erfunden haben, einen freundlichen Gedanken widmen.«

Lizzi und Jytte waren ungeheuer begeistert von der Landschaft, als sie Værnes verließen und am Trondheimsfjord entlangfuhren mit den kleinen fruchtbaren Inseln und einem Ausblick auf Tautra und die Fosenberge, die weiter hinten in Hitzedunst und Blautönen schwammen.

»Aber das aller-, allerschönste ist Byneset«, sagte Krumme. »Da ist es viel schöner als hier. Und die Stadt ist auch prachtvoll. Ich freue mich schon darauf, sie euch zu zeigen, wir sind vielleicht noch zwanzig Minuten davon entfernt. Sie ist tausend Jahre alt, mit einer Wahnsinnskathedrale.«

»Wir müssten hier oben ein Auto haben«, sagte Lizzi. »Das auf dem Hof steht. Wir können uns doch nicht einfach Torunns Auto nehmen.«

»Natürlich besorgen wir uns ein Auto«, sagte Krumme. »Einen kleinen Minibus, wir werden dann doch zu sechst sein.«

»Hast du schon mal eine solche üppige Landschaft wie die Berge auf der anderen Seite gesehen? Fast wie Frauenkörper«, sagte Jytte.

Erlend betrachtete Jytte, die sommerwarmen starken Arme um das Lenkrad, die Freude im Blick, die Gesundheit, und unter dem roten Seidenhemd trug sie sein Kind, es war nicht zu fassen.

»Es erinnert ein wenig an Neuseeland«, sagte Neufeldt, danach sagte er nichts mehr, nicht, dass es schön sei oder etwas Besonderes oder anders als Dänemark. Möglicherweise hasste er Neuseeland wie die Pest. Er war wirklich unerträglich. Außerdem hatte er sich mitten auf den Rücksitz gesetzt und presste sich gegen den rechts sitzenden Krumme.

»Hab ich euch schon von meinem letzten Fenster erzählt?«, fragte Erlend. »Ich habe nur zwei Tage dafür gebraucht, aber sie bezahlen ja auch für die Idee. Vorgestern war es fertig.«

»Erzähl«, sagte Lizzi.

»Es ist ein Kleiderladen, mit hässlichen Klamotten, ihr wisst schon. Schlackerhosen und Kapuzen an allem festgenäht, was an den Oberkörper soll. Eine Mischung aus Goth und Street und Eminem, dieser Stil. Und was zum Teufel macht man da, außer den Schaufensterpuppen Klamotten überzustreifen?«

»Keine Schaufensterpuppen nehmen«, sagte Neufeldt.

»So einfach ist das nun auch wieder nicht«, sagte Erlend. Was für ein hirnverbrannter Vorschlag. »Die Kleider müssen zu sehen sein. Man kann sie natürlich an Wäscheleinen hängen und sich die Puppen sparen, aber die Kleider müssen deutlich rauskommen. Die Käufer wuseln doch oft nachts durch die Gegend, deshalb ist das Schaufenster besonders wichtig. Ein erwachsener Käufer sieht etwas Interessantes in einem Fenster und geht in den Laden, um sich das Teil genauer anzusehen. Das Fenster muss ein Appetithappen sein, ein Köder, der zu einer Handlung führt, nämlich hineinzugehen. Dann sind die Angestellten gefragt. Aber hier muss das Fenster dafür sorgen, dass sie vielleicht mehrere Tage später zurückkommen. Und deshalb muss die Botschaft, die vom Fenster ausgesandt wird, Kraft besitzen. Es muss eine fast überdeutliche Message sein.«

»Komm endlich zur Sache«, sagte Neufeldt. Erlend atmete ein und ließ die Luft langsam durch die Nase entweichen. Wenn er den GPS-Sender vom Armaturenbrett losriss und ihn mit der linken Hand nach hinten schleuderte, könnte der Neufeldts angeblich genialen Kopf in eine blutige Masse verwandeln. Die Knie waren noch näher, er hätte gern einen Baseballschläger gehabt, wie Schlägertypen ihn verwenden.

»Ja, also, ich habe ein Schaufenster aus einem Schaufenster gemacht.«

»Das verstehe ich jetzt nicht«, sagte Jytte.

»Ich habe doch ziemlich viele Kontakte, also habe ich mich an Tagger gewandt. An die allerbesten, wo es nur noch um Status und Signatur geht. Da habe ich erfahren, wer im Moment der beste ist, wer die meisten Kunstwerke an wichtigen Stellen angebracht hat.«

»Kunstwerke?«, fragte Neufeldt.

»So sehen die das doch. Und der König im Moment ist josF. Und der hat also mein künstliches Schaufenster für mich getaggt. Das ist wie ein Magnet für die richtige Zielgruppe. Ich habe also einen halben Meter hinter dem eigentlichen Fenster ein Fenster angebracht. Da habe ich die Puppen zusammen aufgestellt, die Köpfe dicht beieinander, als ob sie irgendeinen Scheiß ausheckten. Dieses Fenster hat josF getaggt, und davor haben wir einen Bürgersteigstreifen aus altem Asphalt und ein paar Pflastersteinen drapiert. Darauf haben wir einige Grasbüschel gepflanzt und Kippen und zwei leere Sprühdosen weggeworfen. Das sieht verdammt noch mal vollkommen authentisch aus. Und das Beste ist, dass es jetzt niemand wagen wird, das echte Fenster vollzutaggen. Niemand taggt auf josFs Signatur. Das wäre der glatte Selbstmord.«

»Was hast du für den Job bekommen?«, fragte Jytte.

»Zwanzig coole und drei unvorstellbar scheußliche Kapuzenpullover«, sagte Erlend.

»Das hört sich originell an«, sagte Lizzi. »Du bist wirklich tüchtig.«

»Sind wir bald in der Stadt?«, fragte Neufeldt.

Das Hotel lag in dem neuen Stadtteil mit den vielen sechs-stöckigen Wohnhäusern. Sie kamen am *Royal Garden* vorbei, aber dort wollte er nicht mehr wohnen, er verband dieses Hotel nur mit schrecklichen Erinnerungen aus der furchtbaren Zeit, als seine Mutter im Sterben lag, und nicht zuletzt dem skandalös misslungenen letzten Besuch. Was für eine Vorstellung, mitten in den Selbstmord des eigenen Bruders zu platzen, mit einem Lächeln auf den Lippen und Tüten voller Überraschungen. Was für ein Fiasko! Er hoffte sehr, dass ihm bei diesem Besuch eine weitere Beerdigung erspart bleiben würde, jetzt musste es doch wirklich reichen.

Als sie die Rezeption des *Rica Nidelven Hotel* betraten, nachdem Jytte eine nervenaufreibende Millimeterpark-aktion in der Tiefgarage des Hotels unternommen hatte, rief Neufeldt mit einer Begeisterung, wie Erlend sie noch nie gehört hatte: »Das nenne ich eine Hotelrezeption. Einfach prachtvoll! Die Höhe im Verhältnis zur Tiefe des Raumes, und seht nur, wie sie das Äußere hereingeholt haben. Den Fluss! Das Spiel des Wassers!«

Und er hatte im Auto gesessen und sich über ein voll-getaggtes Schaufenster ausgelassen. Plötzlich verspürte er eine stechende Angst bei dem Gedanken, dass Neufeldt zum Hof kommen und wissen würde, dass er von hier stammte, dass hier seine verdammten Wurzeln lagen. Ein Scheißort, der einen mit Schaufenstern protzenden Scheißtypen her-vorgebracht hatte.

»Jetzt check doch endlich ein, Krumme, ich muss aufs Klo, sicher habe ich etwas Falsches gegessen.«

»Oder getrunken«, sagte Krumme.

Sie beschlossen, sich in einer Stunde an der Rezeption zu treffen. Dann wollten sie jede Menge guter Zutaten für Krummes Essenspläne auf Neshov kaufen.

»Jytte! Frag mal an der Rezeption, wo wirklich gute Lebensmittel verkauft werden, ich muss jetzt einfach aufs Klo stürzen«, sagte Erlend und ging rasch auf die Fahrstuhltüren zu. Sein neuer Rimowakoffer aus Aluminium sauste hinter ihm her. Er wusste ja doch, dass das Perlen vor die Säue waren, was Neufeldt betraf. Krumme kam keuchend hinterher. »Ist dein Magen wirklich so elend?«

»Nein. Mein Kopf.«

Er warf seinen Koffer auf ein Sofa, während Krumme über die wunderbare Suite auf zwei Ebenen jubelte.

»Jetzt sieh doch nur, Mäuschen, was für eine Aussicht! Was ist das doch für eine kolossal schöne Stadt!«

»Nun hast du es wieder gesagt…«

In seinem Koffer hatte er noch eine Flasche Gammel Dansk und drei Flaschen Bollinger. Außerdem hatten sie ihre Quote voll ausgeschöpft, auch die der Damen. Damit müssten sie von Freitag bis Sonntag überleben können. Er öffnete die Schnapsflasche und holte sich ein Weinglas aus einem Spiegelbüfett, auf dem ein großer Obstkorb thronte. Das Obst wies Perlen aus kalter Feuchtigkeit auf, jemand musste es unmittelbar vor ihrem Eintreffen in aller Eile gebracht haben. Er goss das Weinglas voll und trank zwei große Schlucke.

»Ich HASSE diesen Kerl! Er ist ein verdammter KRAFTIDIOT!«

Als er dieses dänische Schimpfwort hörte, drehte Krumme sich von der Aussicht weg und sah ihn lange an, dann sagte er: »Weißt du, Erlend, ich habe dich nicht oft satt, aber jetzt habe ich das. Nicht… dich, aber dieses Gerede über Kim. Er ist auf der ganzen Welt gefragt, und jetzt kommt er mit uns hierher, er soll die Zeichnungen anfertigen, die wir den Anträgen auf Baugenehmigung und den unendlich vielen Formularen beilegen müssen, die wir brauchen, um das durchziehen zu können. Sag mal, bereust du es eigentlich?«

»Was denn? Die Kinder ...?«

»Nein! Dass wir Neshov als Ferienhaus haben wollen.«

»Herrgott, Krumme, der Typ macht mich nur einfach verrückt!«

»Hör jetzt auf damit.«

»Na gut. Dir zuliebe mache ich eine kleine Pause. Aber hat er dich auf dem Rücksitz so richtig bedrängt? Hat er dich im Schutze seiner umfangreichen Shorts aufs Schändlichste betatscht?«

Krumme warf den Kopf in den Nacken und lachte so schallend, wie nur ein kleiner kugelrunder Körper das schaffte.

»Verzeihung«, sagte Erlend und leerte sein Glas. Dass Neufeldt ihn für einen Dreck hielt, würde er ganz allein tragen müssen. Es gab einen Ort und eine Zeit für alles. Oder jedenfalls für etwas. Er nahm Limonade und Wasser aus der Minibar und stellte alles unter den Schreibtisch. Dann legte er die Bollingerflaschen seitlich übereinander und knallte die Tür zu. Er riss eine Tüte Erdnüsse auf und schenkte sich neuen Schnaps ein, während er hörte, wie Krumme ins Badezimmer ging und an diesem Tag zum zweiten Mal duschte. Er schaute sich um, es war wirklich eine niedliche kleine Suite. Das Schlafzimmer lag eine Treppe höher und war sicher ebenso schön. Aber Krumme hatte fast nie Lust zur Liebe, wenn es so heiß war, und er hatte keinen Nerv, die Treppen hochzusteigen, um sich anzusehen, wie es da oben aussah. Also öffnete er ein Fenster und beugte sich hinaus, während er sich eine Zigarette ansteckte.

Großzügigerweise ließ er Lizzi vorne neben Jytte sitzen, als sie das Hotel verließen und den Wagen mit ihren Einkäufen vom Flughafen und dem Supermarkt *Ultra* vollpackten. Krumme wollte Miesmuscheln mit Chili und Koriander servieren und danach etwas Kreatives mit frischem Heilbutt und einer Menge Zubehör anstellen. Erlend glaubte nicht, dass es auf Neshov einen Pürierstab gab, den mussten sie also auch noch kaufen, den brauchte er für die kalte grüne Fischsoße, die er aus Minze und Sauerrahm und Knoblauch und noch vielen anderen kleinen Leckereien herstellen wollte. Der staatliche Alkoholladen lag gleich neben dem *Ultra*, und Erlend fühlte sich davon geradezu magnetisch angezogen.

»Wir kaufen noch ein paar Flaschen für Torunn. Da draußen ist es sicher trocken wie in der Wüste Gobi«, sagte er. Er kaufte für Torunn zwei Flaschen Cognac und für sich noch drei Flaschen Bollinger und machte beim Bezahlen ein Pokergesicht. Es war unglaublich, dass ein Land mit solchen Alkoholpreisen überhaupt Alkoholiker hervorbringen konnte, die mussten doch der Finanzelite angehören oder auf der Trabrennbahn gewonnen haben.

Er bestand darauf, mitten auf der Rückbank zu sitzen, während er Jytte Anweisungen gab, um so Krummes Körper von Neufeldts zu trennen. Dass er selber auf diese Weise Körperkontakt bekam, musste er eben aushalten. Er schnüffelte diskret zu Neufeldts Körper hinüber, aber er nahm nur den schwachen Geruch von sauberem Schweiß wahr, dazu ein Parfüm, das er nicht ganz einordnen konnte, aber es konnte von Calvin Klein stammen. Es sprach ja immerhin für den Mann, dass er sich nicht im Supermarkt ein billiges Deo kaufte.

»Du folgst auf der Kreuzung da vorne einfach den Schildern nach Flakk. Jetzt sind wir in Ilen«, sagte Erlend. »Hier endet die eigentliche Stadt. Glaubt ihr, man darf hier im Auto rauchen? Das hat doch eine Klimaanlage.«

»Nein«, sagte Krumme.

Abermals fuhren sie am Fjord entlang, der in der Hitze aussah wie eine ebenmäßige blaue Nebelfläche. Sie passierten den Fähranleger und sahen nun Bauernhöfe und kleine Wälder, weitgestreckte grüne Kornfelder und gestreifte Erdbeeranpflanzungen. Sie mussten drei Traktoren überholen, noch mehr kamen ihnen entgegen. Der gelbe Mittelstreifen verschwand. Als sie Rye und Opland passiert hatten und sich das ganze Bynesland vor ihnen öffnete, fuhr Jytte an den Straßenrand und hielt an.

»Ich muss aussteigen und mir alles ansehen«, sagte sie. »Ich stelle den Motor ab, ich will auch hören.«

Die Hitze schlug ihnen entgegen, vom Asphalt her und von der stechenden Sonne. Sie blieben am Straßenrand stehen. Ferne Traktorengeräusche, das Summen von Insekten, das war alles. Eine Kuhherde graste auf einer kleinen Wiese in der Ferne, dort, wo der Hang sich krümmte und zum Fjord hinunter verschwand, sie sahen aus wie aus Tannenzapfen gebastelt, man konnte fast nicht sehen, dass sie sich bewegten.

»Was für eine Luft«, sagte Lizzi. »Durch und durch sauber. Durch und durch! Und da sitzen wir auf Amager und atmen das ein, was wir für Luft halten. Das aber eigentlich Smog vom Flughafen ist.«

»Stellt euch doch vor, wie kolossal toll es für die Kinder sein wird, herzukommen«, sagte Krumme. »Das wird das Glücksparadies ihrer Kindheit werden.«

»Im Frühjahr riecht es reichlich anders«, sagte Erlend. »Wenn gedüngt wird.«

»Das ist ein gesunder Geruch«, sagte Jytte. »Denn das bedeutet weniger Kunstdünger im Boden. Und es geht doch sicher bald vorbei.«

»Nicht schnell genug«, sagte Erlend. »Aber dann müssen wir ja nicht herkommen.«

»Natürlich müssen wir das«, sagte Jytte. »Der Frühling ist doch die schönste Jahreszeit von allen.«

Als sie gegen drei Uhr auf den Hofplatz fuhren, stand neben Torunns Wagen ein großes Auto mit Allradantrieb. Ein kleiner schwarzer Hund kam so schnell auf ihr Auto zugesprungen, dass Jytte mitten im Kies auf die Bremse treten musste, um den Welpen nicht anzufahren. Ein sonnengebräunter Mann in hellen Jeans und weißem T-Shirt kam hinterhergerannt und hob das Hundebaby hoch. Das war sicher der Betriebshelfer mit dem albernen Namen. Erlend nannte ihn heimlich manchmal Schweinchen Schlau, sah jetzt aber ein, dass dieser Name überhaupt nicht passte. Er schluckte. Das hier war ein Mannsbild mit Muskeln, wie man sie in keinem Fitnesscenter bekommt, Schulter und Oberarme wirkten hart und stark, langgestreckt, ohne zu übertreiben. Als der Mann sich umdrehte und dem Wagen auswich, während Jytte zu den beiden anderen Autos weiterfuhr, konnte Erlend seinen Blick auf dem breiten Rücken ruhen lassen, wo sich der Baumwollstoff zwischen den Schulterblättern spannte, ehe der Rücken sich zu zwei perfekten Hinterbacken mit dem charakteristischen Grübchen auf beiden Außenseiten verjüngte; den Grübchen, die von harter Muskelspannung zeugten, von einem Stahlhintern. Die Jeans hingen hinten ein wenig, hingen auf die ganze richtige, ein wenig achtlose Weise. Es mochte noch so heiß sein, heute würde Krumme ranmüssen, ob er das wollte oder nicht, denn dieser Kai Roger strahlte schon aus der Ferne hetero aus, und selbst, wenn er das nicht getan hätte... Erlend und Krumme hatten längst beschlossen, monogam zu leben. Sie hatten mehrere Freundespaare, die reinen Sex nicht für Untreue hielten, wenn auch gewisse Regeln beachtet werden mussten: niemals mehr als einmal mit demselben, keine Küsse Mund an Mund. Wenn Erlend in der nächsten Sekunde den Betriebshelfer in die Scheune schleppte und sich auf den Strohballen rohem, hemmungslosen Sex ergab, würde er Krumme danach kein bisschen weniger lieben. Aber was ihn dazu brachte, in solchen Situationen zu verzichten, war die Vorstellung, dass Krumme in dieser Sekunde den Betriebshelfer in die Scheune schleppte und sich rohem, schweißnassen Sex ergab. Diese Vorstellung war unerträglich. Und er fing Krummes Blick auf und wusste, dass sie dasselbe gesehen, dasselbe gedacht hatten. Erlend presste seinen Oberschenkel an Krummes Oberschenkel.

»Was für eine Hitze«, sagte Krumme.

»Ganz so heiß ist es ja vielleicht doch nicht«, sagte Erlend.

»Vielleicht nicht...«

Torunn kam ihnen entgegen. Der Vater saß im Schatten beim Holzschuppen und glotzte, stand aber nicht auf. Die Türen des Schweinestalls waren sperrangelweit offen.

»Jetzt, riecht ihr das?«, fragte Erlend leise. Am Ende der Scheune konnte er eine Art Rampe aus nagelneuem Holz sehen, mit blanken Angeln vor den alten Brettern. Dort befand sich Margidos Sarglager. Er fragte sich, was Neufeldt dazu sagen würde, dass sie auf dem Hof jede Menge Leichenkisten aufbewahrten. Sie gingen alle das Ritual von Händeschütteln und Vorstellungen durch, Jytte und Lizzi umarmten Torunn und sagten, wie schön es hier doch sei, wie sehr sie sich darüber freuten, herkommen zu dürfen, dass sie sich schon so darauf gefreut hätten, sie kennenzulernen. Es klang überhaupt nicht aufgesetzt, Erlend wusste, dass es sich nicht um leere Phrasen handelte, sie meinten es ernst, das hier würde die norwegische Cousine ihrer Kinder werden. Trotzdem antwortete Torunn nur leer mit danke, nett und willkommen. Als Erlend an die Reihe kam, öffnete er die Arme weit.

»Kleine Nichte, komm zu Onkel Erlend!«

Er legte die Arme um sie und spürte ihren Widerstand,

einen Widerwillen, den er nicht begriff. Sie war dünner geworden, und sie wich seinem Blick ein klein wenig aus. Vielleicht hatte sie Liebeskummer. Während die anderen sich auf das Hundebaby konzentrierten, sagte er leise, ohne sie loszulassen:

»Wie geht's dir denn, kleine Nichte, hm? Ich habe dir so viele schöne Sachen mitgebracht. Eine Menge aus dem Duty-free-Shop und Kosmetik vom Flughafen und zwei Flaschen Cognac nur für dich, die werden wir nicht austrinken. Und Zigaretten! Und Krumme wird köstlich kochen...«

Er ließ sie los, er hatte den Holztisch entdeckt, der jetzt auf dem Hofplatz stand.

»Habt ihr den gefunden? Ach, den Tisch hab ich mir genau hier vorgestellt. Aber diese schrecklichen Stühle passen überhaupt nicht dazu. Dazu gehören Bänke, habt ihr die nicht gefunden? Und was habt ihr über die Stühle gelegt, sind das Vorhänge? Ja! Das sind Vorhänge. Aber Herrgott, Torunn...«

»Das ist einfach spitze«, sagte Neufeldt. »Total ethnisch.«

»Ethnisch?«, fragte Erlend.

»Mismatch. Perfektes mismatch. Spitze. Nicht zwei Stoffreihen haben das gleiche Muster, und die Farben! Seht euch doch nur an, wie die vor dem Rest von Farbtönen und Linien hier leuchten, wie pieces vor grünem Boden und weißen und bauernroten Wänden!«

»Und da stehen die Silos«, sagte Erlend und zeigte darauf.

»Ich bin nicht blind«, sagte Neufeldt.

»Wir müssen die Waren ins Haus bringen«, sagte Krumme rasch und versetzte Erlend einen Stups. »Sonst können wir die Muscheln bald direkt aus dem Kofferraum essen.«

Erlend hatte in der Küche zwei Sekunden allein mit Krumme und fauchte: »Der Mann ist Architekt! Und jetzt will er sich plötzlich ein Urteil über Muster erlauben. Diese Stühle müssen weg. Ich hole die Bänke aus der Scheune, und darüber werde ich weiße Laken legen! Und wenn ich keine weißen Laken finde, dann werde ich verdammt noch mal Mutters alte Damasttischdecken zerhacken, damit wir darauf herumfurzen können, hier gibt's keine pieces auf den Hofplatz, solange ich die nicht mit einem ganz klaren Ziel dort ausgelegt habe.«

»Aber, aber, Mäuschen… Du hast mir etwas versprochen!«

Torunn kam und half ihnen, für die vielen Einkäufe im Kühlschrank Platz zu schaffen. Sie mussten Torunns eigene Lebensmittel am Rand zusammendrücken. Erlend ging mit drei Flaschen Champagner zur Kühltruhe, er öffnete den Deckel, blieb stehen, während die Kälte ihm entgegenschlug, und horchte auf seinen eigenen wütenden Puls. Er legte die Flaschen in die Truhe und sah sich den übrigen Inhalt an. Es sah aus, als hätte dort ein Schneesturm gewütet. Alles war durch und durch bereift, Packen und Plastiktüten waren von Klumpen aus Eiskristallen bedeckt. Unten in einer Ecke standen Milchkartons, um die Gummibänder gewickelt waren, er hob einen heraus und kratzte Eis von den verschwommenen Filzstiftbuchstaben. Waffelteig, 99. Das Gummi zerbrach unter seinen Fingern, er stellte den Milchkarton zurück und trat die Gummireste unter die Truhe. Diese Tiefkühltruhe hatte noch niemals echten Champagner als Krisenlösung enthalten, so viel stand fest.

Dann fiel ihm ein, dass er den Vater nicht einmal begrüßt hatte, und er rannte hinaus. Aber egal, er musste das Positive sehen, eben, dass Neufeldt ihn innerhalb eines ethnischen Rahmens betrachtete und nicht als Dreck.

Der Betriebshelfer bot an, bei der Suche nach den Bänken zu helfen. Erlend nahm das Angebot sofort dankend an. Neufeldt setzte sich neben den Vater und fing an, ihn über den Hof auszufragen. Der Vater antwortete nervös, er war an so viel Aufmerksamkeit nicht gewöhnt.

»Seit mehreren Generationen, ja ...«, hörte Erlend den Vater antworten.

Neufeldt hatte für beide ein Bier geholt, und den Anblick des Vaters, der sich eine Bierflasche an den Mund hielt, musste er erst einmal mehrere Sekunden in sich aufnehmen, während der Betriebshelfer zur Scheune ging und er ihm folgte. Eines stand fest, Neufeldt würde auf keinen Fall in irgendein Familiengeheimnis eingeweiht werden, unter gar keinen Umständen sollte er etwas darüber erfahren, wer hier wessen Vater und Bruder war, er würde nicht in der Intimsphäre an kürzlich erst ausgegrabenen Leichen im Keller herumkratzen dürfen. Er durfte nicht vergessen, es Jytte und Lizzi zu sagen, denen die Sache mit der Vaterschaft bekannt war. Für einen Moment sah er sie Hand in Hand zwischen den Häusern laufen, sie gingen zum Wasser hinunter, über den Weg und entlang der Mauer zwischen zwei Feldern. Dort unten stand ein Bootshaus, vielleicht wollten sie dorthin und sich lieben. Der Welpe lag, erschöpft von Begrüßung und Herumtollen, im Schatten mitten unter dem Tisch, neben einer weißen Vanilleeisdose voller Wasser, an dessen Oberfläche Grashalme und Holzspäne schwammen.

»Du bist ganz anders als deine Brüder«, sagte Kai Roger.

»Das will ich auch wirklich hoffen«, sagte Erlend.

»Vor allem als Tor. Aber mit Margido hast du ein wenig Ähnlichkeit, besonders um die Augen.«

»Der rennt euch hier sicher jetzt die Bude ein, um Särge zu holen. Meine Güte ...«

»Ich weiß nicht, wie oft er hier ist. Torunn tut diese Finanzspritze gut.«

Sie standen im Halbdunkel, umgeben von rostigen Heu-kämmen, altem Werkzeug und zehntausend undefinier-baren Gegenständen, die Tor gesammelt, aufeinander-gestellt und unter andere Gegenstände geschoben hatte. Eine dicke Staubschicht bedeckte sämtliche waagerech-ten Flächen, und verlassene Spinnweben leuchteten in den Sonnenstreifen, die sich durch die Bretterwand press-ten.

»Oh Hilfe, ich hatte total vergessen, wie sehr ich mich vor Spinnen fürchte«, sagte Erlend. »Ich trau mich ja gar nicht, hier irgendwas anzufassen.«

Kai Roger lachte laut auf. »Dann zeig in die Richtung, wo du glaubst, dass die Bänke sich befinden können, dann werde ich Spinnen und alles andere aus dem Weg räu-men.«

»Außerdem war meine Hose ziemlich teuer, das fällt mir gerade ein…«

»Keine Panik. Ich räume, und du zeigst mir wo.«

»Seid ihr jetzt zusammen, du und Torunn?«

»Was?« Kai Roger sah ihm in die Augen, wurde ernst, holte tief Luft und stieß sie gleich wieder aus, während er den Blick auf den verstaubten Boden senkte. »Nein. Sie ist einfach nicht da… macht sich nicht einmal was aus meinem Hund. Jedenfalls nicht sehr.«

»Aber macht sie sich etwas aus dir?«, fragte Erlend und zündete sich eine Zigarette an.

»Keine Ahnung. Ich komme einfach nicht an sie heran. Ich bin morgens und abends hier, und trotzdem bin ich wie Luft für sie«, sagte Kai Roger und kehrte ihm den Rücken zu, zog an einigen Stricken, die an einer halb durchgesägten Leiter endeten.

»Ist sie dir wichtig?«, fragte Erlend.

»Ja, verdammt noch mal, das ist sie. Heute bin ich au-ßerhalb der Stallzeit hergekommen, um euch zu begrüßen.

Aber als ich ihr das gesagt habe, hat sie nur mit den Schultern gezuckt.«

Torunn musste verrückt oder krank sein. Vielleicht hatte sie Krebs oder Diabetes oder einen Gehirntumor, ohne es zu wissen. Er selbst fühlte sich schon untreu, weil er hier nur mit diesem Mann sprach. Er hielt sich für einen außergewöhnlich guten Menschenkenner, und das hier war ein Mannsbild allererster Güte. Lieb und klug und geduldig... und kolossal attraktiv.

»Habt ihr...«

»Nein. Nicht einmal geküsst«, sagte Kai Roger. »Nach diesem Sommer muss ich mir eine andere Arbeit suchen, so kann ich nicht weitermachen. Ich komme mir vor wie ein Vollidiot, aber irgendwer muss ihr doch helfen, sie ist hier ja ganz allein.«

»Kommst du selbst von einem Hof?«

»Ja. Aber mein Bruder hat das Erbrecht, er hat den Hof vor einigen Jahren übernommen.«

»Dir gefällt also nicht nur Torunn, sondern auch der Hof?«

Kai Roger lachte. »Ich kann nicht gerade behaupten, dass mir der Hof in seinem derzeitigen Zustand gefällt. Hier sieht es doch unmöglich aus. Es wäre eine verdammt harte Arbeit, den in Schwung zu bringen und herauszufinden, wie er in Zukunft betrieben werden kann. Aber Torunn will nicht darüber sprechen, es ist ein Tabuthema... Verdammt, jetzt erzähle ich dir das alles, dabei kenne ich dich doch kaum...«

»Ganz ruhig, solch eine Wirkung haben Schwule eben auf andere, das passiert mir immer wieder.«

»Und du bist ihr Onkel, da ist es sicher in Ordnung...«

»Genau. Und jetzt sind wir doch hier. Dann wird schon Wind ins Hemd kommen«, sagte Erlend ein wenig stolz, weil ihm dieser norwegische Ausdruck eingefallen war.

»Aber ihr fahrt doch wieder.«

»Ich werde sie schon in Stimmung bringen, sei du nur ganz ruhig. Jetzt müssen wir die Bänke finden. Versuch es mal da in der Ecke unter dem Heukamm. Die sind an die drei Meter lang. Und du bleibst zum Essen heute Abend auf dem Hof, lass dein Auto stehen oder geh zu Fuß nach Hause. Bei dem Festschmaus werden große Mengen Alkohol getrunken.«

Kai Roger fing an, am Heukamm zu ziehen, der total von Rost überzogen war. Die Spitzen der Zinken und Teile der Gabel waren zerfressen und sahen aus wie braune Klöppelspitzen.

»Ich weiß nicht, ob es Torunn recht ist, wenn ich ...«

»Verlass dich auf mich, Kai Roger. Das tun alle«, sagte Erlend und ließ seinen Blick auf Schultern und Oberarmen ruhen, auf schweißnassem Nacken, Hintern.

Torunn musste einwandfrei krank oder verrückt sein.

Ich habe die gute Stube von oben bis unten geputzt, und jetzt wollen wir da nicht essen?«

Erlend lief mit weißen Laken herum und arrangierte sie über den Bänken. Die Vorhänge legte er zusammen mit mehreren Wolldecken darunter, aber die Laken bedeckten alles.

»Wir können doch nicht in dem heißen Zimmer sitzen!«, sagte er.

»Ich dachte, falls es regnet«, sagte sie.

»Dann hättest du die Stube nicht zu putzen brauchen. Dann sieht man den Staub doch nicht. Du bist so problemorientiert, Torunn! Das ist nicht gesund.«

Sie ging nach oben ins Badezimmer, schloss die Tür ab, setzte sich auf den Rand der Wanne und spürte das kalte Email unter der Handfläche. Sie starrte den Schlüssel an, das Schlüsselloch und die Türklinke aus weißem Kunststoff. Warum hatte sie das Zimmer geputzt? Er hatte absolut recht. Natürlich würden sie im Freien essen. Und wenn es regnete, würde keine Sonne scheinen und der Staub würde unsichtbar bleiben. Sie konnte verdammt noch mal nicht mehr vernünftig denken! Sie spritzte sich Wasser ins Gesicht und verteilte ein wenig unter ihren Armen. Um neun Uhr wollten sie essen, dann, wenn sie und Kai Roger im Stall fertig wären. Um neun! Und Kai Roger

würde mit ihnen essen. Sie hörte sie draußen auf dem Hofplatz, die Stimmen der Däninnen, die von Kai Roger, sie
spielten mit dem Hundebaby, Kai Roger beschrieb detail-
liert, was der Kleine schon gelernt hatte und was er alles
anstellte.

Als sie nach unten kam, holte Erlend gerade das Service
aus der guten Stube, weiß mit einem schmalen Goldrand.
Das Radio stand im offenen Küchenfenster und war auf einen Musiksender eingestellt.

Krumme war in der Küche am Werk, als ob sie ihm gehörte. Er trug ein knallbuntes Hawaiihemd, das locker über
seinem umfangreichen Bauch hing, und im Ohr blinkte
ein Diamant. Sein Gesicht war schweißnass. Er zerschnitt
allerlei Gemüsesorten, legte sie auf Teller und bedeckte
sie mit Plastikfolie. Jetzt zog er die Samen aus einer Chili-
schote.

»Nimm dir ein Bier und genieß das Leben«, sagte er. »Wir
müssen morgen neues kaufen. Und dazu gibt es eine phantastische Truthahnbrust, die ich von zu Hause mitgebracht
habe, mariniert in Öl und Senf und Soja und ...«

»Das klingt gut.«

»Weißt du«, sagte er und lachte, während er ausgiebig
an seiner Bierflasche nuckelte. »Einmal, als ich zu Hause
gerade Chili gesäubert und zerschnitten hatte, musste ich
ganz dringend pissen und dachte nicht weiter nach. Mein
Gehirn war einfach ausgeschaltet. Du kannst dir ja denken,
was passiert ist, als ich den Junior herausgeholt habe. Ich
dachte, ich müsste sterben! Und ich hatte keine Ahnung,
was ich machen sollte. Am Ende habe ich Sahne in ein Glas
gegossen und ihn hineingesteckt, und so stand ich da, als
Erlend nach Hause kam.«

Er legte den Kopf in den Nacken und lachte laut, sie pro-
duzierte Lachgeräusche, ehe sie die Flasche zum Mund hob
und einen winzigen Schluck trank.

Der Großvater saß mit einem neuen Bier auf einem Plastikstuhl ohne Vorhang und lächelte, an seinen Mundwinkeln klebte der braune Saft.

»Haben wir große Vasen, Torunn?«, fragte Erlend.

»Bestimmt irgendwo, ich sehe mal nach.«

»Jytte und Lizzi, ihr könnt doch ein paar schöne Sträuße pflücken, wir müssen den Tisch schmücken, das soll hier so richtig hip hip hurra werden!«

»Ja, machen wir«, sagte Lizzi.

Lizzi war groß und graziös, Jytte klein und rund, sie lachten viel, berührten einander oft. Der Architekt spazierte um die Silos, betastete sie, maß sie mit den Augen. Er sah nicht gerade weltberühmt aus, obwohl Erlend am Telefon erzählt hatte, dass er ebendas war. Vielleicht wurde man so, wenn man vielfacher Millionär war, man pfiff auf sein eigenes Aussehen. Aber für Erlend galt das nicht, und auch er war vielfacher Millionär.

Sie wusste, dass im Büfett in der guten Stube einige große Kristallvasen standen, also ging sie los, um sie zu holen. Sie waren so schwer, dass sie nur mit Mühe eine in jeder Hand tragen konnte.

»Kristallvasen! Perfekt! Keine Tischdecke. Kristall und Porzellan auf grauem Holz, wir leben in der Zeit der Kontraste«, rief Erlend und sprang aufgeregt um den Tisch herum, um die optimale Platzierung zu finden. Danach holte er in einer großen Kanne Wasser und füllte die Vasen damit.

Jytte und Lizzi wollten mit in den Stall kommen und sich die Schweine ansehen, als sie mit Wiesenkerbel und Margeriten und langen grünen Weizenähren zurückkehrten.

»Ich habe keine überzähligen Stalloveralls«, sagte Torunn.

Aber ich habe welche. Im Auto«, sagte Kai Roger und stürzte davon.

»Sind die sauber?«, rief Torunn hinter ihm her.

»Sicher.«

»Das ist uns doch egal«, sagte Jytte.

»Das darf es aber nicht sein«, sagte Torunn. »Die dürfen in keinem anderen Stall gewesen sein, wegen der Ansteckungsgefahr, dafür gibt es sehr strenge Regeln. Eigentlich sind die so streng, dass ihr, weil ihr aus einem anderen Land kommt, den Stall gar nicht betreten dürftet. Deshalb dürft ihr die Tiere auch nicht anfassen.«

»Aber das letzte Mal, als wir in der Nähe eines dänischen Stalls waren, waren wir doch noch Kinder!«, sagte Lizzi.

»So sind die Regeln aber, ich sag das doch nicht, um Probleme zu machen«, sagte Torunn und verzog die Lippen zu einem Lächeln.

»Seid ihr zusammen, du und Kai Roger?«, fragte Lizzi.

»Nein.«

»Warum nicht? Der passt doch perfekt zu dir.«

Aber ich nicht zu ihm, wollte sie sagen. Zum Glück brachte Kai Roger jetzt die Overall und sie konnten in den Stall gehen.

Die Sauen waren träge und langsam in ihren Bewegungen, wurden aber sofort aufmerksam, als sie die fremden Stimmen hörten.

»Meine Güte, die sind ja vielleicht riesig!«, sagte Jytte und griff nach Lizzis Hand. Torunn wurde plötzlich von tiefem Neid erfüllt. So hatte sie die Schweine auch einmal gesehen, mit jungfräulichem Entzücken und voller Bewunderung für ihren Vater. Sie verspürte eine bohrende Sehnsucht nach seiner Nähe, nach der Zeit, als er sich noch nicht ins Bein gehackt und den Kontakt zu seinem Stall verloren hatte, als er noch nicht jeglichen Sinn und jedes Ziel verloren hatte. Sie hörte sich selbst sprechen und wiederholen, was der Vater ihr beim allerersten Mal erzählt hatte:

wie schwer die Sauen waren, das Problem der Beine, die den gewaltigen Körper tragen mussten, über die Rangordnung zwischen den Sauen. Aber sie hörte auch, dass ihrer Stimme der jubelnde Enthusiasmus fehlte, der den Vater gekennzeichnet hatte. Sie erinnerte sich an das Funkeln in seinen Augen, wenn er gesprochen hatte, an den Arm, der stolz auf alle Koben gezeigt hatte, als lasse er sie hier an einem unvorstellbaren Schatz Anteil nehmen. Und sie hatte ihn im Stich gelassen!

»Ganz schön viele Fliegen gibt es hier«, sagte Jytte.

»Es ist ganz unmöglich, die loszuwerden«, sagte Torunn. Jetzt, bei dieser Hitze, saßen auf jeder Sau sicher fünfzig Fliegen. »Aber es wäre noch schlimmer, wenn es Insekten wären, die stechen können.«

»Jetzt zeig mal die Ferkel«, sagte Jytte. Sie gingen Hand in Hand hinter ihr her und kreischten beim Anblick der ersten Ferkelschar, die sich ganz hinten im Koben aneinanderdrängte. Die kleinen triefnassen Schnauzen wippten forschend nach oben. Wenn Torunn und Kai Roger allein im Stall waren, kamen sie ganz nach vorn an den Rand des Kobens, begierig nach Streicheleinheiten und Ansprache.

»Hast du schon mal so süße… so perfekt und klein… Aber das dahinten. Gott, das ist ja nur halb so groß wie das größte«, sagte Lizzi.

Torunn erzählte ihnen von den Zitzen der Sau, dass alle Ferkel innerhalb weniger Tage ihre feste Zitze fanden, aber dass immer eines zu kurz kam und zum Mobbingopfer wurde.

»Kannst du nicht eins hochheben? Ach, verflixt, dass wir das nicht selber dürfen«, sagte Jytte.

Torunn bückte sich und zog ein Ferkel am Hinterfuß hoch, wie sie das von ihrem Vater gelernt hatte.

»Was machst du denn da?«, fragte Lizzi. »Das tut doch bestimmt weh!«

»Das habe ich auch gedacht. Früher. Aber wenn man ein Ferkel so hochhebt wie zum Beispiel ein Hundebaby, dann schreit es dermaßen, dass man glaubt, es könnte jeden Moment sterben.«

Das Ferkel lag ruhig in ihren Armen, sowie sie es richtig zu fassen bekommen hatte, und so stand sie dann da, während Jytte und Lizzi es aus nächster Nähe bewundern konnten. Es klimperte mit den blauen Augen unter den kreideweißen Wimpern und schnupperte ihnen entgegen.

»Das ist so süß, da kommt mir doch gleich die Milch«, flüsterte Jytte andächtig.

»Gott, ja«, sagte Lizzi. »Die kleine Nase. Total perfekt.«

»Ich muss jetzt so langsam an die Arbeit«, sagte Torunn und setzte das Ferkel wieder in den Koben, wo es sich zwischen seine Geschwister drängte, die sich schnuppernd darum versammelt hatten.

»Was machst du denn hier so?«, fragte Lizzi.

»Was ich mache…? Was man in einem Stall macht, meinst du?«

»Ja.«

»Dreck zusammenfegen, Stroh wechseln, Futter und Torfstreu holen, mich davon überzeugen, dass alle heil und gesund sind. Heute werde ich wohl auch den Mittelgang richtig ausspülen, das hilft gegen die Fliegen und kühlt ein wenig ab.«

»Du kannst doch sicher auch die Sauen abspülen?«

»Nein, das gibt nur eine große Sauerei. Aber ich wasche sie ein wenig mit Handtüchern…«

»Genau!«, rief Kai Roger von der anderen Seite des Stalles her. »Die kriegen persönliche Handwäsche. Das hier ist fast ein Schweine-Spa!«

Jytte und Lizzi lachten laut, es hallte zwischen den Wänden wider, mehrere Sauen, die auf ihren Hintern gesessen hatten, standen auf und wackelten mit Kopf und Ohren. Sie hörten nicht oft, dass jemand lachte.

Der Tisch war fertig gedeckt, als sie aus dem Stall kam. Sie entdeckte die Servietten, die Weihnachtsservietten. Sie kauften niemals Servietten, Erlend musste sie also im Büfett gefunden haben. Kai Roger holte den Welpen aus dem Auto, wo der Kleine immer lag, wenn sie im Stall waren. Der Architekt saß schon am Tischende, der Großvater auf der gegenüberliegenden Seite. Der Hof kam ihr ganz anders vor, als sie ihn bisher gekannt hatte. Blumen in funkelndem Kristall auf dem alten Tisch, so viele Menschen auf einmal, Essensgeräusche, wie es sie hier sonst nie gab, Knoblauch und Kräuter, die weißen wehenden Laken auf den Bänken. Der Himmel ging über der Trønderzeile von Rosa in Orange über, morgen würde ein ebenso heißer und wolkenloser Tag werden wie dieser es gewesen war. Jytte und Lizzi halfen Krumme in der Küche und brachten große Schüsseln voller Muscheln und zu Würfeln geschnittenes Brot.

»Das Aioli bring ich selbst«, rief Krumme durch das offene Küchenfenster.

»Vielleicht hätten wir auch Margido Bescheid sagen sollen«, sagte Erlend. »Aber er weiß ja, dass wir hier sind, also wird er schon noch auftauchen.«

»Ich muss vor dem Essen noch duschen«, sagte Torunn.

»Unsinn«, sagte Erlend. »Wir ertragen den Geruch nun schon den ganzen Tag. Jetzt ist Champagnerzeit!«

»Ich kann ja auch nicht duschen«, sagte Kai Roger und streichelte ganz behutsam ihre Schulter.

»Ich nehme lieber ein Bier«, sagte der Architekt.

»Dass es Leute gibt, die keinen Champagner mögen«, sagte Erlend und lachte, während er Lizzi den Brotkorb abnahm und ihn mitten auf den Tisch stellte. »Ich könnte ja einfach nicht leben…«

»Ich liebe Champagner«, sagte der Architekt.

»Was? Was soll das denn heißen?«, fragte Erlend.

»Aber ich trinke keinen Bollinger. Diese Plörre.«

»Plörre? Hast du PLÖRRE gesagt?«

»Ja.«

»KRUMME!«, schrie Erlend. »Dein Kim hier nennt unseren Bollinger Plörre!«

Krumme kam mit zwei tiefen Tellern in den Händen aus dem Vorraum gestürzt.

»Wenn du einen Agrapart Blanc de Blanc mitgebracht hättest, würde ich schon allein beim Gedanken an ein Glas jubeln«, sagte der Architekt und fuhr sich langsam mit beiden Händen durch die Haare. Torunn sah, wie Erlend gleichsam am ganzen Leib erstarrte.

»Millennium…?«, fragte er.

»Mein Lieblingsgetränk«, sagte der Architekt. »Und wenn man erst einmal das Beste gekostet hat, ist man nur noch traurig, wenn man Zweitklassiges trinken soll.«

»Die Menschen sind so unterschiedlich«, sagte Krumme. »Ich hole dir ein Bier, Kim. Und du holst den Champagner, Mäuschen. Komm jetzt.«

Sie gingen zusammen ins Haus, Krumme noch immer mit den Tellern in der Hand. Sekunden später schloss er Küchenfenster und Haustür. Torunn hörte Erlends schrille Fistelstimme, konnte aber kein Wort verstehen. Krumme war gar nicht zu vernehmen. Jytte und Lizzi standen nur still nebeneinander, Lizzi hatte den Arm um Jyttes Schulter gelegt.

»Warum hast du das gesagt? Kannst du ihn nicht leiden oder was?«, fragte Kai Roger und setzte sich neben den Großvater, dem Architekten gegenüber. In seiner Stimme lag Wut. Torunn dachte, dass sie sich jedenfalls Hände und Unterarme schrubben müsste. Mit dem Spülmittel aus der Küche. Sie ging sonst immer sofort unter die Dusche, wenn sie aus dem Stall kam.

»Der muss eine Nummer kleiner gemacht werden«, sagte der Architekt.

»Bist du auch schwul? Ist das hier eine Eifersuchtskiste?«, fragte Kai Roger.

»Reg dich ab«, sagte der Architekt.

»Das solltest ja wohl besser du tun«, sagte Kai Roger.

»Ich will nicht...«, sagte der Großvater.

»AUFHÖREN!«, sagte Torunn. »Könnt ihr verdammt noch mal bitte aufhören. Es ist gedeckt, jetzt essen wir.«

Nur diese Mahlzeit hinter sich bringen, sehen, wie sie sich in den Mietwagen setzen und verschwinden, sehen, wie Kai Roger mit dem Welpen an der Leine die Allee hinunterjoggt, ins Badezimmer gehen, duschen, ein Glas Cognac trinken, dazu eine Zigarette an der Fensterbank auf ihrem Zimmer... sie hatte die beiden Flaschen schon in ihr Schlafzimmer gebracht. Und hinter dem Vorhang wartete das Glas. Sie ging ins Haus. Erlend hockte neben dem Küchenherd, hatte die Hände vors Gesicht geschlagen und weinte, während er sich hin und her wiegte. Krumme hatte eine Hand auf den Rand des Resopaltisches gestützt und presste sein dickes Kinn auf die Fellmatte auf seinem Brustkasten.

»Was ist hier eigentlich los?«, fragte sie.

»Erlend fühlt sich überfahren«, sagte Krumme und hob den Kopf. Sie registrierte die Verzweiflung in seinem Gesicht, verspürte aber kein Mitgefühl.

Sie nahm die Zalo-Flasche aus dem Schrank unter dem Spülbecken und drehte die Wasserhähne auf, bis die Temperatur stimmte, wusch sich lange und gründlich zu den Geräuschen von spritzendem Wasser und Erlends Schluchzen.

»Ich werde mit ihm reden«, sagte Krumme.

Erlend schluchzte lauter.

»Wovon denn überfahren?«, fragte sie. »Von diesem Trottel, der aussieht wie ein Penner?«

Das Schluchzen verstummte augenblicklich. »Was hast du gesagt, Torunn?«, hörte sie Erlends näselnde Stimme.

»Penner.«

Er richtete sich langsam auf, riss einige Stücke von einer Rolle Küchenpapier und putzte sich sicher fünfmal die Nase, während er dramatisch mit offenem Mund atmete. Danach warf er das Papier ins Herdfeuer, rieb sich einige Male die Augen, rückte den Hosenbund gerade und sagte:

»Dann hole ich den Champagner. Der hat in der Tiefkühltruhe und im Kühlschrank gelegen, er müsste jetzt also absolut perfekt sein, auch wenn wir ihn aus Rotweingläsern trinken müssen. Und du bringst das Aioli nach draußen, Krumme, zum zweiten Mal. Und ich möchte gern meine frisch mit Zalo gespülte Nichte als Tischdame haben. Die Muscheln warten.«

Sie staunte darüber, dass Krumme solche Geduld mit ihm hatte. Dass die Liebe eines Menschen so stark sein konnte. Krumme setzte sich ihr und Erlend gegenüber, und sie konnte sehen, wie Krummes nackter Fuß sich ausstreckte und Erlends Wade liebkoste, als sie sich gesetzt hatten. Krumme musste sich seitlich drehen, damit sein Fuß weit genug reichte, aber er drehte sich auf eine wie er sicher glaubte diskrete Weise. Erlend ließ sich nichts anmerken, er lächelte Torunn an und öffnete den Champagner glatt und routiniert, ließ Luft aus der Flasche entweichen, ehe er den Korken entfernte. Er ignorierte die Bierflasche des Architekten voll und ganz, doch als er mit dem Champagner-Einschenken fertig war, füllte er die Gläser von Jytte und Lizzi mit übertriebenen Handbewegungen mit Mineralwasser.

»Prost! Mögen Glück und Wohlstand und Erfolg über unsere Leben hereinbrechen. In Kaskaden!«, sagte er.

»Und Prost auf Neshov«, sagte Krumme. »Und auf Torunn.«

»Und auf die Kinder, die unterwegs sind«, sagte Lizzi.

»Die Gott sei Dank bald Haare auf dem Kopf haben werden«, sagte Erlend. »Und Augenbrauen.«

Sie mussten dem Großvater zeigen, wie man zuerst eine Muschelschale leert, um dann beim Weiteressen die Schale als Zange zu benutzen.

»Und als Löffel. Für den köstlichen Sud unten in der Schüssel«, sagte Jytte.

»Wir haben doch Löffel im Haus«, sagte der Großvater.

»Das ist dann aber nicht derselbe Geschmack«, sagte Jytte.

»Es schmeckt phantastisch«, sagte Kai Roger. »Wieso machst du nicht jeden Abend ein Fest auf dem Hofplatz, Torunn?«

Die Hände des Großvaters zitterten und mühten sich ab, es gelang ihm nicht. Torunn ging ins Haus und holte für ihn eine Gabel und einen Löffel, die er dankbar entgegennahm.

»Aber es schmeckt sehr gut«, sagte der Großvater, wie um sich zu entschuldigen, und fing sofort an, in einer neuen Muschel herumzustochern. Von seinem Kinn tropfte klarer Sud.

»Es gibt noch mehr«, sagte Krumme. »Es ist nicht leicht, auf diesem Herd zu kochen. Ein Gasherd ist im Vergleich zu einem Elektroherd ja blitzschnell, aber trotzdem...«

»Tut mir leid«, sagte Torunn.

»Aber Torunn, das sollte doch nun wirklich keine Kritik an dir sein, Schatz!«, sagte Krumme und streckte ihr über den Tisch die Hand hin.

Die anderen sahen, dass sie weinte, noch bevor es ihr selbst auffiel. Erlend legte seinen Arm um sie.

»Um alles in der Welt«, sagte er, strich ihr die Haare aus

der Stirn, schob eine Strähne hinter ihr Ohr, streichelte ihre Schulter, bemühte sich um sie.

»Verzeihung«, flüsterte sie. »Ich bin einfach müde...«

Der Architekt stand auf. »Ich muss ein Foto machen.«

»Jetzt?«, fragte Erlend. »Während Torunn weint?«

»Dieser Tisch ist einfach beyond. Kristallvasen und antikes Holz und Sommerblumen zu Weihnachtsservietten. Und mit weinenden Menschen als Tüpfelchen auf dem i. Und das Licht! Norwegisches Sommernachtslicht! Ich liebe diesen Hof. Und die Silos werden wundervoll. Das verspreche ich.«

»Na dann«, sagte Erlend. »Dann mach doch das Bild. Aber Vorsicht beim Zoll auf dem Weg nach Hause, wenn du noch mehr von dem hast, was du eben eingeworfen hast. Bier hat jedenfalls nicht so eine Wirkung.«

»Keine Sorge, das ist aufgebraucht, bevor wir fahren«, sagte der Architekt und zog eine kleine Digitalkamera aus der Tasche.

»Kim ist auch Fotograf«, sagte Krumme.

»Hab ich mir doch gedacht«, sagte Erlend. »Und was hat er sonst noch gelernt? Hebamme? Astrophysiker? Hobbyastronaut? Komm, Torunn, wir nehmen die Flasche mit und gehen um das Haus und sehen uns den Sonnenuntergang über den Fosenbergen an. Das Hauptgericht kann noch ein wenig warten, oder, Krumme?«

Sie setzten sich ins Gras. Ein Grasstreifen zog sich hinter der Trønderzeile hin, ehe die Felder begannen. Das Gras war warm und ungemäht und lag nach der Hitze des Tages flach und graugrün am Boden.

»Hier müssen wir eine Sitzecke einrichten«, sagte Erlend. »Eine hübsche kleine Terrasse mauern lassen, wo wir abends sitzen können. Man sieht doch eigentlich nichts, wenn man mitten auf dem Hofplatz sitzt.«

»Ja …«

»Bist du wirklich so müde? Hier, gib mal dein Glas. Kai Roger hilft dir doch.«

»Ich möchte einfach nur schlafen. Die ganze Zeit.«

»Dann bist du deprimiert. Dann musst du mit deinem Arzt reden. Dir Glückspillen verschreiben lassen.«

»Nein.«

»Hast du Liebeskummer? Um den Typen in Oslo, an den du da geraten warst?«

»Christer? Nein, an den habe ich schon lange nicht mehr gedacht.«

Ein anderer Planet. Schlittenhundtour in Maridalen. Klirrend kalt, aber glühend heiß zusammen mit Christer. Felle und Kakao und Hunde und Kaminwärme und Verrat. Der homophobe Arsch, der glaubte, sie werde sich alles gefallen lassen, nur weil er ein guter Liebhaber war. Sie fragte sich, wie spät es in Tokio wohl jetzt sein mochte. Christer hätte es gewusst, wenn er vor seinem Computer saß und Geld kaufte und verkaufte, eingehüllt in seinen eigenen Egoismus. Sie schloss die Augen und war für einen winzigen Augenblick bei ihm. Die Autofahrt auf dem Weg zu seiner Hütte, die Erwartung tief unten im Bauch, seine bärenstarken Arme um sie herum, sein Geruch. So banal und so wunderschön. Und lebensgefährlich – wie sich selbst ganz zu verlieren und das zu genießen. Gott sei Dank hatte sie Verstand genug gehabt, ihm rechtzeitig den Rücken zu kehren, ehe er sie gänzlich vereinnahmt, sie zu einem Teil seiner selbst und zu sonst gar nichts gemacht hatte. Mit ihm zusammen zu sein war gewesen, wie zu verschwinden.

»Kai Roger ist verrückt nach dir.«

»Ist er nicht.« Sie öffnete die Augen und starrte in den Brand, der langsam am Westhimmel aufloderte. Die Sonne lag farbensprühend hinter einer Schicht aus Feuchtigkeit mit horizontalen blassblauen Streifen. Warum nannte man das schön? Es war nichts weiter als eine Mischung aus Meteorologie und Physik. Dort, wo es die schlimmste Verschmutzung gab, gab es oft die sensationellsten Sonnenuntergänge, hatte sie gelesen.

»Das ist er. Und er ist verzweifelt, weil du ihn nicht siehst.«

»Ich sehe ihn jeden Tag.«

»Nimm dich zusammen. Du weißt genau, was ich meine. Und Torunn, er ist doch einfach … einfach … mir fehlen die Worte … zum Fressen, jetzt habe ich sie gefunden.«

»Dem geht es bestimmt nur um den Hof.«

Erlend setzte sich anders ins Gras hin. »Gott, ich hoffe, ich kriege keine Grasflecken auf der Hose. Ihm geht es nicht um den Hof, sondern um dich und um den Hof. So ist das eben auf dem Lande. Da springt man auf Hoferbinnen eben an. Und auf Hoferben. Nicht zuletzt auf Hoferben. Das ist ein ganz normales Anspringen, das du unbedingt ernst nehmen musst. Das hängt zusammen. Kannst du dem Mann nicht eine Chance geben? Gib mal dein Glas.«

»Nimm du nur den Rest, ich bin müde.«

»Aber jetzt kommt doch gleich das Hauptgericht. Und du weißt doch, dass Krumme am Herd ein Gott ist.«

»An diesem blöden Herd.«

»Den meine blöde Mutter verschlissen hat. Nicht du.«

»Margido wollte einen neuen kaufen. Doch dann hat er stattdessen einen Staubsauger, eine Waschmaschine und einen Trockner besorgt.«

»Wirklich? Das war ja unglaublich großzügig.«

»Man kann sich von so vielem wegkaufen«, sagte Torunn.

»Und wenn man vom Teufel spricht … hörst du das Auto, das gerade ankommt? Das kann ja nur einer sein. Ich muss wohl fast guten Abend sagen …«

Margido trug zu einem hellen Anzug ein himmelblaues T-Shirt, er sah zehn Jahre jünger aus, ganz anders als sonst. Bald herrscht nur noch im Schweinestall Normalität, dachte Torunn. Margido schüttelte allen am Tisch die Hände.

»Ich wollte schon früher kommen, aber wir haben volles Haus«, sagte er. »Das liegt an der Hitze. Ich muss auch jetzt einige… Waren holen und sie nach St. Olavs bringen.«

»Einen Sarg? Wenn ich das richtig verstanden habe, dann steht die Scheune voller Särge!«, sagte der Architekt und lachte mit weit offenem Mund und zappelnder Zunge. Kein Zweifel daran, dass Erlend recht hatte, von Bier wurde man nicht plötzlich so.

»Stimmt«, sagte Margido.

»Hast du wirklich wegen der Hitze so viel mehr Arbeit als sonst?«

»Ältere Menschen können die Hitze nur schlecht vertragen. Außerdem müssen wir bis zum Tag der Beerdigung warten, ehe wir den Sarg in den Mittelgang der Kirche stellen können. Im Winter können wir das am Vorabend erledigen und so dem ärgsten Verkehr ausweichen. Das ist viel einfacher.«

»Stimmt, mit einer Leiche im Koffer kannst du bei helllichtem Tag nicht wie eine gesengte Sau fahren«, sagte der Architekt.

»Setz dich, Margido«, sagte Krumme. »Jetzt essen wir überbackenen Heilbutt mit Minzsoße. Erlend holt dir ein Gedeck.«

»Nein, ich…«

»Doch, du musst wenigstens probieren.«

Sie bot an, Kaffee zu kochen, als Erlend, Krumme, Jytte und Lizzi nach dem Essen welchen trinken wollten. Auf diese Weise konnte sie in die Küche gehen und ein wenig allein sein. Margido war gefahren, der Architekt war mit ihm im Sarglager gewesen und hatte zehn Minuten am Stück gelacht, nachdem Margido weg war.

»Das Ethnische erreicht ganz neue Höhen«, kreischte er. »Jetzt fehlt nur noch ein echter norwegischer Wichtelmann, der in dem kleinen Haus dort hinten wohnt.«

Es war fast halb elf, ein schöner Zeitpunkt, um Kaffee zu trinken, aber die anderen brauchten am nächsten Morgen ja auch nicht im Stall zu sein, die würden behaglich im Hotel erwachen. Sie betrachtete sie über den Gardinenrand hinweg, während der Wasserkocher brodelte. Ein indigofarbenes Abendlicht lag über ihnen und zeichnete blaue Schatten, die Münder bewegten sich stumm, das Fenster war nicht mehr geöffnet worden, seit Krumme es zugeknallt hatte. Sie hörte durch die Fensterscheibe Jyttes Lachen, die Blumensträuße standen gerade und üppig da, die Ähren bewegten sich schwach. Der Großvater fuhr mit einem Stück Brot über seinen Teller, immer wieder, während er ab und zu ein kleines Stück von dem Brot abbiss. Wie schön für ihn, einen solchen Abend zu erleben. Und der Vater. Wie sehr er sich wohl über Muscheln und Minzsoße gefreut hätte, diese Vorstellung war beinahe surreal.

Als sie Kaffeetassen aus dem Schrank holen wollte, blieb sie sehr lange stehen und sah sich den Becher ganz hinten im Regal an, einen Becher, der wie ein Schwein geformt war, mit einem Schwanz als Henkel. Sie hatte ihn unmittelbar nach dem Tod der Großmutter für den Vater gekauft. Jetzt nahm sie ihn rasch heraus und warf ihn in den Mülleimer unter dem Spülbecken.

Sie würde schlafen gehen müssen, noch bevor die anderen fuhren, sie konnte es fast nicht mehr ertragen, dort zu sitzen. Dieses ganze Gerede über Kinder und Welpen.

»Willst du keine Kinder haben, Torunn?«, fragte Jytte und goss kochendes Wasser über den Pulverkaffee. Erlend machte eine große Nummer daraus, dass er nicht wusste, wie viel Pulver in eine Tasse gehörte, Krumme musste ihm helfen.

»Es hat sich einfach nicht so ergeben«, sagte sie.

»Du bist siebenunddreißig?«, fragte Lizzi.

»Ja. Bald achtunddreißig.«

»Dann ist es noch nicht zu spät«, sagte Lizzi. »Eine Freundin von mir hat ihr erstes Kind mit zweiundvierzig bekommen. Gesund und ohne irgendeinen Fehler.«

»Ich glaube nicht …«, setzte Torunn an.

»Ach, es wäre so schön, wenn Kinder hier wären, wenn wir mit unseren herkommen«, sagte Erlend. »Das reine Familientreffen. Torunn, kannst du nicht einfach loslegen?«

Er versetzte Kai Roger einen Rippenstoß, und Kai Roger sah rasch in eine ganz andere Richtung als in Torunns.

»Ich muss jetzt schlafen gehen, ich muss morgen in den Stall«, sagte sie und erhob sich.

Der Großvater war schon gegangen, nachdem er sich immer wieder vor Krumme verbeugt und sich bedankt hatte.

»Schon? Es ist doch noch keine elf«, sagte Erlend.

»Das gilt auch für mich«, sagte Kai Roger. »Hier auf dem Land müssen wir früh aufstehen. Danke für den wunderschönen Abend und das köstliche Essen. Komm schon, Borat! Auf diese Weise kriegen wir heute Abend und morgen früh einen Spaziergang.«

Krumme versprach ihr, alles wegzuräumen. Sie würden sich am nächsten Morgen sehen. Der Architekt wollte dann am Silo genau Maß nehmen, sie würden sie auch von innen inspizieren. Kai Roger suchte ihren Blick, sie vermied es aber, seinen Blick anders zu erwidern als mit einem, der über alle hinwegfegte, als sie gute Nacht sagte. Als sie die Treppe hochstieg, musste sie sich gegen die Wand stützen. Sie ging sofort ins Badezimmer und erbrach sich in die Toilette. Sie musste an den Gepard in dem kleinen Käfig auf Mallorca denken, den sie auf der einzigen Mittelmeerreise ihres Lebens gesehen hatte. Für die Bustour war der Besuch in einem kleinen Tierpark versprochen worden, deshalb hatte sie sich für diesen Ausflug angemeldet. Der stockdumme Reiseführer hatte nicht begriffen, dass es sich durchaus um keinen Tierpark handelte, sondern um eine Transitstätte für frisch gefangene Tiere, die zu den großen Zoos in Europa weitergebracht werden sollten. Flamingos stolzierten mit gestutzten Flügelspitzen umher, sie konnten nicht mehr fliegen, der Reiseführer glaubte, Flügel seien immer so. Und in einem Käfig, der eher einem Kasten mit einem Drahtdeckel glich, lief ein Gepard im Kreis um sich selbst. Der Kasten war nur ein mal zwei Meter groß. Der Gepard hatte Schaum vor dem Mund stehen, die Leute drängten sich um den Kasten, und sie hörte, dass das Tier nur einen Tag vorher eingefangen worden war. Sie konnte den Gepard nur einige Sekunden ansehen. Seinen Blick würde sie niemals wieder vergessen können, die panische Wut eines wilden Tieres, vermischt mit namenloser Angst.

Dann hörte sie ihr Telefon klingeln, sie hatte es zum Aufladen auf ihrem Zimmer gelassen. Sie wischte sich den Mund mit Klopapier und rappelte sich mühsam von ihren Knien auf.

Es war ihre Mutter, sie habe an diesem Abend sicher schon sieben Mal angerufen, wo Torunn nur gesteckt habe.

»Ich habe das Telefon nicht gehört, das musste aufgeladen werden.«

Warum sie nie anrufe, um zu fragen, wie es anderen gehe. Es könne doch wohl nicht den ganzen Tag in Anspruch nehmen, sich um ein paar Schweine zu kümmern.

»Ich weiß nicht, die Tage gehen einfach ineinander über. Können wir nicht morgen weiterreden, ich bin jetzt so müde, normalerweise gehe ich viel früher schlafen, aber wir haben Besuch aus Dänemark, deshalb haben wir sehr spät auf dem Hofplatz zu Abend gegessen.«

Ach, das sei also möglich, ein Essen im *Palmen* dagegen nicht.

»Es ist ein ganzes Stück in die Stadt. Und jetzt muss ich einfach schlafen. Wir können doch morgen weiterreden«, sagte sie und wusste, dass sie ihre Mutter nicht anrufen würde. Sie drückte das Gespräch weg und schaltete das Telefon aus. Als sie den Großvater husten hörte, wusste sie, dass er wach lag und auf die Stimmen und das Lachen vom Hofplatz lauschte. Dachte er an damals, daran, wie sie den Tisch dort draußen benutzt hatten? Vielleicht an die Abende, wo gelacht worden war, ein Lachen, das über Nacht mit Großvater Tallak verschwunden war?

Sie duschte und setzte sich in Unterhemd und Unterhose auf die Fensterbank, gab einen winzigen Schluck Cognac in ihr Glas und zündete sich eine Zigarette an. Auf dem Nachttisch lagen in Zellophan gewickelte Schachteln mit Cremes, dazu ein Reiseset mit Lidschatten und Wimperntusche und Rouge. Der Sonnenuntergang zischte und brannte in ihren Augen, doppelt durch den Reflex des Trondheimfjords. Sie zitterte, als sie ihr Glas an den Mund hob, und sie dachte an den Blick des Gepards, sie zitterte, weil sie plötzlich begriff, dass sie die anderen alle im Stich lassen würde.

Jetzt auch noch die Lebenden, zusätzlich zu den Toten. Und den Ungeborenen. Sie brauchten sie nicht, sie brauchten nur, dass sie sich hier befand. Ein Roboter mit Erbrecht. Ein Niemand. Sie biss sich wütend in den Fingerknöchel und kniff die Augen so fest zusammen, wie sie nur konnte. Große Flecken aus pulsierendem Grün zogen vor ihrer Netzhaut vorbei. Aber der Großvater... Sie goss sich den letzten Rest Cognac in den Mund, wo er sich mit dem vagen Nachgeschmack von Erbrochenem vermischte.

Vorsichtig klopfte sie an seine Tür.

»Bist du wach?«, flüsterte sie.

»Ja...?«

Er lag auf dem Rücken, in einem Unterhemd, in dem mehrere Löcher eingerissen waren. Mitten auf dem Brustkasten ragten einige graue Haarbüschel aus den Löchern. Jyttes lautes Lachen drang durch das Fenster herein, Flaschen klirrten, Erlends Stimme war erregt und schrill, das Lachen des Architekten mischte sich mit Erlends Gekicher.

Die Augäpfel des Großvaters leuchteten blank im Zwielicht hinter den Vorhängen, sie zwinkerten ihr verblüfft entgegen. Der Kissenbezug war aus kariertem Flanell, sie selbst hatte das Bett bezogen. Sie blieb in der Türöffnung stehen.

»Ich halte das nicht aus«, flüsterte sie. »Wenn die herkommen wollen, muss ich hierbleiben.«

»Werde sicher bald sterben. Viel Arbeit mit mir«, nuschelte er, beide Gebisshälften lagen im Glas.

Sie fing an zu weinen, aber sie ging nicht weiter ins Zimmer hinein. Er machte sich nervös an der Decke zu schaffen, die auf seiner Taille endete.

»Es ist nur, dass... ich schaff das nicht«, flüsterte sie.

»Tor...?«

»Ja.«

»Nicht ich...?«

»Nein. Du bist der Einzige, der... ich weiß nicht. Ich hab dich sehr lieb.«

»Lieb...?«

»Ja.«

Er schloss die Augen, noch immer trat sie nicht dicht an ihn heran, denn dann würde sie es nicht über sich bringen, ihn zu verlassen.

»Was hast du an dem Abend gemeint. Als die Türen offen waren«, flüsterte sie. »Dass es ... jemanden gegeben hat.«

»Das, was du gefragt hast.«

»Das tut mir sehr leid, es war wirklich übel von mir, so etwas zu fragen. Ich habe es sofort bereut. Aber jetzt möchte ich doch wissen, was du gemeint hast, als wir an dem Abend schlafen gegangen sind.«

Sie wartete, wollte sich schon umdrehen und gehen, als er flüsterte: »Ein Soldat.«

Er schloss die Augen, seine eingesunkenen Lippen fingen an zu zittern.

Sie merkte, dass ihr Herz in ihrem Brustkasten plötzlich wie wild loshämmerte.

»Ein Soldat ...? In den du ...«

»Ja.«

»Norweger?«, flüsterte sie.

»Nein.«

»Aber ... warum findest du den 17. Mai so wichtig, wenn er ein Deutscher war?«, flüsterte sie, noch leiser, während sie sich an den Türrahmen klammerte.

Der Großvater drehte sein Gesicht zur Wand, sie hörte ein leises Schniefen. Erlend schrie draußen fast vor Lachen und sprach jetzt ein wirres Dänisch.

»Er hat Hitler gehasst, wollte hierbleiben, wollte ... Norweger werden.«

»Hierbleiben? Wenn der Frieden käme?«

»Ja.«

»Hat er den Frieden erlebt? Habt ihr ihn erlebt? Zusammen?«

Sie spürte, wie ihre Tränen strömten, es kitzelte, sie fuhr sich energisch über die Wange.

Sie atmete leise, er kehrte ihr das Gesicht nicht wieder zu, sie hörte ihn hart durch die Nase atmen.

»Ja ... aber er ... und dann haben sie ihn geholt ...«

»Verzeihung, sag nicht mehr … ich habe es nicht so gemeint. Verzeihung.«

»Hier!«, sagte er und streckte den rechten Arm nach hinten, um die Schublade aus dem Nachttisch zu ziehen. Er riss daran, und durch den Ruck jagte die Schublade heraus und knallte auf den Boden, aber er drehte sich nicht um, um hinzusehen. Stattdessen kehrte er Torunn den Rücken zu und starrte die Wand an. Jetzt hörte sie deutlich, dass er weinte, und er machte keinen Versuch, das zu verbergen. Sie ging langsam über den Flickenteppich, spürte das Webmuster unter ihren nackten Fußsohlen, und beugte sich über die Schublade, die mit dem Boden nach unten gelandet war. Einige abgegriffene Bücher, eine kleine schwarze Lupe, einige Heftzwecken, eine Packung Paracetamol, von der nur noch eine Tablette übrig war, eine Packung mit drei Taschentüchern, die nicht geöffnet war, sie lagen ordentlich gefaltet nebeneinander. *Hygo Taschentücher* war mit schlanken Goldbuchstaben auf den von grauem Staub bedeckten Kunststoffdeckel gedruckt.

Und ein kleines Bild, ein Passfoto. Sie hielt es ins Abendlicht, das durch den Vorhangspalt hereinsickerte. Es war ein junger Mann in deutscher Uniform, er war sehr jung und richtete einen stolzen und offenen Blick in die Kamera. Das Foto war arg abgegriffen. Sie hielt das junge Gesicht zwischen ihren Fingern und horchte auf sein Weinen. Es brach ihr das Herz, sie wollte seine Schulter berühren, aber sie wusste, das würde einfach falsch sein, es reichte jetzt. Behutsam, während sie sich dazu zwang, ganz tief durchzuatmen, legte sie alles wieder in die Schublade, begriff, dass er diese Taschentücher von dem jungen Soldaten bekommen hatte, und dem wiederum waren sie vermutlich von zu Hause geschickt worden, von einer Mutter, die wollte, dass ihr Junge da hoch oben im Norden ein schönes Taschentuch hervorziehen könnte, wenn andere zusahen. Sie legte das Bild oben in die Schublade und schloss sie wieder, drehte sich um, ging hinaus und zog lautlos die Tür hinter sich zu.

Sein Leben… so jung und naiv. Zu glauben, dass das hätte möglich sein können. Sie bohrte ihr Gesicht ins Kissen und schrie lautlos mit weit offenem Mund. Unten in der Küche klirrten und schrammten die anderen. Am Morgen, nach dem Stall, wenn sie ihre wenigen Habseligkeiten zusammenpackte und wegfuhr, würde sie nicht an den Großvater denken, sondern an den Wäschetrockner, die im Keller stand und niemals benutzt werden würde. Vielleicht könnte Margido sie zurückbringen und dafür sein Geld erhalten. Daran würde sie denken, daran und an nichts anderes, sie hatte keine Wahl, diesen Schmerz würde sie unmöglich mit sich nehmen können, zusätzlich zu ihrem eigenen.

Sie krümmte sich in Embryostellung zusammen, spürte, wie der ganze Hof sie bedrückte, sechs Generationen, feucht und klebrig auf ihrer Haut.

Er hasste es, samstags zu arbeiten. Sonntage waren kein Problem, dann war das Wochenende gewissermaßen schon vorüber. Aber samstags wollte er lieber in seiner Wohnung herumräumen, waschen und staubsaugen, Rechnungen durchsehen, die Wochenendbeilagen der Zeitungen lesen. Trotzdem stand er mit Handschuhen und Mundbinde hier im Krankenhaus und machte eine Leiche zurecht. Das einzig Positive war, dass der Raum behaglich gekühlt war, beinahe war es möglich, die Hitzewelle zu vergessen, die nur drei Türen entfernt flirrte. Zum Glück stand sein Wagen in der kühlen Tiefgarage. Er würde bald etwas für seinen Fuhrpark unternehmen müssen. Natürlich brauchte er einen neuen Leichenwagen. Mit Klimaanlage. Nicht zuletzt im Hinblick auf den Sommertransport von Särgen zur Kirche und zum Friedhof.

Sobald er hier fertig wäre, würde er nach Hause fahren und sich seinen Samstagsgewohnheiten ergeben, er würde unterwegs Zeitungen kaufen. Und später am Nachmittag würde er einen Abstecher nach Neshov machen. Das musste er ja wohl, wo sie schon einmal hier waren. Die jungen Damen hatten ihm gefallen, Jytte und Lizzi. Vielleicht ein wenig laut, aber sympathisch, mit gutem Händedruck. Er hatte sich gewölbte Bäuche vorgestellt und war erleichtert gewesen, dass sie nur ein wenig weitere Hemden trugen. Er hatte keine Ahnung, welche von beiden Erlends Kind in sich trug. Und das Essen... der Däne war ein Meisterkoch. Und so ein Tisch auf dem Hofplatz von Neshov, das musste ein Erlebnis für den Alten gewesen sein, auch wenn der nicht viel gesagt hatte, er hatte nur konzentriert gegessen und vor sich hingestarrt, die Weihnachtsserviette wie ein Lätzchen unter seinem Kinn befestigt. Nur für diesen Architekten hatte Margido nicht viel übrig. Ein aufgeblasener Geck im Auftreten, wenn auch nicht im Aussehen. Er konnte auch noch nicht sonderlich viel in Berührung mit dem Tod gekommen sein, wenn man an die begehrliche Freude dachte, die er an den Tag gelegt hatte, als er sich im Sarglager hatte umsehen dürfen. Er hatte einfach drauflosgeknipst. Als ob Stapel von Särgen so ein tolles Motiv wären.

Die Tote vor ihm war eine Vierzehnjährige, die an einem Gehirntumor gestorben war. Die Perücke, die nach der Chemotherapie aus ihren eigenen Haaren hergestellt worden war, sollte sie ins Grab begleiten. Nachdem er sie gewaschen, gesalbt und ihre Enddarmöffnung verschlossen hatte, streifte er ihr behutsam das ein wenig zu große Leichenhemd über. Er schob den überflüssigen Stoff unter ihren Körper, sie wog nichts, war wie ein langer frisch ausgeschlüpfter Vogel ohne Federn. An ihrer rechten Hand steckte ein kleiner Ring mit einem rosa Stein, der wie ein Herz geformt war. Ihr Gesicht ruhte in einem fremdartigen Ausdruck – die Folge fehlender Haare, Augenbrauen und Wimpern. Er konnte sehen, dass sie versucht hatte, sich selbst Augenbrauen zu zeichnen, und er spielte einige Sekunden lang mit dem Gedanken, diese Linien nachzuzeichnen. Schließlich beschloss er, das zu tun, und suchte sich aus seiner Tasche einen mittelbraunen Augenbrauenstift. Mit haarfeinen Strichen ahmte er die Brauen des Mädchens nach. Die Perücke war kurz und dunkelbraun mit Pony, er zog sie über die Operationsnarbe und den blanken kühlen Schädel, wie bei einer Puppe. Er blieb stehen und sah sie an.

Der Tod. Seine Arbeit.

Der Tod war endgültig. Alle Lebensentscheidungen waren getroffen, unmöglich, sie rückgängig zu machen.

Diese Vierzehnjährige hatte noch keine Lebensentscheidungen treffen können. Aber was wäre mit ihm selbst, wenn er eines Tages so daläge und zurechtgemacht würde. Dann wäre Schluss, das Leben wäre zu Ende geführt, bis zum letzten Atemzug gelebt. Aber bis zum letzten Augenblick musste man mit den Entscheidungen leben, musste die Konsequenzen daraus ziehen.

Vielleicht hatte dieses Mädchen ja doch Glück gehabt, ihr blieb es erspart, ein ganzes Leben voller Entscheidungen zu leben, bei denen man erst zu spät begriff, wie katastrophal falsch sie gewesen waren. Das war ein makaberer Gedanke, aber er erlaubte sich trotzdem, ihn zu denken, ehe er seine Gedanken wieder zum Alltag zwang.

Am Montag würde er zum ersten Mal Lars Bovins jüngsten Sohn treffen, Peder. Er wollte mittags ins Büro kommen, und Marstad würde für Schnittchen mit Lachs und Roastbeef und Krabben sorgen. Es kam nicht oft vor, dass sie sich so etwas gönnten. Bei Gesprächen mit den Angehörigen hatte das Gegenüber normalerweise keinen Appetit, und wenn sie zu dritt waren, holten sie sich ihr Essen aus ihren Fächern im Kühlschrank; Käse und Wurst und anderen ganz normalen Belag. Bei uns gibt es nicht oft überbackenen Heilbutt mit Minzsoße, dachte er, das Ambitionierteste waren Gefriergerichte, die er in kochendem Wasser aufwärmte, wenn sie in den Nachmittag hinein durcharbeiten mussten.

Er legte das Gesichtstuch zusammengefaltet auf das Seidenkissen neben das Gesicht des Mädchens. Die Angehörigen würden dann am Sonntagabend ihr Gesicht damit bedecken, wenn Eltern und Großeltern den letzten Besuch machten. Eine Andacht an der Bahre hatten sie nicht gewollt. Es kam nur selten vor, dass die Angehörigen eine solche Andacht wünschten, wenn ein so junger Mensch an Krebs gestorben war. Dann mischte sich ein bitterer Zorn in die Trauer, die Hinterbliebenen fanden alles sinnlos und ungerecht. Diese Eltern würden ansehen müssen, wie die Altersgenossinnen des Mädchens sorglos und gesund umherliefen. Nur gläubige Eltern wünschten in solchen Situationen eine Andacht an der Bahre. In der Kirche war das etwas anderes, da gehörte es sozusagen dazu. Aber allein dort zu stehen und zuzuhören, wie Margido die Worte des Herrn vorlas und zum gemeinsamen Gebet aufforderte, nein, das wollten sie sich verbeten haben. Die Humanethiker wollten jedenfalls keinen Mucks hören, und immer mehr von ihnen entschieden sich für die großen Büros, die eigene Zeremonien ganz ohne jegliche Religion anbieten konnten. In solchen Räumlichkeiten wurde für jede neue Trauerfeier alles neu eingerichtet, für Humanethiker und für fremde Religionen.

Er würde das niemals über sich bringen, so tolerant war er nun doch nicht, das musste er sich einfach eingestehen.

Mit diesen Gedanken war er beschäftigt, als sein Telefon klingelte und Erlends Name im Display erschien. Er zog den Gummihandschuh von der linken Hand.

»Ja, hier ist Margido.«

Torunn war verschwunden. Sie war weg. Nicht da. Erlend schrie so laut, dass das Telefon knackte, er musste es ein Stück von seinem Ohr weghalten.

»Aber um alles in der Welt, was sagst du da? Verschwunden?«

Erlend und die anderen waren eben erst in Neshov angekommen, und da hatte der Alte allein vor der Sonnenwand gesessen und wie ein Wasserfall geweint. Aus Torunns Zimmer waren die Kleider verschwunden, und aus dem Badezimmer ihre Toilettensachen. Erlend weinte jetzt ebenfalls, während er sich in eine längere Beschreibung von irgendwelcher Kosmetik verlor, die sie für sie auf dem Flughafen gekauft hatten, eine schweineteure Marke, die Torunn als Einziges zurückgelassen hatte. Das musste doch ein Signal für irgendetwas sein, ein Wink!

»Was denn für ein Wink? Wenn sie ihre Sachen mitgenommen hat, dann hat sie Neshov verlassen und ist nicht verschwunden«, sagte Margido. Er spürte, dass sein Herz jetzt in einem abrupten und unrhythmischen Tempo hämmerte. Das hier hatte er kommen sehen und nichts dagegen unternommen, dafür trug auch er Verantwortung, egal, wozu Torunn sich entschlossen hatte. Oder wozu sie sich nicht entschlossen hatte …

Erlend schluchzte, Margido konnte im Hintergrund Krummes Stimme hören, leise und tröstend.

»Ich komme gleich«, sagte er. »Ich muss das hier noch fertigmachen. Ich bin in einer Stunde bei euch.«

Er brachte das Mädchen zurück in den Kühlraum, überzeugte sich ein letztes Mal davon, dass an Namensschild und Zeitplan alles stimmte, und räumte auf, dann ging er zu seinem Auto und fuhr mit beiden Seitenfenstern geöffnet vom Krankenhausgelände. Er dachte an ihr Gesicht am Vorabend, an den immer wieder ausweichenden Blick, daran, dass sie fast nichts gegessen und nur wenig gesagt hatte. Er hatte sie gefragt, ob sie mit der Waschmaschine zufrieden sei, und sie hatte genickt, aber mehr hatte sie nicht gesagt. Das Lachen hatte über den Hofplatz gehallt, immer wieder, sogar in der kurzen Zeit, in der er dort gesessen und den Fisch gekostet hatte, aber das Lachen hatte einen Bogen um sie gemacht, sie niemals erreicht. Er war mit ihr ins Haus gegangen, hätte gern gewusst, was sie von allem hielt, aber das Einzige, was er sie gefragt hatte, war das mit der Waschmaschine gewesen, ob die funktionierte. Er setzte sich gerade und begegnete im Rückspiegel seinen Augen, musterte seine glänzende Stirn, merkte, wie seine Handflächen schweißnass und glitschig auf dem Lenkrad lagen. Er hatte für sie gebetet, ein Wort nach dem anderen formuliert, einen Satz nach dem anderen an den lieben Gott gerichtet, statt mit derjenigen zu sprechen, um die es ging. Er hatte es für selbstverständlich gehalten, dass sie gekommen war, als Tor sich ins Bein gehackt hatte, hatte geglaubt, sie komme, weil sie sich verantwortlich fühlte, weil sie die Anerbin war und einfach kommen musste. Kein einziges Mal hatte er sie gefragt, warum sie plötzlich Oslo verlassen und die Verantwortung und sogar die gesamte Arbeit im Haus übernommen und ohne Widerspruch zugelassen hatte, dass Tor die Haushaltshilfe entließ.

Der Alte saß mit geschlossenen Augen da, den Hinterkopf an die Wand des Holzschuppens gelehnt, auf jedem Oberschenkel lag eine Hand, auf eine Art ohnmächtige und preisgegebene Weise. So würde ein Toter dasitzen, dachte er, ganz ohne Muskelanspannung, nur von einem Stuhl und einer Hauswand aufrechtgehalten. Erlend hatte den Kopf auf die Hände gelegt, die vier anderen saßen mit ihm an dem Tisch auf dem Hofplatz. Zwischen ihnen standen nicht zueinander passende Kaffeetassen und eine Schüssel mit Puddingschnecken, wo rote Cocktailkirschen mitten auf der Vanillecreme prangten, eine Zuckerschale und eine kleine Schachtel mit Kaffeesahne, Pulverkaffee und Wasserkocher. Die beiden Blumenvasen vom Vorabend waren ans andere Ende geschoben worden, beiseitegeschoben, wie um das Fest des gestrigen Abends zu tilgen. Ihre Gesichter waren ernst und zeigten ihre Verwirrung. Jetzt musste er in eine professionelle Rolle fallen, konstruktiv und lösungsorientiert denken, sich nicht von seinen Gefühlen überwältigen lassen. Krumme kam ihm entgegen, als er aus dem Auto stieg.

»Sie ist offenbar weg«, sagte Krumme und reichte ihm die Hand, obwohl sie doch erst vor wenigen Stunden hier zusammengesessen hatten. »Und danke für gestern Abend.«

»Ebenfalls«, sagte Margido. »Kein Zettel auf ihrem Zimmer? Oder anderswo?«

»Nein.«

»Und das Telefon? Ihr habt doch sicher versucht, sie anzurufen. Deshalb wollte ich warten, bis ich hier bin, ehe ich...«

»Erlend hat es hundertmal versucht und mehrere SMS geschickt. Keine Reaktion.«

»Und sie war schon weg, als ihr gekommen seid?«, fragte Margido.

»Ja.«

Er umrundete die Trønderzeile, blieb mit dem Blick auf den Fjord stehen und rief Kai Roger an, der von dieser Nachricht restlos überrumpelt zu sein schien. Torunn war verschwunden? Weggefahren...?

»Sieht so aus, ja. Sie hat jedenfalls alle ihre Sachen mitgenommen. Aber hat sie dir denn nichts gesagt, als ihr heute im Stall wart? Dass sie ein paar Tage für sich haben will oder so?«

Nichts. Außerdem war es doch auch unerklärlich, dass sie sich gerade jetzt unangemeldeten Urlaub gönnte, wo der Besuch aus Dänemark gekommen war. Das ergab doch keinen Sinn.

»Nein, da hast du recht.«

Kai Roger wollte sofort versuchen, sie anzurufen.

»Ich glaube, das bringt nichts. Sie hat sich unerreichbar gemacht. Für Anrufe und SMS, so wie es aussieht.«

Kai Roger verstummte für eine Weile, Margido konnte hören, dass er schnell atmete, wie unmittelbar vor dem Weinen. Ob Margido meinte, sie könne auf die Idee kommen, sich etwas anzutun, fragte er endlich.

»Ich habe keine Ahnung. Dann hätte sie sicherlich nicht all ihre Sachen mitgenommen, dann wäre sie einfach gefahren. Aber wie gesagt, ich habe keine Ahnung. Ich glaube eigentlich, du kennst sie besser als ich.«

Nun berichtete Kai Roger ganz offen, dass Torunn sich die Schuld an Tors Selbstmord gab. Dass sie das Gefühl hatte, ihn restlos im Stich gelassen zu haben, weil sie ihm nicht sofort gesagt hatte, dass sie vorhabe, den Hof zu übernehmen, als er sie gefragt hatte, an dem Tag, an dem er mit Pillen und Aquavit in den Stall gegangen war.

»So schlimm war es also?«, fragte Margido leise.

Ja, so schlimm. Es habe ihr alle Kraft geraubt, glaubte Kai Roger, dass sie mit diesen Schuldgefühlen leben musste, während sie zugleich nicht wusste, ob sie den Hof überhaupt haben wollte.

»Dann können wir nur warten, bis sie von sich hören lässt.«

Falls sie von sich hören ließ.

»So dürfen wir nicht denken. Ich glaube, Torunn ist stark und wird eine Lösung finden«, sagte Margido. »Aber der Stall...«

Um den würde Kai Roger sich bis auf Weiteres kümmern. Sobald er den Kies ausgefahren hätte, den er einem Nachbarn versprochen hatte, würde er sofort nach Neshov kommen.

»Tausend Dank.«

Jytte stellte eine Tasse Kaffee vor ihn hin.

»Wir können die Silos ja trotzdem vermessen«, sagte plötzlich der Architekt. »Für alle Fälle.«

»Natürlich tun wir das!«, kreischte Erlend. »Warum sollten wir nicht?«

Sein Gesicht war vom Weinen geschwollen, mit wütenden Bewegungen zog er eine kleine Plastikflasche aus der Hosentasche und spritzte sich klare Flüssigkeit in beide Augen.

»Ich habe doch durchschaut, wie das hier läuft«, sagte der Architekt.

»Ach, das hast du also!«, sagte Erlend.

»Dieser Hof muss betrieben werden, das hat Krumme mir erzählt, nur dann könnt ihr hier eine Ferienwohnung haben.«

»Und wann hast du mit Krumme über solche Dinge gesprochen?«, fragte Erlend höhnisch.

»Vor einer Stunde«, sagte der Architekt.

»Kim …«, sagte Krumme. »Kannst du nicht …«

»Aber das stimmt doch«, sagte Margido. »Wir haben hier Wohn- und Betriebspflicht. Sonst muss der Hof verkauft werden. Und dann hat der Staat das Vorkaufsrecht und kann das Land den Nachbarhöfen zuteilen.«

»Während die Häuser einfach stehenbleiben und verfallen?«, fragte Lizzi.

»Ja«, sagte Margido.

»Aber wir können doch trotzdem«, begann Erlend, wurde aber von Jytte unterbrochen. »Wir können doch auf einem toten Hof, der nicht mehr in der Familie ist, keine Ferienwohnung haben.«

»Ich finde, wir sollten uns jetzt erst einmal beruhigen«, sagte Margido. »Es kann alles Mögliche passiert sein, in Oslo vielleicht, etwas mit ihrer Mutter, weshalb sie sofort aufbrechen musste. Das muss doch nicht unbedingt bedeuten, dass sie beschlossen hat, den Hof nicht …«

»Wenn etwas passiert wäre, dann hätte sie uns von unterwegs Bescheid gegeben«, sagte Jytte. »Dann wäre sie nicht einfach mit ausgeschaltetem Telefon losgefahren.«

»Was sagt denn... er?«, fragte Margido und nickte zu dem Alten hinüber.

Erlend schüttelte dramatisch den Kopf und verzog sein Gesicht zu einer gequälten Grimasse. Margido nahm für einen Moment die Ausmaße seiner Verzweiflung wahr, zwanzig Jahre war er weit fort vom Hof und ihnen allen gewesen, jetzt war er auf dem Weg zurück nach Hause.

»Der sagt kein einziges Wort«, flüsterte Erlend.

Margido ging vor dem Plastikstuhl des Alten in die Hocke. Der Vorhang war weggenommen worden, der Alte saß auf glattem Kunststoff, das musste bei dieser Hitze doch kleben. Margido nahm den harschen Geruch wahr, nicht unbedingt den von mangelnder Hygiene, sondern den von Alter, den Geruch, den die Haut alter Menschen absondert, trocken und süßlich.

»Ich bin's«, sagte Margido und streifte ganz leicht einige der nach oben gedrehten Finger. Der Alte öffnete die Augen, zeigte einen schmalen blassblauen Schlitz von Blick.

»Hat sie dir etwas gesagt, ehe sie gefahren ist?«

Er schloss die Augen wieder, gab keine Antwort.

»Wo warst du, als sie gefahren ist? Hast du ihr Auto gehört?«

Der Alte nickte.

»Und wo warst du da? In der Küche?«

Wieder nickte der Alte.

»Sie muss dir doch etwas gesagt haben. Wohin sie wollte? Nach Oslo?«

»Sie hat geweint«, sagte der Alte.

Margido ließ den Kopf auf die Brust sinken, starrte die alten Pantoffeln mit den Löchern an den Zehen an, die Grasbüschel, den Schatten des Stuhlsitzes auf dem Boden, drei, vier kleine Insekten, die auf der zimtbraunen Sommererde herumkrochen.

»Ich kann nicht mehr, hat sie gesagt«, flüsterte der Alte.

Margido hob den Kopf, starrte die glatten Augenwimpern und das feine Netzwerk aus roten Adern an.

»Und was hat sie sonst noch gesagt?«

»Mehr nicht. Ich kann nicht mehr, hat sie gesagt...«

Margido richtete sich auf, dabei wurde ihm schwindlig.

»Ich schau mal kurz ins Haus«, sagte er zu denen am Tisch.

In Tors Arbeitszimmer standen überall leere und volle Kartons, der Schreibtisch war bedeckt von Ordnern, und ein Regal war leer. Dort lag vorn am Rand eine dicke Staubschicht mit Streifen, durch die die Ordner hervorgezogen worden waren. Dicke Würste aus Staub und Haaren lagen an den Bodenleisten. Sie war offenbar dabei gewesen, hier aufzuräumen, oder genauer gesagt auszumisten. Er verschob Ordner und Blätter, es war das pure Chaos. In einem Honigkarton stand ein Gestell mit Bleistiften von unterschiedlicher Länge, breite Felder im Holzwerk an der Spitze zeigten, dass sie mit einem Messer angespitzt worden waren, nicht mit einem Bleistiftspitzer. Er ging weiter zur Küche, wo der Tisch bedeckt war von Tüten und Flaschen und Gemüse ohne Verpackung. Ein Teil dieser Lebensmittel hätte wohl in den Kühlschrank gehört, dachte er zerstreut, das zeigte nur, wie verwirrt auch die Dänen waren. Die Teller vom vorigen Abend standen in dem weißen Geschirrgestell, die rosa Schaumgummimatte darunter war dunkel vom tropfenden Wasser. Unter dem Ausgussbecken sammelten sich Reihen von leeren Flaschen, schmale Rotweinflaschen und dickbäuchige Champagnerflaschen.

Er schaute auf den Kalender, ob es für Samstag, den 16. Juni, eine Anmerkung gab, aber das gab es nicht.

Er ging die Treppe hoch, in der Mitte der Stufen blätterte in sanften Halbmonden die Farbe ab, die zweitoberste Stufe knackte schrecklich, wie sie das immer schon getan hatte.

In diesem Zimmer war er zuletzt als kleiner Junge gewesen, Erlends Zimmer, das dann Torunn übernommen hatte. Ein plakatgroßer Teil der Wand war heller als seine Umgebung, aber er konnte sich nicht erinnern, was hier gehangen hatte. Das Fenster stand offen, und er spürte sofort ihre Abwesenheit im Raum, es war für mehr als nur einen kleinen Ausflug verlassen worden. Das Bett war sorgfältig gemacht, auf der Fensterbank stand ein Milchglas, er hob es hoch und roch daran. Schnaps. Aber er hatte keine Ahnung, welche Sorte Schnaps. Er stellte sich vor, wie sie hier allein saß und trank, das war nicht gut. Es war ein wehes und einsames Bild. Er fing an, die große grellbunte Schachtel auf dem Nachttisch anzustarren. Ein Make-up-Set, noch immer in Zellophan gewickelt. Das Foto auf der Verpackung zeigte eine Unmenge von Farben, Blautöne und Rottöne und einige grüne und braune, dazu kleine Fächer für Pinsel und Bürsten. Frau Gabrielsen wäre über ein solches Set unglaublich entzückt gewesen, sie wollte immer die Toten so schminken, dass sie ihrem eigentlichen Ich weitmöglichst ähnelten. Wenn sie wüsste, dass er allein zu Hause saß und sich die sechste Staffel von »Six Feet Under« ansah.

Allein zu Hause.

Er hatte geglaubt, allmählich eine Art Familie bekommen zu haben. Daran hatte nicht nur Erlend gedacht. Dass die bitteren Wurzeln unter dem Hof Neshov jetzt zum Leben erwachten, aber unter ganz neuen Voraussetzungen. Unter guten und positiven Voraussetzungen. Erst jetzt, in dieser Sekunde, ging ihm auf, dass er das gehofft hatte, ohne diese Hoffnung jemals auch nur für sich selbst in Betracht gezogen zu haben, sie in seiner Hand glitzern gesehen, sie zu wärmen versucht oder ihr durch eigene Taten Nahrung gegeben zu haben. Auch hatte er niemals Verantwortung für sein eigenes Schicksal übernommen, vielmehr hatte er alles einer Siebenunddreißigjährigen aus der Stadt überlassen.

Er setzte sich aufs Bett, stützte den Kopf in die Hände. Die Kornfelder zum Fjord hinunter rauschten vor dem Fenster. Und was sollte er jetzt mit dem Alten machen, der konnte hier nicht allein wohnen, das ging nicht. Und die Schweine. Der Stall war voller lebender Tiere, für die sie die Verantwortung getragen hatte.

Er spürte das Gewicht in seinem Körper, eine gewaltige Erschöpfung, einen Schmerz im Kehlkopf, der zu einer Hitze in der Nase wurde, zu Tränen. Torunn. Die kleine tapfere Torunn, die mit dem Staubsauger umherwütete, die tüchtige Torunn, die die Stallarbeit gelernt hatte, die geduldige Torunn, die für zwei alte Männer, die nicht einmal eine Brille tragen wollten, gekocht und gewaschen hatte. Es war alles seine Schuld. Er schämte sich zutiefst, er faltete so hart die Hände, dass seine Finger weiß wurden, und versuchte, in Gedanken ein Gebet zu formulieren, aber das gelang ihm nicht.

»Ja, ich halte das für ein Signal, einen Wink. Sie wollte sich ja nie schön machen, sich nicht schminken«, sagte Erlend. »Sie wollte nur eine graue Maus sein und in der Menge verschwinden. Und wenn sie dieses saugeile Kompaktset zu dreizehnhundert Kronen nicht mitnimmt, dann sagt sie gleichzeitig: fuck you! Und ich finde, das ist eine geradezu widerliche Vorstellung. Dann will sie nicht gesehen werden. Dann will sie einfach nur verschwinden.«

»Jetzt übertreibst du«, sagte Krumme. »Außerdem

brauchst du über sie nicht in der Vergangenheit zu sprechen. Wir haben trotz allem erst gestern noch hier gesessen.«

»Ich weiß, wovon ich rede. Mit so was kenne ich mich aus.«

Margido saß bei ihnen. Erlend merkte, dass er wütend wurde, wenn er ihn nur ansah.

»Und wie hast du ihr geholfen, Margido? Ich habe gehört, du hast ihr Hausgeräte gekauft, aber darüber hinaus?«

»Hört doch auf damit…«, sagte der Vater vor dem Holzschuppen.

»Und was ist mit dem da? Was soll aus dem da werden?«, fragte Erlend und nickte zum Vater hinüber.

»Hör jetzt auf damit«, sagte Lizzi. »Damit ist niemandem geholfen.«

»ICH WILL NICHT AUFHÖREN! Bei meinen letzten zwei Besuchen hier gab's nur Pisse und Scheiße und Kacke, und jetzt gibt's verdammt noch mal auch noch ein drittes Mal Scheiße!«

»Dabei fällt mir ein, dass ich das Essen in den Kühlschrank stellen muss«, sagte Krumme und erhob sich.

»Herrgott«, sagte Erlend und spürte, wie seine Tränen wieder losströmten. Zum Glück hatte er immer Cleareyes in der Tasche, rote Augen waren einfach peinlich, da könnte man ihn doch für einen schnöden Haschraucher halten.

»Du hast recht, Erlend«, sagte Margido.

»Echt?«, fragte Erlend und schniefte.

»Ich hätte eine bessere Stütze für sie sein sollen, aber ich… war nur… ich hätte mit dem Anwalt herkommen müssen, ohne sie vorher zu fragen, Anwalt Berling erweckt doch in allen Vertrauen. Er hätte ihr in aller Ruhe die verschiedenen Möglichkeiten erklären können. Stattdessen habe ich die beiden dem Betriebshelfer so mehr oder weniger überlassen. Als ob der bei allem hätte helfen können. Ich bitte um Verzeihung.«

»Verzeihen kannst du dir selbst. Wenn ich gewusst hätte, dass sie hier ganz allein war…«

»Das hast du sehr gut gewusst«, sagte Krumme aus dem Vorraum. »Du hast den Besuch hier doch gerade deshalb aufgeschoben, weil sie nicht so überschäumend war, wie du dir das gewünscht hast.«

»KRUMME!«

»Stimmt doch, Mäuschen!«

»Du darfst mich nicht Mäuschen nennen, wenn du etwas so… so… Gemeines sagst.«

»Gott soll mir beistehen«, sagte Jytte. »Das wird hier ja mehr und mehr wie in einem Fellini-Film. Mitsamt einem verrückten Architekten, der sich beim Essen volldröhnt und sich über Särge totlacht.«

Erlend schaute hinüber zu Neufeldt, der um die Silos herumging und auf einem großen A3-Block Notizen machte, während er gleichzeitig mit einem Apparat, der infrarote Striche und schrille Töne aussandte, Messungen anstellte. Beim Messen der Dicke der Wände hatte Krumme ihm soeben geholfen, indem er ihm den Übergang von der Scheune zu den Silos gezeigt hatte. Erlend hatte nicht mitkommen wollen. Unglaublich, wie Krumme sich immer entziehen konnte, wenn die Lage brenzlig wurde.

»Warum rufen wir nicht ihre Mutter oder ihren Vater an«, sagte Lizzi und steckte einen feuchten Zeigefinger in die Zuckerschale, um ihn dann gründlich abzulecken. Schwangere dürfen das, ohne dass irgendwer die Augenbrauen hebt, dachte Erlend, alle wissen, dass die nur ihren körperlichen Instinkten folgen.

»Das ist eine gute Idee«, sagte Margido leise. Er wirkte jetzt bleicher als bei seinem Eintreffen und schwitzte sichtlich.

»Du musst dein Sarglager noch mal verlegen, wenn die Häuser hier einfach nur verrotten sollen«, sagte Erlend.

Margido gab keine Antwort.

Erlend suchte nach mehr Worten, die er sagen könnte, nach etwas Gemeinem, aber er tappte im Dunkeln. Margido war noch nie so gut angezogen wie jetzt, sogar sein behaarter Nacken war frisch rasiert.

»Du hast ja verdammt viele Haare in den Ohren, Margido.«

»Was?«

Margido hob das Gesicht zu ihm, mit einer Trauer im Blick, die Erlend nur zu einem weiteren Stoß anstachelte: »Alle Männer über vierzig kriegen Haare in den Ohren, das liegt in der Natur. Ich habe in dieser Hinsicht leider auch so meine Erfahrungen gesammelt und ich gehe jetzt zu einem Syrer, der einfach phantastisch ist.«

»Einem Syrer?«, fragte Margido, und sein Blick irrte ab. Ach, Kai Roger meinte also, sie ähnelten einander um die Augen. Was für ein Scheiß-Gerede. Seine eigene Augenpartie war ganz anders.

»Syrer, ja. Aus Syrien!«, sagte Erlend. »Von dem Land musst du doch wohl schon gehört haben.«

»Jetzt hör aber auf«, sagte Jytte.

»Wisst ihr, was der macht?! Er legt dir eine Hand wie eine Tasse um die Ohrmuschel, dann hält er davor ein Feuerzeug, füllt den Gehörgang mit Feuerzeuggas und zündet es an. POFF, macht das dann. Und der Gehörgang ist sauber.«

»Das hört sich lebensgefährlich an«, sagte Lizzi.

»Total schmerzlos«, sagte Erlend. »Ich habe es bisher erst einmal auf jeder Seite machen lassen, aber das ging ganz glatt. Die Nase muss ich leider mit dem Nasenhaarschneider selber machen. Elektrisch. Hat Krumme mir zum Vierzigsten geschenkt, und heimlich benutzt er ihn jetzt selber. Da kommt er. Seht nur, was er für eine schöne saubere Nase hat, und dabei wird er bald fünfzig. Zeig mal deine Nasenhaare, Margido. Ich habe übrigens ein Feuerzeug, deine Ohren könnten wir in null Komma nix fertigmachen!«

»Ich rufe ihre Mutter an«, sagte Margido. »Cissi Breiseth, heißt sie nicht so? Und Erlend, ich kann ja gut verstehen, dass du sauer auf mich bist. Aber ich habe um Entschuldigung gebeten.«

»Das hast du nicht. Du hast um Verzeihung gebeten. Und das ist etwas ganz anderes.«

Margido ging in die Küche, sagte, er wolle etwas zum Schreiben suchen. Natürlich war Margido an allem schuld. Wie sollten denn er und Krumme von Kopenhagen aus einen bevorstehenden existentiellen Zusammenbruch auf einem Bauernhof bei Trondheim verhindern können? Christlicher Kotzbrocken!

»Vielleicht brauchte sie nur mal ein paar Tage Ferien«, sagte Krumme und ließ sich auf die weißbehangene Bank fallen und trank einen winzigen Schluck Kaffee, der jetzt auf sechsundzwanzig Grad temperiert war.

»Da hätte sie vielleicht bis morgen warten können, bis wir gefahren wären. Und deine köstliche Truthahnbrust kriegt sie jetzt auch nicht mit«, sagte Erlend.

Nach einer Viertelstunde kam Margido wieder aus dem Haus. Er hielt sein Telefon in der Hand, nicht an sein Ohr. Er wirkte traurig und schaute zu Boden.

»Ich habe inzwischen mit ihrer Mutter und ihrem Stiefvater gesprochen, die hatten keine Ahnung, bei denen ist sie jedenfalls nicht.«

»Wie war ihre Mutter?«, fragte Erlend.

»Hysterisch«, sagte Margido. »Sie hat mich ausgeschimpft.«

»Wieso das denn? Warum ausgerechnet dich?«, fragte Erlend.

»Aus demselben Grund wie du«, sagte Margido.

Der Vater erhob sich unsicher, griff nach der Armlehne des Plastikstuhls und stieß ihn dabei um, musste sich mit der anderen Hand gegen die Wand stützen und blieb so stehen. Erlend betrachtete ihn wie aus weiter Ferne. Ein alter Mensch, für den er und Margido jetzt verantwortlich waren. Vor allem Margido. Er selbst wohnte schließlich am Gråbrødretorv, Kopenhagen. Das hier musste Margido klären, er musste ihm einen Platz in einem Heim besorgen oder eine neue Haushaltshilfe einstellen. Es war Jytte, die zu dem Alten hinüberlief und seinen Arm nahm.

»Geht's dir nicht gut?«, fragte sie. »Wegen der Hitze?«

Er nickte. »Will mich hinlegen.«

»Jetzt …? Ins Bett?«

Wieder nickte er. »Ist so warm.«

»Möchtest du duschen? Soll ich dir helfen?«

»Nein.«

»Wir können zum Strand gehen und baden«, sagte Erlend. »Können Schampus mitnehmen und auf alle äußeren Umstände scheißen.« Plötzlich spürte er sich von dem kühlen Fjord magnetisch angezogen, von dem fast erotischen Tanggeruch, den Vogelschreien, dem Gefühl von Sand und glatten Steinen an der Handfläche.

»Wir können doch einen so alten Mann nicht bis ganz nach unten schleppen«, sagte Jytte, die ihn noch immer festhielt.

»Nein, das schafft er nicht«, sagte Margido.

»Das ist eine sehr gute Idee«, sagte Krumme. »Zum Fjord hinuntergehen.«

»Wir waren schon da unten«, sagte Lizzi.

»Und habt gemenschelt«, sagte Erlend und merkte, dass er zum ersten Mal lächelte, seit sie an diesem Tag auf den Hof gekommen waren.

»Ein bisschen«, sagte Lizzi und zwinkerte ihm zu. Margido räusperte sich heftig. Der Vater stand schwankend neben Jytte.

»Du hast schon lange nicht mehr im Fjord gebadet, nicht wahr, Vater?«, fragte Erlend.

»Ja, aber ich will nicht …«, begann der Vater.

»Natürlich willst du. Du kriegst vorher noch ein Bier«, sagte Erlend. »Du kannst doch einfach ein bisschen waten.«

Glühend vor Eifer über ein Projekt, das die Aufmerksamkeit von der Bedrohung ablenken konnte, die durch Torunns plötzliche Abwesenheit entstanden war, rannte er ins Haus und stopfte zwei Sechserpacks in eine Tüte, zusammen mit zwei Flaschen Schampus und einigen Küchengläsern. Er fand einen noch nicht ausgepackten Schweizer Käse, einen Korb Cherrytomaten, ein Messer, den Rest des Focacciabrotes und die Dose mit dem Meersalz, die sie am Vortag gekauft hatten. Als er wieder aus dem Haus kam, packte Neufeldt gerade Papiere und Instrumente zusammen.

»Wir gehen zum Baden an den Fjord«, sagte Erlend.

»Hast du nicht eben erst geweint?«, fragte Neufeldt.

»Das war vorhin, aber jetzt habe ich meine gute Joie de vivre zurückgewonnen. Torunn hat sich sicher nur ein paar Tage freigenommen, und das hat sie sich redlich verdient.«

»Aber wie sollen wir ihn zum Wasser hinunterbringen?«, fragte Jytte.

»Es führt ein kleiner Karrenweg nach unten, ich werde es dir zeigen, Lizzi, der geht von der Hauptstraße ab … Komm her …«

Er zog sie zum Anfang der Allee. »Siehst du da ganz unten die Pappeln und die kleine Milchrampe? Gleich rechts davon gibt es einen Weg, man kann ihn kaum sehen, dennoch ist er da. Ziemlich steinig, aber da wir einen Mietwagen fahren, kann es uns doch scheißegal sein, ob die Reifen ein wenig hart rangenommen werden. Du fährst ihn einfach runter.«

Er drehte sich zu den anderen um und sagte: »Und Badesachen brauchen wir nicht, da unten ist kein Arsch, wir können unsere Unterwäsche nehmen und ich hole einen Stapel Handtücher.«

Kai Roger fuhr auf den Hof, als Lizzi und der Vater ihn gerade verließen. Erlend ging zum Auto, Kai Roger kurbelte das Fenster hinunter.

»Wir wollen baden fahren.«

»Ihr habt also von Torunn gehört? Bei ihr ist alles in Ordnung?«

»Nix. Nicht einen Mucks«, sagte Erlend.

»Und dann wollt ihr ... baden?«

»Was sollen wir denn machen? Hier herumsitzen und weinen und jammern? Wir müssen doch leben, auch wenn die Welt, as we know it, gerade untergeht. Komm du doch auch mit. Ja, du hast doch wohl Boxershorts unter deinen Jeans? Ich habe Handtücher.«

Ein unerwarteter Bonus bei unseren Badeplänen, dachte er, einen fast nackten Betriebshelfer in den Wellen herumplanschen sehen.

»Ich komme nach. Ich muss nur zuerst die Stalltüren aufmachen.«

»Wir zwei müssen miteinander reden«, sagte Margido zu Kai Roger, ehe er sich zu Erlend umdrehte und hinzufügte: »Und danach fahre ich nach Hause. Ich werde in regelmäßigen Abständen Torunns Nummer wählen und Bescheid geben, wenn ich etwas höre. Und ihr macht dasselbe. Seid vorsichtig mit dem Alten unten am Wasser. Er kann Gemütsbewegungen kaum noch vertragen.«

»Was wirst du ... mit ihm machen?«, fragte Erlend. »Wenn wir gefahren sind?«

»Ich weiß nicht. Ein paar Tage kommt er schon allein zurecht. Wir warten jetzt ab, was mit Torunn ist, dann sehen wir nächste Woche weiter. Es gibt vorübergehende Entlastungsplätze, so heißt das, ich werde mich informieren. Vielleicht können wir auch wieder eine Haushaltshilfe bekommen, die, die hier war, als Tor noch gelebt hat.«

»Du kommst nicht wieder her? Und isst mit uns zu Abend?«

»Nein danke, ich glaube nicht.«

»Wir werden das Essen trotzdem genießen. Dann sehen wir dich also nicht mehr, mach's erst mal gut«, sagte Erlend.

»Grüß die anderen von mir.«

Sie konnten den Vater aus dem Auto bugsieren und auf einen breiten Stein setzen, wo er schnaufend in sich zusammensank, mit krummem Rücken, die Hände im Schoß liegend. Sein Flanellhemd war dunkelblau und nicht gerade hitzefreundlich. Erlend ging zu ihm und beugte sich vor: »Schau her… ich knöpfe dein Hemd auf und ziehe es dir aus, damit dein Körper ein wenig Sonne zu spüren bekommt.«

Der Vater ließ ihn gewähren, fast apathisch, er streckte die Arme zu den Seiten aus und ließ das Hemd von seinem Körper gleiten. Darunter trug er ein zerlöchertes Unterhemd. Erlend zog ihm danach die Pantoffeln aus, deren Anblick vor Stein und Sand und Tangresten war einfach surreal. Er zog ihm auch die Socken aus. Die Hosenbeine krempelte er mühsam bis zu den Knien hoch, mit schmalen Umlagen, damit sie hielten. Die Haut war blass und schimmerte fast wie Perlmutt, mit einem leichten Anflug von blondem Flaum.

»So. Nun bist du bereit fürs Meer, und jetzt bekommst du ein Bier.«

Er stellte seine eigenen Schuhe oben an den Hang, damit sie nicht mit Wasser bespritzt werden konnten. Es waren immerhin Schuhe von Ferragamo, mit einem so dünnen und weichen Oberleder, dass man glauben könnte, sie seien aus italienischer Vorhaut genäht. Der Vater trank sein Bier mit hart zusammengekniffenen Augen und bewegte die Zehen vorsichtig im Sand. Es war kein reiner Sandstrand, sondern es gab große Steinsammlungen mit Sandflecken dazwischen. Sie würden ihn zwischen den Steinen zum Wasser führen müssen. Ränder aus blankem Tang wogten in einem trägen Rhythmus, auf dem Fjord war kein Boot zu sehen, und es war fast windstill.

»Das ist doch etwas anderes als der Strand auf Amager«, sagte Lizzi. »Hast du gesehen, wie klar das Wasser ist, Jytte? Wir könnten die Steine doch wegräumen, Erlend? Ein Stück sauberen Sandstrand freilegen? Der müsste doch nicht so groß sein.«

Er nickte. Es war unmöglich, sich Erbprobleme vorzustellen, wenn der Fjord so blau vor einem lag, dass es fast wehtat. Er zog Hose und Hemd aus und lief bis zu den Knien ins Wasser. Gott, das tat gut. Und da kam Kai Roger. Er wechselte einen Blick mit Krumme. Jetzt könnten sie sich gütlich tun und später zusammen phantasieren. Der Architekt schien sich nicht ausziehen zu wollen, er hatte sich auf einen Grasflecken gelegt, die Hände im Nacken verschränkt, ein Taschentuch über die Augen. Es war kein großer Verlust für die Menschheit, dass er seinen Körper mit Textilien verhüllte. Der Anblick der hässlichen Knie war mehr als genug. Dagegen machte es glücklich, die Augen auf Krummes rundem Körper ruhen zu lassen, weiche und feste Formen wie bei einem Rubensengel, gekleidet mit Seidenboxern mit Disneyfiguren.

Lizzi sprang an ihm vorbei hinaus in die Wellen und schwamm los. Er wurde mit Wasser bespritzt und kreischte. Weder Jytte noch Lizzi trugen einen BH, am liebsten badeten sie nackt, sicher behielten sie ihre Unterhosen nur aus

Rücksicht auf den Vater an. Er lugte zu ihm hinüber. Der Vater hatte noch immer die Augen geschlossen zum Schutz vor der Sonne, während Jytte in Unterhose dahockte und in der Biertüte herumwühlte.

»Hast du nur Bier und Champagner mitgenommen?«, fragte sie. »Was ist mit uns, die wir die Familienehre weiterführen sollen?«

»Verflixt, das hab ich vergessen. Ihr müsst Meerwasser trinken. Oder soll ich rauflaufen und was holen?«

»Nicht doch. Aber eben hat dein Telefon gepiepst.«

Es war eine SMS von Torunn. »Pass gut auf meinen Großvater auf.« Er ging um den Bootsschuppen herum und setzte dabei seine nackten Fußsohlen vorsichtig zwischen Steine und Treibholz und knisternd trockenen Tang. Lizzi winkte ihm aus den Wellen zu, als er um die Ecke bog, er lächelte und winkte zurück. In sicherem Schutz hinter dem Bootsschuppen suchte er Torunns Nummer hervor. Aber sie hatte bereits ihren Anrufbeantworter eingeschaltet. »Wann kommst du zurück?«, schrie er. Konnte man Mobiltelefone nicht anpeilen? Er meinte, gehört zu haben, dass die Polizei dazu in der Lage sei, in Zusammenarbeit mit den Telefongesellschaften.

Dann stand Neufeldt vor ihm, lautlos, plötzlich war er einfach da, unmittelbar vor seinen Augen.

»Du bist wunderbar«, flüsterte er und schloss die ganze Hand um seinen Schritt, drückte behutsam zu, aber doch so fest, dass Erlend die Augen schließen und sich mit einer Hand gegen die warme Schuppenwand stützen musste, Sonnenflecken schwammen um ihn herum, drangen scharf durch seine Wimpern.

»Ich will dich. Dich kosten. Ich rufe dich an«, flüsterte Neufeldt, ehe er ihn losließ, sich umdrehte und zurückging. Erlend hörte ihn laut sagen: »Es ist unglaublich, dass man bei dieser Hitze Urin produzieren kann, man sollte doch glauben, dass alles als Schweiß ausgeschieden wird.«

Krumme lachte und fragte: »Telefoniert Erlend noch immer?«

»Ja«, sagte Neufeldt.

Erlend holte zitternd Atem und starrte an sich hinunter, er hatte eine Erektion. Er musste aus diesem Augenblick hinaus und zurück in die Normalität und Anwesenheit gelangen, durfte sich nichts anmerken lassen, er kam doch aus einer Bauernfamilie, zum Henker, Bauern waren Experten in der Kunst, sich nichts anmerken zu lassen.

»Wer war das?«, fragte Krumme, als Erlend vor dem Bootsschuppen auftauchte, nachdem er die Hand in kaltes Meerwasser gehalten und so hart seinen Penis gekniffen hatte, dass er in den Boxershorts in sich zusammensank.

»Ein Klient. Le Klint. Pardon the pun.«

»Der mit den Lampen?«, fragte Krumme.

»Ja, mein Geliebter, natürlich. Wir haben sogar zwei Le-Klint-Lampen zu Hause, du kriegst das nur einfach nicht mit.«

»Das ist doch auch dein Revier, Schatz.«

»Die sind auch wirklich schön«, sagte Neufeldt.

»Meine Güte«, sagte Erlend, ohne einen Blick in seine Richtung zu werfen, aber er registrierte aus dem Augenwinkel, dass Neufeldt sich an dieselbe Stelle gelegt hatte wie vorhin.

»Ich habe eine von Poul Christiansen«, sagte Neufeldt.

»Ja, die sind chic«, sagte Erlend. »Ich soll ihnen ihren Showraum in der Kirkestræde ein bisschen aufhübschen.«

»Was ist so besonders daran?«, fragte Jytte und biss in eine Tomate. Roter Saft spritzte auf ihre Wangen.

»Die werden von Frauen in Odense mit der Hand gefaltet«, sagte Neufeldt.

»Seit sechzig Jahren«, sagte Erlend.

»Himmel, ich dachte, diese Art von Arbeit würde jetzt nach Asien ausgelagert«, sagte Krumme.

»Wenn die Falterinnen verschwänden, würde es ebenso große Proteste gegeben wie damals, als die Schweden anfangen wollten, Gammel Dansk herzustellen«, sagte Neufeldt. »Darüber solltet ihr mal was bringen, Krumme.«

»Keine schlechte Idee. Vielleicht solltest du noch einmal versuchen, Torunn anzurufen«, sagte Krumme.

Erlend wählte ihre Nummer und hielt sich das Telefon ans Ohr.

»Nur der Anrufbeantworter«, sagte er. »Und jetzt wird gebadet. Das gilt auch für dich, Kai Roger.«

»Ich hab nicht so feine Boxershorts wie ihr.«

»Ach, scheißegal. Dann musst du einfach nackt baden«, sagte Erlend mit einer Leichtigkeit, in der er sich nicht wiedererkannte.

Erlend und Jytte nahmen den Vater in die Mitte. Er wollte nicht, aber sie ließen nicht locker. Der Welpe sprang ausgelassen um sie herum, tauchte den Kopf unter Wasser und wühlte zwischen den Steinen, um sich danach heftig zu schütteln.

»Nur ein bisschen waten, den Fjord an der Haut spüren«, sagte Erlend. Passt gut auf meinen Großvater auf, hatte sie geschrieben. Margido hätte das hier niemals für ihn getan. Langsam gingen sie hinaus ins Wasser, der Vater drehte den Kopf in seine Richtung, weit weg von Jyttes kleinen schwellenden Brüsten. Vorsichtig stellte er die Füße zwischen die Steine, als das Wasser ihm bis zur Mitte der Wade ragte, keuchte er leise auf.

»Das ist doch sicher schön?«, fragte Erlend und merkte, dass es ganz einfach war, sich normal zu verhalten. Es war nichts passiert. Jetzt war nur das Hier und Jetzt wichtig, ein alter Mann, der genau dasselbe brauchte wie er selbst: sich im Augenblick zu befinden.

Der Vater nickte. »Ja.«

»Sie wird schon zurückkommen, warte nur ab. Lass uns noch ein wenig weiter ins Wasser gehen, auf jeden Fall bis zu den Knien, wo die Hosen anfangen. Aber... weinst du wieder?«

»Nein.«

»Doch, das tust du wohl. Aber wir bringen das schon in Ordnung. Und jetzt trinken wir ein Glas Champagner, während wir hier im Wasser stehen. Jytte, ich halte ihn. Hol du uns doch ein wenig Lebenselixier. Und zwei Milchgläser. Und dann können wir hier bis zu den Knien im Trondheimsfjord stehen und ein kleines Stück Norwegen sein. Nicht wahr, Vater?«

»Ja.«

»Mir ist nämlich eine Idee gekommen. Krumme!«

»Du brauchst nicht zu schreien, Mäuschen, ihr seid erst vier Meter hinausgegangen.«

»Weißt du, was wir machen? Wir überweisen ihr eine halbe Million. Meinst du nicht, dass sie das auf bessere Gedanken bringen wird? Dass sie dann sieht, welche Chance es ist, dass wir hier eine Basis haben wollen? Wir hätten das schon längst machen sollen. Dieser Herd...«

»Vielleicht keine so dumme Idee«, sagte Krumme und zog die Milchgläser aus der Tüte. Jytte kämpfte mit dem Champagnerkorken.

»Ihr spinnt«, sagte Kai Roger. »Eine halbe Million?«

»Der Hof muss doch renoviert werden«, sagte Erlend. »Und wir hatten eigentlich gedacht, dass es mit diesem Wochenende losgehen sollte. Eine halbe Million ist nur der Anfang. Aber was ich mir jetzt überlege, ist, dass es sicher falsch wäre, hier einfach angetanzt zu kommen und nach und nach zu bezahlen. Torunn will natürlich mitreden. Wenn sie eine halbe Million hat, kriegt sie selbst die Dinge in den Griff, bekommt ihr Leben unter Kontrolle.«

»Du bist genial, Schatz«, sagte Krumme.

Jytte verspritzte sicher einen Deziliter Champagner, ehe sie die Gläser mit dem Flaschenspund erreichte.

»Nicht gut«, sagte Erlend. »Das musst du lernen, du sollst doch die Mutter meines Kindes werden. Ich schicke ihr sofort eine SMS.«

»Trink jetzt erst«, sagte Krumme. »Prost.«

Der Vater klammerte sich an seinen Unterarm, als er das Glas mit der anderen Hand an den Mund führte, im Wasser stehend, zitternd, seltsam leicht zu halten. Er lebte seit achtzig Jahren hier. Hatte er als Junge wohl im Fjord gebadet? War er zwischen den Steinen am Ebbestreifen herumgelaufen, um spannendes Treibgut zu untersuchen? Er schmatzte nach dem ersten Schluck, sein Gebiss klapperte.

»Will jetzt sitzen«, sagte er.

»Dann gehen wir an Land. Jetzt hast du gebadet«, sagte Erlend.

Krumme gab Erlend sein eigenes leeres Glas und marschierte zielstrebig an ihnen vorbei ins Wasser, dann ließ er sich fallen, tauchte wieder auf und schwamm hinaus.

»Der schwimmt wirklich gut, der Mann«, sagte Erlend. »Daher kommt der Ausdruck wie ein Korken auf offener See.«

Es grauste ihm davor, sich vom Vater verabschieden zu müssen. Am nächsten Vormittag wollten sie sich die Stadt ansehen, deshalb würden sie nach dem Abendessen Abschied nehmen müssen. Wenn er wenigstens einen Computer zur Hand gehabt hätte, dann hätte er das Geld sofort überweisen können. Stattdessen schickte er eine SMS: »Wir überweisen dir am Sonntagabend eine halbe Million. Neuer

Herd? Oder eine ganz neue Küche? Und Bad? Dein Großvater wartet auf dich. Kuss von den Onkeln. :–))

»Jetzt kommt es in Ordnung«, sagte er zu Krumme, als sie gemeinsam das Essen machten und Kai Roger zur Abendschicht im Stall war. »Wenn sie zur Vernunft gekommen ist. Dass man von Geld nicht glücklich wird, muss die größte Lüge auf der Welt sein.«

»Wollen wir hoffen, dass du recht hast. Hier, mach mal das Kartoffelpüree. Butter, Butter, Butter.«

Er und Krumme hatten einmal in einem Cajun Restaurant in New York gegessen, wo zum Steak ein phantastisches Kartoffelpüree serviert worden war. Nach dem Essen hatte Erlend den Kellner nach dem Geheimnis hinter dem Püree gefragt, und der Kellner hatte aus der Küche die Botschaft überbracht: Butter, Butter, Butter.

»Daran kann man sich gewöhnen«, sagte Kai Roger, als er sich an den Tisch auf dem Hofplatz setzte.

»Bier oder Schampus?«, fragte Erlend.

»Ich habe Rotwein mitgebracht«, sagte Neufeldt und stellte eine Flasche auf den Tisch. »Aus dem Piemont. Einen Ginestrino. Der hätte zwar einige Stunden in einer Karaffe atmen müssen, aber wir werden ihn wohl trotzdem runterbringen.«

»Krumme holt dir einen Korkenzieher«, sagte Erlend.

Der Vater war auf dem Klo, er brauchte lange auf der Treppe. Lizzi und Jytte saßen hinter der Trønderzeile und betrachteten die Aussicht und einander. Als Neufeldt den Korkenzieher holen ging, drehte sich Erlend zu Kai Roger hin und sagte: »Apropos Geld, deine Kontonummer brauche ich auch. Dann kannst du für ihn einkaufen. Für meinen Vater. Er ist doch allein hier, bis Torunn zurückkommt.«

»Ich glaube nicht, dass Einkaufen allein reicht. Er kann sich ja nicht allein Essen machen.«

»Du meinst, er sitzt dann einfach hier vor der Speisekammer und verhungert?«

»Ja.«

»Aber wir fahren doch jetzt.«

»Margido muss eine Lösung finden. Eine Haushaltshilfe vielleicht.«

»Du bist doch morgens und abends hier. Da kannst du ihn doch sicher ein wenig im Auge behalten? Wir bezahlen dich natürlich dafür. Es bringt doch nichts, jemanden anzustellen, wo Torunn jeden Moment wieder hier sein kann.«

»Hast viel zu tun bei der Arbeit, oder was?«

»Wie meinst du das?«, fragte Erlend.

»Meinst du nicht, dass du hier bei ihm bleiben solltest, bis Torunn eventuell zurückkommt?«

»Natürlich kommt sie zurück. Und ich habe bei der Arbeit höllisch viel zu tun.«

Eigentlich hatte Erlend in der nächsten Woche frei, aber da wollte er durchaus nicht hier sein, er wollte auf der Dachterrasse liegen und an seiner Brauntönung arbeiten und an Eleonoras wohlgeformte Augenbrauen und ihre mögliche Haarfarbe denken.

»Ich will jedenfalls kein Geld dafür. Der Mann kann einem doch leidtun.«

»Das Geld ist für das Essen, das du einkaufen sollst, das ist doch klar. Her mit deiner Kontonummer. Hier, schreib sie auf die Serviette. Den Kugelschreiber leihen wir uns von dem weltberühmten Architekten.«

»Nein.«

Krumme und Neufeldt brachten das Essen.

»Baden willst du nicht, und Geld willst du nicht«, sagte Erlend. »Ich gebe auf.«

Der Vater ließ den Kopf über seinem Teller hängen und hatte die Hände auf dem Schoß liegen. Kalter Rotz tropfte von seiner Nase auf die marinierte Truthahnbrust und die in Speck geschwenkten Champignons. Erlend spürte, wie kleine Adrenalinstöße in seinem Bauch aufstoben, wenn er ihn ansah. Margido müsste herkommen und hier übernachten, dachte er, warum hatte er das nicht vorgeschlagen. Der Vater war noch nie allein auf dem Hof gewesen, das musste Margido doch verdammt noch mal ebenfalls wissen.

»Iss doch jetzt«, sagte Erlend zu ihm.

»Ich bin doch morgen früh wieder hier«, sagte Kai Roger.

Der Vater nickte und versteckte sein Gesicht hinter einer Weihnachtsserviette, holte so tief Luft, dass die Serviette vor dem Mund ein wenig eingestülpt wurde.

»Alles in Ordnung?«, fragte Krumme und fuhr ihm rasch über den Arm, mit dem er die Serviette hielt. Der Vater nickte. Log, um sie zu schonen. Er hat niemals irgendwem im Weg stehen wollen, dachte Erlend. Und jetzt wusste er, dass er eben das tat. Ich will niemals alt werden, dachte er, eine Bürde für Menschen sein, die auch so schon Probleme genug haben.

Als sie vom Hofplatz fuhren, saß der Vater im Fernsehzimmer. Es war halb elf. Niemand winkte ihnen zu. Kai Roger saß vorn im Auto, mit dem Welpen auf dem Schoß, an diesem Abend sollte er nicht zu Fuß nach Hause gehen müssen.

»Danke für das schöne Wochenende«, sagte er, als sie ihn oben auf Bråliene absetzten. Vor ihnen lag ganz Gaulosen im Sommernachtslicht, eine dichte und dunkelgrüne Matte aus Sanddorngestrüpp zwischen silberblanken Flecken aus Brackwasser. Die kleinen Forellen sprangen dicht an dicht und bildeten an der Wasseroberfläche Ringe, die ineinander übergingen.

Erlend kletterte vom Rücksitz nach vorn auf den Beifahrersitz. Als Lizzi den Motor anließ und alle winkten, hörte er sein Telefon piepen. Es war eine SMS von Torunn. »Ich komme nicht zurück. Egal wie. Also brauchst du kein Geld zu überweisen.«

»War das von Torunn?«, fragte Krumme.

»Nein«, sagte Erlend. »Nur ein blöder Witz von einem Kollegen, so doof, dass ich ihn nicht mal vorlesen mag.«

Sie setzte sich auf das untere Bett und musste wegen des oberen den Nacken scharf abknicken. Sie starrte einen roten Plastikeimer an, der auf einem Hocker stand, eine Zinnkelle hing über der Kante. Auf dem Eimer war mit schwarzem Filzstift die Zahl 14 geschrieben, die Schrift war hier und da verwischt.

In der Hand hielt sie einen Schlüssel, an dem ein breites Stück Holz mit derselben Nummer befestigt war. Dort war sie nicht mit schwarzem Filzstift geschrieben, sondern in das Holz eingebrannt. Sie starrte die Zahl an, rieb ein wenig daran, dachte, sie müsse sich beeilen und die Tasche holen, in der die Cognacflasche lag. Aber sie konnte sich nicht bewegen, ihr Körper war so schwer wie ein Kontinent.

Sie hörte aus der Nachbarhütte das Geschrei von Kindern und ein Stück weiter weg das Geräusch eines Trampolins, trockene Schläge auf dicken Gummi. Die Jugendlichen, die unmittelbar vor ihr angekommen waren und die Hütte auf der anderen Seite erhalten hatten, hörten jetzt Cat Stevens. Auf der Fensterbank lag ein Rand aus toten Fliegen. Es gab nur ein Fenster in der Hütte, die nur zehn Quadratmeter groß war, und vor dem Fenster befanden sich ein Tisch aus Kiefernholz und vier Stühle. Die Tischplatte war leer. Neben dem Hocker mit dem Wassereimer stand ein Tisch mit einer einfachen Kochplatte. Der Stecker war herausgezogen und die Leitung war verdreckt. An der E 6 waren nur die allerbescheidensten Campinghütten frei, wenn man so spätabends ankam.

Sie rieb und rieb an dem Holzstück mit der Zahl 14 herum und starrte den Eimer an. Sie hatte nicht begriffen, wo man Wasser holen konnte, sie hatte überhaupt nichts davon begriffen, was der Besitzer des Campingplatzes gesagt hatte. Sie erinnerte sich nur an ein Wort, und das war »Rauchverbot«. Sicher roch sie nach Rauch, sie hatte auf der ganzen Fahrt hierher ununterbrochen geraucht. Ohne einen Laut. Sie hatte weder das Radio eingeschaltet noch eine CD eingelegt, sie hatte nur auf das Geräusch der heißen Luft gelauscht, die durch das offene Autofenster strömte, und daran gedacht, dass Margido das Geld für den Wäschetrockner zurückbekommen musste. Sie war außerdem einen weiten Umweg durch die Berge gefahren, weil sie das Dröhnen der anderen Autos vor und hinter ihr nicht ertragen konnte. Dort hatte sie an der höchsten Stelle angehalten und war ein wenig durch das Moos gegangen, hatte unter sich Steine gespürt, hatte ein wenig kühlere Luft eingeatmet, aber sie war nicht weiter gekommen, als ihre Beine auf den Kiesweg zu strecken. Als sie wieder im Auto war, hatte sie sich nicht erinnern können, wie lange sie schon so dasaß, den Kopf seitlich in einem wehen Winkel an die Nackenstütze gepresst.

Es tat gut, den roten Plastikeimer anzusehen. Er sollte mit reinem kalten Wasser gefüllt werden. Das war ein guter Gedanke. Das und den Wäschetrockner waren alles, woran sie denken konnte. Und der Cognac. Die Jugendlichen sollten nur johlen und hüpfen, Cat Stevens sollte nur singen, sie ging das nichts an. Aber es wäre schön gewesen, wenn sie es geschafft hätte, sich mehr zu bewegen, als nur den Daumen auf dem Holz hin- und herzuschieben. Sie knickte den Nacken noch weiter ab und betrachtete ihre abgeschnittenen Jeans auf der hellbraunen Haut, sah, dass die Fransen an der Schnittkante feucht geworden waren. Auch auf ihrer Haut standen Tropfen. Weinte sie etwa? Cognac. Den muss ich reinholen. Und Wasser in dem roten Eimer. Sie schloss die Hand um das Holzstück mit der Zahl 14, versuchte, ihren Fingern Kraft zu geben, damit die sich durch ihren Unterarm in ihre Schulter fortpflanzte, es zitterte bis hoch in ihren Nacken. Aufstehen, dachte sie, mach verdammt noch mal, dass du von dieser verdreckten Schaumgummimatratze hochkommst, auf der schon zehntausend Touristen gelegen haben. Sie stützte sich mit beiden Händen auf die Bettkante und schob sich mit aller Kraft, die, wie sie sich einbildete, hart und heftig war, nach oben und fiel auf dem Boden auf die Knie. Spürte feinen Sand unter den Handflächen, dazu einen schwachen Uringeruch. Sicher ein Kind, das hier auf den Holzboden gepisst hatte, und in diesem Moment erinnerte sie sich daran, wie sie nach dem Tod ihres Vaters sein Trockenklo hatte ausleeren müssen, das im Verschlag unten im Gang gestanden hatte, wie sie das Klosett ins Klohäuschen auf dem Hof getragen hatte, wie sie den Inhalt über die vielen leeren Flaschen unten im Plumpsklo ausgegossen hatte, wie sie gehört hatte, wie es unten platschte und in alle Richtungen spritzte, ehe sie Salmiakwasser ins Trockenklo gegossen, energisch ausgespült und dann alles ins Loch unten gekippt hatte. Das Trockenklo stand jetzt draußen im Holzschuppen, ein türkiser Eimer mit einer schwarzen Toilettenbrille.

Wie er dagelegen hatte. Als ob er schliefe. Ohne Nase, und ein Teil seiner Wange hatte gefehlt. Ohne Finger an der rechten Hand. Sie musste sich heftig übergeben, über den Boden – eine Wurst mit Kartoffelfladen, mit rohen Zwiebeln und Ketchup und Mineralwasser, die Kotzgerüche überlagerten sofort den Uringestank. Tump, tump, tump vom Trampolin. Cat Stevens.

Wild World, die hatte sie auch zu Hause, auf der einen CD mit der witzigen Zeichnung auf dem Cover. Sie zog sich am Tisch mit der Kochplatte hoch. Sie hatte nicht einmal Wasser, um sich den Mund auszuspülen. Und sie musste aufwischen, wegwischen, sie merkte, wie es um sie herum stank, nach ihr. Sie packte den Wassereimer, nahm den Schöpflöffel heraus und legte ihn auf den Tisch, dann stieg sie über die Lache aus klumpigem Erbrochenen hinweg und ging hinaus. Ein kleines Mädchen stand neben ihrem Auto.

»Hallo.«

»Hallo.«

»Du bist norwegisch, oder?«

»Ja.«

»Hab Autoschilder und so gelernt, echt. Aber du hast kein N auf deinem Auto.«

»Nein. Weißt du, wo…«

»Die werden hier verkauft. Solche Ns. Papa hat gesagt, ich krieg eins für die Wand in meinem Zimmer. Wenn ich dann mitten in der Nacht aufwache und nicht mehr weiß, aus welchem Land ich komme, dann sehe ich einfach das N an, und dann weiß ich das. Norwegen!«

Jetzt sang Cat Stevens über Sad Lisa. Sie begriff nicht, wie sie es ertragen sollte, aus nächster Nähe den Rest der CD zu hören. Es konnte doch nicht mehr oft vorkommen, dass Jugendliche Cat Stevens hörten. Sie schaute zu ihnen hinüber und schluckte mehrere Male hart. Sie waren zu fünft, sie lagen auf Decken im Gras, ihre Bierflaschen in sorglosem Griff. Die Musik kam aus der Anlage im Auto, die Autotür stand offen, die Batterie würde bald leer sein, wenn sie so weitermachten, sie mussten doch Rock oder Rap oder so was haben. Die Kleine redete und redete.

»Weißt du, wo man Wasser holen kann?«

»Wasser?«, fragte die Kleine. »Bist du denn nicht froh?«

»Froh?«

»Ich hab doch gesagt, dass ich Papa sagen werde, er soll zwei N kaufen. Dann kriegst du auch eins.«

»Ach so. Aber das ist nicht nötig. Ich muss jedenfalls zuerst Wasser holen.«

»Da drüben!«

Die Kleine zeigte auf einen Wasserhahn an einem Pfosten, unter dem sich eine Holzplattform befand. Der Hahn tropfte, das Holz war dunkel vor Nässe.

»Bist du sauer?«

»Sauer? Nein, das bin ich nicht. Ich brauche nur Wasser.«

»Ich kann mitkommen.«

Die Kleine hüpfte vor ihr her, zweimal hüpfen auf jedem Fuß, braune dünne Beine unter knallroten Shorts und passendem Hemdchen. Eine lange Strähne mitten in ihren dunklen Haaren war rosa gefärbt. Torunn brauchte auch etwas zu Essen, und neben der Rezeption des Campingplatzes gab es einen Kiosk mit den Zahlen 7–24 über der Tür. Zum Glück hatte sie daran gedacht, in Otta zu halten und sich einen leichten Sommerschlafsack zu kaufen. Sie musste sich mit diesen praktischen Dingen aufhalten, eins nach dem anderen machen. Nicht denken. Und nicht zu viel von sich selbst verlangen. Zum Beispiel nicht an einem Tag den ganzen Weg bis nach Oslo fahren. Aber wollte sie überhaupt nach Oslo, wollte sie das wirklich? Margrete in der Nachbarwohnung, die Mutter draußen in Sandvika, die Praxis zu Fuß erreichbar. Es würde schön sein, Gunnar wiederzusehen, der Vater werden würde. Diesmal wirklich. Sie selbst galt wohl nicht mehr. Auch dort nicht.

»Hier ist es. Ich dreh das Wasser auf!«

Winzige goldbraune Hände legten sich übereinander, das

Gesicht zutiefst konzentriert wie vor einer gewaltigen Kraftprobe. Das Wasser spritzte aus einer Öffnung, die es planlos in alle Richtungen jagte, irgendwer hatte offenbar den untersten Teil des Hahns abgedreht. Sie stellte den Eimer auf den Boden und griff in das Wasser hinein, schloss die Augen und befand sich in der Kälte, rieb die Hände hart aneinander, füllte sie mit Wasser, führte sie mehrmals an den Mund und trank, rieb sich danach durch Gesicht und Haare.

»Du hast ja vielleicht Durst. Einen Wahnsinnsdurst. So wie ich, wenn ich total lange auf dem Trampo gewesen bin!«

Die Kleine, ja. Die hatte sie während der Sekunden, in denen sie im Wasser gewesen war, total vergessen. Sie hielt den Eimer unter den Hahn, das Wasser spritzte über ihre Oberarme. Das tat gut. Sie versuchte, das Mädchen anzulächeln.

»Bist du traurig? Wenn du nicht sauer bist?«

»Ein bisschen vielleicht.«

»Mama wird traurig, wenn die bei der Arbeit blöd zu ihr sind. Und das sind sie. Manchmal. Sie ist Polizistin, weißt du.«

»Aah.«

»Aber dann macht sie die Musik total laut, und wir müssen draußen spielen, und dann tanzt sie so ganz komisch herum. Und dann wird sie wieder froh.«

»Aha.«

Sie schaute zu der Nachbarhütte hinüber, aus der die Kleine offenbar kam, da das Trampolin davorstand. Diese Hütte war mindestens dreimal so groß wie ihre eigene, wies aber allen Anzeichen nach denselben elenden Standard auf, nur mit mehr Etagenbetten, mehr Zimmern. Eine Frau saß in einem Liegestuhl vor der Hütte, neben sich auf dem Boden einen Stapel Zeitungen und eine Flasche Rotwein, und schob sich ihre Brille den Nasenrücken hoch, ein Mann füllte eine Plastiktüte mit leeren Limonadeflaschen, die Flaschen rutschten immer wieder heraus.

»Nimm doch vielleicht eine neue Tüte«, hörte sie die Frau sagen.

»Wie viele Geschwister hast du?«, fragte sie.

»Keine«, antwortete die Kleine. »Die anderen sind einfach hier und wollen auf dem Trampo springen. Aber ich finde das doof, echt. Die wollen ja nicht mit mir reden, die wollen bloß springen! Verstehst du?«

»Sicher. Wie… alt bist du?«

»Fünfeinhalb.«

»Dann kommst du bald in die Schule?«

»Ja. Im Herbst.«

»Dürft ihr denn überhaupt so spät noch auf sein?«

»Wir haben doch Ferien. Und Papa sagt, dass es morgen Regen geben kann, deshalb dürfen wir bei dem schönen Wetter so lange aufbleiben, wie wir wollen.«

»Ich glaube, ich muss mein Wasser nach Hause bringen. Und Sachen aus dem Auto holen.«

»Nach Hause? Du wohnst doch wohl nicht hier?«

»Nicht doch. Ich meine nur…«

»War nur ein Witz. Du hast sicher bezahlt und überhaupt.«

Sie stellte den vollen Wassereimer vor der Hütte ab, ging zum Kiosk und kaufte eine Rolle Küchenpapier und fünf Mülltüten, ein Baguette, einen Sechserpack Bier, zwei Packungen Papierservietten, eine Tube Zahnpasta. Ihre eigene Zahnpasta hatte sie gegen jede Logik auf dem Hof gelassen. Er hatte doch ein Gebiss und benutzte keine Zahnpasta.

Sie brachte ihre Tasse ins Haus und legte den neuen Schlafsack auf das untere Bett. Der blaue glänzende Stoff bedeckte den hässlichen gestreiften Bezug der Schaumgummimatratze. Bedeckte die Flecken. Noch immer musste sie über die Lache auf dem Boden hinwegsteigen. Sie goss Cognac in ein Glas, das Glas sah nicht sauber aus, aber das war ihr scheißegal. Sie trank drei energische Schlucke und danach sehr viel Wasser aus der Schöpfkelle, ohne sich zu überlegen, wer das vor ihr schon getan haben mochte. Dann setzte sie sich auf den Schlafsack. Er roch nach Kunststoff. Sie hörte das Mädchen von vorhin zusammen mit einem der anderen Kinder herumjohlen. Der Cognac traf ihren Magen. Sie merkte, wie ihr Körper allmählich ruhig wurde. Sie riss die Packung Küchenpapier auf, riss lange Streifen ab und ließ sie auf die Kotze fallen. Das Papier überzog sich sofort mit dunklen Flecken und bildete eine Art Karte mit Anhöhen und Tälern. Sie trank wieder einen Schluck Cognac, betrachtete die Topographie, die sich immer deutlicher abzeichnete. Nicht an die Schweine denken, die Schweine in dem heißen Stall, nicht an Blicke und Erwartungen denken, an das Gefühl von steifer Borste an den Handflächen, die weichen Bäuche der Ferkel, helle Wimpern über blauen Augen, sie schluchzte auf, trocken und hart, sah vor sich die Ladeluke des Schlachtereiwagens, mühselige Schritte unter schweren Körpern, die sich noch nie über eine schräge Fläche bewegt hatten, unsichere Blicke hoch zu einem Himmel, den sie noch nie gesehen hatten, kurzsichtige Augen, die ihre Blicke über grüne Äcker schweifen ließen, von denen sie nicht wussten, was das überhaupt war, sie hatten ja nicht einmal eine Ahnung davon, dass es die Farbe Grün gab. Blauer Himmel und grüne Weiden, dass es möglich war, sich unter diesem vielen Blau zu bewegen, dass es möglich war, sich in dem Grünen versinken zu lassen, darin zu liegen, darin zu ruhen, sich dort wohlzufühlen, dorthin zu gehören. Das alles würden sie zum ersten Mal sehen, unmittelbar bevor sie sterben müssten. Ihr fiel das Glas auf den Boden, sie legte ihre Hände um den Kopf und biss so hart die Zähne zusammen, dass etwas in einem Backenzahn zerbrach. Sie musste mehr trinken, wegkommen, noch weiter weg. Sie griff unsicher nach dem Glas, das bis zur Kotze gekullert war, sie wischte es gründlich mit Küchenpapier ab. Wenn sie ein Bier dazu nähme, würde sie schneller trinken können, die Kohlensäule hielt die Übelkeit auf Distanz. Sie stieg über das Küchenpapier hinweg und riss eine Flasche aus dem Sechserpack, suchte in einem kleinen Plastikkorb mit Besteck nach einem Öffner, fand aber keinen. Am Ende drückte sie den Rand des Kronkorkens gegen die Tischkante und schlug zu. Der Korken flog ins obere Bett, in der Tischkante leuchtete eine frische Kerbe auf.

Sie trank. Trank abwechselnd aus Flasche und Glas, atmete jedes Mal dazwischen und starrte aus einem von Fliegenkot getüpfelten Fenster. Kinder sprangen auf und ab, schlugen Salto mortale, kreischten, lachten, streckten die Arme zur Seite und sahen aus wie kleine fliegende Kreuze, sie stupsten einander an, waren Kinder und hatten Sommerferien, wussten sicher nicht einmal, welcher Wochentag es war. Oder vielleicht doch, wenn sie Samstag abends Süßigkeiten bekamen, Gunnar hatte ihr dann immer eine »Fernsehtüte« gekauft, mit einer Schachtel Pastillen und Schokolade und einer kleinen Figur zum Zusammensetzen.

Der Rausch fügte nach und nach ihren Körper zu einer mühsam erkämpften Einheit zusammen. Sie machte einen tiefen Lungenzug. Eine halbe Million. Was bildete er sich eigentlich ein. Dein Großvater wartet auf dich. Küsse von den Onkeln :-))

Sie holte eine Mülltüte und fegte damit feuchtes Küchenpapier zusammen. Dann goss sie mit dem Schöpflöffel Wasser auf den Boden, legte neues Papier darüber, zerrieb es zu Klumpen. Ihr Magen tat weh, wenn sie sich bückte, aber sie spürte, dass sie sich nicht weiter erbrechen musste. Der Schnaps saß jetzt in ihrem Magen fest, war dort zu Hause, und Cat Stevens hatte noch immer nicht ausgesungen. Sie wusch sich mit vier Papierservietten, die heftig nach Zitrone rochen. Er war sicher schon längst schlafen gegangen, war allein schlafen gegangen, wenn die anderen zu blöd waren, um zu kapieren, dass sie dort übernachten mussten. Geh nicht, hatte er gesagt, als sie gegangen war. Geh nicht. War sie ein schlechter Mensch? Ganz einfach schlecht? Ja. Es konnte keine andere Erklärung geben. Schlecht und egoistisch. Sie hatte kein Kissen, das fiel ihr jetzt ein, sie würde ihre Kleider nehmen müssen, sie in den Bezug des Schlafsacks stopfen.

Die Kleine kam angerannt, als sie mit den fest verknoteten Mülltüten in die Tür trat.

»Jetzt hat Papa für uns eingekauft«, sagte sie und ihr Lächeln ging übers ganze Gesicht. Sie reichte ihr ein schwarzes N in einem weißen Oval, es steckte in einer Plastiktüte, auf deren Ecke eine kleine norwegische Flagge gedruckt war. Ein Wohnwagen kam gerade vorbeigefahren, hinter den Fenstern des Autos, das ihn zog, zeigten sich müde und verschwitzte Gesichter.

»Das brauche ich nicht«, sagte sie.

»Doch! Dann sehen andere, dass du mit deinem Auto aus Norwegen kommst.«

Die Mutter des Mädchens saß im Liegestuhl, die Rotweinflasche stand noch immer neben ihr, aber es war unmöglich zu sehen, wie viel noch darin war. Der Vater saß mit einem Milchglas voller goldener Flüssigkeit am Rand der Veranda. Die beiden sprachen nicht miteinander, sie betrachteten ihre Tochter und Torunn, sie nahm das N aus der ausgestreckten Hand der Kleinen und nickte zum Vater hinüber, lächelte. Er lächelte zurück, nickte ein wenig nachsichtig, um zu signalisieren, dass man sich einfach geschlagen geben musste, wenn Kinder fixe Ideen entwickelten.

Sie ging an den Jugendlichen vorbei, zwei von ihnen knutschten jetzt, ein Bierkasten stand im Gras.

»Ich geh jetzt schlafen«, sagte sie zu der Kleinen, als sie die Plastiktüten in den bereits stinkenden Container stopfte.

»Wir gehen immer erst schlafen, wenn Mama eingeschlafen ist. Wenn gutes Wetter ist, meine ich.«

Eine Polizistin, die sich damit abreagieren musste, dass sie allein zu lauter Musik tanzte und Rotwein trank, bis sie einschlief. War sie eine gute Mutter? Spielte das eine Rolle? Ob sie nun eine gute Mutter war oder nicht, sie würde dieses Mädchen niemals vor all dem beschützen können, was in ihrem restlichen Leben passieren konnte. Sie könnte irgendwann im Alter von fast achtunddreißig Jahren den Boden einer verdreckten kleinen Campinghütte vollkotzen, ohne Sinn und Ziel im Leben.

»Wie heißt du?«

»Therese. Und du?«

»Torunn.«

»Torunn? So heißen erwachsene Frauen, das ist klar.«

Als sie zu ihrer Hütte zurückging, blieb sie bei den Jugendlichen stehen.

»Könntet ihr die Musik ein wenig leiser drehen?«

In der Anlage im Auto war die Cat-Stevens-CD noch einmal gestartet.

»What?«

»Excuse me, but the music is a bit loud.«

»You think? Really, it's not loud at all.«

Ohne zu überlegen, ging sie zu der offenen Autotür und knallte sie wütend ins Schloss, Stevens wurde mitten in »Where do the children play« zum Verstummen gebracht.

»But hello Lady. Give us a break!«

»Gute Nacht, Therese.«

»Nacht, Torunn. Ich werd mal sehen, was die für einen Buchstaben auf ihrem Auto haben.«

Am liebsten hätte sie die Tür offenstehen lassen, aber sie schloss sie und öffnete das Fenster, das schaute nicht in Richtung der Jugendlichen. Sie zog die Vorhänge vor, senfgelb mit schmalen braunen Streifen, befestigt an einem einfachen weißen Draht. Sie holte sich ganz schnell noch ein Bier, schenkte wieder Cognac ein, wusste, dass sie davon einschlafen, nach einigen Stunden aber wieder aufwachen würde, und dass die Hölle bevorstand, wenn sie nicht noch mehr trank, doch dann würde sie am nächsten Morgen nicht fahren können, aber sie könnte doch bis Montag hierbleiben, wenn sich nur das Schlimmste legte. Sie aß ein winziges Stück Baguette, das mit süßem Schinken und warmem Käse belegt war. You may still be there tomorrow but your dreams may not… Scheiße. Die Musik war auch auf der Rückseite der Hütte zu hören, sie hatten die Tür geöffnet und noch lauter gedreht.

Haut. Sie musste sich dickere Haut zulegen, einen soliden Panzer. Wie machte man das, und was war aus dem alten Schutzfilm geworden? Wann hatte sie den zuletzt gehabt? Das Erste, was sie zu Hause tun würde, wäre, die CD auf den Müll zu werfen. Sie setzte sich an den Esstisch und starrte das N an, zog es aus der Tüte, roch daran, es roch gut, wie nagelneue Gummihosen oder -stiefel. Sie schaute durch den Spalt zwischen den Vorhängen. Die Kleine und ihre Eltern waren von Liegestuhl und Trampolin und Veranda verschwunden, auch dort waren die Vorhänge geschlossen. Sie zündete sich eine Zigarette an und blies den Rauch aus dem Fenster, nahm eine leere Bierflasche als Aschenbecher.

Um vier Uhr wurde sie von ihrem heftigen Schluchzen geweckt. Sie war schweißnass und merkte, dass sie ihre Tage bekommen hatte. Sie lag mit der Wange direkt auf der Schaumgummimatratze, die unter ihrer Wange feucht geworden war und nach Körper und harschem Haarfett und ihrem eigenen Atem roch. Sie öffnete die Augen und starrte hinaus in das graue, dünne Nachtlicht und wünschte sich, jetzt dieses N ansehen zu können, aber es lag noch immer auf dem Tisch. Sie hatte geträumt. Sie rieb sich die Augen, nicht einmal im Schlaf konnte sie entkommen.

Sie ließ Wasser für die Kartoffeln in den Ausguss laufen, als sie es merkte.

»Hier riecht es aber komisch«, sagte sie.

Niemand antwortete.

Sie hielt die Nase ins Becken, roch noch einmal.

»Hier riecht es nach Urin!«, sagte sie und sah den Vater an, der hob seinen Blick nicht von der Zeitung.

»Sag mal, pisst du ins Ausgussbecken?«

»Ja«, sagte der Großvater im Wohnzimmer.

»HALT DIE FRESSE!«, sagte der Vater.

»Aber Herrgott, das hier ist eine Küche«, sagte sie. »Du kannst doch unmöglich...«

»Jeden Tag«, sagte der Großvater.

»Das kann doch einfach nicht sein!«, sagte sie und knallte den Kochtopf auf die Anrichte. Der Vater leckte sich mehrmals die Lippen, erwiderte ihren Blick. »Dass du stinkst, ist das eine, du wäschst dich nicht richtig, aber dann stehst du hier mitten in der Küche und pisst ins Waschbecken? Ich wohne hier schließlich auch für den Moment. Und das hier lass ich mir nicht bieten. Du Schwein!«

»Musst dann weniger ausleeren. Das Trockenklosett.«

»Kannst du nicht wenigstens draußen pissen? Mit dem Gehgerät kommst du doch problemlos um die Hausecke, und Eis und Schnee sind doch verschwunden.«

»Das ist mein Haus. Mein Spülbecken.«

»Ach, so ist das jetzt also? Kommt mir noch nicht lange her vor, dass du gesagt hast, das sei auch mein Hof. Den ich nicht haben wollte.«

»Und, willst du ihn nicht haben?«, fragte er.

Rasch sagte sie: »Heute eher nicht. Jetzt koche ich, und du hörst auf, ins Becken zu pissen. Fall erledigt.«

»Du willst ihn also nicht. Aber dann... dann hat doch alles keinen Sinn. Einfach keinen Sinn. Dann schicke ich alles zum Schlachten, alles, was wir haben, stelle den Betrieb ein. Ich rufe sofort bei Eidsmo an.«

Er fing an, sich zu erheben, griff nach dem Gehstuhl.

»Hör auf mit dem Unsinn. Setz dich!«, sagte sie.

Sie fing an, Kartoffeln zu schälen, dabei konnte sie ihm den Rücken zukehren, aus dem Augenwinkel sah sie den Großvater im Wohnzimmer, er schaute in Richtung der Türöffnung, seine neue Brille funkelte.

»Es muss aber einen Sinn haben. Und wenn du ihn nicht haben willst, dann...«

»Aber ich kann das doch nicht so einfach entscheiden!«, sagte sie.

»Du bist sechsunddreißig Jahre alt. Es gibt Fünfjährige hier in diesem Land, die begreifen, dass sie den Hof übernehmen werden.«

»Herrgott. Und was war früher? Als deine Mutter noch gelebt hat und du hier auf dem Hof warst? Da saß ich unten in Oslo und hatte von nichts eine Ahnung. Was war da der Sinn? Und für wen? Sag nicht, es wäre für mich gewesen.«

»Da hat Mutter noch gelebt. Sie war hier. Da hatte es irgendwie einen Sinn.«

»Sie war deine Mutter. Und alt.«

»Das fand ich nicht.«

Sie schnitt sich am Kartoffelschäler, das war ihr aber egal, das Wasser spülte das Blut weg, sie schälte weiter.

»Wenn das mit dem Bein nicht passiert wäre, dann hättest du nie im Leben verlangt, dass ich...«

»Ich dachte, du wolltest das. Schon seit Weihnachten, als Mutter gestorben ist.«

»Ich weiß es doch nicht, habe ich gesagt. Nicht jetzt jedenfalls. Vielleicht später.«

»Ich muss es wissen, dass du willst, dass es einen Sinn hat. Sonst bringt es einfach nichts. Der Hof trägt sich nicht. Daran musst du denken. Du bist die Anerbin!«

»Anerbin. Ha! Und was soll ich also weiter machen? Meine Wohnung in Oslo verkaufen und hier investieren, meinst du? Jetzt?«

»Ja.«

»Hast du denn völlig den Verstand verloren?«, fragte sie und drehte sich zu ihm um. »Du bist nur sauer und pisst ins Küchenbecken, und da soll ich … Vergiss es.«

»Ich soll es vergessen?«

»Ja. Vergiss es.«

»Na gut. Dann vergesse ich es.«

Sie setzte sich auf, betrachtete die Flecken in ihrem neuen Schlafsack und fing an, sich mit Küchenpapier und Papierservietten abzuwischen, holte sich einen Tampon aus ihrer Kulturtasche und ein altes T-Shirt, das sie über das Blut im Schlafsack legte, bis zum Morgen würde alles getrocknet sein. Sie verspürte ein Zittern im Körper, das in den Schläfen einsetzte und sich bis in den Kiefer hinunter fortpflanzte, bis in die Zähne, die jetzt zu klappern begannen. Rasch goss sie Cognac ins Glas, leerte es, kippte lauwarmes Wasser aus dem Eimer hinterher, legte sich ins Bett zurück und presste die Augen zusammen. Sicher lag er jetzt ebenfalls wach, in stillstehender Hitzewellenluft, und dachte an sein Leben. Er war mehr als doppelt so alt wie sie, vielleicht kamen dabei doppelt so viele Gedanken heraus.

In der Ferne weinte ein Baby, ein schweißnasses und verzweifeltes Weinen an einem fremden Ort, es war unerträglich, dieses Weinen anhören zu müssen. Sie presste die Hände auf ihre Ohren, nahm den Blutgeruch ihrer Hände wahr, brachte es aber nicht über sich, Licht zu machen, um sich besser waschen zu können. Licht war das Letzte, was sie jetzt ertragen konnte, wenn doch nur Winter wäre, eiskalt und stockfinster, nicht dieses tote und verlorene Licht, das sie umgab, mit einer Stille, die gefüllt war von schlafenden Menschen, zusammengewürfelt auf einem Campingplatz, mit ihren provisorischen Leben in dem, was sie Ferien nannten. Sie stand wieder auf und setzte sich an den Tisch, nahm sich eine Zigarette und trank noch mehr Wasser, zog die Vorhänge zur Seite, um ein wenig Luft hereinzulassen. Das Baby weinte jetzt nicht mehr. Sie schaltete ihr Telefon ein. Es waren keine weiteren Mitteilungen von Erlend gekommen, dafür wies der Anrufbeantworter drei von ihrer Mutter auf, die sie sich jetzt nicht anhören wollte. Und es gab eine SMS von Kai Roger.

»Bitte. Ich hab dich doch so lieb.«

Sie schaltete das Telefon wieder aus, nahm den Akku heraus, legte ihn daneben auf den Tisch, starrte das N an. Nur die Erinnerung daran, wie die Kleine es ihr freudestrahlend überreicht hatte, hinderte sie daran, den Aufkleber wütend zusammenzurollen oder ihn mit ihren Zähnen in Stücke zu zerreißen. Sie wusste plötzlich, dass es nur einen einzigen Ort gab, an den sie jetzt fahren konnte, nur einen einzigen Menschen, zu dem sie fahren könnte, wo alles richtig sein würde, wo der Mensch, zu dem sie jetzt geworden war, mit der Umgebung verschwimmen würde.

Obwohl er unbedingt nach Neshov wollte, um nach dem Alten zu sehen, war er doch fasziniert von dem, was die Angehörigen erzählten. Er saß zu Hause in Lade bei einer dreiköpfigen Familie, die bis vor zwölf Stunden noch vierköpfig gewesen war. Der Familienvater, Tommy Fromm, hatte in einem Alter von fast sechzig Jahren die letzte Luft aus seiner vom Krebs zerstörten Lunge entweichen lassen und hinterließ eine Frau und zwei erwachsene Kinder, Sohn und Tochter. Und um diese lag eine Art Licht, eine Freude, deren Ursache er langsam zu verstehen begann. Denn Tommy hatte Zeit genug gehabt, um seinen Tod vorzubereiten, und in allem, was er geplant hatte, lag eine tiefe Liebe.

Die Witwe hielt einen Stapel Papier auf dem Schoß. Es waren mit der Hand beschriebene Blätter.

»Haben Sie notiert, welche Lieder wir in der Kirche singen möchten, und das Saxophonsolo«, sagte sie.

»Das habe ich«, sagte Margido.

»Und wenn wir aus der Kirche kommen, erhalten alle eine rote Rose. Tommy ist davon ausgegangen, dass alle, die sich von ihm verabschieden wollen, ihn gern hatten, und deshalb möchte er ihnen gerne eine rote Rose geben.«

»Dafür werden wir sorgen.«

»Es müssen genug sein, ich glaube, die Kirche wird ziemlich voll. Lieber zu viele, für die wir natürlich bezahlen, als dass irgendwer leer ausgeht«, sagte der Sohn.

»Keine Sorge«, sagte Margido. »Wir arbeiten mit den Blumenhandlungen zusammen und werden für alles sorgen.«

Das Besondere war das Zusammensein nach der Trauerfeier.

»Sie sind natürlich ebenfalls herzlich willkommen«, sagte die Witwe. »Das gilt auch für den Pastor, das habe ich ihm bereits gesagt.«

Tommy Fromm hatte das Essen selber vorbereitet. In einer Woche wäre er sechzig geworden, und er hatte gehofft, dass die Trauerfeier an seinem Geburtstag stattfinden könnte. Schon vor langer Zeit hatte er gebraten und gesotten und gebacken und eingefroren, und bei seinem letzten Aufenthalt zu Hause hatte er die Weine angekreuzt, die zu dem Essen passen würden. Auch Feuerwerk war eingekauft worden.

»Ihr werdet danach ein Feuerwerk machen?«, fragte Margido.

»Das werden wir«, sagte die Tochter. »Auch wenn es ein heller Sommerhimmel ist. Papa hatte an seinem Geburtstag immer ein Feuerwerk, wir haben den meistens in der Hütte auf Stokkøya gefeiert und es dort krachen lassen, aber diesmal findet es eben in der Stadt statt. Er hat immer gesagt, wenn die Amerikaner es am 4. Juli krachen lassen können, kann er das ja wohl Ende Juni.«

»Es ist möglich, dass es vielleicht …«

»… nicht erlaubt ist? Dann bezahlen wir eben die Buße«, sagte die Witwe. »Wir wollen ein richtiges Fest, so, wie er sich das gewünscht hat.«

»Ich danke für die Einladung, aber es kommt auf meinen Terminkalender an«, sagte er und lächelte sie an. Diese Lebensbejahung war das Letzte, was er jetzt brauchen konnte. Es war gerade nicht die Zeit für ein blaues T-Shirt, er war zu den alten Nylonhemden zurückgekehrt, sogar zu denen, die vom vielen Waschen einen leicht gelben Stich bekommen hatten. Sich an einer solchen Beerdigungsfeier zu beteiligen wäre dasselbe, wie den Kopf zu heben und das Dasein zu preisen.

»Haben wir erzählt, wie wir den Pastor kennengelernt haben? Ligård?«, fragte die Witwe.

»Nein...«, sagte Margido.

»Tommy ist eines Tages zufällig an seiner Einfahrt vorbeigekommen und hat da einen Mann entdeckt, der neben einem Haufen Kies stand und verzweifelt aussah. Tommy hat angehalten und gefragt, was denn los sei.«

»So war er«, sagte der Sohn und lachte. »Kein anderer hätte angehalten.«

»Was war denn los?«, fragte Margido, der viel lieber beim Thema geblieben wäre. Die Sargbroschüre lag noch immer ungeöffnet auf dem Tisch zwischen ihnen.

»Jemand hatte den Kies an der falschen Adresse abgeladen und Ligård war nicht zu Hause gewesen, deshalb hatte er keine Ahnung, wen er anrufen sollte«, sagte der Sohn. »Und wissen Sie, was Papa gemacht hat? Er ist sofort losgefahren und hat einen großen Anhänger gemietet und Ligård geholfen, den ganzen Kies daraufzuladen, und dann haben sie die Ladung zu einem Fußballverein gefahren, der sie gern angenommen hat. Dafür hat er den ganzen folgenden Tag gebraucht. So haben sie sich kennengelernt.«

Margido hätte gern ganz offen gefragt, ob die Familie ihren Glauben praktizierte, das hätte zu seinem Weltbild gepasst, aber er brachte diese Frage nicht über sich. Die Liedauswahl wies nicht darauf hin. Tommy Fromm war vermutlich ganz einfach ein ungewöhnlicher Mensch gewesen.

Der Hund der Familie kam und presste sich zwischen Knie und Couchtischkante, er wischte sich die Hosenbeine ab, als das Tier wieder weg war.

»Wir haben noch immer nicht über den Sarg gesprochen«, sagte er.

Zum Glück hatte es angefangen zu regnen, als er sich ins Auto setzte. Ein schwacher Sommerregen, der fast schon verdampft war, noch ehe er den Boden erreichte, aber es war doch immerhin ein Anfang. Die Stadt staubte nach der Hitzewelle und durch den Touristenverkehr und die fehlende Straßenreinigung mehr und mehr ein. Hier draußen in Lade stand in jedem zweiten Garten ein Rasensprenger, und auf Byneset gab es riesige Bewässerungsgeräte, die auf Erdbeer- und Kartoffelfeldern umhergeschoben wurden. Ein richtiges Gewitter würde jetzt guttun, eins, das die Stadt reinigte, das die Rasenflächen mit Flüssigkeit füllte und den Bauern eine willkommene Pause beim Bewässern bescherte.

Er spritzte Fensterspülmittel auf die Windschutzscheibe und schaltete die Scheibenwischer ein. Die Fensterscheibe war von einer feinen gelben Pollenschicht bedeckt, weil er an einer Hecke mit gelben Blüten geparkt hatte. Er war schweißnass im Schritt und am ganzen Rücken. Er stieg wieder aus, um das sandfarbene Sakko auszuziehen, dann faltete er es ordentlich zusammen und legte es neben sich auf den Beifahrersitz.

Als er losfuhr, drückte er die Nummer, die er unmittelbar vor seinem Eintreffen beim Haus der Familie Fromm gewählt hatte.

»Hier ist Margido Neshov. Ich habe vorhin schon einmal angerufen, um mit Elisabeth Stavsjø zu sprechen, aber da war sie verhindert. Ist sie jetzt in der Nähe? Danke.«

Er blinkte und fuhr hinaus auf die Hauptstraße, dann hörte er Stavsjøs Stimme.

»Ja, hier ist Margido Neshov. Es geht um den vorübergehenden Entlastungsplatz für meinen Vater. Sie meinten vorgestern, dass Sie heute einen besseren Überblick haben würden.«

Er hörte sich an, was sie zu sagen hatte, und spürte, wie sich etwas in seinem Magen umdrehte, aber dort unten befanden sich nur ein Brot mit Schmierkäse und eine Tasse dünner Kaffee, alles schien wieder hochzuwollen, als Elisabeth Stavsjø erklärte, dass alle Plätze belegt seien und auch kein vorübergehender zu erhalten sei. Tormod Neshov sei nicht krank, allein zu wohnen und das nicht gern zu tun, sei nicht Grund genug, um die öffentliche Fürsorge genießen zu können.

»Er ist stark deprimiert. Er ist es nicht gewöhnt, allein zu sein, und er kann sich einfach nicht selbst versorgen. Das habe ich ja vorgestern schon erzählt.«

Aber Margido wohne doch in Trondheim? Und so weit von Byneset sei das doch nicht entfernt?

»Schon, aber ich habe meine eigene Firma. Und sehr viel zu tun.«

Er wollte nicht sagen, was er von Beruf war. Er hatte Angst, sie könne einen Witz darüber reißen, etwa darüber, dass er doch dann wissen müsse, wann ein Bett im Pflegeheim frei würde ... Sie wirkte genau wie der Typ, der solche Dinge ganz offen sagt. Sicherlich hatte sie keine einfache Arbeit, bestimmt hatte sie es satt, ein Blatt vor den Mund zu nehmen.

Sie schlug eine Haushaltshilfe vor, fügte aber gleich hinzu, dass es fast noch schwieriger sei, eine zu finden, jetzt, wo die Ferien begonnen hatten.

»Das weiß ich. Ich habe mich schon erkundigt. Auch dafür ist er nicht krank genug.«

Er hatte auch die Frau angerufen, die sich früher schon einmal um Tor gekümmert hatte, Marit Bonseth. Allerdings hatte er nur den Anrufbeantworter erreicht, und eine muntere Männerstimme hatte ihm mitgeteilt, dass die Familie in Schweden Campingurlaub mache, dass das Haus aber mit der Wachgesellschaft Vaktservice verbunden sei, falls hier ein Einbrecher anrief. Der Mann nannte kein Datum für ihre Rückkehr.

Margido müsse bis auf Weiteres die Verantwortung übernehmen, sagte Elisabeth Stavsjø, zusammen mit anderen Familienangehörigen.

»Ich bin der Einzige hier in der Stadt.«

Er könne mit Tormod Neshovs Hausarzt sprechen, ihm etwas Beruhigendes verschreiben lassen, gegen die Depressionen.

»Glückspillen? Für einen Menschen von achtzig Jahren?«

»Ja, zum Beispiel.«

»Wenn er nur normale Fürsorge wie Essen und Ansprache braucht? Und Hilfe beim Putzen?«

Er war gar nicht sicher, ob der Vater auf Ansprache so versessen war, aber etwas musste er doch sagen.

Sie bedauerte ohne Bedauern in ihrer Stimme, aber so sei die Lage nun einmal. Die Politiker verlangten dauernd Einsparungen, ihre Schuld sei das nicht.

»Das habe ich auch nicht behauptet«, sagte Margido.

Er solle in einer Woche wieder anrufen.

Sie hatten kein Wort von Torunn gehört. Ihr Verschwinden lag jetzt fast vierzehn Tage zurück. Jeden Abend rief Margido bei Erlend an, um zu fragen, ob der etwas gehört habe. Erlend wirkte ziemlich unbekümmert und ging davon aus, dass sich alles finden würde, aber eines Abends meldete sich Krumme an Erlends Telefon. Sie waren mit Jytte und Lizzi auf Bornholm, und Erlend lag schlafend am Strand, während Krumme kochte, wie Margido erfuhr. Und es sei dort sehr schön, sie hätten Räder gemietet und seien den ganzen Tag unterwegs. Margido konnte sich Erlend oder

Krumme nur mit Mühe rittlings auf einem Fahrrad vorstellen, aber er redete Krumme einfach nach dem Mund, um dann zur Sache zu kommen.

Nein, sie hätten nichts von Torunn gehört. Und das Geld, das sie ihr überwiesen hatten, sei aufs Konto zurückgekommen.

»Geld ...?«

Sie hatten ihr eine schöne Summe gegeben, damit sie selbst einen Teil der Renovierung übernehmen könnte, Küche und Badezimmer, zum Beispiel.

»Das muss doch eine Menge gewesen sein?«

Eine halbe Million.

»Eine halbe MILLION?«, fragte Margido. Er wusste, dass sie reich waren, aber von einem Land eine halbe Million in ein anderes zu überweisen, war das denn überhaupt erlaubt?

Krumme und Erlend wollten eigentlich viel mehr in den Hof investieren. Allein die Silos würden mehrere Millionen kosten, und sie wollten ja auch die Trønderzeile wieder richtig in Schuss bringen.

Es war seltsam, Krumme »Trønderzeile« sagen zu hören, wobei er die falsche Silbe betonte.

»Aber dieses Geld wollte sie also nicht. Und das muss doch bedeuten, dass sie nicht zurückkommt. Was sagt Erlend denn dazu?«

Ja, Margido kannte Erlend doch. Er winkte nur ab und meinte, sie werde schon zur Vernunft kommen, wenn sie ihr nur Zeit ließen. Neufeldt saß an den Plänen, und Erlend hatte hundert Ideen für die Einrichtung. Erlend war keiner, der sich die negativen Umstände des Lebens zu lange zu Herzen nahm. Außerdem meinte er, wenn sie Torunn Zeit ließen und nicht quengelten, dann zeigten sie, dass sie ihr Verschwinden und ihre Gründe dafür akzeptierten, und das brauchte sie bestimmt.

»Ja, das hat eine gewisse Logik«, hatte Margido geantwortet.

Es regnete ein wenig kräftiger, als er Trolla passierte, aber
er konnte doch die Scheibenwischer zwischendurch immer
wieder ausschalten. Draußen bei der Fjordmündung wälzte
sich eine dicke Wolkenbank heran, blaugrau und vielver-
sprechend, vielleicht könnten sie doch die Himmelswäsche
bekommen, die sich alle wünschten.

Die Stalltüren standen offen, das Geräusch seines Autos
führte zu Schnauben und Grunzen. Ein Ferkel fing heftig
an zu heulen, andere stimmten ein, dann war alles wieder
still. Erlends Laken lagen noch immer auf den Sitzbänken,
und die Vasen standen auf dem Tisch, waren jetzt aber leer.
Margido hatte selbst die verwelkten Sträuße an den Feld-
rand geworfen. Die Vasen hatten vom Blumenwasser Ränder aus gelbem Belag. Nun konnten sie mit frischem Regenwasser gefüllt werden, sauber werden. Er sammelte Laken
und Vorhänge ein und trug sie in den Vorraum.

»Hallo? Ich bin's nur.«

Keine Antwort.

Am Vortag hatte er einen Eintopf aus der Dose mit beson-
ders viel Salz gekocht und sich davon überzeugt, dass der
Alte vor seinen Augen einen Teller Suppe aß, ehe er zur
Druckerei gefahren war.

Als er in die Küche kam, stand der Teller noch auf dem
Tisch, der Löffel lag darin. Der Alte saß mit den Händen im
Schoß im Fernsehzimmer. Weder Radio noch Fernseher waren eingeschaltet. Margido verspürte einen jähen und heftigen Ärger, als er eine Tasse und die Dose mit dem Pulverkaffee daneben sah, während der Deckel unten auf dem
Boden lag.

»Der Pulverkaffee verliert den Geschmack, wenn der Deckel fehlt«, sagte er und hob ihn auf. Ihm fiel auf, dass der

Hahn über dem Ausgussbecken tropfte, das Wasser kam aus dem Boiler darüber. Er konnte sich nicht vorstellen, dass der Alte sich die Hände wusch, wenn er allein war.

»Sag mal, nimmst du das Kaffeewasser aus dem Hahn?«

Keine Antwort.

»Torunn hat doch einen Wasserkocher gekauft. Es ist ja wohl nicht so schwer, den mit Wasser zu füllen und auf den Knopf zu drücken?«

»Nervkram und Störung.«

»Störung wobei denn? Was hast du denn so dringend zu tun?«

»Will nicht mehr.«

Margido fing an, Vorhänge und Laken zu falten und atmete dabei mehrere Male tief durch, vom Bauch nach oben, die Knöpfe des Nylonhemdes spannten sich über seinem Bauchfett.

»Kai Roger hat doch sicher heute reingeschaut?«

»Für was solln das gut sein?«

»Wozu das gut sein soll? Damit du nicht allein bist. Hier rennen die Leute doch ein und aus.«

»Nein.«

»Willst du es lieber so haben, wie es früher war?«, hörte er sich sagen. »Mit Mutter? Die dich nur schikaniert hat? Und Tor auch?«

»Nein.«

»Also beklag dich nicht. Denk daran, dass du Ruhe und Frieden hast. Sind Bücher oder Fernsehen oder Radio oder so plötzlich nicht mehr spannend?«

»Nein.«

»Wenn du nur zu allem Nein sagst, dann halt lieber den Mund.«

Er legte den Stapel Vorhänge und Laken auf den Stahlrohrstuhl in der Ecke bei der Anrichte, den niemand mehr benutzte. Er drehte das Radio mitten in einem Bericht über

Paarbeziehungen an, die zerbrachen, wenn sie ein Kind verloren hatten, weil Mutter und Vater auf so unterschiedliche Weise trauerten. Damit wollte er nichts zu tun haben, sich selbst so zu sehen, hart und böse.

»Hast du geduscht?«

Der Alte schaute weg. Sein Kinn zitterte, als beiße er die Zähne zusammen.

»Ich habe Zeitungen mitgebracht.«

»Ach ja.«

»Jetzt mache ich uns einen echten Kaffee, darauf hast du doch sicher Lust?«

Er rief im Büro an, wo er doch untätig hier herumsaß, und konnte die Aufgaben für den restlichen Tag delegieren. Sie hatten erst am Donnerstag wieder eine Beerdigung, dafür dann aber auch gleich zwei zum Ausgleich, dazu eine am Freitag. Frau Gabrielsen und Frau Marstad wussten, in welcher Situation er sich befand, und entlasteten ihn ungeheuer. Frau Marstad hatte sogar einen Hausbesuch mit Leichenwäsche auf sich genommen. Lars Bovins Sohn würde eine Probezeit bei ihnen absolvieren, das jedoch erst nach den Sommerferien, obwohl er sehr gut wusste, wie hektisch es im Sommer war. Dass der Mann seine mögliche Karriere beim Bestattungsunternehmen Neshov mit einem dreiwöchigen Urlaub begann, war ein negativer Aspekt, den Margido registriert hatte. Der Vater musste ihm doch verflixt noch mal klargemacht haben, dass Sommer und Hitzewelle Hochsaison waren.

Das Gebiss des Alten klapperte, als er mit wackeliger Hand und zitternden Lippen in seine Tasse blies. Margido spürte in der Brust eine Art stummes Weinen und schluckte hart, schaute das Resopalmuster an, das sich in grauen Wellen unter einer verschlissenen Oberfläche bewegte.

»Ich glaube nicht, dass Torunn zurückkommt«, sagte er.
»Wir werden die Schweine schlachten müssen.«

»Wir...?«

»Kai Roger.«

»Vielleicht kommt Torunn dann«, sagte der Alte.

»Wie meinst du das?«

»Wenn die Schweine weg sind.«

Margido versuchte, seinen Blick zu fangen, aber der Alte
starrte in die Tasse, die er noch immer vor den Mund hielt.
Seine Finger hatten kleine Büschel aus grauen Haaren an jedem Gelenk, die würde er sicher auch bekommen, wenn er
erst alt genug wäre.

»Zucker«, sagte der Alte.

Margido stand auf und holte die Schale vom Küchentisch.

»Hat sie etwas darüber gesagt? Dass Tors Schweine zu
viel für sie waren?«

Das Radio spielte ein Akkordeonstück. Regentropfen
liefen über das Fenster. Der Alte tunkte ein Stück Zucker
in den Kaffee und steckte es in den Mund. Konnte es so
einfach sein? Dass die Arbeit mit den Schweinen für sie
das Fass zum Überlaufen gebracht hatte?

»Hat sie das gesagt? Jetzt antworte schon! So viel Zucker
ist übrigens auch nicht gesund für dich.«

»Nicht...«

»Verzeihung. Ich wollte nicht...«

Er streckte die Hand aus und berührte die Schulter des
Alten, aber der entzog sich dieser Berührung.

»Verzeihung«, sagte Margido noch einmal.

Er wünschte sich plötzlich zurück in die Vergangenheit,
in die Jahre, in denen er niemals hier gewesen war, weil
er sich mit der Mutter gestritten hatte, die sieben Jahre, in
denen er sich ferngehalten hatte. Alles war damals so viel
einfacher gewesen, auch, wenn die Vorstellung, wie die Mut-

ter und Tor mit dem Alten umsprangen, ihn immer gequält hatte.

Er hätte jetzt gern zu Hause im Sessel gesessen, mit den Füßen auf dem Schemel und einem Käsebrot auf dem Teller auf seinen Knien, mit einem Glas eiskalter Milch auf dem Tisch neben ihm und einer neuen Folge im DVD-Player. Winter. Kälte draußen und Sauna im Haus. Vorhersagbarkeit und Tod und Beerdigungen, wo man am Vorabend den Sarg in den Mittelgang stellen konnte.

»Ruf an«, sagte der Alte.

»Was?«

»Bei Kai Roger. Lass sie schlachten.«

»Vielleicht können einige von ihnen verkauft werden. Ist doch ziemlich blöd, Schweine zu schlachten, die ihr Schlachtgewicht noch nicht erreicht haben. Wir sind mitten in der Grillsaison.«

»Ja.«

»Torunn hat nicht hier angerufen? Bei dir?«, fragte Margido.

»Nein«, sagte der Alte und stellte die Kaffeetasse schräg auf den Tisch, fast wäre sie umgefallen.

»Ich habe versucht, einen vorübergehenden Pflegeplatz für dich zu bekommen, aber alles ist voll.«

»Ja.«

»Du bist nicht krank genug. Aber ich lasse mir einen Termin bei deinem Arzt geben, ich fahr dich hin, dann kannst du Tabletten bekommen.«

»Tabletten?«

Der Alte erwiderte für eine kurze Sekunde seinen Blick, verwirrt und fragend.

»Nicht solche wie Tor?«, fragte er.

»Nein«, sagte Margido. »Tabletten, die dafür sorgen, dass du nicht die ganze Zeit so traurig bist.«

Ehe er Kai Roger anrief, versuchte er es bei Torunns Mutter. Sie hatte versprochen, ihm Bescheid zu geben, wenn sie etwas hörte. Sie meldete sich beim ersten Klingelton und gab vor, nicht zu wissen, wer er war.

»Margido Neshov. Torunns Onkel. Wir haben mehrmals miteinander gesprochen.«

Ach ja. Jetzt erinnere sie sich. Ja, sicher habe sie von Torunn gehört.

»Wann denn?«, fragte Margido.

Vor einer Woche.

»Aber warum haben Sie nicht...«

Sie habe einfach vergessen, ihn anzurufen. Er spürte, wie sein Puls schneller schlug, spürte, dass er diese Frau hasste, die er nur ein einziges Mal gesehen hatte, vor fast vierzig Jahren, sie hasste mit einer Stärke, die auf keinen Fall mit seinem Gottesglauben zu vereinbaren war.

»Was hat sie gesagt?«, fragte er.

Nichts, erwiderte Cissi Breiseth, sie habe nicht mit ihr gesprochen, sondern nur eine kurze SMS erhalten, mit der Mitteilung, dass Torunn eine Zeit lang ihre Ruhe haben und sich alles überlegen wolle und einfach keinen Stress aushalten könne.

»Na gut. Danke.«

Er brach das Gespräch ohne weitere Formalitäten ab, dachte, dass er lange nicht mehr so unhöflich gewesen sei, nicht einmal »Auf Wiederhören« hatte er gesagt, oder... es war vielleicht das allererste Mal gewesen.

»Sie will ihre Ruhe haben«, sagte er zu dem Alten, erhob sich und drehte den Wasserhahn auf, sammelte kaltes Wasser in seiner Hand und verrieb es in seinem Gesicht. Der Schock des Temperaturunterschiedes gab ihm das willkommene Gefühl, doch noch alles unter Kontrolle zu haben. Sie wollte sich die Sache überlegen, sich entscheiden. Sicher würde sie den richtigen Entschluss treffen, also waren es trotz allem gute Nachrichten. Er schaute hinaus in den Regen, der Hofbaum zitterte unter hämmernden Tropfen. Am Gardinenrand quer vor dem Fenster saß rechts ein dicker roter Fleck, vermutlich Marmelade. Der Alte schnitt sich Brotscheiben ab und begoss sie mit Marmelade, ganz ohne Butter, es war unglaublich, dass er nicht dazu fähig war, ein Messer zu benutzen, aber vielleicht spielte er sich nur auf, mimte den Hilflosen, Deprimierten, damit Margido herzog, ihm Gesellschaft leistete.

Der Fleck am Gardinenrand war nicht das Einzige, was seinen Blick einfing. Überall in der Küche und im Fernsehzimmer hatten die Bewegungen des Alten Spuren hinterlassen. Flecken und Essensreste, Kaffeespritzer auf dem Linoleum, einen Gürtel aus Brotkrümeln vor der Anrichte, auf der das Schnittbrett lag. Die Kühlschranktür war um die Klinke herum von Fingerabdrücken verschmiert, im Spülbecken stapelten sich schmutzige Gläser und Teller. Die Zeitungen türmten sich bereits auf. Um den Mülleimer unter der Anrichte lagen überall Essensreste, der Eimer war mehrere Male überfüllt gewesen, ehe Margido angefangen hatte, die Müllbeutel mitzunehmen. So fing es an, jemand blieb allein und starb in seinem eigenen Dreck, unfähig, aufzuräumen oder zu putzen. Es war ein surrealer und ungeheuerlicher Gedanke, dass die Reinigungsfirma *Freshy* hierherkommen musste. Er ließ sich auf den Stahlrohrstuhl sinken.

»Schlachte sie«, sagte der Alte.

»Hör jetzt auf.«

»Die schreien. Will das nicht hören. Offene Türen Tag und Nacht.«

»Das hat Torunn zu bestimmen. Wir müssen abwarten.«

»Nein. Dann rufe ich an.«

»Du ...?«

»Ja.«

»Du willst anrufen und Schlachtungen anmelden? Wo du es nicht einmal schaffst zu duschen?«

»Kann nicht mehr. Bald.«

»Ich eigentlich auch nicht«, sagte Margido, schlug die Hände vors Gesicht und stützte die Ellbogen auf den Tisch. Als kleiner Junge war er hier herumgelaufen und hatte geglaubt, er sei glücklich, alles sei von Dauer und unveränderlich, die Zeit stehe still, die Sommertage nähmen niemals ein Ende, immer werde es frischgebackenes Brot in der Küche geben, Großvater Tallak werde immer hier stehen, mit breiten Hüften in der Frieshose, die wie ein riesiger Sack unter seinen Hosenträgern hing. Wenn er nur auf grünen Wiesen liegen und sich vom lieben Gott zu den Wassern führen lassen könnte, wo er Ruhe fände, dann würde er neue Kraft gewinnen. Woher sollte er Kraft nehmen, wenn nicht von Gott, und hier saß er und war gemein zu dem Alten, spürte die riesige Distanz zwischen sich und ihm. Dein Wille geschehe wie im Himmel also auch auf Erden. Vergib uns unsere Schuld, wie auch wir vergeben unseren Schuldigern.

Er ließ die Hände vom Gesicht sinken und sagte: »Möchtest du einige Tage bei mir wohnen? Das wäre vielleicht besser. Ich bin zwar den ganzen Tag unterwegs, aber du hättest das Fernsehen. Ich habe Kabelfernsehen mit vielen Sendern, immer etwas zu sehen, den ganzen Tag.«

»Hä?«

»Bei mir.«

Der Alte griff nach der Kaffeetasse, packte den Henkel, ohne die Tasse zu heben, starrte seine Finger an.

»Ich hab kein Gästezimmer, nur ein Sofa im Wohnzimmer. Da kann ich schlafen und du bekommst das Bett.«

»Nein.«

»Nein...?«

»Kann hier nicht weg. Wenn vielleicht Torunn...«

»Du meinst, sie wird plötzlich einfach auftauchen?«

»Ja.«

Sie schwiegen eine Weile. Der Alte fing an zu weinen. Margido merkte, wie die Küche sich um ihn drehte, ihm den Atem nahm, sein Herz auf eine langsame und schmerzhafte Weise schlagen ließ. Er war zweiundfünfzig Jahre alt und könnte jederzeit einen Herzschlag erleiden, alle Statistik legte das nahe, übergewichtig war er auch.

»Bitte«, flüsterte er. »Wir müssen es beide schaffen. Du bist… mein großer Bruder. Du müsstest…«

»Nein.«

»Jetzt sag nicht die ganze Zeit Nein! Das macht mich verrückt. Verzeihung.«

»Kann nicht mehr.«

Die Tränen sammelten sich um die Tränensäcke und um die Falten unter den Augen, der mittlere Knopf in seinem Flanellhemd stand offen, zeigte ein verdrecktes Unterhemd.

»Du brauchst bei dieser Hitze doch kein Unterhemd!«

Das Grollen fernen Donners drang in die Küche ein.

»Es gibt ein Gewitter, das ist gut. Wenn nur das Getreide stehen bleibt.«

»Noch nicht«, sagte der Alte und schniefte energisch.

»Vielleicht sollten wir… zusammen beten.«

Diesmal sagte er nicht Nein, schüttelte aber den Kopf. Margido faltete die Hände und legte das Kinn darauf.

»Herr unser Gott, bei Dir ist die Quelle unseres Lebens. In Deinem Licht sehen wir Licht. In Dir leben wir, bewegen uns und sind. Bewahre uns in Leben und Tod in Deiner Liebe, durch Deinen Sohn Jesus Christus unseren Herrn. Amen.«

»Blödes Gefasel.«

»Ich fahre jetzt«, sagte er und stand auf. »Und du nimmst von jetzt an kaltes Wasser und den Wasserkocher. Du kannst Kupfervergiftung kriegen, wenn du aus dem Boiler trinkst.«

Er wurde auf der kurzen Strecke von der Haustür zum Auto durch und durch nass, das war gut. Sein Hals tat weh, schnürte sich zusammen um tausend Dinge, die er gern gesagt hätte. Zu dem Alten. Zu Torunn. Als er den Motor anließ, holte er ihre Nummer im Telefonbuch hervor und drückte aus einem reinen Impuls heraus auf die Anruftaste, sie meldete sich beim ersten Klingeln. Er hatte gerade erst die halbe Allee hinter sich gebracht und bremste so hart, ohne die Kupplung zu betätigen, dass der Motor abgewürgt wurde und das Auto einen Hechtsprung vorwärts machte.

»Torunn…?«

Ja, was er wolle. Ihre Stimme war flach wie Wasser, leer in seinen Ohren.

»Aber Torunn…«

Er fing an zu weinen und verfluchte seine fehlende Selbstkontrolle. Er schluckte rasch, mehrere Male.

»Nicht auflegen. Bitte.«

Das werde sie nicht. Sie fragte, warum er weine.

»Ja, weil alles so verzweifelt ist. Weil du weg bist. Weil mich das so traurig macht. Kommst du zurück?«

Das glaube sie nicht.

»Glaubst du das nicht? Oder weißt du das nicht?«

Sie fragte, wie es dem Großvater gehe, und in diesem Moment hörte er Gefühl in ihrer Stimme, etwas Eingesperrtes, dem auch sie keinen freien Lauf geben konnte.

»Es geht ihm ziemlich schlecht. Ich versuche, für ihn einen Platz in einem Pflegeheim zu finden, aber er ist nicht krank genug. Wir hoffen auf einen vorübergehenden Entlastungsplatz.«

Sie gab keine Antwort, aber er bildete sich ein, ein leises Schluchzen zu hören.

»Bist du zu Hause in deiner Wohnung? Ist das nicht in Stovner, wo du ...«

Nein, sie wohne bei einem Freund. Im Wald.

»Aber die Schweine, Torunn. Was sollen wir ... Kai Roger und ich wissen nicht, was wir ... Und der Alte glaubt, du kommst zurück, wenn wir sie schlachten.«

Das sollten sie ruhig tun. Die Ferkel könnten sicher verkauft werden, die Sauen dagegen ...

Jetzt hörte er ganz deutlich, dass sie weinte.

»Aber liebe, gute Torunn. Es tut mir so leid, dass ich dich nicht richtig unterstützt habe. Wenn du wüsstest, wie ich ...«

Der Wäschetrockner sei nicht benutzt worden. Die könne er zurückbringen und sich das Geld geben lassen.

»Der Wäschetrockner? Aber denk doch nicht an die!«

Doch, an die denke sie.

»Ich kann sie selbst übernehmen, ich habe keine. Denk nicht mehr daran. Aber dann ... dann geben wir den Stall also auf.«

Ja. Und jetzt müsse sie gehen, sie habe eine Hündin unmittelbar vor dem Wurf.

»Ach? Ich wusste nicht, dass du ...«

Es sei nicht ihre, sondern die von dem Bekannten, bei dem sie wohne.

»Arbeitest du wieder in deiner Praxis?«

Nein, sie sei dabei, ihren Anteil zu verkaufen, wolle aussteigen.

»Aber was wirst du dann machen?«

Sie wisse es noch nicht.

»Du kannst doch hier auf Neshov machen, was du willst, Torunn? Der Alte kann doch trotzdem in ein Pflegeheim gehen, damit dir diese Verantwortung erspart bleibt. Und Erlend und Krumme werden dir finanziell helfen und den Hof richtig gut in Schuss bringen.«

Sie werde nicht nach Neshov zurückkommen und sie müsse jetzt auflegen. Ihre Stimme war wieder ganz tonlos, ohne Weinen, kontrolliert.

»Dann pass auf dich auf, Torunn. Es tut mir leid.«

Er blieb lange mit dem Telefon auf den Knien sitzen, blickte das Display an, das wieder dunkel geworden war. Er drehte sich um und schaute zum Haus hoch, ahnte den Alten, der hinter dem Wohnzimmerfenster stand, hinter den Regentropfen, bewegungslos, die Arme schlaff nach unten hängend. Er ließ den Motor wieder an und fuhr langsam weiter und auf die Hauptstraße hinunter, ohne zu winken oder zu zeigen, dass er ihn dort hatte stehen sehen.

Zweiter Teil

Kai Roger stand im Regen und sprach beruhigend auf die Sauen ein, die die Ladeluke des Schlachterwagens hochstolperten. Der Fahrer half dabei, sie in die richtige Spur zu lenken. Die Sauen witterten mit den Schnauzen, die Ohren bewegten sich in alle Richtungen in dem Versuch, diese neue Situation zu deuten. Sie befanden sich zum ersten Mal in ihrem Leben unter freiem Himmel. Margido schaute zu, und Tormods Gesicht war über den Gardinen hinter dem Küchenfenster zu sehen. Borat schlief auf dem Vordersitz des Geländewagens.

»Das ist eine weite Fahrt für sie«, sagte Margido. »Ich wusste nicht, dass Eidsmo keine Schweine mehr schlachtet.«

Kai Roger gab keine Antwort, seine Gedanken waren anderswo, bei Torunn, er und sie im Stall, bei diesen Tieren, morgens und abends, vereint in ihrer Routine. Nun hatte der Anfang vom Ende begonnen. Er würde sie nicht wiedersehen, keine einzige SMS und keinen einzigen Anruf hatte sie beantwortet. Es war ihm klar geworden, dass sie nicht mehr hier sein wollte, aber sie könnte doch wenigstens mit ihm sprechen, nachdem er ihr einen Dienst nach dem anderen erwiesen hatte. Er wollte ihr gern sagen, dass er mit dem Gedanken spielte, den Hof selbst zu kaufen, ihn aber nicht zur Schweinezucht benutzen wollte, sondern um bio-

logisch anzubauen. Er könnte den Stall als Produktions-
stätte einrichten, fertige Hofprodukte herstellen, gute Ni-
schen für Lebensmittel, nach denen jetzt große Nachfrage
herrschte.

Der Fahrer antwortete auf Margidos Bemerkung. »Das
ist kein Problem mit Verdal, fast die ganze Strecke ist Autobahn. Bei lebenden Tieren ist die Entfernung nicht so wichtig, es geht mehr darum, wie oft der Wagen vor Ampeln und
im Stau und so anhalten muss. Sie beruhigen sich im Wagen unglaublich schnell.«

»Und diese hier werden jetzt Hackfleisch und Salami?«,
fragte Margido.

»Ja«, sagte Kai Roger.

Der Stall wurde an diesem Tag noch nicht vollständig ge-
leert. Sie hatten zwei Sauen, die nicht die Luke hochgehen
konnten, dazu vier Würfe, die nicht entwöhnt waren.

»Was machen wir mit den beiden Sauen?«, fragte Margido. Er hatte es Kai Roger überlassen, den Stall auf best-
mögliche Weise zu leeren.

»Ich habe für morgen die Notschlachtung bestellt«, sagte
Kai Roger.

»Ach. Und wie läuft die ab?«

Die Sauen waren jetzt im Wagen, stupsten einander ein
wenig an, beschnupperten den Boden, zwei hatten sich schon
gesetzt und würden sich bald hinlegen. Er hatte sie früher am
Tag sorgfältig gewaschen, vor allem die Schinken, der Fahrer
hatte bemerkt, wie sauber sie waren. Gemeinsam schlossen
sie die Hecktüren des Wagens, und Margido unterschrieb für
den Fahrer Papiere, dann ging es los.

»Wir können doch drinnen weiterreden, bei diesem Regen.«

»Und mit dem Alten einen Kaffee trinken«, sagte Margido.

»Sie schlachten hier auf dem Hof«, erklärte er. Margido hatte Kaffee gekocht, Tormod wollte seinen im Fernsehzimmer trinken. Er sagte nicht viel dazu, dass die Sauen weggebracht worden waren, aber er sagte auch sonst nie viel.

»Dafür kommen ein Notschlachtungswagen und ein Tierarzt, der ein Notschlachtungsattest ausschreibt. Wir müssen sie aus dem Stall holen. Andere Tiere dürfen dabei nicht zusehen, dafür gibt es Vorschriften.«

»Wie ...«

»Bolzenschuss. Und nach dem Schlachten werden sie mit einer Winsch in den Wagen gehievt.«

»Klingt teuer«, sagte Margido.

»Ja, man verdient an einer Notschlachtung so gut wie nichts. Schlechteren Schlachtpreis kriegt man noch dazu, weil das Fleisch einen Viereckstempel bekommt. Das bedeutet, dass es hitzebehandelt werden muss. Muss zu gekochtem Schinken und Salami und so verarbeitet werden. Die, die eben verschwunden sind, können Frischfleisch werden.«

»Sie werden roh verkauft?«

»Ja.«

»Und die Ferkel verkaufen wir«, sagte Margido.

»Gut, dass Torunn das nicht mit ansehen muss.«

»Oder Tor.«

»Wenn Tor noch leben würde, wäre das erst gar nicht passiert. Die Ferkel landen bei einem Sauenring in Ranheim. Die holen die entwöhnten heute noch ab, und den Rest dann in drei Wochen. Bis dahin muss ich noch wie üblich herkommen. Aber es ist ja nun weniger Arbeit.«

»Und ganz zum Schluss kommen die letzten Sauen weg?«, fragte Margido.

»Ja. Dann ist der Stall leer.«

Sie schauten im selben Moment aus dem Fenster. Kai Roger hätte gern gewusst, woran Margido dachte, vielleicht an dasselbe wie er. Er sah ihn an. Margidos sonst so verschlossenes Gesicht öffnete sich jählings auf eine fremde Weise, es war ein seltsamer Anblick. Sein Schlipsknoten saß ein ganz klein wenig schief, und ein Haar lag auf der Schulternaht seines Sakkos.

»Das war schrecklich«, flüsterte Margido plötzlich.

»Was denn ...?«

»Sie so zu sehen. Draußen bei Tageslicht. Ich hatte sie bisher nur einmal gesehen, und das war drinnen im Stall. Und da waren sie eben und ...«

»Aber wir haben sie ja problemlos ins Auto schaffen können«, sagte Kai Roger und hörte, wie hilflos seine Worte klangen.

»Es war, wie Tor noch einmal verschwinden zu sehen«, sagte Margido und fuhr sich rasch mit der Hand über die Augen, ehe er wieder auf den Hof hinausschaute. Kai Roger setzte sich auf dem Stahlrohrstuhl anders hin, der Plastikbezug ließ den Sitz immer klebrig und feucht werden. Tormod hustete im Nebenzimmer.

»Ich habe vor allem an Torunn gedacht«, sagte Kai Roger.

Margido wandte sich zu ihm hin, in Sekundenschnelle war sein Gesicht wieder das alte.

»Natürlich. Entschuldige, Kai Roger, es war nur ... Entschuldige.«

»Du brauchst nicht um Entschuldigung zu bitten, er war doch dein Bruder. Ich habe lange gedacht, dass sie etwas für mich empfindet«, sagte er. »Das habe ich gedacht. Ich bin froh darüber, dass du ehrlich zu mir bist.«

»Was heißt schon ehrlich«, sagte Margido. »Ich kann nur wiederholen, was sie gesagt hat. Alles andere entsprach deinem Wunschdenken. Aber auch wenn sie bei einem Mann wohnt, kann der doch ganz einfach ein Freund sein. Es muss doch nicht bedeuten, dass sie ...«

»Doch, das spüre ich. Sie hat mir einmal von einem Typen erzählt, der Schlittenhunde züchtet, wie lustig das Fahren mit Hunden sein kann. Ich wette, dass er es ist. Und dass sie mal zusammen waren.«

»Das müssen sie jetzt aber nicht mehr sein.«

»Du solltest den Hof taxieren lassen.«

»Erst, wenn wir einen Platz in einem Pflegeheim haben. Wir müssen die Dinge hier in der richtigen Reihenfolge angehen, nicht wahr?«, fragte er und drehte sich zur offenen Tür in Richtung des Fernsehzimmer hin. Tormod räusperte sich, und sie hörten das Geräusch von Pantoffeln, die vorsichtig hin und her geschoben wurden.

»Dann würde ich den Kauf erwägen.«

Margido blickte ihn überrascht und mit einem Lächeln an, das Kai Roger noch nie gesehen zu haben glaubte.

»Du...?«

»Ist das so seltsam? Ich komme schon so lange her, habe den Hof lieb gewonnen. Es juckt mir in den Fingern, ihn instand zu setzen. Torunn hat sich die ganze Zeit geweigert. Aber es kommt natürlich auf den Preis an.«

»Aber... du machst das nicht, weil...«

»Nein. Ich glaube nicht, dass Torunn dann zurückkommen würde. Und wenn doch, dann kommt sie jedenfalls auf einen Hof, der jemand anderem gehört.«

»Sie muss sich aber um die juristischen Dinge kümmern, um die Papiere und diesen ganzen Kram. Ich hoffe von ganzem Herzen, sie sieht ein, dass sie sich um die Formalitäten kümmern muss, egal, wer kauft. Zum Glück haben wir einen guten Anwalt. Vielleicht wird es ihr leichter fallen, mit ihm zu tun zu haben als mit uns, er ist schließlich neutral. Natürlich wäre es mir am liebsten, wenn du den Hof kaufst und der Preis innerhalb eines vernünftigen Rahmens festgesetzt würde«, sagte Margido.

»Ja, im Moment wäre es nicht zu meinem Vorteil, wenn

ich anfinge, an den Gebäuden herumzuflicken«, sagte Kai Roger und lächelte. Er mochte Margido inzwischen, war ihm nähergekommen. »Ich bleibe hier und warte, bis die erste Ladung Ferkel geholt worden ist«, sagte er.

»Ich habe in zwei Stunden eine Beerdigung und muss jetzt los, wir reden später weiter. Tausend Dank, Kai Roger.«

Er blieb in der Küche vor der leeren Kaffeetasse sitzen, schaute hinaus auf den Hofbaum und den nassen Tisch zwischen den leeren Bänken. Die Vasen standen noch immer dort, jetzt waren sie bis zum Rand mit Wasser gefüllt. Dieser Freitagabend, an dem sie so lustig gewesen waren, an diesem Abend musste sie sich entschieden haben, sie zu verlassen. Er verstand es nicht. An so einem Abend dachte man doch eher an das Gegenteil, dass man hier leben wollte? Sie hätten es hier so gut haben können. Er musste die Augen schließen und sie vor sich sehen, sie lächeln sehen, das war lange her. Kinder auch, hatte er gedacht. Hatte davon geträumt und darüber phantasiert. Was war er für ein Idiot gewesen!

Darüber will ich mich jetzt einfach nicht mehr streiten«, sagte Krumme. »Jedenfalls heute nicht mehr. So ist die Realität eben. Begreif das endlich.«

»Sprich nicht so mit mir. Ich bin ein erwachsener Mann.«

»Dann benimm dich wie einer.«

Sie saßen in offenen Morgenmänteln in ihren Empiresesseln in der Halle, nachdem sie im Whirlpool gelegen hatten, um sich von der Hitze ein wenig abzukühlen. Krumme glänzte schon wieder vor Schweiß. Erlend ärgerte sich darüber, dass es so heiß war, dass er sich nicht auf der Dachterrasse sonnen konnte. Er würde noch als Albino enden. Es war doch komplett blödsinnig, mitten im Sommer ins Solarium zu gehen.

»Daraus wird ganz einfach nichts, damit musst du dich endlich abfinden«, fügte Krumme hinzu.

»Aber es ist doch nicht sicher, dass die neuen Hofbesitzer die Silos brauchen? Wenn Margido recht hat und Kai Roger ihn übernehmen kann!«

»Wir wollen aber nicht zu Kai Roger zu Besuch fahren! Der wird sich eine Frau suchen und Kinder kriegen und ...«

»Das hätte Torunn sein können. Wenn ich daran denke, wie sie uns allesamt im Stich gelassen hat ...«

»Im Stich gelassen? So zu denken ist purer Egoismus,

Erlend! Sie muss ihr eigenes Leben leben, und sie will das eben nicht als Bäuerin tun.«

»Wenn ich nur mit ihr sprechen könnte. Ihr klarmachen, dass ...«

»Sie überreden, meinst du? Weil ihre Pläne deinen im Weg sind.«

»Ja.«

»Das nennt man Egoismus«, sagte Krumme.

»Aber es wäre doch so schön geworden! Ich hatte schon die Buchtapete und die fürs Kinderzimmer und ...«

»Apropos Kinder«, sagte Krumme.

»Ja, Herrgott ...«

Es wurde still. Krumme holte tief Luft und ließ sie dann langsam entweichen.

»Ich habe mich ja wie wahnsinnig auf diesen Ultraschall gefreut«, sagte Erlend. »Aber jetzt ist mir schlecht vor Angst. Ich werde in Ohnmacht fallen.«

»Ich auch. Ich falle ja hier im Sessel schon fast in Ohnmacht, wenn ich nur daran denke.«

Erlend streckte ihm über den kleinen Marmortisch, der zwischen den Sesseln stand, die Hand hin, Krumme griff nach ihr und drückte fest zu.

»Lippen-Kiefer-Gaumenspalte, offenes Rückgrad, drei Beine«, sagte Erlend.

»Vielleicht sind da nicht mal Menschen drin, sondern nur Wasser.«

»Ich glaube, Scheinschwangerschaft tritt vor allem bei Hunden auf«, sagte Krumme.

»Bei Menschen auch. Vor allem bei Frauen, natürlich.«

»Herrje, worauf haben wir uns da nur eingelassen?«

»Jetzt führt kein Weg zurück«, sagte Erlend, ließ seine Hand los und stand auf.

»Du wirst heute absolut nichts trinken.«

»Ich werde nichts ...«

»Nachher.«

»Wenn es dann einen Grund zum Trinken gibt. Deshalb dachte ich, vielleicht für den Fall des Falles könnte ich …«

»Nein«, sagte Krumme. »Und wir suchen uns eine stillgelegte Mühle irgendwo. Damit du Verwendung für deine Tapeten hast.«

»Daran kann ich jetzt einfach nicht denken. Wie viele Stunden sind es noch bis wir ein Taxi bestellen?«

»Drei.«

»Glaubst du, Jytte und Lizzi bibbern so wie wir?«

»Nein, die freuen sich. Jetzt bleib mal ganz ruhig, Mäuschen.«

»Ebenfalls.«

Zweieinhalb Stunden später saßen sie in einem Taxi unterwegs zu der Privatklinik im Frederiksundsvej 80, weil sie einfach nicht mehr länger warten konnten. Krumme hielt seine Hand.

Er hasste es, nüchtern zu sein, und ausgerechnet heute. Er brauchte die Wirkung des Alkohols, die ihn daran hinderte, hysterisch zu werden. Er hatte im Netz viel zu viel über Missbildungen und Komplikationen gelesen. In letzter Zeit las er auch über Geburten, und das hatte seine Panik nicht verringert. Sie hatten auf Bornholm viel über verschiedene Gebärmethoden gesprochen, aber darüber hatte er bei Gott nicht in nüchternem Zustand reden wollen, da hatte es schon zum Frühstück Schnaps gegeben, bevor sie gemächlich losgeradelt waren, die Fahrradkörbe voller Leckerbissen. Er hatte schon Jahre nicht mehr auf einem Fahrrad gesessen, aber jetzt spielte er wirklich mit dem Gedanken, für sich und Krumme eins zu kaufen. Vielleicht mit einem Kindersitz hinten … Im Fahrstuhl war genug Platz, um sie in die Wohnung zu schaffen.

»Woran denkst du?«, fragte Krumme.

»An Fahrräder.«

»Natürlich. Aber Dreiräder.«

»Nein, so weit war ich noch nicht gekommen. Danke für die gute Idee.«

Sie fanden eine Bank und setzten sich zum Warten hin.

»Gott, ist es heiß.«

»Du kannst froh sein, dass du nicht mein Gewicht hast.«

»Hier! Riech mal an meinem Arm. Merkst du, dass mein Schweiß nach Angst stinkt? Wie bei einem Tier!«

»Hör jetzt auf.«

Jytte und Lizzi hatten ihren Termin gleich nacheinander, so dass alle mit dabei sein konnten. Jytte kam als Erste an die Reihe. Erlend klammerte sich an Krumme, als sie in einen großen hellen Raum mit einer Liegebank geführt wurden, wo an der einen Wand Bildschirme und unbegreifliche Apparate befestigt waren. Jytte lächelte nur, ruhig und gelassen, und plauderte mit der Hebamme, die die Ultraschalluntersuchung vornehmen würde.

Sie legte sich auf die Bank und entblößte ihren Bauch. Er war sommerbraun und zeigte eine deutliche kleine Beule. Erlend hatte sie oft berühren dürfen, als sie auf Bornholm gewesen waren, er hatte das Gefühl, dass diese Beule ihm gehörte, aber über seine Lippen war kein Wort darüber gekommen, dass die Beule bereits Eleonora getauft worden war.

Sie wurden auf Stühle verwiesen, während die Hebamme ihnen erklärte, welchen Bildschirm sie ansehen sollten.

»Ihr werdet also zweidimensionale Bilder sehen. Dreidimensionale sind auch möglich, wenn ihr wollt«, sagte die Hebamme.

»Das wollen wir«, sagte Erlend.

»Ich kann sie euch dann auch mailen, wenn ihr sie an andere weiterreichen wollt«, sagte die Hebamme. »Aber nun wollen wir erst mal sehen… wir überprüfen jetzt, ob alles normal aussieht, ob der Mutterkuchen richtig liegt, und wir bestätigen den Stichtag.«

»Und das Geschlecht«, sagte Erlend.

»Das geht auch. Sind Sie der Vater?«

»Eigentlich sind wir beide der Vater«, sagte Krumme. »Wir machen das hier doch zu viert.«

Die Hebamme sprühte Gelee auf Jyttes Bauch und führte etwas, von dem Erlend durch seine intensiven Studien im Internet wusste, dass es »Sensor« hieß, über die straffe Bauchhaut, während sie mit der linken Hand an allerlei Knöpfen am Gerät herumdrehte.

»Nach dem ersten Tag der letzten Menstruation müsste der Fötus achtzehn Wochen alt und zwanzig Zentimeter lang sein. Mal sehen… hier haben wir eine kleine Person, ja…«

»Wo?! Wo?!«, fragte Erlend.

»Da. Da habt ihr den Kopf. Und zwar im Profil. Was für ein schönes Profil«, sagte die Hebamme und lächelte ihn kurz an.

Erlend starrte in ein kleines Gesicht mit geschlossenen Augen und merkte, wie die Tränen in seinen eigenen Augen losströmten.

»Das ist ein Mensch«, flüsterte er. »Ein Kind. Ein echtes lebendes Kind. Ist das möglich?«

»Das ist es unbedingt«, sagte die Hebamme.

Lizzi weinte ebenfalls, während Jytte laut lachte.

»Das sieht aus wie meine Mutter!«, sagte sie.

»Ja, sie sieht Gott sei Dank nicht aus wie meine«, sagte Erlend, stand auf und küsste Jytte auf die Stirn.

»Sie?«, fragte die Hebamme und führte den Sensor weiter.

»Das ist ein kleiner Junge.«

»Ein Junge? EIN JUNGE?«, schrie Erlend. »Aber...
aber...«

»Phantastisch«, sagte Jytte.

»Aber ich hatte mir den Namen doch schon überlegt!«,
rief Erlend und sah gleichzeitig die überfüllten Schränke in
seinem Arbeitszimmer vor sich. Mädchenkleider wären einwandfrei nicht das Richtige für den Sohn eines Schwulen-
und eines Lesbenpaares.

»Eleonora«, sagte er.

»Das ist ein schöner Name«, sagte Krumme. »Den hast
du gar nicht erwähnt.«

»Dann wird es eben ein Leon«, sagte Jytte.

»Leon?«, fragte Erlend.

»Ja, das sind doch die Buchstaben in der Mitte.«

Leon. Er dachte gründlich über den Namen nach, während die Hebamme immer mehr zeigte und erklärte, aber
jetzt kam er einfach nicht mehr mit, er hatte den bren-
nenden Wunsch, seine Kehle mit Champagner zu füllen, er
würde einen Sohn bekommen. Einen kleinen Leon, der hinten auf einem Fahrrad sitzen und dann irgendwann sein eigenes bekommen würde.

»Der Stichtag ist der 4. Dezember«, sagte die Hebamme.

Er würde am Heiligen Abend drei Wochen alt sein. Leons
erstes Weihnachtsfest, es war nicht zu fassen. Und das passierte ununterbrochen auf der ganzen Welt? Kinder wurden
empfangen und wuchsen und bekamen einen Namen, noch
ehe sie den Mutterleib verließen?

»Ich bin so glücklich«, sagte er. »Ich habe wirklich noch
nie ein stärkeres Glücksgefühl verspürt, und das in nüchternem Zustand.«

Er lachte laut.

»Dann nehmen wir uns nun den nächsten Bauch in unserer kleinen Familie vor«, sagte die Hebamme.

Krumme zitterte dermaßen, dass es auf Erlends Oberarm übergriff, als Lizzis Bauch mit blauem Gelee bedeckt wurde und die Hebamme wieder anfing, an ihren Knöpfen zu drehen. Im Zimmer herrschte Totenstille, bis die Hebamme sagte: »Nein, du meine Güte... hier haben wir ja gleich zwei Kleine.«

»Zwei was?«, fragte Krumme.

»Kinder«, sagte die Hebamme.

»Ich werde ohnmächtig«, sagte Krumme. »Halt mich gut fest, Erlend.«

Erlend packte Krummes weiche Schultern.

»Ich hab doch gesagt, dass ich dicker bin als du, Jytte«, rief Lizzi.

Ein wenig Zeit verging, die sie alle nicht registrieren konnten, dann sagte die Hebamme: »Alles sieht normal aus, aber Zwillingsgeburten werden besonders intensiv betreut. Eine normale Schwangerschaft dauert vierzig Wochen, aber bei Zwillingsschwangerschaften rechnen wir mit siebenunddreißig, also drei bis vier Wochen weniger. Mal sehen...«

Sie gab etwas in einen Computer ein, dann sagte sie: »13. November.«

»Gott soll uns alle schützen und trösten«, sagte Krumme. »Und es sind wirklich nicht mehr? Drei, zum Beispiel? Wo wir schon mal losgelegt haben?«

»Und das Geschlecht?«, fragte Erlend. »Ich meine... die Geschlechter?«

»Ich muss sehen, wie sie liegen«, sagte die Hebamme. »Das ist nicht immer leicht zu sehen, sie können mit geschlossenen Beinen dicht beieinander liegen.«

»Mit geschlossenen Beinen? Nie im Leben, wenn Krumme der Vater ist«, sagte Erlend.

»Sei jetzt still, das ist ernst«, sagte Krumme.

»Nein, das tun sie doch nicht«, sagte die Hebamme und lachte. »Einen kleinen Moment noch...«

Sie stellte verschiedene Knöpfe ein und bewegte den Sensor mit winzigen Bewegungen.

»Ein Mädchen hier und … mal sehen … noch eins.«

»Zwei Mädchen?«, flüsterte Krumme.

»Zwei Mädchen«, sagte die Hebamme.

»Dann kann die eine doch Eleo…«, begann Erlend.

»Nerv jetzt nicht mehr mit den Namen rum«, sagte Jytte.

»Ellen und Nora«, sagte Erlend.

»Vielleicht«, sagte Lizzi. »Ellen und Nora und Leon.«

»Darüber reden wir später«, sagte Krumme. »Jetzt müssen wir erst mal feiern. Wir kriegen doch drei Kinder.«

»Ich habe zu Hause im Büro eine Menge Mädchenkleider«, sagte Erlend. »Zum Glück werden wir Verwendung dafür haben.«

»Wirklich?«, fragte Krumme.

»Ich habe für Eleonora wie besessen im Internet eingekauft.«

»Und ich muss den einen Kinderwagen gegen einen für Zwillinge eintauschen«, sagte Krumme.

»Du hast einen Kinderwagen gekauft?«, kreischte Erlend.

»Ja, die stehen in der Redaktion, da bist du ja fast nie.«

»So scheußliche, mit denen man durch den Wald rennen kann?«

»Absolut nicht. Italienische, die Marke, die die Familie Beckham durch die Gegend schiebt.«

»Ich liebe dich«, sagte Erlend und küsste ihn herzhaft auf den Mund. »Und jetzt gehen wir feiern. Mit den Bildern. Ich werde die morgen gleich auf Posterformat vergrößern lassen.«

»Dann müsst ihr für vier trinken«, sagte Lizzi.

»Das werden wir schon schaffen. Und ihr kriegt nur Limo, wo ihr doch echte Menschen im Bauch habt«, sagte Erlend.

»Wir werden eine siebenköpfige Familie«, sagte Kurmme. »Habt ihr euch das schon überlegt?«

»Alle hier können rechnen«, sagte Lizzi. »Ich glaube, du brauchst einen Schnaps.«

»Und Rollstuhltransport«, sagte Krumme. »So, wie meine Knie zittern.«

»Wir gehen ins Skildpadden«, sagte Erlend. »Dann brauchen wir nur mit dem Fahrstuhl nach oben zu fahren, wenn wir nach Hause wollen, das wird uns wie gerufen kommen.«

Während die anderen warteten, suchte er sich eine Toilette, ging hinein, schloss hinter sich ab und schrieb wie gehetzt eine SMS an Neufeldt: »Lass mich in Ruhe, ich werde Vater eines Sohnes namens Leon.«

Sie schnitt einen halben Blutpudding in Würfel, zerbrach darüber ein rohes Ei und gab ein wenig Rapsöl dazu. Das Öl legte sich wie blanke Blasen über das rohe Ei.

»Du verwöhnst sie«, sagte Christer plötzlich dicht hinter ihr.

»Sie kommt dann schneller wieder zu Kräften. Und bessere Milch für die Welpen gibt es auch.«

Er legte von hinten die Arme um sie, küsste sie in den Nacken, seine Arme waren hart, drückten fest zu, Haut an Haut, er hatte bei der Hitze einen nackten Oberkörper.

»Du hast einen frischen Mückenstich«, sagte er. »Gleich unter dem Haarsatz hinter deinem Ohr.«

Er leckte den Mückenstich und das minderte das Jucken sofort.

»Ich muss heute meine Mutter anrufen«, sagte sie und hob die Metallschüssel hoch.

»Du musst gar nichts«, sagte er.

»Es macht mich wahnsinnig, dass sie die ganze Zeit anruft. Ich finde es schrecklich, morgens mein Telefon einzuschalten. Sie trinkt Cognac und ruft dann an, um mich zu erziehen.«

»Das weiß ich. Ruf sie eben nicht mehr an. Sie ist erwachsen, sie kann auf sich selbst aufpassen.«

»Ich muss Luna das Essen bringen«, sagte sie und

drehte sich um. Er ließ sie nicht los, sie schaute in sein Gesicht, sah seinen Mund, wie auf ein Signal hin küsste er sie, behutsam und vorsichtig, sie schloss die Augen und musste einfach zurückküssen. Sie konnte die Schüssel hinter sich auf den Tisch fallen lassen, wo sie mit einem Knall landete, und legte beide Arme um seinen Nacken, packte seine Haare, er konnte sie in Sekundenschnelle entzünden, wenn sie nur aufhörte zu denken. Er zog ihr mit einer einzigen raschen Bewegung das T-Shirt aus, und sie selbst streifte mit der einen Hand und dann mit den Füßen die Shorts ab. Er hob sie auf den Küchentisch, hinter ihr kippte etwas um, er ließ die Jeans auf seine Knie fallen und drang in sie ein, während sie sich weiterhin küssten, sie schlang die Beine um sein Kreuz, und er packte ihre beiden Hinterbacken, zog sie in einem langsamen Rhythmus, bei dem er sich zwischen den Stößen ganz herauszog, auf sich zu. Er wurde schneller und hob sein Gesicht, erwiderte ihren Blick. Seine Augen brannten in einer Art honiggelbem Licht, sie hielt seinen Blick fest, er kniff die Augen ganz kurz zusammen und entleerte sich dann mit einem Brüllen.

Er blieb stehen und keuchte mit der Stirn an ihrer Schulter.

»Schön, dass du gekommen bist«, flüsterte er.

»Gekommen?«

»Ja, hierher. Hinter dir ist der ganze Tisch mit Kaffee bestreut.«

»Wenn es nur kein Blutpudding ist«, sagte sie.

Er küsste sie, seine Lippen waren salzig, wie ihre eigenen, wenn sie weinte. Sein Kuss war hart, fast fremd. Und das war gut, es war richtig. Sie wollte keine Gefühle. Gefühle waren absolut das Letzte, worum es ihr ging.

Sie rief ihre Mutter an, als sie im Zwinger stand. Lina inhalierte die Leckerbissen geradezu, so schnell fraß sie. Die Welpen schliefen wie ein massiver Fellhaufen.

»Ich bin's. Geht's dir gut?«

Natürlich ging es ihr gut, die Mutter sei ja wohl nicht das Problem. Aber sie müsse doch begreifen, dass das kein normales Verhalten sei? Sie müsse doch zumindest eine Adresse nennen, wo sie eigentlich stecke?

»In Maridalen irgendwo.«

Irgendwo?

»Du brauchst dir keine Sorgen um mich zu machen. Ich verkaufe meine Wohnung, schreibe sie nach den Ferien zum Verkauf aus, und ich verkaufe auch meinen Anteil an der Praxis. Ich will etwas anderes machen.«

Was denn?

»Das weiß ich noch nicht. Vielleicht fange ich an, mit Aktien zu spekulieren.«

Die Mutter wollte von solchen krankhaften Plänen nichts hören. Margido habe angerufen, um zu erzählen, dass jetzt der Stall aufgelöst werde. Er meinte sicher, dass die Schweine geschlachtet werden, fügte sie hinzu.

»Ach.«

Sie schaute hinunter auf die Welpen, versuchte energisch, die Worte der Mutter an sich abprallen zu lassen, sie durften, wenn überhaupt, nur quer durch sie hindurchgehen, durften kein einziges Bild hervorrufen. Ein Hundebaby zuckte im Schlaf mit den kleinen Pfoten, es war eine Erleichterung, es anzusehen.

Und der Hof werde verkauft, das sollte sie auch von Margido ausrichten. Sie werde allerlei Papiere unterschreiben müssen. Ob sie mit einem Mann zusammenwohne?

»Ja.«

Doch nicht mit dem Typ, dem sie hinterhergerannt sei, ehe sie in den Norden gegangen war?

»Doch.«

Ach so. Sicher ein armer Schlucker, der sie zum Verkauf von Wohnung und Praxisanteil drängte. So einer, dem es nur um ihr Geld ging. Vom Hof wäre dann ja auch noch einiges zu erwarten, das sei ihm sicher bewusst.

»Er ist mehrfacher Millionär. Eben durch Aktien.«

Und dann wohne er ausgerechnet in Maridalen?

»Weißt du, ich muss jetzt los. Ich melde mich.«

Sie dürfe auch nicht alles vergessen, was in ihrem Kellerraum in Sandvika stand, es gebe Grenzen dafür, wie lange die Mutter diesen zusätzlichen Raum behalten könne.

»Nicht doch. Bis bald.«

Christer zog soeben um den Schuppen Entwässerungsgräben. Sie blieb stehen und sah ihn an. Den braunen Rücken, die Muskeln, die unter der nussbraunen Haut arbeiteten. Sein Körper kam ihr fremd vor, obwohl sie jeden Tag fickten, manchmal sogar mehrmals pro Tag. Er hob dunkle feuchte Erde auf und klatschte sich ab und zu in den Nacken. Der Zwinger zog jede Menge Insekten an. Jetzt stützte er den Spaten mit seinem Oberschenkel und zog sein Telefon aus der Tasche. Sie hatte es nicht klingeln hören, er stellte es normalerweise auf Vibrieren und bewahrte es in der Hosen- oder der Brusttasche auf, er ließ es nie aus den Augen. Er las und gab eine lange Nachricht ein. Als er fertig war, fragte sie:

»Wer war das?«

»Hier bist du? Ach, das war nur ein … ein Kumpel.«

»Ach.«

»Ja, ein Kumpel, hab ich gesagt. Was hast du denn gedacht?«

Er drehte sich um und starrte sie wütend an.

»Ich weiß nicht. Die haben ja niemals Namen, deine Kumpels. Soll ich dir etwas zu trinken holen?«, fragte sie.

»Wasser. Jede Menge Wasser. Eine ganze Kanne.«

»Was essen wir heute? Worauf hast du Lust?«

»Auf dich. Jedenfalls nicht auf Blutpudding mit rohem Ei.«

»Ich glaube, in der Gefriertruhe liegt eine Lammkeule«, sagte sie.

»Denke ich auch. Jetzt nimmst du langsam wieder Vernunft an. Ich glaube fast, du bist eifersüchtig, verdammt.«

»Auf wen sollte ich denn eifersüchtig sein?«

»Ja, gute Frage«, sagte er und rammte den Spaten in die Erde.

»Dann nehme ich die Lammkeule heraus. Aber wir haben fast keinen Rotwein mehr.«

»Für heute Abend reicht es. Ich fahre morgen einkaufen. Muss noch alles Mögliche andere erledigen. Das dauert sicher den ganzen Tag.«

»Ich geh das Wasser holen.«

Langsam ging sie in die Holzhütte und sah sich darin um. Das blendende Sonnenlicht fiel durch die Fenster. Sie hatte die Sonne so unendlich satt. Zuletzt war sie im Winter hier gewesen, da hatten sie im Kamin Feuer machen können. Es fehlte ihr plötzlich, das zu tun, in die Flammen zu starren, gedankenfrei.

Sie hielt die Hand unter den Wasserstrahl, bis er eiskalt war, ließ das Wasser über ihr Handgelenk laufen, merkte, wie es das Blut sich abkühlte. Sie sah ihn durch das Fenster. Er schickte wieder eine SMS und lächelte das Display an. Der Kaffee lag noch immer wie ein brauner Schleier über der Tischplatte, die Kaffeedose war seitlich umgekippt, aber sie hatte keinen Nerv, die Kaffeekörner zusammenzufegen. Sie spürte, wie das Gefühl, weinen zu müssen, wie eine warme Decke tief unten in ihrem Bauch lag, verlockend und unerlöst. Erst am Abend, nachdem er eingeschlafen war und sie eine Stunde allein lag, konnte sie sich leer- und müdeweinen. Es war zu einer Art Ritual geworden. Mit Tränen einzuschlafen, die in ihre Ohren liefen und sie kitzelten, während sie alles vor sich sah, das sie verlassen hatte, und während die Gerüche sie so stark umgaben, dass sie glaubte, davon geweckt werden zu müssen.

Sie füllte ein Halbliterglas mit Wasser, das Glas beschlug sofort. Sie brachte es zu ihm nach draußen, und er trank es mit einem Zug, ohne Atem zu holen, aus, sein Kehlkopf hüpfte auf und ab. Er reichte ihr das Glas, als es leer war, und dabei japste er wie ein Hund.

»Schön, dass du hier bist«, sagte er.

»Findest du?«, fragte sie und merkte, wie müde sie in Wirklichkeit war.

»Meine Anerbin.«

»Nenn mich nicht so«, sagte sie.

Die Türschwelle zwischen Waschküche und Schweinestall war zu niedrig, um dort sitzen zu können, aber Margido ließ sich trotzdem darauf sinken. Der Stall war leer. So
war es im Sommer gewesen, damals, als sie noch Kühe und
Milchwirtschaft gehabt hatten. Aber jetzt weideten keine
Kühe draußen auf der Weide, um abends zum Melken zu-
rückgetrottet zu kommen.

Es war draußen und drinnen leer.

Er konnte sich gut an sie erinnern. Die breiten Bäuche, die
feuchten rosa Nasenlöcher, das Geräusch des Wiederkäuens,
den Geschmack von frisch gesiebter körperwarmer Milch
zum Abendbrot.

Er blieb sitzen und betrachtete den Raum als Raum, nicht
als Ort für Arbeit und Leben und Zukunft. Er war herun-
tergekommen und schmutzig. Aber das, was hier geatmet
und gelebt hatte, hatte Tor morgens und abends gebraucht,
und vor ihm Großvater Tallak, und vor dem wiederum Terje
Neshov, und davor Tormod Neshov, nach dem der Alte getauft war.

Die Fliegen brummten, sie suchten die Tiere, auf denen
sie sonst spazieren gegangen waren, in deren Borsten sie he-
rumgewühlt hatten, von deren Schnauzen sie getrunken hatten. Er horchte auf seinen eigenen Atem. Alles, was es jetzt

noch auf dem Hof gab, waren Särge. Und ihm selbst, wenn er hier vorbeischaute. Er musste sich erkundigen, ob er sein altes Lager in Fossegrenda wieder zurückhaben könnte.

Der Alte hatte endlich im Pflegeheim Byneset in Bråmyra einen Heimplatz bekommen, wie er das erträumt hatte. Margido hatte noch nie in einem Menschen eine solche Veränderung gesehen. Der Alte strahlte. Frisch rasiert und gepflegt mit sauberem Gebiss saß er in seinem Zimmer, mit Büchern und Fernseher und Radio. Alle Mahlzeiten nahm er zusammen mit den anderen ein, und es hatte sich herausgestellt, dass er im Heim viele Bekannte hatte.

Er fühlte sich sicher, versorgt. Mitten in allem Elend war also der Alte der Lichtblick. Margido hatte ihn dreimal besucht, seit er zehn Tage zuvor ins Heim gekommen war. Und jedes Mal hatte er ein gutes Gefühl gehabt, als er ihn verlassen hatte. Über Torunn sprachen sie nicht, er fragte lieber, was es zum Essen gegeben hatte, wie das Personal hieß und wie sie so waren.

Der Alte lächelte jetzt auch auf eine ganz neue Weise, es war ein Lächeln, das seine Augen erreichte und seine Wangen auf eine fast kindliche Weise zittern ließ.

Er erhob sich mühsam und stöhnte, als seine Knie nach der unbequemen Haltung im Sitzen wehtaten. Langsam ging er hinaus und zog die Stalltür hinter sich zu, er müsste Sport treiben, etwas gegen seinen Bauch unternehmen, auf Käsebrote verzichten und auf Salat umsteigen. Nicht so viel zu Hause im Sessel sitzen, den Mittagsschlaf gegen einen Spaziergang eintauschen.

Er ging ins Sarglager und suchte sich Gesichtstuch, Decke, Kissen und Leichenhemd heraus und schob einen Eichensarg auf die Rampe. Es war ein teurer Sarg für einen der reichsten Männer der Stadt, der bei einem Bootsunfall ums Leben gekommen war. Der Sarg war schwer, und nur mit großer Mühe konnte er ihn in den Caprice wuchten. Die Heckluke ließ er offen stehen, um ein wenig Luft hereinzulassen.

Er überquerte den Hofplatz, goss das Regenwasser aus den Vasen und brachte sie in die Küche. Dort wusch er sie gründlich mit Bürste und Spülmittel aus und stellte sie mit dem Boden nach oben auf die Anrichte. Er würde bis zum Verkauf des Hofes mit dem gesamten Inhalt des Hauses nichts mehr zu tun haben müssen, die Damen aus der Firma hatten versprochen, ihm zu helfen. Peder Bovin hatte sich soeben in Oppdal eine Hütte gekauft und wollte sehen, ob er irgendwelche Möbel brauchen könnte. Den Rest würden sie wegwerfen, einen Container bestellen. Das Haus würde von Grund auf renoviert werden müssen, Großreinemachen würde also nicht nötig sein.

Das Telefon im Fernsehzimmer klingelte. Torunn, dachte er.

Es war Norsk Gallup, eine Umfrage über Reisegewohnheiten.

»Tut mir leid, ich habe keine Zeit«, sagte er und spürte die Enttäuschung in seiner Brust. »Außerdem können Sie diese Nummer von ihrer Liste streichen, hier wohnt niemand mehr.«

Er legte auf und dachte: Ich darf nicht vergessen, den Telefonanschluss zu kündigen.

Als er langsam durch die Allee fuhr, hatte er das Gefühl, dass jemand am Fenster stand und hinter ihm her schaute. Er fuhr langsamer und drehte sich um, musterte die leeren Fenster, dann gab er erneut Gas und bog auf die Hauptstraße nach Spongdal ab.